꽃은 많을수록 좋다

꽃은
많을수록
좋다

김중미 지음

창비

고구마는
크나 작으나
다 똑같은 고구마

1년 전, 10월의 주말 오후 공동체 아이들과 밭으로 내려가 고구마를 캤다. 네 살 꼬마부터 중학생들까지 다 같이 밭이랑에 주저앉아 흙을 헤치고 고구마를 캐 올릴 때마다 환호성을 울려 댔다. 뿌리줄기에 줄 줄이 매달린 고구마들은 크기와 모양이 다 달랐다. 우리는 고구마를 크기에 따라 상자에 나눠 담았다. 크기가 적당하고 타원형으로 예쁘 게 생긴 것들을 먼저 골라 담고, 상처가 났거나 두더지가 갉아 먹은 것 들은 따로 담았다. 그리고 아이들 얼굴만큼 크고, 못생긴 고구마는 플 라스틱 바구니에 또 따로 담았다. 그러고 있는데 남편의 농사 선생님 이신 민지 할아버지가 지나다 발길을 멈추고 물으셨다.

"이 큰 것들은 왜 따로 모아 뒀시겨?"

"웃자란 것들이에요. 이렇게 큰 것은 맛이 없잖아요."

"쯧쯧, 거 모르는 말 마시겨. 요즘은 시장에 내다 팔 것만 생각해서 모양도 다 똑같이 만들지만 고구마는 크나 작으나 다 똑같은 고구마지. 큰 건 뚝뚝 여러 번 잘라 찌면 되고, 작은 건 그대로 찌면 되고."

할아버지 말씀에 얼굴이 화끈거렸다. 나도 모르게 고구마를 시장의 잣대로 좋고 나쁜 것으로 가르고 있었다. 사람조차 상품 가치에 따라 등급이 매겨지는 교육 현실을 비판하면서도 어느새 나 역시 존재가 아닌 상품 가치로 사물을 판단하는 습관이 생겼던 것이다.

중·고등학교에 가서 학생들을 만날 기회가 생길 때마다 묻는 말이 있다.

"노동자가 꿈인 학생들 있어요?"

손을 드는 학생은 거의 없다. 그러면 다시 묻는다.

"자신의 미래가 노동자일 것 같은 학생은?"

보통 두세 명이 쭈뼛거리며 손을 든다. 어김없이 여기저기서 키득거리며 웃는 소리가 들린다. 그러면 손을 들었던 학생들은 멋쩍어 슬며시 손을 내린다. 어느 학교를 가든 학생들의 반응은 비슷하다. 심지어 그런 질문을 하는 내게 언짢은 표정을 짓는 교사들도 더러 있다.

2010년, 현대차 '모닝'을 생산하던 '동희오토'의 비정규직 노동자의 투쟁이 있던 때였다. 어느 중학교로 강연을 갔다가 한 여학생에게 이런 질문을 받았다.

"저는 동희오토에 대해 쓴 선생님의 글을 인터넷 신문에서 보고 오늘 강연을 들었습니다. 그런데 선생님께서는 왜 자꾸 학생들이 노동자가 될 거라고, 특히 우리 중 반은 비정규 노동자가 될 거라고 단정지어 말씀하시는지 모르겠습니다. 저희 학교에는 공부에 취미가 없는 학생도 있긴 하지만 대부분은 공부를 열심히 하며 꿈을 키우고 있습니다. 그런데 저희의 미래를 위해서 꿈과 희망을 불러일으켜 주시지는 않고 왜 노동자가 될 거라고 단정을 지으시지요?"

당돌하고 야무진 질문이었다. 그리고 낯설지 않은 질문이었다. 그 여학생은 노동자가 되는 것은 곧 실패한 인생이 되는 것이라고 여기고 있었다. 아마 그때까지 어느 누구도 "너의 미래가 노동자다."라고 말해 주지 않았을 것이다.

그로부터 5년이 지난 지금도 나는 학생들에게 똑같은 질문을 던지고 있고, 학생들의 반응 역시 똑같다. 하긴 자신들의 미래에 대해 냉정하고 현실적인 이야기를 듣고 자란 우리 공부방 아이들도 마찬가지다. 공부방 아이들은 노동이 숭고하다고까지는 아니어도 노동의 중요성과 노동 인권에 대해 이야기를 듣고 토론을 하며 자랐다. 그러나 막상 노동자가 되어서는 자신이 성공하지 못했다고 생각한다. 생산직 노동자나 어린이집 보육 교사나 간호조무사나 다 마찬가지다. 어릴 적 꿈을 이뤄 외항선 선원, 미용사, 어부가 된 아이도 다르지 않다. 우리 사회에는 그 꿈을 이루어서 참 잘됐다고 말할 사람이 별로 없을 것이다.

대부분의 아이들은 학교에서나 가정에서나 늘 공부를 안 하면 노동자가 되거나 농부밖에 못한다는 소리를 듣고 자란다. 노동자, 농민이 된 이들의 내면에는 깊은 열등감이 자리 잡고 있다. 현실이 그렇다 보니 최종 학력과 출신 학교에 따라 매겨지는 임금 격차를 당연한 것으로 받아들인다. 농산물이나 공산품에 등급을 매기듯 학생 때부터 성적과 능력에 따라 자신을 '상품', '중품', '하품'으로 나누는 것에 익숙하다. 한번 매겨진 등급이 자신의 미래를 규정하는 현실 속에서 자신을 있는 그대로 인정하고 존중하기란 쉽지 않다. '상품'이 된 아이들은 '중품'으로 떨어지지 않기 위해 눈을 부릅뜨고, '중품' 아이들은 '상품'이 되기 위해 아등바등한다. '하품'을 받은 아이들은 무력하다. 부모들은 부모들대로 사랑하는 자녀의 미래가 그 등급에 따라 결정된다는 걸 알기에 노심초사한다. 사람은 실용 가치에 따라 등급을 매겨서는 안 되는 온전한 존재라는 자각이 들어설 여유가 없다. 그저 앞만 보고 달려가거나 떠밀려 간다.

어쩌다 보니 나는 그런 현실에서 한 발짝 떨어져 있다. 나와 같이 사는, 같은 길을 가는 사람들은 세상이 매기는 등급을 거부하는 사람들이다. 그렇다 해도 세상과 담을 쌓고 살지는 않으니 세상이 우리에게 정해 준 등급까지 비껴갈 수는 없다. 우리의 등급은 잘하면 '중품', 대부분 '하품'이다. 그러나 우리는 세상이 매긴 그 등급으로부터 자유롭고자 한다. 그래서 우리가 가는 길은 대부분의 사람들이 선택한 곧게 뻗은 고속 도로나 자동차 전용 도로가 아니라, 국도나 샛길이다. 비슷한 사람 여럿이 함께 가려다 보니 모든 차가 일정 속도로 달려야 하는 고속 도로로는 갈 수 없다.

내가 선택한 길에서는 조금 뒤처져도 괜찮고 멈춰 설 수도 있다. 종종 비포장도로를 만나고 가파른 오르막길이나 내리막길을 만나기도 하지만 함께 가는 사람이 있어 덜 힘들고 덜 외롭다. 걸어서 가다 보니 함께 가는 사람들이 누구인지, 왜 그 길 위에 들어섰는지 이야기를 나눌 여유가 있다. 상대방의 걸음걸이에 내 걸음을 맞추거나, 가던 길을 멈춰 해가 뜨고 지는 풍경을 감상할 수도 있다.

그 길 위에서 가끔 고속 도로를 건너다본다. 차에 몸을 싣고 쉼 없이 달리는 사람들을 보며 그들이 목적지에 도착하면 원하는 것을 얻고 행복해질 수 있을지 생각한다. 어쩌면 나는 끝내 그 목적지에 도달하지 못할 수 있다는 생각도 한다. 그러면 나는 불행해질까? 그렇지 않을 거라고 확신한다. 나는 지금 이 길을 함께 가는 사람들, 그 사람들과 함께하는 이 순간이 소중하고 행복하기 때문이다.

고속 도로에서 내려선 이 자리에서 우리 이야기를 해 보려 한다. 내가 1987년 만석동에 들어와 '기찻길옆아가방'을 시작한 그 처음부터 1988년 '기찻길옆공부방'으로, 2001년 다시 '기찻길옆작은학교'로 바꾼 이야기, 공동체를 이루어 가는 이야기, 교육 이야기, 가난에 대한 이야기, 2001년 강화 양도면 살문리(삼흥리)로 이사해 지금까지 이어 가고 있는 농촌 생활까지 두서없이 펼쳐질 것이다. 그 이야기가 50대 아줌마의 넋두리나 알맹이 없는 수다가 될지, 평범한 사람들을 불편하게 하는 이야기가 될지 잘 모르겠다.

스물넷에 빈민 지역에 들어가 30년 동안 공부방을 해 왔지만 세상이 원하는 감동적인 성공 스토리 하나 만들어 내지 못했다. 내가 앞으로 하려는 이야기는 성공, 1등, 우등, 모범과는 거리가 먼, 지질하고 눈에 띄지 않는 존재들의 성장 이야기다. 외모와 능력, 뒷배와 상관없이 존재 자체로 '나'인 사람들의 이야기다. 이 이야기에 등장하는 인물들은 대부분 공부방을 시작한 초창기에 만난 사람들이다. 30년이 지난 지금, 우리 공동체에 새로운 희망을 부여하고 변화를 이끌어 갈 주체는 청년들이지만 이 책에는 그 청년들의 이야기는 많이 담지 않았다. 그들의 이야기는 그들이 새로 쓰고 만들어 갈 것이라 믿기 때문이다.

차례

2부. 결핍과 나눔으로 자라는 아이들

3부. 강화의 시골에서 다시 희망을 배우다

1부

만석동, 자발적 가난과 공동체의 꿈

1

괜찮아,
너는
특별하니까

"인마, 너 어떻게 된 거야? 그동안 내가 얼마나 너한테 전화를 했는 지 알아? (…) 그랬어? 애는?"

2015년 봄, 공부방 아이들의 공연을 마치고 강화로 돌아오던 길이 었다. 남편은 운전대를 잡은 채 흥분해서 통화를 이어 갔다. 몇 마디 듣지 않고도 전화기 너머 주인공이 가람이라는 걸 눈치챌 수 있었다. 서른일곱, 어른이 된 가람이를 어릴 적 별명으로 부르는 남편을 타박 했지만 솔직히 내게도 가람이는 아직도 열일곱, 열여덟 청춘으로만 기억된다.

돌아보면 가람이는 내 눈에서 가장 많은 눈물을 쏟게 한 아이였다. 가람이가 공부방에 다니게 된 것은 공부방 문을 연 지 며칠 뒤였다. 그 며칠간 공부방을 기웃거리다 눈이 마주치면 무안해하며 달아나던 가 람이를 어느 날 아침 10시가 넘어서 골목에서 마주쳤다. 평일이니 당연히 학교에 가 있어야 하는 시간에 말이다. 그런데 그런 가람이 뒤를 쫄레쫄레 따라오는 아이가 하나 더 있었다. 1학년이던 가람이 동생 아람이였다. 왜 그 시간까지 학교에 가지 않았느냐는 말에 아이들은 늦잠을 잤다고 말했다. 가람이는 겁에 질린 얼굴로 엄마한테 절대 이르지 말라고, 내일부터는 학교에 꼭 가고 공부방도 다니겠다고 했다. 그 말이 순박하고 진실돼 보여 슬그머니 웃음이 나왔다. 그렇게 가람이와 아람이는 공부방에 다니게 되었다. 하루 종일 목소리를 듣기 힘든 아람이와 달리 가람이는 묻지 않아도 학교에서 있었던 일을 조잘거렸다. 개구지면서도 따뜻한 구석이 많아서 자기보다 약한 아이들을 돌볼 줄도 알았다.

가람이가 공부방에 다니기 시작한 지 한 달 남짓 되었을 때였다. 어느 주말 저녁, 오랜만에 집에 가려고 공부방 문을 닫고 나오는데 동네 아이들과 공차기를 하던 가람이, 윤권이, 기복이가 다가왔다.

"이모, 어디 가요?"

"집에."

"집이요? 이모네 집 여기 아니에요?"

"이모도 엄마 아빠가 있어. 거기 가는 거야."

세 아이의 얼굴 표정에 실망이 가득했다. 잠시 입을 다물고 있던 가람이가 말했다.

"그럼 이모도 엄마 보러 가야겠네요. 그 대신 이모, 공부방 불 다 켜놓고 가면 안 돼요?"

"왜?"

"우리가 엄마 아빠들 기다리느라 밤늦게까지 밖에서 놀잖아요. 그러다 공부방을 딱 쳐다보면 불이 켜져 있잖아요. 그러면 마음 따뜻해진다요."

윤권이가 맞장구쳤다.

"맞아. 불 켜져 있으면 이모가 있는 거 같으니까."

그 뒤로 나는 주말에도 마음 놓고 집에 갈 수 없었다. 그리고 어쩌다 밤에 나갈 일이 생기면 공부방에 불을 켜 놓고 나갔다.

"이모, 우리 어젯밤에 삼겹살 먹었다요."

"이모, 우리도 강아지 키울 거다요."

"이모, 나 수학 60점이다요. 잘했죠? 저번에 40점이었는데."

가람이는 시시콜콜 할 말이 많았다. 또 집에 있는 시간보다 아이들이 '똥바다'라고 부르는 철길 옆 갯벌, 공터인 '2층 마당', 학교, 오락실로 쏘다니는 시간이 더 많은 공사다망한 아이였다. 그러나 공부에는 눈곱만큼의 관심도 없었다.

그해 가을이었다. 오랜만에 공부방 분위기를 바꿔 보겠다고 동일방직 앞부터 인천역까지 걸으며 은행잎을 주웠다. 그리고 아이들과 함께 공부방 벽에 갈색 도화지를 이어 붙여 커다란 은행나무 기둥을 만들고 노란 은행잎을 붙였다. 때마침 창밖으로 진눈깨비가 흩날렸다. 자기가 만든 은행나무를 흐뭇하게 바라보던 가람이가 말했다.

"이모, 밖에 겨울이 와도 우리 공부방은 내내 가을이다요."

나는 가람이의 따뜻한 마음이 참 좋았다. 가람이는 신경질적이고 날카로운 친구들을 감싸고, 학교나 동네에서 따돌림받는 단짝 친구를 챙길 줄 알았다. 공부방에 다녀도 학교 공부에 대한 관심이 늘지는 않았지만 가람이는 자신의 느낌과 생각을 시와 그림으로 표현하는 법을 배워 갔다. 가람이는 똥바다로 산책 가서 게나 민챙이를 잡으며 노는 걸 좋아했다. 동물은 또 얼마나 좋아하던지. 학교에서는 선생님들의 골 칫거리였을지 모르지만 나는 가람이 안에 숨어 있는 감수성과 기발하고 발랄한 생각들이 좋았다. 그것들을 끄집어내 빛나게 하고 싶었다.

"괜찮아."
"너는 참 특별해."
"그까짓 거 뭐."
어렸을 때, 내가 뭔가 엉뚱한 일을 벌이거나 잘못했을 때마다 아버지가 해 주셨던 말이다. 나는 어른들이 좋아하는 될성부른 아이가 아니었다. 여자애인데도 예쁘고 상냥한 구석이라고는 하나도 없었고 야무지거나 똘똘하지도 않았다. 여자애들이 좋아하는 공놀이, 고무줄놀이 같은 것에는 별로 관심이 없었다. 나는 산이나 들로 쏘다니는 걸 좋아했고, 동네에서도 시궁창 건너뛰기라든가, 시궁창이나 개울가와 맞닿은 시멘트 블록 담에 스파이더맨처럼 붙어 걷기 같은 것을 좋아했다. 그 아슬아슬한 느낌이 왠지 좋았다. 밤이면 동네 아이들과 어울려 시멘트 블록 공장에서 수사반장놀이나 스파이놀이를 하는 것도 좋아했다. 그렇게 선머슴처럼 놀았지만 혼자 노는 것도 좋아했다. 특히 종이 인형 놀이에 몇 시간씩 빠져 있거나, 숙제도 아닌 관찰 일기 쓰기에 빠져 모기, 제비, 땅강아지, 금붕어, 별자리 관찰 일기를 쓰기도 했다. 어머니는 내가 친구들과 어울리지 못할까 봐 걱정이 되셔서 동네 아이들 몰래 내게 고무줄놀이를 직접 가르쳐 주기까지 하셨다. 하지만 아버지는 내가 엉뚱한 일을 벌일 때마다 "하여간 독특한 에미나이야. 진짜 특별해."라고 웃으며 넘어가셨다. 아니, 그대로 인정해 주시는 걸 넘어 "괜찮아, 넌 특별해, 독특해."라고 하신 말은 내가 어려운 일을 겪을 때마다 자신에게 해 주는 격려가 되었다.

나도 가람이를 비롯한 공부방 아이들에게 "괜찮아." "너는 특별해." 라는 말을 해 주고 싶었다. 자기가 학습 부진아반이 되었다면서 학습 부진아가 뭐냐고 묻는 아이에게, 시험을 못 봤다고 담임 선생님이 2층 교실 창으로 뛰어내리라고 했다는 아이에게 나는 괜찮다고 말했다. 그리고 왜 괜찮은지, 공부를 못해도, 가난해도 '네가 왜 괜찮은 아이' 인지 찾아 주고 싶었다. 어쩌면 공부방이 할 일은 그게 전부일지도 모른다고 생각했다. 약하고 얼뜬 내가 부모님 곁에서만큼은 괜찮은 아이, 특별한 아이였던 것처럼 공부방 아이들도 그런 아이가 되게 해 주고 싶었다.

초등학교 1학년 때 아버지가 스케이트를 사 주셨다. 아버지는 그날로 스케이트장에 데려가 나 혼자 얼음판 위에 서게 했다. 내 옆으로 쌩쌩 달리는 언니 오빠들에게 주눅 들다가도 뒤를 돌아보면 스케이트장 밖에서 나를 지켜보는 아버지가 계셨다. 몇 번을 혼자 넘어졌다 일어서기를 되풀이하다가 마침내 두 발로 섰을 때 아버지가 울타리 밖에서 박수를 쳐 주셨다. 나는 그 박수 소리를 들으며 얼음을 지치고 나갔다. 그 첫날 이후로 아버지는 스케이트장에 오시지 않았다. 제대로 배운 것이 아니라 혼자 터득한 것이라 스케이트 폼이 엉망이라고 오빠한테는 늘 놀림감이 되었다. 그러나 어차피 스케이트 선수가 되려 했던 것도 아니니 얼음 위에서 자유롭게 미끄러질 수 있으면 되었다.

초등학교 3학년 때는 처음으로 두발자전거를 탔다. 주말마다 아버지와 함께 자전거 대여점에서 한 시간에 50원씩 주고 자전거를 빌려서 연습했다. 아버지는 내가 혼자 페달을 밟을 때까지 뒤에서 잡아 주고 밀어 주셨다. 그리고 혼자 달리게 되었을 때 더는 내 뒤에 계시지 않았다. 자전거를 타다 넘어지고 때때로 너무 멀리 가서 걱정을 끼쳤을 때도 이렇게 말씀하셨다.

"크게 안 다쳤으면 괜찮아."

나는 공부방이 그렇게 아이들 뒤에 있는 뒷배가 되어야 한다고 생각했다.

초등학교 5학년 때 어머니가 가출을 한 뒤, 가람이의 여리고 약한 마음은 이리저리 찢어지고 구멍이 났다. 공부방에서는 가람이의 빈 마음을 채워 주기 위해 여러 가지 노력을 했다. 종연 삼촌은 가람이를 데리고 제물포에 있던 부화장에 가서 오리와 병아리를 사 와 마당도 없는 공부방에 풀어 놓았다. 그 뒤치다꺼리를 하느라 몇 달 동안 혼이 났지만 그렇게라도 가람이가 어머니와의 이별을 잘 이겨 내기를 바랐다. 그러나 중학교에 진학한 가람이는 학교에 잘 적응하지 못했다.

우리 동네는 거친 곳이었다. 사내아이들은 종종 누구누구 형처럼 몸 좋고 돈 잘 버는 조폭이 되고 싶다는 꿈을 내비치기도 했다. 돈이 궁한 만석동 청소년들은 한겨울에는 조폭 조무래기들이 임대해 주는 군고구마 통을 관리하고, 한여름에는 을왕리 해수욕장의 심부름꾼으로 일하며 푼돈을 벌었다. 동네를 벗어나도 청소년을 유혹하는 곳은 많았다. 학교도 거대한 폭력의 고리에서 자유롭지 못했다. 가람이는 고등학교에 입학하자마자 한 달도 못 돼 학교를 그만두었다. 그리고 만석동 똘마니들을 그러모아 만든 '칠성파' 속에서 자유로운 하루하루를 살았다. 그리고 끝내 향정신성의약품관리법 위반, 공갈 협박 등으로 유치장과 구치소를 오갔다. 본드까지 손을 댔을 때 어떻게든 가람이와, 같이 어울리는 명준이의 본드 중독을 끊게 하려고 한 수도회에서 운영하는 알코올 중독 전문 병원까지 갔지만 소용이 없었다. 그러나 나는 이 아이들의 손을 놓을 수 없었다. 허구한 날 울며 지내던 그때, 내가 아이들을 위해 다짐할 수 있는 것은 한 가지밖에 없었다.

"네가 정 그 벼랑으로 뛰어내리겠다면 내가 같이 뛰어내릴게."

한 가지 희망은 가람이보다 일찍 본드에 중독되었던 명준이가 본드에서 벗어나 고등학교 생활을 시작한 것이었다. 하지만 그 뒤로도 가람이는 몇 번 더 구치소를 드나들었다. 거기다 아람이마저 중학교를 그만두겠다고 떼를 부렸다. 가람이처럼 일탈 행동을 하는 것도, 따돌림을 당하는 것도 아니었다. 아람이는 그저 모든 것을 귀찮아했고 무기력했다. 몇 달을 어르고 달래며 버티다 가람이 아버지와 함께 학교에 가서 자퇴서를 쓰고 오던 날, 남편은 더는 눈물을 참지 못했다. 나도 더는 무르디무른, 착하디착한 가람이 아버지를 두둔할 수 없었다. 아이를 키우는 일이 아버지만의 책임이 아니라는 걸 알면서도 원망스럽고 속상했다.

가람이네 집이 있던 골목이 재개발을 앞두고 있을 때 가람이 아버지가 만석동을 떠나겠다고 했다. 공부방을 하면서 늘 부딪친 벽은 '공부방 이모'로 내세울 권리가 없다는 것이었다. 그렇게 안타까움과 실망을 가슴에 묻고 가람이를 떠나보냈다.

다행히 명준이는 방황을 접고 고등학교 생활을 성실히 해냈다. 그리고 1년 가까이 바다를 누비는 외항선 선원이 되었다. 싱가포르에서 첫 전화를 했던 명준이의 떨리는 목소리를 들으며 나는 사람을 믿고 기다릴 희망이 있다는 것이 얼마나 큰 기쁨인지 깨달았다.

남편은 가끔씩 가람이 아버지께 전화를 걸어 가람이, 아람이 안부를 물었다. 그냥 잘 지낸다는 말, 그 말만으로 위안을 삼는 동안 16년이 훌쩍 지났다.

전화기 너머 가람이는 여전했다.

"이모, 나 공부방 다닐 때 공연하고 그랬던 거 제 아내가 못 믿어요. 『괭이부리말 아이들』 쓴 작가가 우리 이모라고 해도 안 믿어요. 이모가 말해 줄래요?"

전화를 바꾸자 가람이 아내가 앳된 목소리로 물었다.

"진짜 작가 맞으세요?"

"네."

"아, 그 책, 저 중학교 때 필독서였어요. 저는 오빠가 하는 말 못 믿었어요. 오빠가 자주 말했거든요."

"가람이 참 괜찮은 아이였어요. 아주 특별한 아이였어요. 남편이 얼마나 멋졌는지 잘 모르죠?"

"네, 옛날에 어땠는지 듣고 싶어요. 저도 같이 놀러 가도 돼요?"

"그럼요. 가람이랑 아기랑 같이 오세요."

결혼을 해 아빠가 되었다는 말에, 열심히 일하는 노동자로 잘 살아간다는 말에 가람이 때문에 속을 끓였던 그 시간들이 괜찮아졌다. 가람이가 "우리 이모"라고 해 준 말 한마디에 가슴속 응어리 하나가 녹아 사라졌다.

'이모'. 어머니도 엄마도 아닌, 그렇다고 선생님도 아닌 어정쩡한 호칭, 이모. 그 이모로 산 30년이 나는 참 좋다.

2
희망,
마약과도 같은
그 말

가람이 또래 남학생들이 만석동 골목에서 자취를 감춘 때가 있었다. 김영삼 정부가 청소년 범죄와의 전쟁을 선포하던 때였다. 그때 공부방에 다니던 중·고등학생 중 몇몇이 유치장이나 구치소, 소년원으로 갔다. 공부방 아이들이 경찰서를 들락거리던 그때, 『참사람되어』라는 잡지에서 원고 청탁을 받고 썼던 글이 하나 있다. 서툰 글이지만 그때 나의 절망, 그리고 절실했던 희망이 드러난다.

희망에 대하여

1996년 1월, 새해의 떠오르는 해를 보기 위해 수많은 사람들이 동해로 차를 몰고 떠났다.

콘도, 호텔, 여관, 민박까지 꽉꽉 들어찼다던데 그곳에서 일출을 맞이한 사람들의 새해는 그들이 지불한 돈과 시간만큼 희망으로 채워졌을까? 새로운 희망, 가능성을 위해 지불할 것이 없는 이들에게 희망은 어떻게 채워질까?

1

새해 연휴가 끝나자마자 두 달째 도서실에서 먹고 자던 아이들이 자신들에게 자유를 달라고 했다. 자유, 그들이 원하는 것을 자유라고 인정할 수 없었지만, 우리는 자유를 주었다. 그때 그들이 자유라고 말하는 것을 우리는 포기로 받아들였다.

가슴 가득하게 차오르는 분노와 허탈감으로 새해를 맞게 되었다. 처음엔 아이들에게 화가 나고 서운했다. 그러나 진짜 분노의 대상은 아이들이 말하는 자유, 그 가치를 철저하게 왜곡시킨 사회였다. 아이들이 원한 자유란, 캄캄한 다락방의 전기장판 위에서 경험하는 본드 환각이었다.

나도 자유를 얻고 싶었다. 그 자유로, 아이들을 계속 환각 속에 머무르게 하는 세상의 것들로부터 벗어나고 싶었다. 그래서 다른 이들이 그 찬란한 새해의 일출을 보고 그들의 도시로 돌아올 때, 우리 부부는 도망치듯 고물 차를 끌고 동해가 아닌 서해로 갔다. 새로 떠오르는 태양이 아닌, 지는 해를 보고 싶었던 이유는 무엇일까? 남편과 나는 딸과 함께 올겨울 들어 가장 춥다고 하는 날, 바람 속을 달려 지는 해를 보러 갔다. 지는 해를 보고 싶어 과속까지 해서 연포로, 안흥항으로, 만리포로 차를 몰았지만 끝내 일몰을 보지 못했다. 다만 우리가 마주한 것은 엄청난 파도였다. 포구에 매

놓은 목선을 넘나드는 집채만 한 파도. 바람이 너무도 거세 아이와 함께 내릴 엄두가 나질 않았다. 할 수 없이 해변에 차를 세운 채 차창을 열고 파도를 바라볼 수밖에 없었다. 그 파도 앞에서 나는 더욱 무기력해지고 작아졌다. 세상 앞에서 그런 것처럼.

그 바다를 뒤로하고 다시 도시로 돌아오는 길에 우리는 자유를 원하던 녀석들이 다시 경찰서로 연행되었다는 소식을 들었다. 본드 현행범으로.

2

어젯밤 꿈에 나타났던 아이는 내 무릎 위에 얼굴을 파묻고 울면서 말했다.

"이모, 도와주세요."

그러나 눈을 뜬 아침에 바뀐 것은 아무것도 없었다.

지난해 10월 가람이가 우리 곁으로 다시 돌아왔을 때에야 성서의 '돌아온 탕자' 이야기에 담긴 뜻을 이해했다.

가람이가 돌아오자 이제까지 우리 곁을 떠나지 않고 제자리를 지켜 왔던 재양이, 미애, 정희 같은 아이들은 제쳐 놓고 오로지 가람이와, 함께 돌아온 명준이에게만 관심을 쏟았다. 물론 우리 아이들은 돌아온 탕자의 형처럼 가람이와 명준이를 질투하거나, 섭섭하다고 투덜거리지는 않았다. 그들 역시 그 아이들을 기쁘게 맞이해 주었다. 그러나 사실 난 온 마음으로 기뻐할 수만은 없었다. 그아이들이 안전하고 평화로운 우리 곁으로 돌아온 것이 아니라 우리가 그 아이들에 의해 살얼음판으로 끌려 나가고 있다는 느낌이

들었다. 그 아이들은 몇 달 동안 공부방 밖에서 겪었던 온갖 경험들을 영웅심에 도취되어, 때로는 정의감에 불타 떠벌렸다. 그 이야기 속엔 세상과 어른들을 향한 비웃음과 적대감이 가득했다. 그런데 그런 아이들 역시 세상에 깊이 물들어 있었다.

아이들과 함께 있으면서도 그들의 눈을 똑바로 마주 볼 수가 없었다. 무엇인가 불안했다. 더는 아이들을 방치해서는 안 된다고 생각하니 책임감으로 마음이 무거웠다. 그러던 어느 날 아침, 전화를 받았다.

"이모, 저 노태우 나쁜 놈이지요. 죽일 놈이죠? 저놈 죽여야 돼요."

전화기 너머로 들려오는 가람이 목소리를 듣는 순간 온몸이 떨리기 시작했다. 이미 충분히 예견한 일이었음에도 앞이 캄캄해질 정도로 무서웠다. 한편으로는 그렇게 전화를 해 준 것이 고마웠다. 그 뒤로 본드에 취한 가람이 목소리를 들을 때마다 번번이 억장이 무너지는 것 같았다. 그래도 그 아이 곁에 우리가 있는 것에 안도했다. 그러나 가람이와 그 친구들이 풀린 눈동자로 응시하고 있을, 햇볕 한 줌 없는 판잣집 다락방의 어둠과, 어린 시절부터 느껴야 했을 외로움과 박탈감을 생각하면 길을 가다가도, 자려고 누웠다가도, 저녁밥을 짓다가도 눈물이 솟구쳤다.

열여섯, 열일곱의 나이로는 견뎌 내기 힘들 삶의 무게와 상처들을 안고 있는 아이들에게 남은 건 심한 무력감과 우울증, 외로움뿐이었을 것이다. 그 아이들을 방치했다는 자책감도 우리를 힘들게 했다. 그들을 위해 무엇이건 해야 된다는 생각이 들었다. 아이를 데리고 여행도 가고, 데리고 자고, 먹고, 함께 앞뒤도 끝도 없는 이야기를 계속 이어 갔다. 아이들을 위해 무엇을 해야 하는지, 무엇이 필요한 것인지 물어볼 데도 없었고 도와주겠다는 사람도 없었다.

그 무렵 갑자기 정부와 언론에서 청소년들에게 관심을 갖기 시작했다. 청소년들의 학원 폭력과 일탈이 사회 문제가 되고 있었으므로 자연스러운 일이었지만, 정부나 언론의 관심과 대책들은 주먹구구식이었다. 금이 가고 물이 새기 시작한 지 오랜 댐을 방치했다가, 댐이 무너지자 그제야 허둥대는 것처럼 청소년 문제가 갑자기 부각되기 시작했다. 그러더니 결국 김영삼 대통령의 특별 지시까지 내려졌다.

사람들은 갑자기 정의감에 불타기 시작했다. 학원 폭력, 조직화된 절도 행각, 비행들을 단죄했다. 피해자들이 드러나기 시작했고 그들의 고통스러운 학교생활과 상처들이 드러났다. 어느 날, 텔레비전의 아침 프로그램에선 동급생의 학원 폭력에 시달리다 못해 유학을 가게 된 중학교 3학년 아이의 증언이 소개되었다.

"저 말고도 유학을 가거나 계획을 세우는 친구들이 많아요."

남녀 사회자는 얼마나 시달렸으면 유학까지 결심했겠느냐며 분노했다. 피해자에 대한 사회적 관심은 필요하다. 그리고 그 관심은 가해자를 만들어 낸 학교 폭력의 원인에 대한 고민과, 가해자들을 위한 재교육으로 이어져야 한다. 피해자와 가해자에게 같은 차원의 애정과 관심을 보여야 한다. 그러나 세상의 관심은 가해자들을 단죄하는 데로만 쏠렸다. 어느새 가해자가 된 우리 아이들은 줄줄이 학익동 구치소로 끌려갔다.

학원 폭력 추방의 사명감에 불타거나 건수를 할당받은 경찰들에게 개똥이가 설득당해 말똥이의 범죄 사실을 불자 말똥이가 잡혀가고, 말똥이를 협박해서 소똥이를 끌어가자, 소똥이가 또 불어서 새똥이가 잡혀갔다. 굴비 꿰듯 경찰서로 끌려간 만석동의 10대들은 지긋지긋한 만석동이란 동네를 벗어나 학익동 구치소로 가서 살게 되었다.

친구에게 빌렸던 슬리퍼, 트레이닝 바지, 반바지, 수영복을 되돌려 주지 않아 절도죄로 입건된 아이들이 있는가 하면, 초등학생에게 60번에 걸쳐 13,000원을 뺏은 아이는 공갈 협박, 갈취로 상습 범죄자가 되었다. 본드로 인한 향정신성의약품관리법 위반에다 오토바이 절도로 입건된 아이도 있었고, 심지어 열네 살짜리 택시 강도도 있었다. 서로서로 '찔렀다'고 복수심에 불타던 아이들은 결국 학익동 구치소에서 만나 다시 우정을 나누었다. 높은 담벼락 안에서 만난 아이들은 모두 불알친구였거나 그 불알친구의 형이고 동생이었다. 결국 한자리에 모일 수밖에 없는 공동 운명체임을 확인한 것이다.

안양에 있는 서울소년감별소로 넘어간 아이들도 다르지 않았다. 감방의 방장도, 면회소나 식당의 장들도 모두 친구거나 선배였단다. 청소년 범죄와의 전쟁 중 만난 만석동 파출소장은 청소년에서 장년층까지 만석동 주민 중 갖가지 범죄로 구치소나 소년원 혹은 감호소, 교도소에 갇힌 이들이 470여 명이라고 말했다.

3

작년 11월부터 드러난 청소년 범죄가 하루 이틀의 문제가 아니라는 것쯤은 모르는 사람이 없다. 세상과 담을 쌓고 살지 않는 한 대부분의 사람들은 요즘 아이들을 보고 한 번쯤 혀를 차 보았을 것이다. 그러나 해결책을 아는 사람은 거의 없었다. 세상이, 어른들이 궁여지책으로 선택한 방법은 그들을 가두는 것이었다. 보고 싶지 않은 것은 높은 담이 쳐져 보이지 않는 곳으로 내몰면 됐다. 그러면 끝. 그러나 아니다. 어떻게든 최악은 막아 보겠다고 부모들과 이리저리 뛰어다니는 중에 우리는 번번이 힘없고 가난한 이들을 상대로 흥정을 하고, 이용하는 힘센 사람들을 만나야 했다. 아무도 그 아이들이 왜 그렇게까지 됐는지 묻지도 않고 궁금해하지도 않았다. 책임 소재를 가리려 하지도 않았다. 책임 소재를 따지자면 세상의 토대를 다 뒤엎어야 한다는 것을 이미 알고 있어 피하는 것인지도 모른다. 어른들은 청소년들을 높은 담장 안으로 밀어 넣고는 단 얼마간이라도 그들의 문제로부터 벗어나면 그만이라고 생각하고 싶어 했다.

면회를 가서 아이들에게 들은 바로는 향정신성의약품관리법 위반으로 잡혀 들어간 아이에게나, 절도로 들어간 아이에게나, 공갈 협박이나 폭력으로 들어간 아이에게나 똑같은 수감 생활이 반복되고 있었다. 구치소나 소년원으로 넘어갔더라도 아이들은 청소년이다. 아직은 사회로부터 교육을 받아야 하는 나이다. 사회는 아이들이 범죄를 되풀이하지 않게 재교육할 의무가 있다. 그러나 철창 너머 고동색 수의를 똑같이 입은 그 아이들은 바깥세상이나 철창 안이나 다르지 않다는 것을 느끼고 배울 뿐이다. 그렇게 형을 살고 나오면 경찰과 변호사와 검사와 판사 앞에서 죄를 뉘우치고 감화를 받을 수 있을까?

4

만석동의 남자아이들이 차디찬 구치소, 소년원에서 살아가는 법을 배우고 있을 때 우리는 우리 공부방과, 만석동에 있던 청소년 공부방인 '다락방청소년공부방' 아이들과 함께 두 번째 '열린학교'를 열었다.

'우리는 누구인가?'

주제를 듣자마자 아이들이 짜증을 냈다.

"그놈의 지겨운 청소년기에 대한 이야기는 싫어요. 이제는 우리의 꿈에 대해서, 취업에 대해서, 장래 희망에 대해서 이야기하고 싶어요."

이미 다 알고 있는 것을 따분하게 다시 확인할 필요가 있느냐며 투덜거렸다. 그래도 이모 삼촌들은 '청소년기, 그 세대를 사는 우리'에 대해서 이야기를 나누자고 고집을 피웠다.

탈춤을 추고, 새 노래를 배우고, 음식을 나눠 먹을 때만 즐겁고, 뭔가 이야기를 시작하기만 하면 마음이 무거워지는 아이들. 나는 자기 이야기를 하자는데 왜 그렇게 무거워지는지, 왜 자기 모습을 찾는 것이 두려운지를 스스로 발견하고 직면하게 하고 싶었다.

하루, 이틀, 사흘. 이야기는 늘 빗나가는 것같이 느껴졌다. 친구들, 집, 학교, 꿈에 대한 이야기들이 쏟아져 나왔지만 겉돌았다. 자신이 아닌, 세상이 이야기하는 청소년 이야기를 앵무새처럼 하고 있었다. 많은 이야기를 했지만 그들의 이야기는 아니었다.

우리 아이들은 가난하다. 우리 사회가 규정하는 청소년들의 현실, 미래에서 한참 비켜서 있다. 물질적 풍요와 사치, 출세와 성공은 우리 아이들이 경험할 수 없는 먼 곳의 이야기다. 그러나 아이들은 언론에서 떠드는 현재의 풍요와 장밋빛 미래가 자신에게도 똑같이 주어질 거라 믿었다. 나는 아니라고 말했다. 잔인하리만치 분명하게. 그러나 그것을 누리지 못하면 불행한가 하고 되물었다.

열린학교에 모인 청소년들은 소년원이나 학익동 구치소에 갇혀 있는 또래들, 지금도 판잣집 한구석에서 본드에 취해 있거나 오토바이를 타고 목적지도 모르는 채 질주하는 또래들과는 달리 현실에 발을 단단히 붙이고 있는 아이들이었다. 아니, 그렇다고 믿고 싶었다. 나는 이 아이들을 통해 희망을 찾고 싶었다. 그러려면 아이들이 자신이 서 있는 현실을 정확히 보고, 진짜 자신을 만나 이야기를 나누어야 했다. 아이들은 시간이 흐를수록 외면했고, 달아나고 싶어 했다. 함께 열린학교 프로그램을 진행한 이모 삼촌들도 조금씩 지쳐 가고 있었다.

"자아를 직면하는 게, 자신들이 살아가는 현실을 보는 게 쉽지 않잖아요. 좀 더 쉽게 가는 게 낫지 않을까요?"

그러나 나는 아이들이 스스로 자기 안에 있는 생명의 불씨를, 한 줄기 가능성을 확인하게 하고 싶었다.

아이들은 끝내 내 믿음을 배반하지 않았다. 비로소 그 아이들만이 가질 수 있는 희망과 힘을 보여 주었다. 아직 세상에 무릎 꿇지 않은 자유로움, 자발적인 연대 의식을 보여 주었다. 자신들도 기뻐했다. 아이들은 조금씩 꺼내 놓은 상처를 서로 공감하고, 위로해 주었다. 그리고 자신도 모르게 내면화했던, 입시 위주 교육 아래에서의 열등감과 열패감, 폭력에 길들여진 모습을 발견했다.

열린학교 닷새째가 되던 날, 아이들이 말했다.

"우리가 얻은 힘이라는 게 같이 갈 수 있는 힘이란 걸 느꼈어요. 도중에 그만둔 친구들과 끝까지 함께 오지 못한 것이 아쉬워요. 닷새 동안 견뎌 낸 우리가 대단한 것 같아요."

아이들의 입으로 "우리가 대단해요."라고 말하는 모습에 가슴이 뭉클했다.

열린학교를 준비하면서 이모 삼촌들이 기대한 것은 "자신에 대해 긍정하는 마음"을 갖는 정도였다. 아이들끼리 서로의 존재를 인식하고 "같이 갈 수 있는 힘"이란 연대감을 발견하는 데까지 도달할 거라고는 생각하지 못했다. 그런데 스스로 자신들을 지켜 낼 힘을 깨달은 것이다.

열린학교에 모인 아이들 대부분이 사회 구조적인 문제로 발생한 빈곤과 소외를 겪고 있었다. 가정에서 폭력이나 방임, 유기를 경험한 아이들이 있는가 하면, 학교 폭력과 따돌림으로 상처를 입은 아이들도 다수였다. 아이들은 그 상처와 어둠으로부터 벗어날 수 있는 길을 자기 안에서 찾아냈다. 그리고 자신의 상처에 공감할 수 있는 친구, 형, 누나에게서 힘을 얻었다.

열린학교가 끝나고 한 달이 지나자 학익동이나 안양으로 갔던 아이들이, 실형을 받은 몇몇을 제외하고 돌아왔다. 그러나 그 아이들을 맞을 집이나 학교, 지역 사회는 달라진 것이 없었다.

그래서 우리는 1996년 4월, '우리쉼터'를 열었다. 몇 년 동안 만석동에 살면서 함께 청소년 문제를 겪었던 꼰솔라따수도회 루이스 신부님의 도움으로 화평동 굴다리 옆에 낡은 집을 전세로 얻었다. 청소년들이 벽 없이 쉽게 쉼터를 드나들 수 있도록 공부방이 있는 곳에서 벗어나 인천역과 동인천 사이에 마련한 것이다. 만석동에서 태어나 자랐고, 고등학교 시절 다락방청소년공부방을 다니며 우리와 인연을 맺은 박윤보가 우리쉼터를 맡아 주기로 했다. 남학생들이 좋아하는 윤보 삼촌은 가람이와 명준이가 처음 본드에 중독되었을 때 아예 직장을 그만두고, 주민 도서실에서 두 달 동안 함께 살았다. 그래도 가람이와 명준이는 중독에서 바로 벗어나지는 못했지만 우리에게 숙제를 던져 주었다. 윤보 삼촌은 자신의 상처를 그대로 닮은 동네 동생들을 위해 기꺼이 쉼터 삼촌이 되었다.

윤보 삼촌은 청소년들이 필요할 때 언제든 쉼터에 찾아올 수 있게 쉼터에서 살았다. 그리고 공부방 이모 삼촌들이 각자의 전공에 맞게 상담이나 놀이 프로그램을 운영했다. 청소년들의 요구에 따라 취미 교실도 열었다. 쉼터에는 근처에 사는 중·고등학생들, 자퇴생들, 보육 시설에서 자란 중국집 배달원, 보호 관찰을 받고 있는 청소년 등 다양한 아이들이 오갔다.

그러나 사회적으로 청소년 문제에 관심이 많아지면서 인근에 시설 좋고 전문인들이 운영하는 청소년 쉼터가 생긴 데다, 우리쉼터에 자주 오던 아이들이 직장을 얻거나 대학에 진학하면서 쉼터에 오는 아이들이 줄었다. 우리는 결국 우리쉼터의 문을 닫았다. 누군가는 우리의 시도를 실패라고 말했고, 또 누군가는 실패의 원인을 분석해 좀 더 나은 공간을 만들어야 한다고 했다. 우리가 쉼터를 만든 것은 쉼터가 절실한 아이들이 있었기 때문이었지만 우리에게는 쉼터를 더 발전시킬 전문성도, 돈도 없었다. 우리가 하고자 했던 몫을 다른 센터가 해낼 수 있으면 된다고 생각했다.

그때 쉼터를 들락거리다 윤보 삼촌과 청소년 모임을 만들었던 친구 중 원규 삼촌은 이제 30대 중반이 되어, 나이가 열 살 가까이 차이 나는 청년부 후배들의 모임을 끌어간다. 우리쉼터 3년에 남은 것은 원규 삼촌 한 사람일지 몰라도 우리는 그것으로 충분하다고 믿는다. 청소년들이 쉽게 가 안기고, 함께 축구를 하고, 함께 인형을 만들 수 있는 삼촌 한 사람이 우리는 '희망'이라고 믿는다.

3

왜 가난한
동네로 갔느냐고
묻는다면

많은 사람이 묻는다.

"왜 하필 가난한 동네에서 공부방을 시작했어요?"

공부방을 시작한 것은 만석동에 들어간 지 1년 뒤였으니, 그보다는 왜 가난한 삶을 선택했느냐가 더 적당한 질문이겠다. 어쨌든 그런 비슷한 질문을 받을 때마다 고등학교를 졸업하고 부딪친 한국 사회의 현실이 나를 빈민 지역으로 이끌었다고 말한다. 그런데 곰곰이 생각해 보면 그보다 먼저, 경제적으로 풍족하지 않았던 환경, 부모님의 반골 기질, 어린 시절을 보낸 기지촌에서 어렴풋이 눈떴던 사회 모순, 군부 독재 시대의 모순과 비리가 집약되어 있던 선인재단에서 중·고등학교 시절을 보낸 경험, 청소년기의 유일한 위안이자 힘이었던 문학 등을 꼽을 수 있겠다.

어려서부터 얼뜨고 약한 아이였던 나는 늘 나와 닮은 약하고 여린 존재들에게 마음이 끌렸다. 영화를 보든, 책을 보든, 텔레비전을 보든 불행하거나 약한 존재에게 금세 감정 이입을 해 자주 울었고 우울해 했다. 초등학교 때는 「수사반장」이라는 드라마를 보다가 가난 때문에 범죄자가 된 주인공에게 감정 이입이 되어 나도 모르게 울음을 터뜨린 적도 있다. 청소년기 때까지 그랬던 터라 부모님은 내가 연민 때문에 옳고 그름을 판단하지 못하는 사람이 될까 걱정스러우셨다고 했다.

고등학교를 졸업하고 간 첫 직장은 대학 병원의 기획실이었다. 말단 사무직 노동자가 하는 일은 의약품 종류와 기호, 병명 코드 등만 외우면 할 수 있는 단순한 서류 처리가 대부분이라 일을 배우는 것은 어렵지 않았다. 정작 힘들었던 것은 내가 근무하는 그 사무실 안에서도 힘의 논리에 따라 편이 갈리고 서로 힘겨루기를 하는 것이었다. 입사한 지 1년쯤 지나니 선배들이 내게도 어느 편에 설지 선택하라 했다. 터무니없는 요구를 거부한 대가로 나는 원무과로 부서 이동을 당했다.

원무과 수납 일은 응급실 때문에 야간 근무가 필수였는데, 야간 근무는 신입 사원이 도맡아 하는 게 관행이었다. 자칫 후임이 올 때까지 내내 야간 근무를 해야 할 상황이었다. 다행히 같이 입사했으나 부서만 달랐던 수납 동기가 배려를 해 줘서 두 사람이 한 주씩 번갈아 하기로 했다. 야간 근무 시간은 주간조가 끝나는 저녁 5시 반부터 다음 날 아침 8시까지였다. 그러나 인수인계를 하느라 오후 5시까지 출근했고 아침 8시 반이 되어야 퇴근했다. 병원은 영등포에 있었는데 집은 인천이었다. 하루에 세 시간을 자며 버티다 나흘쯤 지나면 잇몸이 다 들떠서 시리얼조차 씹을 수 없을 지경이 되었다. 괜한 자존심과 고집 때문에 고생을 사서 하게 된 셈이지만 후회는 하지 않았다.

그때는 병원 시스템이 전산화되지 않았을 때라 수납 직원이 의약품, 처치, 검사를 비롯한 모든 진료의 명칭과 그에 따른 공식 의료 수가를 외우고 있어야 했다. 똑같은 약, 똑같은 검사라 해도 의료 보험 환자인가 일반 혹은 교통사고 환자인가에 따라 의료 수가가 달라지는 데다, 약 처방전도 의사에 따라 어떤 이는 약품 성분을, 어떤 이는 제품명을 쓰는 바람에 애를 먹었다. 정확히 외우지 않으면 처방전을 괴발개발 쓰는 의사들 때문에 한밤중이나 새벽에 중환자실에서 퇴원하는 환자에게 처방한 약이 에피네프린(epinephrine)인지 에페드린(ephedrine)인지 헷갈릴 수 있었다. 야간 근무를 처음 할 때는 중환자실에서 에페드린을 쓸 리가 없다는 걸 모르고 실수를 하는 바람에 10만 원이 넘는 차액을 받으러 다니느라 고생한 적이 있다. 그뿐만 아니라 내 담당 입원 환자가 병원비를 떼먹고 야반도주하는 일이 종종 있어서 주소만 달랑 들고 신림동, 봉천동, 가리봉동을 헤맨 적도 있었다. 그렇게 어렵게 찾아간 환자들의 형편은 십중팔구 먹고살기도 힘든 상황이어서 결국 원무과에서 결손 처리를 할 수밖에 없었다.

나는 그 원무과 수납 창구에 앉아 자본주의 사회의 본질을 배웠다. 병원 구조 자체가 철저한 계급 사회였고, 돈이 있고 없음에 따라 사람이 살고 죽었다. 그 대학 병원은 낮에는 의료 보험 카드가 있는 대기업 노동자나 중산층 환자들이 주요 고객이었고, 밤이 되면 입원 보증금이 없어 맹장 수술조차 할 수 없는 도시 빈민들과, 잘린 손가락을 들고 의정부에서부터 온 노동자들이 응급실을 채웠다. 의료진 한 사람 한 사람은 히포크라테스 선서를 가슴에 새기고 있을지 모르지만 거대한 병원 시스템 안에서는 그들도 하나의 부속품에 지나지 않았다.

그런데 그때까지도 나는 자신이 노동자라는 자각이 없었다. 주 75시간이라는 살인적인 노동 시간을 견뎌 내는 것을 자기와의 싸움이라고 여겼고, 원장이나 사무장이 "쟤는 성질은 못됐는데 일은 잘해서, 쟤 자르면 두 사람을 써야 해."라고 했다는 말에 우쭐해할 만큼 어리석었다.

그러나 교통사고로 사망한 채 응급실로 실려 온 택시 기사의 앞주머니에 있던, 피에 젖은 돈을 한 장 한 장 세면서, 50만 원도 넘는 입원비를 떼먹고 달아난 제왕 절개 환자를 찾아갔다가 떼먹힌 입원비를 받기는커녕 골목 슈퍼에서 10킬로그램짜리 쌀과 냉동 만두를 사서 넣어 주고 돌아오면서, 병원 로비에서 출산한 산모에게 청구된 분만비 5만 원을 받아 내면서, 긴 머리카락이 벨트 컨베이어에 끌려 들어가는 바람에 몸이 세 동강이 난 채 실려 왔던 어린 여성 노동자의 차트를 보면서 세상에 눈을 떴고 어떻게 살아야 할지 고민하기 시작했다.

그렇게 야간 근무를 한 지 1년쯤 되었을 때, 환자복을 입은 소년이 원무과를 찾아와 천 원짜리 한 장을 내밀며 동전으로 바꿔 달라고 했다. 하얀 얼굴에 웃는 모습이 퍽 매력적인 소년이었다. 그런데 그 아이가 다음 날도, 그다음 날도 같은 시간에 와서 동전을 바꿔 갔다. 그러다 일주일간 주간 근무를 하고 갔더니 "누나, 일주일 동안 어디 갔어요?" 하며 자판기에서 뽑아 온 율무차를 내밀었다. 그 소년과 그렇게 친구가 되었다. 어디가 아프냐는 물음에 그냥 웃고 말던 아이가 어느 날 붕대 감긴 오른손을 내밀어 보였다. 그리고 알게 되었다. 한 달 전 새벽에 오른손 손가락 4개가 모두 절단돼 응급실에 왔던 열다섯 어린 노동자가 그 소년이었다는 것을.

그 뒤로 밤 근무를 할 때면 늘 그 소년을 기다렸다. 어느 날 소년에게 말했다.

"네가 날 길들였어."

"길들여? 누나가 집짐승이야?"

나는 그 소년에게 어린 왕자와 여우 이야기를 해 주었다. 길들인다는 것은 "관계를 맺는 것"이라고. 날마다 밤 9시면 내려와 동전을 바꾸면서 너는 나를 길들였다고. 그래서 우리는 서로를 알게 되고, 서로에 대해 궁금해졌다고. 그날엔가, 혹은 그보다 며칠 뒤엔가 소년은 내게 자기 이야기를 들려주었다. 어머니는 병으로 돌아가셨고, 농사짓는 아버지 혼자서는 사 남매를 부양할 수 없을 것 같아서 맏이인 자기가 스스로 중학교를 그만두고 의정부에 올라왔다고 말이다. 그리고 프레스 공장에 취직한 지 한 달 만에 손가락이 잘렸고, 여러 병원을 전전하다 오는 바람에 손가락 접합 수술을 할 시기를 놓쳤다고. 그 말을 하는 내내 소년은 덤덤했다. 그때 나는 열다섯 소년에게서 체념을 읽었다.

공장에서 일하다 손가락을 잘렸는데도 소년은 산재 환자가 아닌 공상(산업재해보상보험법에 따르지 않고 사업장이 직접 각종 보상을 지급하는 것) 환자였다. 그때까지 산재와 공상의 차이를 정확히 알지 못했지만, 노동자에게는 산재가 유리하다는 것 정도는 알고 있었던 터라 어떻게든 소년을 돕고 싶었다. 그래서 원무과 산재 담당자에게 문의했는데 회사에서 절대 산재 처리를 하지 않을 거라고 했다. 중소기업이 산재를 꺼리는 이유를 알고 있었기에 소년이 도움받을 방법을 알아보았지만 나 혼자로는 역부족이었다. 산재 담당자는 자기 일도 아닌데 왜 나서느냐며 오히려 타박을 했다. 전태일이 대학생 친구를 애타게 원했던 것처럼 열다섯 소년과 스물두 살짜리 멍청한 청년에게 길을 알려 줄 누군가가 필요했지만 아무도 없었다. 소년이 퇴원하던 날, 절대 150만 원에 타협하지 말라고 당부하고 연락처를 주고받았다. 나는 소년에게 우리는 길들여져서 이제 서로 책임져야 한다고 말해 주었다. 그러나 나는 그 소년을 제대로 책임질 수 없었다.

퇴원해서 의정부 공장으로 돌아간 소년은 가끔씩 전화를 걸어 잘 지내고 있다고만 말했다. 보상 처리가 될 때까지 공장에서 허드렛일을 하고 있다고 했다. 그리고 더 시간이 지난 어느 날, 잘려 나간 손가락 값으로 150만 원을 받고 고향으로 내려간다는 전화를 걸어왔다. 더는 버틸 수 없다고 했다. 집으로 돌아가면 꼭 연락처를 달라고 하는 내게 소년은 말을 얼버무렸다. 도와주겠다는 약속을 지킬 수 없었던 나는 죄인이 된 기분이었다.

그때쯤이었다. 천주교 인천 교구에서 유신 정권과 전두환 정권에서 해직된 교수들이 민중 대학이라는 대중 강좌를 열었던 것이. 성당 주보에 실린 공고에는 그동안 책으로만 접했던 작가와 교수들의 이름이 있었다. 망설임 없이 덜컥 등록을 했다.

시인 김정환의 강연이 있던 날이었다. 시인이 청중에게 물었다.

"아름다움 하면 무엇이 떠오르십니까?"

나는 순간적으로 머릿속에 여러 가지 이미지를 떠올렸다. 서해안 어느 작은 포구의 노을, 남해의 푸른 바다, 묵호항에서 만난 오징어 배의 불빛. 그런데 시인이 말했다.

"밭을 가는 어머니의 굳은살 박인 손, 노동으로 다져진 노동자의 팔뚝……."

번개라도 맞은 듯 눈앞에 섬광이 일었다 사라졌다. 부끄러웠다. 강연이 끝나고 다들 돌아가는데 나는 자리에 앉아 있었다. 그리고 그날, 한 번도 상상해 본 적 없는 가톨릭 청년 운동에 발을 디뎠다. 몇 달 동안 가톨릭청년회 언저리를 맴돌다가 한 선배를 통해 천주교도시빈민회를 만났고, 1987년 인천의 빈민 지역인 만석동으로 들어갔다.

만석동에 들어가 생계를 위해, 그리고 지역을 좀 더 구석구석 알기 위해 신문 배달을 시작했다. 그리고 그곳에서도 한 소년을 만났다. 알코올 의존증인 아버지와 단둘이 산다는 그 소년은 화수동 어디쯤에서 지냈다. 그 소년은 나를 고등학교 중퇴생 정도로 알고 있었다. 소년은 자전거도 없이 손수레를 끌고 신문 배달을 하는 나를 위해 제 구역 배달이 끝나면 오토바이를 타고 만석부두나 화수부두까지 마중 나와 주었다. 중학교 1학년 때 학교를 그만둔 소년은 학교가 그냥 의미 없었다고 했다. 어차피 아무것도 알아듣지 못하는데 하루 종일 의자에 앉아 있는 게 너무 힘들었다고 했다. 같이 공부를 해 보자는 말에 소년은 고개를 저었다.

"누나, 나는 진짜 머리가 나빠. 그래서 철가방 할 때도 번번이 돈을 떼였어."

"그렇게 당하지 않으려면 공부를 해야 해. 검정고시 그런 거 아니어도 나랑 책도 읽고, 노동법 같은 것도 공부하고 그러자."

"누나가 공부해서 나 가르쳐 줘. 그럼 되잖아."

1987년, 대한민국에 더는 빈대니 이니 없다던 그때, 소년은 빈대에 물렸다며 몸을 벅벅 긁었다. 소년의 몸은 쥐벼룩과 빈대에 물린 상처로 늘 딱지가 더덕더덕 앉아 있었다. 어느 날 내가 가져다준 연고에 감동하며 말했다.

"난 뭐에 물려서 약을 발라 본 적이 없어."

비가 많이 오던 날, 나는 화수성당 언덕에서 손수레와 같이 미끄러졌다. 손목 가운데 살점이 떨어져 나갈 정도였지만 그때는 병원에 갈 엄두를 내지 못했다. 그 손으로 아가방 아이들 식사를 준비하고 설거지를 하는 바람에 상처가 덧났다. 같이 일하는 동료도 알아보지 못한 그 상처를 소년이 알아챘다. 그리고 약국에서 약을 사다 주었다. 그 약 값이 소년과 아버지의 저녁 한 끼 값이라는 걸 알았기에 고마움보다 미안함이 더 컸다. 나는 그 소년에게도 어린 왕자와 여우 이야기를 해 주었다. 아직도 손목에 남은 그 흉터를 볼 때마다 이제는 이름도 가물가물한 그 소년이 떠오른다. 그 소년과 끝까지 함께하지 못한 미안함도 같이.

그 소년과 화수부두 창고 앞에 앉아 아이스크림을 먹다가 내가 코를 막으며 말했다.

"샤워 좀 하고, 옷이랑 신발도 좀 빨아."

"냄새나?"

"응."

"근데 나 빨래 못하는데?"

"내가 가르쳐 줄게."

"누나한테는 좀 미안한데, 뭘 배우면 써먹어야 하고 골치 아파."

옷이건 신발이건 한번 사면 그대로 입다 버리던 소년은 내가 그 신문 보급소를 그만두기 전, 오토바이와 함께 어디론가 떠났다. 총무는 도둑놈이라며 뭐라 했지만 그곳에서 이래저래 떼인 임금이 그 고물 오토바이보다 많으면 많았지 적지 않았다. 나는 '가져가려면 좀 돈 되는 걸 가져가지.'라고 생각했다가 문득 어머니 아버지가 걱정하던 것이 떠올라 쓸쓸하게 웃었다.

이듬해, 공부방을 시작하기 전 혹시라도 그 소년을 만날 수 있을까 해서 화수동 골목을 헤매고 신문 보급소에 가서 물었지만 소식을 알 수 없었다.

30년 동안 두 소년을 닮은 아이들과 숱하게 만나고 헤어졌다. 두 소년처럼 무기력하게 떠나보낸 친구들이 있는가 하면, 어려운 현실을 딛고 스스로 설 수 있게 도운 친구들도 있다. 그러나 그들의 삶은 여전히 팍팍하고 힘들다. 오늘은 어제보다 나아야 하고, 내일은 오늘보다 나아야 하는데 세상은 그렇지 않다.

내가 공부방을 시작한 이유, 그리고 30년이 지나도 계속하는 이유는 세상이 지금보다 나아지기를, 선한 사람들이 그 마음을 잃지 않고 살아가는 세상이 되기를 바라기 때문이다. 아직도 내가 할 수 있는 일은 별로 없지만 최소한 지금 만나는 아이들에게라도 더는 미안하다는 말을 하지 않으려 애쓰며 산다.

4
만석동 공부방의 첫 졸업생

만석동에는 육이오 전쟁 때 황해도에서 피란 온 분들이 많다. 처음에는 전쟁이 끝나면 곧 돌아갈 심산으로 판자와 루핑(섬유에 아스팔트 가공을 한 방수포)으로 얼기설기 집을 짓고 살다 한두 해가 지나면서 돌과 굴 껍데기로 기초를 다지고, 일당으로 며칠에 한 번씩 시멘트 한 포대, 모래 한 포대를 사서 벽을 쌓고 구들을 놓고 지붕을 얹어 집을 지었다. 그래서 우리가 처음 만석동에 들어갔을 때, 황해도에서 이주해 온 주민들은 동네에 대한 애착과 자긍심이 강했다.

결혼을 하고 아이를 낳아 키울 때에야 우리를 주민으로 인정해 주신 이웃 어른들은, 한여름이면 평상이나 돗자리에 앉아 피란 오기 전 고향 마을 이야기나 피란 와 고생스럽게 살던 시절 이야기를 해 주셨다. 그러나 이제 만석동 1세대 어른들은 여든을 훌쩍 넘긴 노인이 되었거나 이미 세상을 떠났다. 몇 년 전만 해도 바다에 나가 잡은 동죽,

바지락, 삐죽이 조개(모시조개의 일종)를 얼렸다 주시던 대인호 할아버지 할머니가 돌아가시면 이제 만석동에는 손수 만든 바닷가 마을을 자랑스럽게 생각하던 분들은 거의 남지 않을 거다.

3년을 큰길가에서 살다 9번지와 10번지 사이에 있던 공터인 '2층 마당' 앞으로 들어와 살게 되었을 때 가장 난감한 일은 공부방 사람은 공중화장실을 쓸 수 없다는 것이었다. 특히 몸집이 좋고 목소리가 큰 할머니 한 분은 아예 공중화장실 앞에 나무 의자를 놓고 앉아서는 공부방 사람들이 공중화장실을 쓰나 안 쓰나 감시했다. 공부방 식구 한 사람이라도 어쩌다 급한 걸 못 참고 공중화장실을 썼다가는 그 자리에서 벌금 3,000원을 내야 했다. 그런데 그 심술궂고 사나운 할머니의 손자가 공부방에 왔다. 손자 역시 할머니에 버금갔다. 그 아이가 영수다.

영수는 공부방 1회 졸업생이 된 아이다. 영수는 중학교 입학을 앞두고 새엄마 손에 끌려 공부방에 왔다. 황해도에서 피란 온 1세대들이 다 그렇긴 했지만 영수네 할머니는 억척스러운 여장부였다. 오지랖이 넓어서 동네 대소사를 다 참견하고 다니셨다. 영수네 아버지는 그런 어머니를 꼭 닮았고, 영수네 사 형제도 마찬가지였다. 생김새는 조금씩 달라도 다혈질인 성격만큼은 할머니와 아버지를 빼닮았다. 영수는 학교에서나 동네에서나 이름난 개구쟁이였다. 영수 새엄마는 영수가 공부방이라도 다니며 마음을 붙였으면 좋겠다고 말했다.

"내가 이 집에 시집올 때 얘가 2학년이었어요. 그때까지 할머니 치마 속에 숨어 학교도 제대로 안 가고 그래서 한글도 못 뗐는데, 내가 몇 번 가르치지 않는데 어느 날 보니 혼자서 책을 읽고 있더라니까. 기본적으로 머리는 좋은 애야. 제대로 배울 기회가 없어서 그렇지."

영수는 새엄마 말대로 머리가 좋을 뿐 아니라 심성이 여리고 따뜻했다. 그러나 좋은 머리는 장난을 치는 데 주로 썼고, 따뜻하고 여린 심성은 말보다 주먹이 빠른 집안에서 자라 제대로 힘을 발휘하지 못했다. 영수는 공부방 이모 삼촌들이 믿을 만한 사람인지 아닌지 시험하느라 수시로 시비를 걸었다. 그러다 제풀에 꺾여 그만둔 뒤로 우리에게 마음을 열었다.

그런데 중학교 2학년에 올라가 얼마 되지 않았을 때, 학교에서 친구들과 장난을 치다가 칼을 휘둘러 학급 반장의 얼굴에 큰 상처를 내고 말았다. 학교가 발칵 뒤집혔다. 영수의 부모가 반장의 부모와 합의를 보는 사이, 우리는 영수가 도움을 받을 상담소를 알아보았다. 다혈질인 영수네 식구들은, 자기 의지와 상관없이 일어난 큰 사고 앞에 주눅 들어 있는 영수를 매로 다스리려 했다. 영수 아버지와 형 둘이 영수의 버릇을 고치겠다고 아이를 철길로 끌고 가는 걸 영수 새엄마가 말려 공부방으로 데려왔다. 아무리 생각해도 영수 가족 안에서는 영수의 분노 조절 문제가 해결되지 않을 것 같았다.

다행히 서울동부아동상담소와 연결되어 어렵게 입소가 허락되었다. 영수는 우려했던 것과 달리 상담소 생활을 잘 견뎌 냈다. 영수는 면회를 간 우리에게 상담소에는 자기보다 더 외롭고, 더 마음이 아픈 아이들이 많다며 눈물을 글썽였다. 특히 거기서 만난 초등학교 2학년짜리 아이를 제 친동생처럼 여기며 안타까워했다. 영수는 상담소를 퇴소한 뒤에도 한동안 그곳에서 만난 동생들과 연락을 주고받았다.

영수는 상담을 받는 동안 분노를 조절하는 법과 타인과 의사소통하는 법을 배워 왔다. 가난한 지역일수록 아이들이 폭력적인 환경에 노출될 확률이 높고, 유아기 전후로 마음에 깊은 생채기가 나는 경우가 많다. 그 상처들이 아동기, 특히 사춘기에 여러 가지 형태로 드러난다.

공부방에서는 부모들과 문제를 해결하려 애쓰지만 전문 상담이 꼭 필요한 아이들도 종종 있다. 공부방 초기에는 그런 아이들이 전문 상담 치료를 받기가 힘들었다. 상담 기관이 많지 않았고 우리에게 정보가 없었기 때문이다. 그래도 상담 치료가 절실한 아이들이 있으면 어떻게 해서라도 기회를 만들었다. 그런 기회를 통해 자신의 분노나 열등감을 견뎌 내는 법을 배우고 마음의 힘을 기른 아이들이 있는가 하면, 상담이 효과가 없거나 역효과가 나는 경우도 있었다. 영수는 상담 치료로 효과를 본 아이 중 하나였다.

영수는 상담소에서 돌아온 뒤 줄광대의 외줄 타기 같은 학교생활을 무사히 버텨 냈다. 그리고 당시 각종 학교로 분류되던 공업 고등학교에 진학했다. 고등학교 진학을 앞두고 영수의 학교생활을 걱정하는 우리에게 영수가 말했다.

"내가 상담소 갔다가 학교에 돌아가서 어떻게 지냈는지 알아? 담임 선생님이 쉬는 시간마다 신문지 한 장을 줬어. 그러면 나는 그 신문지를 뭉쳐 쉬는 시간 내내 유리창을 닦는 거야. 점심을 먹고 나서도 나는 창문에 매달려 유리창을 닦았어. 왜냐고? 쉬는 시간에 사고 칠까 봐 그런 거지. 나를 위험한 인물로 보는 선생님들의 시선, 나를 무서워하는 반 아이들의 시선을 견디는 게 얼마나 힘든지 이모들은 몰라. 근데 나 그거 견뎌 냈어. 걱정 마."

영수가 그 외롭고 치욕스러운 시간을 견뎌 낸 이유는 상처 입은 친구에 대한 죄책감을 표현할 길이, 자신을 향한 친구들과 선생님의 편견과 두려움에 맞서는 길이 그것뿐이었기 때문이다. 영수는 이를 악물고 그 시간을 버텨 냈고 그 힘으로 고등학교 생활도 견뎌 냈다.

영수는 고등학교를 졸업하고 5년간 방위 산업체에서 일했다. 그런데 근무를 마쳐 갈 무렵 척추에 이상이 왔다. 움직이지도 못할 만큼 통증이 심해 여러 병원을 전전했지만 정확한 원인과 병명은 알 수 없었고, 자가 면역 질환의 일종이라는 것만 알았다. 가진 거라고는 몸뚱이 하나밖에 없는 청년이 힘든 노동을 할 수 없게 되었다. 그때부터 영수는 허리에 무리가 가지 않는 일을 찾아 여러 직업을 전전했다. 자동차 도색 일을 하다가 컴퓨터 수리를 하고, 공장에 다니다가 중국과 한국을 오가는 보따리 장사를 하기도 했다. 그 덕분에 공부방 동생들은 가끔씩 짝퉁 브랜드 청바지나 운동화를 얻어 입고 신었다.

서른을 앞둔 어느 날 영수는 결혼을 약속한 여자 친구를 데려왔다. 늘씬하고 예쁘기만 한 게 아니라 성격도 서글서글했다. 가난한 영수와 결혼을 결심한 아가씨가 그렇게 고마울 수가 없었다. 영수뿐 아니라 공부방을 졸업한 다른 아이들이 애인을 데리고 올 때마다 나는 아이들의 연인들이 고마웠다.

영수는 먹고사느라 늘 바빴다. 그래도 가끔씩 공부방에 나타나 방 한가운데 누워 멍하니 있다가 갔다. 어떨 때는 이모 삼촌을 붙잡고 어리광을 피우거나 신세 한탄을 했다. 어느 날, 영수의 아내가 말했다.

"애 아빠가 만석동 가자 그러면 이유가 두 가지예요. 공부방 이모 삼촌들한테 자랑할 일이 있거나 아니면 아주 힘든 일이 있거나."

영수는 좋은 아빠가 되기 위해 최선을 다했다. 영수의 아내는 영수가 퇴근하고 돌아오면 허리가 아파 식은땀을 흘리면서도 아기를 안아 준다는 말을 전했다. 이런저런 직업을 전전하던 영수는 부천 아파트 상가에 컴퓨터 수리점을 냈다. 20대 때 컴퓨터 기사를 따라다니며 배운 컴퓨터 조립과 수리 기술로 가게를 차렸지만 대기업 틈에서 살아남기가 힘들었다. 영수는 결국 2년 만에 가게를 접고 택배 일을 시작했다.

어느 겨울, 공부방 식구의 돌잔치에 온 영수의 얼굴이 어두웠다. 무슨 일이 있느냐고 묻자 아내와 딸이 없는 틈을 타서 말했다.

"나 택배 일 접었어. 사기당했어. 공부방만 아니면 내가 빚은 안 졌을 텐데……. 이게 다 공부방 때문이야. 다 이모들 때문이라고."

"얘가 왜 또 애먼 이모들 탓을 해? 도대체 어떻게 된 거야?"

"택배 차 인수할 때, 찻값만 낸 게 아니라 권리금까지 냈어. 1년 안에 뽑을 수 있을 거라고 하더니…… 속은 거지. 솔직히 나도 조용히 권리금 받고 차 넘기면 돼. 근데 그걸 못하겠더라고. 공부방 이모 삼촌들처럼은 못 살아도 내가 나쁜 짓 하면서 살면 안 되잖아. 그래서 그냥 권리금이랑 다 떼였지, 뭐."

어느새 녀석의 눈가가 붉어져 있었다. 영수에게 해 줄 수 있는 것이 아무것도 없어서, 영수의 선택이 고마워서 내 눈시울도 뜨거워졌다. 그 뒤 영수는 법무사 사무실의 말단 직원으로 일했다. 영수는 지켜야 할 가족이 있어서 주저앉지 않았다. 힘들어 쓰러질 것 같을 때 찾아가 기댈 곳이 있어서 무너지지 않았다. 2015년 공부방 정기 공연을 앞두고 공부방에 온 영수 아내가 귀띔을 했다.

"애 아빠, 다섯 달째 일이 없어요. 마흔 다 돼서 일을 구하는 게 힘든가 봐요."

영수는 걱정하는 우리의 눈빛을 거부하며 오히려 후원금까지 내밀고 갔다. 마흔이 다 된 영수가 내게는 아직도 목에 걸린 가시 같다. 그러나 나는 믿는다. 영수는 그동안 늘 자신의 힘으로 어두운 터널을, 끝없이 펼쳐진 사막을, 발이 푹푹 빠지는 늪을 빠져나왔다. 나는 영수가 앞으로도 자기 자신과 가정을 지키기 위해 최선을 다하리라는 것을 안다.

오늘도 공부방에서는 학교에서 내내 엎드려 자다 온 아이들과 씨름을 한다. 귀찮다고 짜증 내는 아이들을 깨우고 일으켜 세운다. 일등부터 꼴등까지 늘어선 저 줄의 끄트머리에 서게 하기 위해서가 아니라 그 줄에서 벗어날 용기를 갖게 하기 위해서다. 영수가 가진 유일한 재산, 내 손해를 남에게 떠넘기지 않고, 요행을 바라지 않고 성실하게 삶을 살아 내려는 노력, 그것을 놓치지 않는 사람이 되는 것이 우리가 아이들에게 바라는 삶이다. 세상의 정의가 달라졌는데 아직까지 그런 바람을 갖는 게 비현실적이라고 하는 사람들이 있다는 걸 안다. 그래도 나는 성실하게 자기 삶을 살아 내는 사람들이 여전히 더 많다는 것도 안다.

세상이 말하는 성공한 삶이란 경쟁에서 이겨 남들보다 더 많이 갖고, 더 높은 자리에 오르는 것이지만 사실 사람답게 살자면 삶은 원래 고달프고 힘겹고 아프고 슬픈 것이다. 그 고단한 삶 속에서 만나는 사람들과 아픔과 슬픔을 나누는 것이 기쁨이고 행복이다. 그래서 나는 우리 아이들에게 쉽고 편한 길을 권하지 않는다.

5

이모는
내가
왜 좋아요?

가난한 동네에서 오랫동안 공부방을 해 왔다고 하면 늘 받는 질문이 있다.

"가장 기억에 남는 학생은 어떤 학생이에요?"

"어려움을 딛고 성공한 아이들이 있나요?"

내가 공부방을 하며 결혼하고 아이도 키웠다고 하면 덧붙여 묻는다.

"딸들이 엄마의 삶을 이해하나요?"

"딸들이 반항하거나 갈등한 적은 없나요?"

늘 받는 질문인데도 받을 때마다 멈칫한다. 가장 기억에 남는 학생, 어려움을 딛고 성공한 아이들이 없기 때문이다. 더 정확히 말하자면 공부방에서는 성공이라는 말을 거의 쓰지 않는다.

또 공부방에서 태어나 자란 딸들에게는 선택의 여지가 없었다. 딸들에게 공부방은 그냥 집이었다. 집이 공부방이고, 공부방이 집인 게 어려서부터 당연했다. 딸들은 늘 함께 있는 공부방 이모 삼촌들에게 과분한 사랑을 받았고, 동생들이 태어날 때마다 기뻐하고 행복해했다. 그러나 잠자는 시간을 빼고는 '내 공간'이 없는 생활이 만만했을 리 없고, 엄마를 나눠 갖는 일이 늘 괜찮았을 리도 없다. 그러나 나는 그 정도의 불편과 결핍은 누구나 겪어야 한다고 생각했다.

큰딸 단비가 4학년 때 이사 간 강화 집은 거실을 가운데 두고 방이 붙어 있는 전형적인 가정집이었다. 그곳에서도 공부방을 하게 되자 딸들에게는 개인 공간이 없어졌다. 두 딸이 쓰는 작은 방이 있었지만 그 방마저 어린 동생들 차지가 되기 일쑤였다. 그러다 큰딸이 고등학교에 다닐 때는 고등부도 늘어났다. 거실과 주방, 방 한 칸을 공부방 공간으로 쓰면서 개인 공간을 마련하기는 쉽지 않았다. 게다가 나는 딸들이 자기 방 방문을 꽉 닫고 있으면 공부방 아이들에게 마음의 담을 쌓는 것 같아 신경이 쓰였다. 그런 환경에서 고등학생이 되자 큰딸이 예민해졌다.

강화 공부방은 만석동에서 강화로 온 네 가족이 맡아서 담당했는데, 고등학교 1학년부터 3학년까지 학년별, 수준별로 아이들을 나누다 보니 담당자가 늘 부족했다. 그래서 혼자 공부할 수 있는 큰딸은 늘 뒷전일 수밖에 없었다. 어려서부터 자신보다 어려운 처지의 공부방 아이들 앞에서 자신의 욕구를 숨기는 데 익숙했던 딸은 억눌린 욕구, 섭섭함과 외로움을 또래 친구들한테 종종 투사했다. 그런 딸이 걱정돼서 대화를 시도했다가 말다툼으로 끝날 때가 많았다. 그래서 편지를 자주 썼다. 그러나 그때를 돌아보면 늘 내 입장을 변명하기에 급급

했다. 자기 감정이나 생각을 거침없이 드러내는 둘째와 달리 말이 없는 큰딸은 늘 내 명치끝을 눌렀다.

그렇게 갈등이 커 가던 때, 다음 해에 할 공연 영상 주제에 대해 토론하던 중에 영상 담당인 상범 삼촌이 제안을 했다.

"고등부 아이들을 주인공으로 영상을 만들어 보면 어떨까? 그리고 공부방 졸업생도 찾아가 영상에 담는 거야. 지금 고등부 아이, 특히 공부방 아이들 틈에 끼여 고민이 가장 많은 단비가 내레이션을 하고. 단비에게나 지금 고등부에게나 졸업생들의 삶이 자극이 되지 않을까?"

마침 그 무렵 영수와 함께 공부방 1회 졸업생인 승우가 오랜 숙원인 미용실을 개업하고, 영수가 컴퓨터 수리점을 냈다는 연락이 왔다. 우리는 주말을 이용해 승우의 미용실과 영수의 컴퓨터 수리점을 찾아가기로 했다.

스물두 살 때 처음 미용을 배운 뒤 10년 만에 낸 승우의 미용실은 안산 다세대 주택가 상가 한 귀퉁이에 있었다. 문을 열고 들어가니 10평 남짓한 좁은 공간이 먼저 눈에 들어왔다. 벽은 핸디 코트로 발라 밝은 분위기를 내고 가구마다 알록달록한 시트지로 꾸며 멋을 냈지만 화장대와 미용 의자 두 대, 소파와 탁자, 냉장고와 샤워 기구가 모두 중고라는 것쯤은 단번에 알 수 있었다. 때마침 손님이 있어 화분만 건네고 잠시 피해 나왔다. 아이들과 말없이 상가 주변을 돌았다. 상가 주변에 그렇게 작은 미용실만 세 곳이 있었다. 코끝이 시려 왔다. 승우가 10년 동안 꾸었던 꿈이 초라해서가 아니었다. 그 꿈을 이루는 동안 승우가 지나 온 시간들이 떠올라 가슴이 먹먹해졌기 때문이다. 그리고 승우가 또다시 부딪쳐야 할 장애물들이 너무 높아 보였기 때문이다.

공부방을 처음 열던 날, 6학년이던 승우가 공부방에 올라와 물었다.

"여기 진짜 돈 안 받아요?"

초등학교 1학년짜리 동생을 데리고 온 승우는 공부방이 마음에 드는 모양이었으나 경계심을 풀지 않았다. 공부방을 무슨 돈으로 운영하는지, 왜 이 동네에 와서 공짜로 공부방을 하는지 꼬치꼬치 캐물었다. 아이가 아니었다면 프락치라고 의심했을지도 모른다. 얼마 지나지 않아 승우가 그러는 이유가 '학원비' 때문이라는 걸 알았다. 공부방이 마음에 드는데 어느 날 갑자기 돈을 내라고 하면 자기는 다닐 수 없기 때문이었다. 승우는 돈이 가장 힘세고 무서운 존재라는 걸 일찌감치 깨달은 아이였다. 승우는 그런 확고한 믿음을 흔드는 우리의 존재가 두렵고 궁금했던 모양이다. 쉽게 마음을 열지 않으면서도 하루도 빠지지 않고 공부방에 왔다. 우리는 그런 승우와 책을 읽고, 공부를 하고, 산책을 하고, 나란히 앉아 이야기를 나눴다. 그러던 어느 날 승우가 물었다.

"이모는 내가 왜 좋아요?"

"내가 너 좋아하는 거 어떻게 알았어?"

"다 알아요."

승우는 틈만 나면 곁에 와서 어깨를 부딪치고 제 몸을 내 몸에 슬쩍 기대다가도 내가 어깨동무를 하거나 손을 잡으면 온몸이 굳었다. 어머니의 빈자리를 할아버지 할머니가 채워 주고 계셨지만 그분들 역시 고단한 삶에 지쳐 아이들에게 살가운 편이 아니었다. 그래서 그런지 승우는 늘 사람 품을 그리워하면서도 막상 다가가면 한 발 뒤로 물러

섰다. 그렇게라도 천천히 우리 곁으로 가까이 다가왔고, 우리에게 쌓은 신뢰를 허물지 않았다. 중학생이 된 뒤에는 자원 교사로 온 이모 삼촌들과도 잘 어울렸다.

고등학교 진학을 앞두고 승우는 공업 고등학교를 갈지, 상업 고등학교를 갈지 고민했다. 손재주가 있고 두뇌 회전도 빠른 아이라 공고에 가서 기술을 배우는 편이 좋을 것 같았다. 그러나 승우 아버지는 승우가 블루칼라보다 화이트칼라로 살기를 바랐다. 재단사로 일하며 늘 설움을 당했는데 아들까지 그렇게 만들고 싶지 않다고 했다. 대학에 가지 못할 바에야 기술이 낫다는 우리 의견을 단호히 거부하셨다. 승우는 아버지 바람대로 상고에 진학했지만 7, 80년대의 상고와는 처지가 달랐다. 자격증을 따고 성적을 잘 받아도 취업은 어려웠다. 졸업생 대부분이 전문대에 진학하거나 생산직 노동자로 가는 현실을 알게 된 승우는 방황했다. 종종 작은 사고를 치고는 공부방에 연락을 했다. 그때마다 남편은 승우의 삼촌이 되어 학교에 갔다 와야 했다. 그래도 승우의 방황은 길지 않았다. 승우는 밴드부와 사물놀이부 활동을 하면서 무사히 고등학교를 마쳤다. 나는 가끔 끼가 많은 승우가 대학생이 돼서 자기가 하고 싶은 것을 마음껏 하며 살면 좋겠다는 철없는 상상을 하기도 했다. 그러나 승우는 철부지 이모보다 더 알찼다. 고등학교를 졸업하자마자 해군에 입대하더니 두 번째 휴가를 나와 말했다.

"이모, 나 전역하면 미용 배울래요."

승우는 정말로 전역하자마자 미용 학원에 다녔다. 미용사 자격증을 따고 프랜차이즈 미용실에 실습생으로 있는 1년 동안에도 가장 노릇을 해야 했던 승우는, 버스비를 아끼기 위해 한 시간씩 걸어 다녔다.

그러면서도 하나에 5만 원씩 하는 가발을 한 달에 두 개씩 사서 커트 연습을 했다. 그 덕분에 실습 기간을 마치고 나서 제법 큰 쇼핑몰에 있는 미용실에 취업을 했다. 승우는 자기 일에 자부심이 있었고 즐거워했다. 공부방 공연이 있을 때마다 최신 유행 헤어스타일로 나타나 사춘기 아이들의 심장을 뛰게 만들기도 했다. 그러나 한편으로는 초조해했다.

"남자 헤어 디자이너의 인기는 20대로 끝이야. 빨리 내 숍을 가져야 해."

그러나 가족의 생계를 책임져야 할 승우에게 미용실을 낼 기회는 쉽게 오지 않았다. 그렇게 20대 후반이 된 승우에게 연인이 생겼다. 승우는 결혼을 약속한 연인이 생기자 더 독하게 마음을 먹고, 냉동차 운전을 시작했다. 새벽 4시부터 3시까지는 냉동차 운전을 하고 3시에 미용실로 출근해 밤까지 미용 가위를 잡고 파마 약을 만졌다.

그렇게 차린 첫 미용실이었다. 자랑스럽고 대견한데 마음 한구석이 자꾸 아팠다. 승우는 미용실 운영이 안정될 때까지 냉동차 운전을 계속하겠다고 했다. 그날 저녁 승우가 저녁을 먹으며 말했다.

"이모 삼촌, 내가 돈 많이 벌게. 이모 삼촌들처럼 못 살지만 그 대신 돈 벌어서 공부방 도와줄게."

그리고 남편에게 부탁을 했다.

"삼촌, 저 주례 서 주세요."

남편은 나이 쉰도 안 됐는데 무슨 주례냐며 손사래를 쳤다. 이미 두어 번 공부방 졸업생들의 주례 부탁을 사양했던 터였다. 그러나 승우의 부탁만큼은 끝내 사양하지 못했다.

승우네 미용실과 영수네 수리점을 다녀온 뒤, 큰딸이 말했다.

"엄마, 나 이제야 엄마랑 이모 삼촌들이 왜 지금까지 공부방을 하는지 알 거 같아. 오늘 승우 삼촌이랑 영수 삼촌 보면서 삼촌들한테 공부방이 어떤 곳인지 알았어. 그리고 나한테도 공부방이 삼촌들만큼 소중한 곳이라는 것도 알았어."

딸은 그 뒤 마음이 누그러졌고 여유도 생겼다. 그 힘으로 고3 시기를 견뎌 냈다.

이듬해 봄, 남편은 승우의 결혼식 주례를 섰다. 떨리는 목소리로 남편이 주례사를 시작했다.

"저는 농부입니다. 그리고 승우의 공부방 큰삼촌입니다……."

승우의 첫 미용실은 끝내 문을 닫았다. 그 뒤 몇 년 동안 승우는 아내와 두 아이를 위해 여러 가지 일을 했다. 그러다 2년 전, 다시 미용 가위를 잡았다. 나이 마흔에도 하루 12시간을 서서 일해야 하는 월급쟁이 헤어 디자이너로 남았지만 승우의 꿈은 아직 현재 진행형이다.

어린이날을 앞둔 어느 날 저녁, 9시가 넘어서 승우에게 전화가 왔다.

"이모, 인천 책의 수도? 이런 거에서 강연했어? 텔레비전에 나왔데?"

"바쁘다며 그런 걸 챙겨 봐?"

"미용실에서 내내 텔레비전 틀어 놓으니까. 우리 이모 출세했네."

"출세는……. 어쩔 수 없이 나간 거지. 넌 퇴근했어? 집이야?"

"아니, 미용실이지."

"아직까지 일해?"

"그럼."

"몇 시까지야?"

"12시."

"세상에, 그때까지도 손님이 있어?"

"그럼, 심야 미용실도 많은데."

"심야? 말도 안 돼."

"아, 우리 이모 늙었네. 세상 물정을 왜 그렇게 몰라. 나, 어린이날 쉬게 되면 애들 데리고 갈게."

"그래, 꼭 와."

승우를 보며 지금의 나는 너무 나태하지 않은지, 잘 살고 있는 건지 돌아본다. 오늘, 승우 아내의 SNS 프로필에는 어느 바닷가에서 승우가 양팔에 두 아이를 매달고 찍은 사진이 올라왔다. 프로필 메시지는 '천하장사 아빠와 빈이들'이다. 그리고 승우의 프로필 사진은 가족사진이다. 프로필 메시지는 '보물'이다. 나는 승우가 앞으로도 자신의 보물을 지키기 위해 천하장사로 살아가리라는 걸 안다. 여전히 가난하지만 승우는 어릴 적 꿈처럼 좋은 아빠, 좋은 남편으로 산다. 그거면 충분하지 않은가?

6

만석동,
정겨운
우리 동네

그런데 이상하게도 나는 단박에 그 동네에 혼을 빼앗기고 말았다. 마치 구석에 몸을 숨긴 거미가 실을 뿜어내 먹이를 둘둘 말아 올리듯이 골목 어디선가 뿜어져 나오는 보이지 않는 기운이 나를 휘감아 골목으로 끌어들이는 것 같았다. 공중화장실 앞에 돗자리를 펴고 앉아 화투장을 두드리는 사내들과 이 골목 저 골목에서 툭툭 튀어나오는 꾀죄죄한 아이들, 굴 까는 여자들의 억척스러움, 골목을 가득 채운 왁자그르르한 충청도, 전라도 사투리. 그리고 그 밑바닥에 깔린 무기력과 비릿한 갯내. 이 모든 것이 한꺼번에 나를 사로잡았다. 그래서 나는 그날로 서툰 글씨로 '사글세 방 있씀'이라고 써 붙인 철길 바로 옆 허름한 판잣집에다 방을 얻었다. 판자와 시멘트로 대충 얽어 만든 집은 기차가 지날 때마다 통째로 흔들려 마치 요람에 누워 있는 것 같은 착각에 빠지게 했다.

대충 도배를 하고 이사를 마친 첫날 밤, 나는 한잠도 자지 못했다. 내가 잠을 이루지 못한 까닭은 낡아 빠진 슬레이트가 바람에 들썩이는 소리나 손가락만 한 바퀴벌레가 석석 소리를 내며 기어 다닌 때문이 아니었다. 그렇다고 그 집이 낯설어서도, 앞으로 내가 부닥쳐야 할 새로운 삶에 대한 설렘이나 두려움 때문도 아니었다. 그저 까닭을 알 수 없는 눈물이 자꾸만 흘러내렸다. 그리고 아주 오랫동안 그 집, 그 골목을 찾아 헤맨 끝에 몸을 누인 나그네처럼 가슴이 뜨거웠다.

2006년에 낸 소설 『거대한 뿌리』에 묘사된 만석동의 첫 느낌이다. 만석동이 내가 경험한 첫 도시 빈민 지역은 아니다. 고3 때, 아버지가 다니던 회사가 부도나면서 사택을 내주고 이사 온 곳이 인천의 도화동과 송림5동 사이의 산동네였다. 방 두 칸에 작은 마당과 부엌이 딸린 우리 집 위로는 소방 도로가 하나 나 있고, 그 위로는 가파른 산동네가 이어졌다. 판잣집이나 허름한 시멘트 블록 집이 대부분이었던 그 동네는 공중화장실을 쓰고 있었다. 『난장이가 쏘아 올린 작은 공』을 읽고 가난의 사회적 성격에 조금씩 눈뜨게 된 나는 그 산동네 비탈에 위태롭게 매달린 가난이 거북했다. 피하고 싶은 현실과 진실을 맞닥뜨린 나는 어서 그곳을 떠나길 바랐다.

그러나 1년이 지나도 우리의 형편은 변하지 않았고, 오히려 그 집에서 더 올라간 곳에다 전세를 얻어 이사를 갔다. 그 집은 산동네 마지막 소방 도로 아래에 있었는데 안방 창을 열면 창 아래로 슬레이트 지붕과 기와지붕이 계단처럼 이어져 내려갔다. 산동네 너머로는 멀리 답동성당 종탑이 보였다. 답동성당 너머에는 할머니가 살고 계시는 동네가 있었다. 중학교 때 전학을 오기 전까지 내게 인천은 그곳이 전부였다. 인천항과 자유공원, 일본식 집과 다다미방, 신포시장과 애관

극장, 월미도와 수산시장이 어린 시절의 인천이었다. 나는 늘 멀리 보이는 답동성당 너머 '우리 동네'를 그리워했다. 처음 그 창문에 서서는 답동성당 종탑을 바라보며 고1 때 읽었던 『잃어버린 시간을 찾아서—스완네 집 쪽으로』 1, 2부에 나오는 콩브레를 상상했다. 그러면 현실의 가난이 덜 구차하게 느껴졌다.

그러다 어느 순간, 내가 사는 산동네가 눈에 들어왔다. 우리 집 창문 아래로는 바로 아랫집 옥상이 있었다. 그 옥상에 걸린 빨래가, 빛바랜 빨래집게가 마음을 푸근하게 하고 위로할 줄은 미처 몰랐다. 어느 날부턴가 나는 창으로 내려다보이는 아랫집, 건넛집, 그 아랫집의 빨래를 보며 그 집에는 누가 사는지 상상하는 재미에 빠졌다. 옥상에는 빨랫줄만 있는 건 아니었다. 크기가 다 다른 장독이 줄지어 있는 장독대가 있었고, 푸성귀나 화초를 키우는 화분도 있었다. 기와지붕과 슬레이트 지붕 사이를 미끄러지듯 다니는 족제비와 고양이들의 숨바꼭질을 보는 재미도 쏠쏠했고, 충청도와 전라도 사투리가 뒤섞인 채 창과 창을 넘나드는 이웃들의 수다나 악다구니도 정겨워졌다. 나는 그렇게 산동네가 주는 매력을 알게 되었다.

그로부터 10년 뒤 그 산동네 위에 있던 선인재단의 축대가 무너지면서 그 동네가 매몰되었다. 그때 나는 이미 만석동에 들어와 또 다른 가난을 살아 내고 있었지만 한동안 그 동네가 눈앞에 어른거려 잠을 이루지 못했다.

어떤 사람들은 이런 내 취향을 낭만적이라고 비난했다. 그런데 희한하게도 나는 어려서부터 커다란 버드나무 안에 만든 다락방이나, 이상무의 만화 『비둘기 집』에 나오는 축대 위 판잣집, 제목은 기억나지 않지만 이향원의 만화에 등장했던, 개와 가난한 가족이 함께 살던 폐열차로 만든 집, 어느 외국 영화에서 본 낡은 버스 집 같은 곳에 사는 상상을 하며 놀았다.

1988년 봄, 만석동 공부방을 방문했던 한 사람은 내가 우리 골목과 북성포구, 화수부두를 자랑하며 이 풍경 때문에 만석동을 선택했다고 하자 고개를 갸웃거렸다.

"네 인생을 거는 선택이었는데, 이 풍경 때문에 선택했다는 게 너무 낭만적이지 않아?"

그 뒤로도 종종 그런 말을 들었다. 그러나 그게 사실이니 어쩔 수 없었다. 나는 만석동이 정말 좋았다. 거북이 등 같은 낮은 언덕에 따개비들처럼 다닥다닥 붙어 있는 판잣집들, 그 집들 사이로 꼬불꼬불 이어진 미로, 북성포구와 공장 지붕 너머 하늘을 물들이던 붉은 노을, 그 노을을 보며 걷던 철길, 시궁창 냄새가 뒤섞인 갯내, 비릿한 굴 냄새가 밴 골목이 나를 사로잡았다. 물론 마음 한구석에는 도시 빈민 운동과 자발적인 가난을 선택했다는 우쭐거림, 과도한 사명감과 책임감이 뒤엉켜 있었지만 만석동의 그 풍경이 나를 끌어들이지 않았다면 나는 그 오랜 기간을 만석동에서 살지 못했을 것이다.

만석동에서 10년 넘게 살고 난 뒤에야 만석동 길가의 외주물집(마당이 없이 길가에 바짝 붙여 지은 집)들이 내 어릴 적 동두천 보산리 길가의 집들을 닮았다는 것을, 대우중공업에서 인천역까지 철길가에 늘어선 판잣집들이 학교 앞에서 보산리로 이어지던 경원선 철길가의 집들을 닮았다는 것을 알았다. 그제야 나는 내 기억 안에 새겨진 어린 시절의 풍경이 나를 만석동으로 끌어들였는지 모른다고 생각하게 되었다.

나는 요즘도 가끔 신포동이나 관동 골목, 자유공원에 갈 때면 나고 자란 곳을 이렇게 오랫동안 떠나지 않고 살 수 있는 것이 얼마나 행복한 일인지 생각한다. 내가 태어난 곳은 인천시 중구 관동으로 개항장이 있던 곳이다. 백일 때 이사 가 청소년기까지 산 동두천은 한국 근대사에서 빼놓을 수 없는 기지촌이었고, 청년기에 들어와 13년 동안 산 만석동은 일제 강점기 병참 기지로 시작돼 육이오 전쟁 피란민과 7, 80년대 이농민들의 삶의 자리가 된 곳이다. 나는 지금도 우리 근현대사의 한복판에서 살아온 것을 운명처럼 여긴다.

만석동은 한국 근현대사의 모순을 그대로 품고 있는 곳이다. 요즘은 구청장이 나서서 가난을 팔아 돈을 벌겠다는 야심을 공공연히 드러내는 곳이 되었지만 불과 10년 전만 해도 지자체장이나 공무원들에게 만석동은 불도저로 밀어 버리고 싶은 눈엣가시였다. 육이오 전쟁 때 고향으로 곧 돌아가겠다는 심정으로 왔다가 바닷가에 정착한 1세대와 달리 7, 80년대에 이농한 도시 빈민들에게 만석동은 돈만 벌면 떠나야 할 곳이었다.

그러나 나는 공부방 아이들에게 우리가 사는 동네가 숨기고 싶고, 떠나고 싶은 곳이 아니라 '정겨운 우리 동네'가 되길 바랐다. 방 한 칸, 부엌 한 칸, 다락 한 칸이 전부인 외주물집과 판잣집, 비좁은 골목, 가난한 살림을 부끄러워하지 않길 바랐다.

그래서 공부방 문을 연 처음부터 아이들과 산책을 많이 다녔다. 이른 봄이면 아이들과 함께 공장 담벼락에 삐죽이 고개를 내민 민들레 싹을 찾아다니며 만석동의 봄을 맞이했다. 계절별로 조업 시기가 돌아오면 만조 때마다 북성포구로 가 고깃배들을 기다렸다. 고깃배들이 하나둘 들어와 부두에서 생선을 사고파는 떠들썩한 풍경을 바라보는 일은 무척 즐거웠다.

만석동에는 어른들은 모르는 아이들만의 동네 명소가 많았다. 아이들이 위험을 감수하고 공놀이며 술래잡기를 하는 '비행장'이라고 하는 공장 사이 찻길, '대운동장'이라고 하는 폐업한 목재 공장 터와 공부방 앞 공터인 2층 마당. 아이들은 아파트 단지에 있는 좋은 놀이터를 부러워하면서도 동네 곳곳에 숨어 있는 '우리'만의 공간을 소중하게 여기고 자랑스러워할 줄 알았다.

인천 토박이들은 만석동에 편견을 갖고 있었다. 피란민들이 사는 찢어지게 가난한 동네, 우범 지대라는 것이다. 아이들이 다니는 학교에서도 마찬가지였다. 공부방 아이들이 다니는 주변 공립 학교들은 교사들이 기피하는 대표적인 학교였다. 그래서 아이들이 학교에서 상처를 입고 올 때가 있었다. 그러면 나는 아이들을 데리고 골목으로 나갔다. 그리고 글을 썼다. 6번지, 9번지, 41번지를 돌아다니며 우리 동네 사람들은 어떤 일을 하는지 직접 눈으로 보게 했다. 만석부두나 북성포구, 화수부두에도 가 보고, 만석부둣가의 크고 작은 공장들을 둘러보기도 했다. 그러고 나면 아이들의 글에서 우리 동네가 살아났다.

아이들은 글에다 고백했다. "집에 화장실이 있으면 아침마다 집에서 공중화장실까지 벌이는 달리기 시합이 없어도 되고", "여름에 덥지 않고 겨울에 춥지 않은 내 방 하나만 있으면 공부도 지금보다는 좀 재미있어질 것 같지만", "골목 곳곳에서 고양이와 쥐가 툭툭 튀어나오기 때문에 임신한 여자가 살기엔 적당하지 않지만", "집이 다닥다닥 붙어 있어 어른들이 싸우면 시끄러워서 못 자지만" 인정이 많고, 노는 사람보다 일하는 사람이 더 많은 우리 동네를 좋아한다.

"할아버지 할머니들은 배 나가고 조개도 캐고, 솜사탕을 팔기도 한다. 젊은 아줌마 아저씨는 공장에 다니는 부지런한 동네다." "집들이 다 붙어 있어서 불이 나면 적어도 다섯 집은 타고 소방차도 못 들어와서 위험하지만 그래서 동네 사람들이 모두 힘을 모아서 끄고 담장 너머 공장 아저씨들도 도움을 주는", 그래서 "자랑스러운 동네"가 우리 동네였다.

"우리 동네는 아주머니는 아주머니대로, 아저씨는 아저씨대로 다 일을 한 가지씩 가지고 열심히 하신다." "우리 동네가 가난한 동네는 확실하지만 잘사는 사람들에게 창피하지 않을 이유가 있다. 우리 동네 아줌마, 아저씨들이 열심히 일하기 때문이다. 우리 동네를 가난한 동네로 보고 무시하면 큰코다칠 것이다. 겉보다는 속이 꽉꽉 차 있기 때문이다. 우리 동네는 좋은 동네다." "우리 동네는 너 나 할 것 없이 모두 바쁘지만 그래도 이웃 간에 정이 두텁다."

아이들은 '우리 동네'를 주제로 글을 쓰면서 자신들이 살고 있는 동네를 긍정적으로 바라보고 자존감도 키울 수 있었다.

만석동 사람들은 한겨울 굴막(양식한 굴을 들여와 까는 작업을 하는 비닐하우스)에 삼삼오오 모여 굴을 까다가, 혹은 한여름에 마늘을 까다가 막걸리라도 한두 잔 들어가면 무당집에서 장구를 빌려 와 노래판을 벌였다. 그러다 흥이 나면 건넛집 아줌마가 장떡을 부쳐 내오고, 어느 집은 냉동실에서 얼린 굴을 가져다 굴전을 부쳐 내왔다. 저물녘이면 동네 밖으로 일을 나갔던 아저씨들이 돌아오다 판에 끼어들고, 어느 집에서 노래방 기계까지 끌고 나오면 노래자랑이 펼쳐지고 춤판이 벌어졌다. 그런 날은 굴 포대, 마늘 포대를 하나라도 더 차지하려고 악다구니를 부리던 사람들도, 화투를 치다 치고받고 싸워 유치장까지 갔던 옆집 앞집 앙숙들도 다 같이 어울렸다. 그 모습이 신기하고 아름다웠다. 그들을 묶어 주는 가난이 좋았다. 숫기 없고 놀 줄도 모르는 나는 그 놀이판에 끼어들지 못했지만, 나중에는 마을 잔치를 열고 뒤치다꺼리를 하는 일만큼은 열심히 했다.

1990년대 중반부터 현지 개량 방식으로 재개발이 진행되면서 소방도로가 생기고, 큰길가로 다세대 주택이 들어서고, 2003년에 아파트까지 세워지면서 만석동 고유의 풍경이 사라졌고 공동체도 깨져 나갔다. 특히 '아이엠에프 시절' 이후 달라진 노동 환경은 동네 사람들이 공동체를 유지할 최소한의 여유마저 앗아 갔다. 삶은 개별화되었고 빈집은 늘어 갔다. 그렇다고 만석동을 떠난 이웃들이 도시 빈민의 삶을 벗어난 것은 아니었다. 떠나 봤자 화수동, 화평동, 좀 더 멀리 가면 남구 용현동, 서구의 다세대 주택 지하였다. 사는 공간이 바뀌어도 가난을 벗어날 수는 없었지만 공동체는 깨졌다. 사람들은 서로 기대고 도우며 공존해 가던 삶의 자리를 잃었다. 가난한 사람들은 공생할 기반마저 빼앗겼다.

2010년부터 각 도시마다 구도심 개발이 진행되면서 생긴 부작용을 완화하고자 마을 만들기 운동이 시작되었다. 지역마다 구도심의 형성 과정이 다르고, 그 모습도 다르지만 전면 재개발로 똑같은 아파트만 만드는 것보다는 낫다고 생각했다. 그런데 그 재개발 사업이 주민의 삶을 개선하고, 지역의 역사와 문화를 잘 보존하는 방향으로 가는 것이 아니라, 역사와 문화를 싸구려 관광 상품으로 만드는 쪽으로 가 버렸다. 그래서 인천의 구도심은 지금 국적 불명, 시대 불명의 이상한 건물과 장식물들로 본래 모습을 잃어 가고 있다.

2012년 시와 동구청은 만석동에 주민 재정착 100퍼센트를 목표로 하는 재개발 사업을 공표했다. 처음에는 시와 구에서 나와 지역 협의회를 꾸려 주민과 전문가와 관이 함께하는 재개발을 해 가자고 제안했다. 우리도 처음에는 기대를 가지고 한국도시연구소와 건축가들에게 참여를 권했다. 그런데 시와 구에서 가져온 초안은 원주민이 100퍼센트 재정착하는 주민 중심의 주거 환경 개선이 아니었다. 임대 주택 건설 계획이 있기는 했지만 오래된 주거 지역의 생태를 무시한 채 동네 한 곳을 다 헐어 짓는 데다 크기는 독신자들만 머물 수 있을 정도로 작았다. 만석동은 일인 가구 형태의 쪽방이 아니라 가족 단위로 마을 공동체를 이루며 살아온 동네라고 아무리 설명해도 소용이 없더니만, 임대 주택마저 일인 가구 정도만 들어가 살 만큼 콧구멍만 하게 계획을 해 온 것이다. 더 어처구니없는 일은 빈집을 이용해 게스트하우스, 빈민 체험장, 문학 카페를 만든다는 것이었다. 한술 더 떠 '김중미 생가 터 복원'이라는 황당한 계획까지 있었다.

우리의 항의로 게스트하우스나 문학 카페, 김중미 생가 터 복원 따위의 터무니없는 계획은 취소되었고, 임대 주택의 크기도 조금 더 넓어졌지만 민과 관이 함께한다는 주민 협의체는 여전히 관에서 계획한 일을 전달받는 자리일 뿐이었다. 결국 우리는 지역 협의체를 나왔다.

전임 청장의 뒤를 이어 2014년에 취임한 동구청장은 주민들의 삶

따위는 안중에도 없었다. 처음 취임했을 때 주민들과 시민 단체 회원들이 전 구청장이 진행하던 원도심 재개발을 계속 진행할 것을 요구하자 전임 구청장과 자기의 지지자들은 같지 않다며 거부했다. 그러더니 정부나 청와대가, 전 구청장과 시장이 한 재개발 사업을 주목하자 갑자기 관심을 보였다. 그러고는 동구 지역 곳곳을 관광지로 만들겠다는 속셈을 드러냈다. 인천의 한 지역 신문에는 자신이 감동받았다는 감천 문화 마을 사례를 벤치마킹하겠다며 "동구를 팔아묵자."라고 했다.

2015년 여름, 만석동 주민을 분노하게 하는 소식이 다시 들렸다. 만석동 골목에 있던 빈집을 엄마와 함께하는 '옛 생활 체험관'으로 만든다는 것이었다. 주거 지역에 게스트하우스 같은 숙박 시설을 만들려면 근거가 되는 조례를 만들어야 한다. 구는 주민들에게 알리지도 않은 채 슬그머니 조례를 제정해 주거 시설 안에 숙박 시설을 만들려고 했다. 그 소식을 접하고 조례를 구해 보았다.

목적: 이 조례는 옛사람들의 생활 공간을 재현하여 일반 시민의 체험 및 관람의 장소로 활용하기 위한 인천광역시 동구 옛 생활 체험관 설치 및 운영에 필요한 사항을 규정함을 목적으로 한다.
  1. 옛 생활 모습에 대한 자녀의 학습 교육 효과
  2. 유년 시절에 대한 부모들의 추억 체험

그 밑 어떤 조항에도 만석동 주민에 대한 언급은 없었다. 주민들과 여론의 뭇매를 맞고 옛 생활 체험관 계획은 사라졌지만, 시와 구는 주민들이 살고 있는 마을을 관광지로 만들어 치적을 세우고, 돈을 벌려는 계획을 쉽게 접지는 않을 것이다. 그러나 가난한 사람들이 만석동에 살고 있는 한, 우리 역시 만석동 주민으로서 우리 삶의 자리를 빼앗기지 않도록 계속 싸움을 해 갈 것이다.

7

호수
저편으로
건너가자

만석동에서 첫 10년은 나 자신의 밑바닥을 보고 절망했지만 동시에 그 절망을 딛고 일어설 내면의 힘이 나에게 있다는 걸 발견해 낸 시간이었다. 첫 10년간의 역동적인 시간이 없었다면 사람과 사람이 만들어 가는 희망이 어떤 것인지, 기꺼이 '아름답다'고 말할 수 있는 순간들은 어떤 것인지 경험하지 못했을 것이다.

가난으로 가는 그 길에서 사람들을 만나고, 도반(道伴)이라고 믿었던 동무와 헤어지기도 하고, 평생을 함께할 새 도반들을 만나기도 했다. 때로는 짙은 안개에 가린 두 갈래 길에서 어디로 가야 할지 머뭇거리기도 하고, 때로는 오르막길 앞에서 숨을 고르기도 하고, 내리막길에서는 망설이기도 했다. 그러나 되돌아가지는 않았다. 무엇이 옳은지, 내가 누구인지, 내가 원하는 것이 무엇인지 헷갈리거나, 자존감이 짓밟혀 다시 일어설 힘조차 없던 때도 있었다. 그러나 그때도 내게는 나처럼 힘없고 가난한 아이들이 있었다. 나는 살아남기 위해 그 아이들이 내미는 손을 잡을 수밖에 없었다. 나는 지금도 그 아이들의 손을 놓지 않는다.

2015년 동구청의 한 직원은 내가 주민들에게 '영주' 노릇을 하기 위해 만석동이 개발되는 것을 반대한다고 했다. 심지어 동구청장은 나를 "가난을 상품화해 돈을 챙긴 사람"이라고 했다. 어이없는 말에 나는 화도 나지 않았다. 그러나 공동체 식구들과 딸들은 자신들의 삶마저 모독한 것이라며 분노했다. 동구청 직원은 내가 영주 노릇을 한다 하지만 정작 우리 동네 사람들은 내가 『괭이부리말 아이들』을 쓴 작가라는 걸 모른다. 아직까지 만석동에서 누군가 나를 알아본다면 그건 공부방에 사는 '단비 엄마'일 뿐이다.

만석동에 들어가 살면서 나는 혹시라도 주민들에게 폐가 될까 봐 동네 골목 사진 한 장 제대로 찍지 못했다. 우리 동네 골목 사진을 남기고 싶을 때면 공부방 아이들을 앞세워 조심스레 한 장씩 찍었다. 『괭이부리말 아이들』을 내자마자 동훈 삼촌과 내가 합심해 『우리 동네에는 아파트가 없다』라는 그림책을 냈던 까닭은 사진에 담을 수 없었던 만석동을 그림으로라도 남기고 싶었기 때문이다.

내가 양심의 가책 없이 말할 수 있는 것 한 가지는 단 한 번도 주민 위에 군림하려 하지 않았다는 것이다. 어쩌면 지나치리만치 조심하고 낮추며 살았다. 그래서 우리 공부방 식구들은 주민들에게 늘 '만만한' 사람이었다. 앞으로도 나는 만만한 사람이 되고 싶다.

물론 그 만만한 사람이 되는 데도 노력과 시간이 필요하다. 얼마 전 컴퓨터 파일 속에서 천주교도시빈민회 10주년 자료집을 만들 때인

1995년에 청탁받아 썼던 글 하나를 발견했다. 내가 자발적인 가난을 선택하고 산 10년 남짓 되는 시간에 대한 이야기였다. 그 시간은 내가 만만한 사람이 되는 기간이기도 했다.

천주교도시빈민회와 나

그날 저녁이 되자 예수께서 제자들에게 "호수 저편으로 건너가자." 하고 말씀하셨다.

그래서 그들이 군중을 남겨 둔 채 예수께서 타고 계신 배를 저어 가자 다른 배들도 함께 따라갔다.

그런데 마침 거센 바람이 일더니 물결이 배 안으로 들이쳐서 물이 배에 거의 가득 차게 되었다.

그런데도 예수께서는 뱃고물을 베개 삼아 주무시고 계셨다. 제자들이 예수를 깨우며 "선생님, 저희가 죽게 되었는데도 돌보시지 않습니까?" 하고 부르짖었다.

—『마르코복음』 4장 35~38절

1

1983년, 가난한 노동자들 편을 드는 한 외국인 신부를 알게 되었고 그분에게 영세를 받았다. 영세를 받는다는 것은 이제까지의 내 삶의 양식과 가치관을 바꾸는 것을 의미했다. 물론 그것이 실천으로 이어지기까지는 좀 더 오랜 시간이 필요했다. 영세를 받은 지 4년 뒤인 1987년 봄, 나는 천주교도시빈민회 회원이 되었다. 그 무렵 천주교도시빈민회에서는 도시 빈민 운동이 철거 투쟁, 노점상 투쟁과 같은 생존권 투쟁뿐 아니라 좀 더 먼 미래를 보고 빈민 지역에서 소공동체 운동을 함께해 나갈 필요성에 대해 논의하고 있었다. 나는 또래 둘과 함께 자발적인 가난을 실천하기 위해 만석동으로 들어왔다.

그때 나는 예수님이 말씀하신 대로 "호수 저 건너편으로 왔다." 라고 생각했다.

2

함께 만석동에서 생활하기로 한 두 친구와 내가 그때 어떤 꿈을 꾸었는지 분명하게 기억나지 않지만, 두려움과 걱정보다는 뭔가 대단한 일을 시작한다는 우쭐거림이 있었던 것 같다. 우리는 인천 동구 지역을 중심으로 살 곳을 알아보다 만석동을 선택했다. 만석동이 겉으로 보기에 가장 가난해 보였기 때문만은 아니었다. 만석동에서 마주친 일본식 벽돌 건물들, 방직 공장과 제분 공장, 일본식 창고 건물들이 퍽 친근하고 익숙했기 때문이다. 평안북도 안주군에서 일사 후퇴 때 피란 온 친가가 자리 잡은 곳이 인천시 중구 관동이었다. 일본인 조계 지역이었던 그곳은 일본식 건물이나 주택들이 그대로 남아 있었고, 할머니 댁도 일본식 집이었다. 방학을 항상 할머니 댁에서 보낸 덕분에 그런 일본식 건축물이 익숙했던 나는 만석동의 풍경이 좋았다. 만석동이 작은 북성포구와 만석부두, 화수부두를 끼고 있는 것도 마음에 들었다. 첫날 만석동을 둘러보며 나는 내내 '바로 여기다. 그래, 여기까지 나를 이끌고 온 것은 하느님이다.'라고 생각했다.

퇴직금과 천주교도시빈민회에서 모아 준 후원금을 더해 집을 구해 이사를 하고 아가방 준비를 마치자마자 시작한 일이 신문 배달이었다. 먹고사는 문제가 절실했던 이유도 있었고 만석동 구석구석을 볼 수 있고 사람들을 만날 수 있다는 기대도 있었다. 400부의 신문을 배달해야 하는 곳은 화수부두에서 만석부두, 만석동 9번지에서 43번지까지였다. 손수레를 끌고 족히 네다섯 시간은 들여야 겨우 배달을 마칠 수 있었다. 만석동과 화수동은 곳곳이 미로였다. 손수레조차 빠져나가기 힘든 골목을 다니면서 이제까지 경험한 가난과는 다른 차원의 삶을 만났다. 몸은 힘들었지만 첫 1년 중 가장 의미 있는 시간이 바로 신문을 배달하며 골목을 다니던 그때였다.

인천의 빈민 지역을 돌아다니며 살 곳을 찾을 때만 해도 탁아소를 시작할 생각이 없었다. 그런데 우리보다 먼저 만석동에서 빈민 활동을 했던 한 선배가 만석동은 반공 이데올로기가 무척 강한 곳이라 젊은 여성 셋이 들어가 사는 것이 쉽지 않을 거라고 충고했다. 우리는 지역 주민들이 납득하고 인정해 줄 일이 필요하다고 생각했다. 그렇게 '기찻길옆아가방'이 시작되었다.

그런데 만석동의 젊은 어머니들은 대부분 집에서 굴이나 마늘을 깠고, 공장에 다녀도 일이 일정하지 않은 탓에 아이를 돈 주고 맡기는 것이 익숙하지 않았다. 더러는 아이가 있는 단칸방에 간단한 먹을거리와 요강을 들여놓고는 밖에서 자물쇠로 문을 잠그고 일을 나가는 경우도 있었다. 그래서 아가방에 오는 아이들이 예닐곱 명을 넘지 않았고 보육료는 번번이 밀렸다. 처음 도시 빈민에 대해 공부할 때 선배들이 한국 사회에서 빈곤 문제는 절대 빈곤이 아니라 상대 빈곤의 문제라고 하던 말이 의심스러울 만큼 만석동에는 여전히 절대 빈곤에 시달리는 사람들이 많았다.

그 절대 가난을 사는 사람들 중에 우리도 있었다. 신문 배달을 하며 버는 돈과 후배가 공장에 두 달 정도 나가 번 돈이 모두 아가방 운영비에 쓰였다. 원래 아가방 일을 맡았던 후배가 천주교도시빈민회와 인천 교구 청년회의 홍보 일을 맡게 되면서 혼자 아가방 일을 해낼 수 없다며 보조 보육사를 구했는데, 얼마 안 되는 운영비의 반이 보육사의 쥐꼬리만 한 월급으로 다 나갔다. 그것도 몇 달 못 가 제대로 주지 못했다. 그래서 신문 배달을 나가기 전, 아가방 점심으로 쓰일 부식거리를 사러 시장 골목에 가면 자꾸만 50원짜리 '딸기 산도'로 눈길이 갔다. 가난하게 자랐다고 하지만 단 한 번도 끼니를 걸러 본 적이 없던 나는 처음으로 '굶주림'을 경험해야 했다.

우리가 겪는 가난은 아주 절실한 경제적인 빈곤에서, 서로 이해하고 나누는 사랑의 빈곤, 철저한 문제의식의 빈곤까지 겹쳐 서로를 힘들게 하고 있었다. 함께 만석동에 들어간 셋은 가난의 체감 정도가 달랐고, 가난의 목적도 달랐다. 서로 갈등이 커졌고 경제적인 어려움도 커졌다. 그런데도 평일 저녁이나 주말이 되면 도시 곳곳에서 열리는 시위 현장을 찾아야 했다.

우리가 얻은 집은 철길가의 허름한 시멘트 블록 집이었다. 아가방으로 쓸 방 한 칸에 입식 부엌이 딸린 방은 전세로, 판자로 얹은 다락방은 월세로 얻었는데 집을 워낙 날림으로 지은 데다 낡아서 여름이 되자 곳곳에 곰팡이가 피었다. 게다가 걸핏하면 도배한 벽지가 들떠 너덜너덜해졌고, 시멘트 벽에 난 구멍으로는 쥐와 바퀴벌레가 들락거렸다. 우리끼리 있는 곳이 아니라 아기들이 오는 곳이니 열흘이 멀다 하고 도배를 새로 해야 했다. 한밤중에 자다가 이상한 소리에 놀라서 깨어 보면 엄지손가락만 한 바퀴벌레가 기어 다니고, 쥐 새끼가 베개맡에서 얼쩡거렸다. 때로는 새벽 6시에 아기를 맡기러 오는 어머니들이 있어 새벽 5시 반부터 아기를 맞을 준비를 해야 했다.

서울에서는 계속되는 강제 철거에 따른 철거 반대 운동이 거세게 일어나기 시작해 천주교도시빈민회, 기독교도시빈민선교협의회 등 빈민 운동 단체들은 긴박하게 현장에 대응해야 했다. 아가방을 맡았던 후배는 홍보 일 때문에 밤을 새우며 현장을 지켜야 했고, 또 다른 후배는 힘든 일상을 견디지 못하고 우울증에 빠져 요에서 일어나지조차 않았다. 나는 나대로 새벽부터 밤늦게까지 쉴 새 없이 움직였지만 내가 살아 내는 일상이 도시 빈민 운동인지, 주부의 가사 노동인지 분간이 되질 않았다. 힘겹게 하루하루를 버텨 냈지만 이것이 천주교도시빈민회 활동의 일부라는 확신이 들지 않았다. 엎친 데 덮친 격으로 건강마저 흔들렸다. 그렇다고 어디다 하소연을 할 수도 없었다.

결국 한 명의 후배가 가을에 만석동을 떠났다. 남은 둘의 일상 역시 힘겹기는 마찬가지였다. 우리는 왜 만석동에서 살기 시작했는지 앞으로 어떻게 살아야 하는 건지 다시 짚어 보았다. 그리고 우리가 대책 없이 벌여 놓은 일들을 한 가지씩 정리하기 시작했다.

그리고 이듬해, 처음 공동체를 제안했던 후배마저 만석동을 떠났다. 후배의 선택이 깊은 성찰과 번민, 불꽃처럼 타오른 신앙에서 비롯된 것이었다 하더라도 우리의 첫 실패라는 생각에 몹시 슬프고 힘들었다.

만석동에 혼자 남게 되었다. 그러나 내 삶이 운동이었는지, 내가 1년간 겪은 가난이 무엇을 의미하는지 혼란스러웠다. 얼떨결에 혼자 남게 된 만석동에서 어떤 전망을 찾아낼 수 있을지 막막했다. 천주교도시빈민회 선배들은 서울로 올라올 것을 제안하기도 했다. 선배들의 눈에도 만석동에서의 1년이 소모적으로 보였던 게 틀림없었다. 그런데 나는 떠나겠다는 마음이 들지 않았다. 신문 배달을 하며 정든 만석동의 골목 구석구석이 애틋하게 다가왔다. 아이들과 나들이를 나가던 똥바다, 판잣집 사이로 이어진 기찻길, 사람을 만나는 길이 되어 준 만석동의 실골목이 나를 붙잡는 것 같았다. 그렇지만 내가 무엇을 해야 할지, 무엇을 할 수 있을지 막막했다.

나는 처음부터 확고한 운동적 신념이 있던 사람도 아니었다. 그런데 그때, 아가방에 동생을 데리고 오가던 초등학생들이 공부방 언제 할 거냐고 물어 왔다. 어쩌면 내가 쉽게 떠날 결심을 하지 못하는 이유가 그 아이들일 수도 있다는 생각이 들었다. 무엇보다 재양이네 뒷집에 살던 삼 남매가 걸렸다. 밥을 공기에 덜어 먹는 법도 모르고, 속옷을 입는 법은커녕 신발은 짝을 맞춰 신어야 한다는 것도 모르는 삼 남매, 까만 동공에서 빛을 찾아볼 수 없는, 세상으로부터 멀찍이 물러나 있는 그 삼 남매를 그냥 두고 갈 수 없었다. 공부방 바로 옆에 살던 재양이와 보경이, 양순이, 그리고 윗동네 미숙이가 그렇게 원하는 공부방을 해야겠다고 생각했다.

문제는 돈이었다. 퇴직금 일부로 마련했던 월세 보증금은 이미 밀린 월세로 까였고, 그나마 아껴 두었던 퇴직금 일부는 후배가 진 빚을 갚는 데 다 쓰고 말았다. 비로소 지역에 꼭 필요한 일을 하게 되었는데 시작도 못 할까 걱정이 되었다. 그런데 다행히 천주교도 시민민회 창립 멤버인 한 선배가 네덜란드의 세베모 재단(Cebemo, 지금은 Cordaid로 개칭한 네덜란드 주교회의 사회 개발 재단)과 연결해서 전세 얻을 돈과 2년간의 운영비 일부를 지원받게 도와주었다. 아가방 보육사로 와서 함께 고생한 후배와 공부방을 열었다.

3

나는 공부방을 시작하고 나서 비로소 만석동 안으로 깊숙이 들어갈 수 있었다.

아가방이 있던 곳보다 마을 쪽으로 더 올라온 2차선 도로가에 있는 2층 다락을 전세로 얻었다. 방 두 칸에 부엌까지 있었다. 벽이 슬레이트와 판자로 돼 아침이면 옆집 알람 소리에 잠을 깨고, 저녁이면 우리 집에 텔레비전이 없어도 어떤 드라마를 하는지 훤히 알 정도였지만 지은 지 얼마 되지 않아 깔끔한 집이었다.

공부방을 열 준비를 하고 후배와 포스터를 붙이러 동네 한 바퀴를 돌자 우리 뒤로 10여 명의 동네 아이들이 따라왔다. 며칠 사이, 공부방에 온 아이들이 수십 명이 되었다. 몇 달에 걸쳐 공부방이 정말 필요한 아이들이 걸러지고 규칙적으로 공부방에 오는 아이들이 생겼다. 그리고 자원 교사들도 모였다. 그러나 여전히 함께 사는 일은 쉽지 않았다. 새롭게 시작되는 공부방 일로 그 어려움을 얼마간은 숨길 수 있었지만, 공부방을 시작한 후배와 갈등이 점점 커져 갔다.

그런데 그때 만석동 윗동네에 아가방이 생겼다. 인천 교구의 한 수녀님과 인천 교구 청년회 소속 청년들이 어린이 밥집을 열려다 주민들에게 더 필요한 아가방을 만들었다. 함께할 이들이 늘어난다는 것은 기쁜 일이었다. 하루하루가 즐거웠고 신이 났다. 온 나라가 88올림픽으로 들썩거리고 강제 철거는 더 포악해져 도시 빈민의 저항도 거세졌다. 가끔은 그 투쟁에서 멀어져 새 공동체와 지역 운동을 꿈꾸며 설레고 행복해하는 게 죄스러울 정도였다.

그러는 사이 아가방 상근자들도 천주교도시빈민회 회원이 되었다. 또래 청년들이 북적거리자 이제 만석동에서도 제대로 된 지역 운동을 해 갈 수 있을 것 같은 기대감이 생겼다. 그때만 해도 도시 빈민 운동은 천주교도시빈민회와 기독교도시빈민회 둘이 주도하고 있었고, 철거 투쟁으로 모인 이들 중심의 운동 조직이 막 생겨나고 있었다. 그래서 만석동에 모인 청년들은 천주교도시빈민회 회원이 된다는 것에 그 나름 의미를 부여하고 있었다. 그런데 문제는 그곳에서 싹이 텄다.

만석동이 천주교도시빈민회 인천지역위원회라는 틀에 묶이면서 서로에 대한 기대가 커졌고, 기대가 커진 만큼 실망과 갈등도 커졌다. 그때 나는 지역에서 생기는 갈등을 기왕이면 천주교도시

빈민회라는 조직을 통해 해결하고 싶은 마음이 컸다. 어쩌면 내 스스로 도시 빈민 운동에 대해 분명한 전망이나 실천 방향을 정하지 못한 부족함을 감추려는 속셈이 있었을지도 모르지만, 그때는 모든 일이 조직을 통해 해결돼야 하는 줄 알았다.

그런데 각자 다른 단체에서 청년 운동을 경험한 이들은 도시 빈민 운동에 대한 상이나 지향이 달랐다. 천주교도시빈민회 소모임 운동의 모태가 되었던 남미나 필리핀의 기초 공동체에 관심이 많았던 나는 자발적인 가난이나 지역에 스며드는 삶이 우선이라는 천주교도시빈민회의 정신에 별로 문제의식을 갖지 않았지만, 다른 동료들은 "운동에 앞서 삶이 먼저"라는 천주교도시빈민회의 도시 빈민 운동이 과학적이지 못하다고 문제 제기를 했다. 또 천주교도시빈민회가 각 도시의 빈민 지역 특성에 맞는 지역 운동, 소모임 운동을 철거 투쟁과 병행해 나가기로 했으면서도 역량이 철거 투쟁에 집중되는 것에 대해서도 비판했다. 더불어 천주교도시빈민회를 시작하고 이끌어 가는 몇몇 개인에 의해 조직이 움직여지는 비민주성도 비판했다.

나 또한 동료들의 문제 제기를 인정하면서도 한편으로는 그것이 바로 내 문제이고, 우리가 같이 해결해야 할 문제라고 느꼈다. 그러나 다른 동료들은 우리의 문제가 아닌, "너의 문제, 그들의 문제"로 보았다. 그때 나는 만석동에서 일어나는 갈등이 천주교도시빈민회 때문이든, 만석동 공동체 때문이든 혹은 내 개인의 역량이나 인격 문제 때문이든 그 문제를 피하지 않고 토론해 나가다 보면 해결될 거라 믿었다. 그러나 가치나 관점의 차이가 개인의 문제로 치환되면서 갈등은 점점 더 커졌다.

그러는 사이 '기찻길옆공부방'은 그 나름대로 안정되어 가고 있었다. 아이들은 공부방을 좋아했고, 아이들을 보내는 부모들 역시 공부방에 신뢰를 보내기 시작했다. 정기적으로 자원 교사를 하는 젊은이들이 생기고 자원 교사 모임도 활기를 띠기 시작했다. 그러나 천주교도시빈민회 인천지역위원회로 묶인 공부방과 아가방 상근자들의 모임은 더 삐걱거렸다. 나는 내가 천주교도시빈민회와 만석동 사이의 갈등을 부추기는 존재가 될까 봐 천주교도시빈민회에서 일어나는 모든 일을 지역 모임에 낱낱이 보고했으나, 만석동에서 생기는 갈등에 대해서는 보고할 수가 없었다. 때로는 천주교도시빈민회에서 있었던 회의 분위기, 사소한 농담까지 토씨 하나 틀리지 않게 전하라는 요구에 차라리 동료들이 회의에 참여하라고 하고 싶었지만 입을 다물었다. 갈등이 커지고 이런저런 인연으로 개입해 오는 사람들이 날카롭게 비판하는 운동의 전망, 운동가로서의 자세에 대해 나는 제대로 변명할 수 없었다.

4

성호가 죽은 것은 그렇게 힘든 나날이 이어지던 1989년 4월 16일의 일이었다. 사고가 난 그날은 부모회가 있던 일요일이었다. 오후 4시쯤, 부모회에서 쓸 다과를 준비하고 있을 때였다. 밖이 소란스러웠다. 늘 그렇듯 도로에서 공차기를 하던 아이들이 지나가던 차의 기사한테 혼이 나는 줄 알았다. 그런데 그때 남자 친구이자 함께 일하는 동지였던 남편이 무심코 창밖을 내다보더니 비명을 지르면서 계단을 뛰어 내려갔다. 나도 곧 쫓아 내려갔다. 우리 앞에 한 아이가 피를 흘리며 쓰러져 있고 사람들은 먼발치에서 발을 동동 구르며 서 있었다. 남편이 달려가 아이를 살피더니 나를 돌아보며 말했다.

"성호야!"

그러고는 웃옷을 벗어 아이의 얼굴과 허벅지를 덮었다. 남편은 성호를 번쩍 안아 들고는 지나가던 시내버스를 가로막았다. 시내버스를 타고 동인천 길병원 응급실로 갔다. 그리고 간호사는 성호의 죽음을 전해 주었다.

학교에서 시험지를 받아 들고 와서 "이모, 학습 부진아용이 뭐예요?"라고 묻던 아이를, 약한 아이들을 괴롭히는 힘센 아이들이 가장 밉다던 착한 심성의 그 아이를, 공부하다가 은근슬쩍 내 손을 만지며 "이모 손은 부드러워요."라고 말해 나를 부끄럽게 하던 그 아이를 다시 볼 수 없다는 것을 믿을 수가 없었다.

공부방 앞 큰길은 동아제분 앞에서 만석부두까지 이어지는 좁은 2차선 도로였다. 원래 그 도로는 4.5톤 이상의 화물 트럭은 다닐 수 없는 길이었지만 만석부두에 있는 목재 공장과 한국유리공장을 오가는 대형 트럭이 수시로 드나들었다. 동네 어디에도 마땅한 놀이터가 없는 아이들은 그 도로에서 축구나 야구를 하며 놀았다. 언제든 큰 사고가 날 위험이 도사리고 있던 터였다.

초등학교 4학년이던 성호는 엄마가 저녁에 있을 부모회에 오실 거라는 기쁜 소식을 전하러 공부방에 오다가 사고를 당했다. 공부방 앞에 자전거를 세우려던 성호는 11톤 트레일러가 오는 걸 보고 길가로 몸을 피했는데도 트레일러 옆으로 난 갈고리에 옷자락이 끼어 결국 뒷바퀴에 치이고 말았던 것이다.

장례를 치르는 내내 자책을 하고, 원망을 했지만 바꿀 수 있는 것은 아무것도 없었다. 그런데 사흘 동안 아이의 가족들과 장례를 치르고 공부방에 가자 공부방 아이들이 우리를 맞아 주었다. 3학년이던 가람이가 나를 따라 공부방으로 올라오더니 지우개를 책상에 올려놓았다.

"이모, 이거 성호 형 건데, 지우개 따먹기 하다 내가 딴 건데, 새 거라고 엄마한테 혼날 거라고 돌려 달라고 했는데, 내가 돌려주지 못했어요. 성호 형한테 미안해요."

눈물이 핑 돌았다. 가람이와 윤권이가 나를 올려다보며 말했다.

"이모, 하늘나라에는 가난한 사람이 없죠? 성호 형이 이 세상에서 사는 것보다 하늘나라에서 사는 게 더 편하니까 데리고 갔나 봐요."

초등학교 3학년이던 가람이에게나, 하늘나라에 간 성호에게나 우리가 사는 세상은 행복한 세상이 아니었다. 그때 나는 막연하게 생각했다.

'내가 투철한 정신을 가진 운동가가 아니어도, 내가 능력이 많은 활동가가 아니어도 상관없다. 하늘나라에 간 성호나 외로운 가람이와 윤권이가 누군가 그리울 때 찾을 수 있는 공부방 이모면 된다.'

그리고 그제야 나는 예수님의 말씀을 떠올렸다. "저편으로 건너가자."라고 했던 그 말씀을.

내가, 그리고 우리가 열심히 노를 저어 저편으로 건너가는 동안 도대체 예수님은 어디 계셨던 걸까? 배가 가라앉게 생겼는데, 풍랑은 점점 더 세지고 배에 물까지 차오르고 있는데, 더는 노를 저을 힘도 없는데……. 그제야 두리번거리며 예수님을 찾았다. 그런데 예수님은 뱃고물을 베개 삼아 누워 계셨다. 거기까지 오는 동안 우리 배에서 하실 일이 아무것도 없었던 예수님은 여전히 그렇게 누워 계셨다. 2,000년 전 제자들의 배에서 그랬던 것처럼. 나는 비로소 그때까지 팔이 떨어져라 젓던 노를 던지고 뱃머리에서 돌아나왔다. 그것은 지금까지 노 저어 온 길을 되돌아가서 다시 출발해야 한다는 것을 의미했다. 나는 또 한 번의 실패가 그다지 두렵지 않았다. 오히려 내 어깨를 짓누르고 눈앞을 흐리게 했던 장애물로부터 자유로워지는 것 같았다.

5

성호의 장례식을 치르는 동안 공부방 부모님들은 스스로 부모회를 열어 우리 동네 앞으로 4.5톤 이상의 화물차가 다니지 못하게 서명을 받기로 결정했다. 부모회도 정기적으로 열기로 하고 회장과 부회장을 뽑았다. 부모회가 서명 운동을 벌인다고 하자, 공부방 아이들도 자치 회의에서 참여하기로 결정해 주민들의 서명을 받아 냈고, 동구청은 도로 양 끝에다 그 길로는 4.5톤 이상의 트럭은 다니지 못한다는 팻말을 세웠다.

공부방 부모님들은 그 일을 계기로 공부방에 더 관심을 가지게 되었고, 아직 대학생이던 이모 삼촌들은 공부방과 자신의 미래를 함께 고민하기 시작했다. 일주일이 멀다 하고 모여 밤을 새우며 공부방 운영과 비전에 대해 이야기하던 우리는 학생 운동이나 종교적인 이유로 자원봉사를 하기보다 아이들을 만나는 게 목적인 젊은이들을 모으기로 했다. 그 무렵 2년간 공부방 상근자로 함께했던 후배는 윗동네에 있던 아가방에서 새로 연 다락방청소년공부방을 맡기 위해 윗동네로 올라갔다.

그리고 우리는 1990년 봄까지 준비 과정을 거쳐 인하대와 경인교대에 '풀무'라는 이름의 자원 교사 동아리를 만들었다. 1990년부터 2000년까지 해마다 풀무에서 자원 교사를 모집했다. 그들 중 일부는 졸업한 뒤에도 공부방 이모 삼촌으로 남았고 일부는 공부방의 협력자나 후원자가 되었다. 그렇게 공동체의 바탕이 만들어지기 시작했다.

지금 인천 만석동에 있는 '기찻길옆작은학교'에 남은 사람들 중 선배들은 그때 물이 차오르는 그 배 위에서 함께 두려워하던 이들이다. 또 다른 시작을 두려워한 사람들 몇몇은 만석동을 떠났지만 우리는 남았다.

최흥찬, 김중미, 김수연, 유동훈, 박명화 그리고 심상범. 우리는 어느새 만석동 주민이 되었다. 그리고 우리 곁에는 풀무로 공부방에 왔던 후배들이 있다. 특히 풀무 1기였던 김향숙은 공부방 상근자가 되어 함께한다. 그리고 만석동 토박이로 중·고등학교 시절 다락방청소년공부방을 다니다 이제 그 공부방의 상근자가 된 김순아와 그의 동갑내기 친구 박윤보가 청소년 쉼터를 준비하고 있다. 어린 후배들에게 공부방을 공동으로 꾸려 가자고 제안하고, 공부방의 모든 일을 함께 논의하려 하면서도 나는 아직 가끔 급한 마음에 또 먼저 노를 저으려 덤빌 때가 있다. 다행히 금세 정신을 차릴 때도 있지만 대개는 함께하는 후배들의 지적을 받고 머쓱해 노를 놓는다. 그러나 나의 더 강력한 감시자는 9년째 만나고 있는 공부방 부모님들, 그리고 이웃들이다. 이제 공중화장실에서 스치듯 만나도 서로 무슨 일이 있는지 눈치를 챌 만큼 가까운 존재들, 서로 싸우고 울고불고해 온 시간이 길었던 만큼 어떤 동료들보다 끈끈하고 고마운 존재들이다.

이제 그들은 우리를 더는 철부지 청년으로만 보지 않고, 더는 "이모 삼촌, 언제까지 이렇게 살 거야? 뭐 먹고 살 거야?"라고 묻지 않는다. 아이들이 우리에게 "이모, 언제까지 공부방 할 거예요?"라고 묻지 않는 것처럼.

우리는 이제 만석동에서 별종이 아니다. 이웃 할아버지 할머니들은 시끄러운 공부방 때문에 인상을 찌푸리고 때로는 짜증을 내지만, 우리를 그저 단비 아빠, 단비 엄마로 인정해 주시기도 한다. 그러나 만석동 생활 9년 차인 우리에게 누군가가 그동안 쌓은 지역 운동의 성과가 무엇이냐고 물으면 아무 대답도 할 수가 없다. 우리가 1989년, 모든 것을 처음부터 다시 시작하는 마음으로 되돌아가지 않았다면, 우리 머릿속에 있던 주민 조직을 꾸려 내고 조직적 운동을 펼쳐 왔다면 눈에 보이는, 운동적 역량이 풍부한 주민 조직을 만들어 낼 수 있었을까? 정치력과 지도력을 가진 주민 지도자 한두 명쯤 발굴해 낼 수 있었을까? 우리는 누군가의 말처럼 그저 살았을 뿐 어떤 성과도 만들어 내지 못했는지 모른다. 그 비판은 겸허히 받아들인다.

그래서 우리의 아홉 해가 아무짝에도 쓸모없는 무의미한 시간이었나? 그렇지 않다. 성과물로 보자면 우리는 보여 줄 것이 아무것도 없다. 그럼 무엇이 있는가? '사람'이다. 기꺼이 '우리'라고 할 수 있는 공부방 아이들, 아이들의 부모이자 우리의 이웃인 만석동 사람들, 그리고 공부방 자원 교사로 모여 공동체를 준비하고 있는 '우리'. 숫자로 따지면 초등부에 20명, 중등부 13명, 고등부 5명, 자원 교사 동아리인 풀무 40여 명, 공부방 상근자 3명, 건지골생활협동조합에 2명, 푸른솔주민도서실에 실무자 1명, 청년회로 활동하는 졸업생 10명, 공부방 부모회 식구 8명, 그리고 공부방 졸업생들과 공부방 언저리를 맴돌며 우리의 애간장을 태우는 공부방 '일탈' 청소년들. 모두 더해 100여 명쯤 될까? 누군가가 그 인원들이 튼튼하게 조직되어 있는가 혹은 같은 정신과 가치를 갖고 있는가 하고 물으면 아무 대답도 할 수 없다. 그런데도 나는 그들과 함께하는 공동체를 꿈꾸고 있다.

벌써 2년째 후배들과 공동체에 대해 이야기를 나누고 있지만 우리가 원하는 공동체가 어떤 모습이고, 어떤 가치를 바탕으로 어떤 목적을 향해 가는지 분명히 그리지 못했다. 그래도 나는 꿈을 꾼다. 가난한 우리, 가난한 아이들, 가난한 이웃들이 함께 살면서 키워 갈 '공동의 힘'을 꿈꾼다. 아직은 서로 공동체에 대해 다른 상을 그리고 있기도 하고 어떤 이들은 자기가 원하는 공동체가 무엇인지 그려지지 않기도 한다. 그러나 계속 이야기를 해 나가다 보면 길이 보일 거라 믿는다.

우리는 지금 쌀장수, 초등학교 교사, 공부방 실무자, 학원 강사, 중장비 운전사, 공장 노동자, 회사원, 재수생, 대학생, 실업계 고등학생, 혹은 불량 청소년, 호프집 웨이터로 있다. 그러나 우리는 언젠가 한마을에 모여 살며 그 안에서 각자에게 맞는 역할과 일을 하는 꿈을 꾼다. 나는 아직 그려지지 않은 설계도 때문에 조급해하지 않는다. 젓던 노를 한번 놓아 보니 어디로 가야 할지 목적지가 분명하지 않아도 그다지 두렵지 않다. 그저 호수 저편으로 함께 갈 동료들이 있다는 것만으로도 충분하기 때문이다. 천주교도시빈민회 회원으로 산 9년, 만석동 주민으로 산 9년 동안 얻은 것은 내가 곧 천주교도시빈민회이고, 지금 함께하는 사람들 속에 있는 것이 공동체의 삶이라는 깨달음이다.

8

실패는
언제나
새로운 시작

성호가 트럭에 치여 세상을 떠난 뒤 남겨진 슬픔과 후회와 안타까움이 공부방에 아이들을 보내는 부모들을 하나로 모았다. 슬픔은 여럿이 나누면 나눌수록 그 아픔이 덜어졌다.

그렇게 모인 부모들은 저마다 소설 한 편의 사연을 가지고 있었다. 이야기를 나눌 판이 만들어지자 부모들은 누구에게도 털어놓지 못했던 한 많은 삶을 풀어내기 시작했다. 만석동에는 '한부모' 가정이 많았다. 그래서 부모회 구성원에도 자연스럽게 아버지, 어머니들이 섞여 있었고, 비슷한 또래끼리 자주 뭉쳤다. 아버지들은 아직 서른도 안 된, 서른은커녕 이제 막 대학에 입학한 공부방 삼촌들도 친구로, 동생으로 받아들여 주었다.

그렇게 만나 친분을 쌓던 아버지들이 의기투합해 주민 도서실을 열었다. 큰길에서 2층 마당으로 들어오는 골목 모서리 집을 월세로 얻었다. 오랫동안 사람이 살지 않던 집인 데다 보일러도 없어서 불편한 점이 많았지만 그래도 동네 사람들의 발길이 잦은 곳이라 꽤 쓸 만했다. 주민들은 도서실 이름을 '푸른솔주민도서실'이라 지었다. 아버지들은 주로 주말에 돌아가며 도서실 당번을 하고, 어머니들은 그곳에 글쓰기 교실, 한자 교실, 취미 교실을 열었다.

그러던 어느 일요일이었다. 오후 2, 3시쯤 창문 쪽에서 뭔가가 타는 냄새가 나는가 싶더니 순식간에 밖이 소란스러워졌다. 창밖을 내다보니 건너편 골목에서 연기가 솟아오르고 있었다. 남편을 비롯해 남자 후배들이 불이 난 골목으로 달려갔다. 공부방 청년들은 소방대원들을 도와 골목으로 소방 호스를 끌고 들어가, 불이 치솟는 집 앞까지 가서 물을 뿌리고, 가재도구를 옮기는 주민들을 도왔다. 다행히 불은 30분 만에 진화되었지만 할아버지 한 분이 돌아가시고 판잣집 20채가 타버렸다.

만석동 골목은 사람 한 명이 겨우 지날 만큼 좁은 데다 판잣집이 미로처럼 들어서 있어 불이 나면 속수무책인 곳이었다. 눈엣가시 같던 공부방 청년들이 몸을 사리지 않고 화재 진압을 돕고, 집이 불탄 이웃들을 위해 도서실을 내주자 동네 사람들의 차가운 시선이 조금 누그러졌다. 그렇다고 시끄럽고 귀찮은 공부방이 갑자기 좋은 곳이 되지는 않았다. 이웃들은 이해관계에 따라 우리를 대하는 태도도 달랐다. 아쉬운 일이 있을 때는 우리에게 도움을 청하지만 우리 때문에 받는 피해에는 몹시 예민했다.

그러나 하루에 한 번은 어느 골목에선가 싸움을 벌이고 사소한 일로 악다구니를 부리는 잇속 밝은 그 사람들은, 2층 마당에 돗자리를 펴 놓고 한솥밥을 먹고, 장구나 가라오케 기계를 가져와 잔치 마당을 벌이는, 공동체를 만들어 가는 사람들이기도 했다. 부모회도 마찬가지였다. 대부분 건강하고 착한 노동자들이었지만 알코올 중독, 도박, 가정 폭력 같은 문제들을 안고 있는 경우도 많았다. 그러나 우리는 이웃들을, 공부방에 오는 아이들이나 그 부모들을 마음에 맞는 사람으로 골라 선택할 수 없었다. 우리가 할 수 있는 일은 우연히든, 필연적으로든 만나게 되는 사람에게 최선을 다하는 것뿐이었다.

결혼한 뒤, 공부방 말고도 지역 주민들과 좀 더 생산적인 일을 할 수 없을까 고민하다가 '일방'이라는 것을 시작했다. 1987년 아가방 시절부터 만난 어머니 두 분과, 봉제 공장을 운영하는 누나에게 재봉을 배운 남편이 체육복 하청 일을 시작한 것이다. 어머니 한 분은 열여덟 살 때부터 봉제 노동자로 일했던 분이고, 또 한 분은 일자리가 절실한 딱한 사정이 있었다. 햇수로 4년을 만난 분들이고 공부방에서 공동체에 대해 이야기를 많이 나누었기 때문에 공동 노동에 대해 크게 걱정하지 않았다. 그러나 현실은 생각과 달랐다. 집이 바로 옆에 있다 보니 두 어머니는 수시로 남편과 아이들, 친척들을 챙기러 나갔고, 일에 대한 책임감도 부족했다. 지역 주민과 함께 경제 공동체를 만들어 보겠다던 일방은 1년여 만에 문을 닫았다. 한 수도회 신부님의 도움으로 마련했던 재봉틀 세 대는 중고 시장에 팔았다. 경제 공동체라는 게 쉽게 시작할 일이 아니라는 깨달음만이 유일한 소득이었다.

1992년 국회 의원 선거를 앞둔 어느 날, 민중당 사람들이 찾아와 함께 선거를 치러 보자 했다. 한때 인천의 노동 운동 판이 통일되면 대한민국의 노동 운동이 하나로 모일 거라는 농이 돌 정도로 인천에는 다양한 정파가 흩어져 있었는데 그 정파들이 모처럼 모여 일을 도모하고 있었다. 가난하고 보잘것없는 이들의 목소리를 대변할 사람들을 뽑아 보자는 그들의 말을 믿어 보기로 했다. 우리는 공부방 부모님들께 민중당에 대해 설명하고 국회 의원 선거에 함께해 보시는 게 어떻겠냐고 의견을 물었다. 우리를 믿었던 부모님들은 기꺼이 함께하겠다고 해 주셨다.

푸른솔주민도서실의 주인이었던 공부방 아버지들은 잔업을 마치고 밤 10시에 와서도 쉬지 않고 골목골목을 다니며 노동자 후보를 알렸다. 일주일에 단 하루 쉬는 날에도 후보의 선거 유세를 따라다니며 응원하셨다. 어머니들은 어머니들대로 알음알음으로 서로 소개하고, 만남의 자리를 주선하기도 했다. 민중당이 가난한 서민과 노동자들을 위한 정당이라는 말에 예상했던 것보다 많은 주민이 마음을 움직였다. 주민들이 "가난한 우리를 대변할 국회 의원"에 관심을 보이는 것을 보며 우리는 그 선거에서 실패하더라도 선거를 계기로 더 먼 미래를 바라볼 수 있다면 그것으로도 충분한 성과라 생각했다. 만석동 주민 중에는 대기업 노동자들이 많지 않았다. 그래서 1987년, 1988년 노동자 대투쟁을 거치며 생기기 시작한 노동조합의 경험조차 없는 이들이 더 많았다. 부모로부터 가난을 물려받은 만석동 2세대와, 먹고살 길을 찾아 농촌에서 도시 변두리로 찾아든 이농민이 대부분인 만석동 주민들은, 아무리 열심히 살아도 삶이 나아지지 않는다는 좌절을 경험한 사람들이었다. 그런 그들이 자신들을 대변한다는 정당에 관심을 보였다. 실패하더라도 그렇게 정치에 눈뜬 주민들과 계속 뭔가 할 수 있을 것 같다는 희망에 설렜다.

그러나 정작 중동구 지역의 민중당 선거 사무실 사람들은 무조건 '승리'를 해야만 한다고 주장했다. 실패를 고려하지 않고 온 힘을 쏟는 것이 전략적으로 필요하겠지만, 실패 이후를 생각하지 않는 그들이 불안했다.

결과는 실패였다. 그러나 함께 선거 운동을 한 부모회 어머니 아버지들은 실망하지 않았다. 선거 결과 인천 중동구 지역에서, 특히 만석동에서 민중당 후보의 득표율이 꽤 높았기 때문이다. 우리는 실패를 시작이라고 말했다. 그러나 민중당 지도자들은 실패는 끝이라고 했다. 민중당 지도부는 신한국당으로 투항했고, 우리는 그 뒤로 더는 우리를 대변할 정치인을 뽑는 일 따위에 목소리를 낼 수 없었다. 그때 실망한 공부방 부모님들의 표정을 잊을 수가 없다. 우리에게는 시작이었던 그 실패를 왜 끝이라고 생각했는지, 왜 그렇게 어리석었는지 그때는 알지 못했지만 더 시간이 지난 뒤 알게 되었다. 그들의 목적은 세상의 변화가 아니라 권력을 차지하는 것이었음을. 떠날 수 있는 사람은 함께할 사람이 아니었다. 우리는 우리가 살고 있는 삶의 자리에서 희망을 찾아야 했다.

1993년, 2년여의 준비 끝에 재봉틀 판 돈을 쌈짓돈 삼아 남편과 유동훈, 심상범이 '우리쌀집'을 열었다. 김포의 농가와 계약을 맺고 좋은 쌀과 유기농 농산물을 판매하는 쌀집이었다. 일방 실패 뒤, 지역 주민들과 함께하는 것은 잠시 미루고 우리끼리라도 자립의 틀을 만들어보기로 하고, 만석동에서 가까운 화평동에 월세가 싼 집을 얻었다. 그러나 자본이 부족한 데다 가게 위치가 좋지 않아 회원 판매 외에는 판로가 생기지 않았고 매출도 늘지 않았다. 장사나 협동조합의 경험도 없고, 도시와 농촌을 잇는 직거래 경험도 부족했다. 공부방 운영과 지역 운동을 지속적으로 하기 위해 시작한 경제 공동체가 공부방 일에 오히려 짐이 되기 시작했다. 결국 우리쌀집도 2년 만에 접어야 했다.

그런데 그때 마침, 인천의 가좌동성당에서 친환경 농산물 직거래 협동조합을 준비하고 있었다. 우리쌀집의 세 사람은 신부님의 권유로 가좌동성당에 들어가 도농 직거래 센터를 맡아 하게 되었다. 농산물 도농 직거래 운동은 비전이 충분히 있는 일이었다. 그러나 우리 활동의 목적은 공부방을 중심으로 한 지역 운동이었다. 중요한 두 가지 일을 같은 열정과 책임으로 해내기는 무리였다. 결국 여러 사람의 기대와 노력을 뒤로한 채 세 번째 경제 공동체 활동을 그만두었다.

그 후에도 후배들은 학습지 교사, 공장 노동자로 일하며 지역 일을 계속했고, 남편은 공부방을 새로 짓는 일에 매진했다. 그리고 새 공부방 공사를 마무리한 뒤 귀농을 준비하기 시작했다. 아이들과 우리가 함께 꾸었던 오래된 꿈을 실현하기 위해서였다.

우리의 실패는 언제나 새로운 시작이었다. 아이들을 만나고, 공동체로 살다 보면 숱한 실패와 마주친다. 그러나 우리는 그것을 그냥 실패라고 하지 않는다. 우리가 한 발 더 앞으로 가기 위한 경험이라고 말한다.

9

10년 만에
이사를
결심하면서

성호의 사고가 난 뒤, 공부방을 동네 안쪽으로 옮겨야 한다고 생각했다. 그러나 공부방을 할 수 있을 만큼 공간이 있는 집을 구하는 것은 쉽지 않았다. 결혼을 앞둔 1990년 봄, 마침내 알맞은 집을 찾았다. 오랫동안 비어 있었던 데다 지은 지 40~50년은 족히 되어 보이는 낡은 판잣집이었다. 그래도 만석동에서는 드물게 등기가 있는 집이었고, 2층 같은 다락이 있어 아래위층을 합치면 15평 정도의 공간이 되었다. 방 한 칸, 부엌 한 칸으로 된 외주물집이 대부분인 우리 동네에서는 그나마 넓은 집이었다. 더구나 집이 동네 아이들이 모이는 2층 마당 앞에 있었다.

오래 고민할 필요가 없었다. 2년 동안 살았던 길갓집 전셋돈 200만 원에다 여기저기서 도움을 받고, 결혼 준비금을 털어 590만 원짜리 그 집을 샀다. 집수리는 친구 예로니모에게 맡겼다. 예로니모는 후배들을 데리고 새시 일을 하면서 주말에는 독거노인이나 가난한 사람들을 위해 집을 수리해 주는 친구였다. 우리 집을 수리하는 데 필요한 허드 렛일은 공부방 큰삼촌 최홍찬과 1년 차 자원 교사였던 유동훈이 하기로 했다. 두 사람 다 대학을 다니며 이런저런 공사판에서 아르바이트를 해 본 경험이 있어 공사비를 줄일 수 있었다.

집수리를 하며 가장 신경을 쓴 것은 안전이었다. 집의 버팀목 역할을 하는 기둥은 제재도 안 하고 세운 얇은 나무 기둥이었는데 이미 군데군데 썩어 가고 있었다. 그 기둥에 각목을 덧대고, 흙과 시멘트가 떨어져 1층 벽과 건너편 다락이 훤히 보이던 2층 판자 지붕은 슬레이트로 보강했다. 사다리로 이어지던 1, 2층 사이에는 튼튼한 나무 계단을 짜서 끼워 넣었다. 2층은 신혼 방으로 쓸 작은방과 공부방 사무실 겸 거실로 쓸 방, 두 칸으로 나눴다. 그리고 연탄보일러도 깔았다. 공부방으로 쓸 1층은 보일러실을 만들고 미장과 도배를 새로 하는 것 말고는 손댈 곳이 별로 없었다.

공부방이 이사하던 날, 아이들은 신이 났다. 동네 아이들의 놀이터인 2층 마당 앞에 있는 공부방이라니, 아이들에게는 더할 나위 없이 좋은 곳이었다. 길가에 있는 2층 다락에 공부방이 있을 때는 주인아줌마 눈치를 보느라 걸을 때도 조심해야 했는데 새로 이사 간 공부방은 '우리 집'이었다. 새 공부방에서는 마음껏 놀아도 된다고 생각한 아이들은 천방지축으로 뛰어놀았다. 결국 옆집 할머니들이 화가 나셨다. 공부방 바로 옆에 살던 쌀집 할머니는 아이들이 노는 데다 비눗물을 끼얹을 정도로 못마땅해하셨다.

그래도 2층 마당 앞 공부방은 우리에게는 신이 주신 선물과 다름없었다. 나는 그 집에 살면서 비로소 만석동 주민이 되었고, 그곳에서 설레는 신혼 시절을 보냈고, 두 딸을 낳았다. 그곳에서 소중한 인연들을 만났고 공동체의 싹을 틔웠다.

공부방이 못마땅한 것은 노인들뿐만이 아니었다. 동네 청년들도 대부분 대학생들인 공부방 자원 교사들을 껄끄러워했다. 그래도 우리가 하는 일이 나쁜 일은 아니라고 생각해서인지 크게 해코지를 하지는 않았다. 우리는 주민들의 눈 밖에 나지 않으려고 최대한 몸을 낮추고 예의 바르게 행동했다. 그러나 동네 할머니들의 트레바리 짓은 멈추지 않았다. 공중화장실을 못 쓰게 하는 걸로도 모자라 공부방 한구석에 화장실을 만드는 것마저 훼방을 놓았다. 화장실을 함부로 만들면 누군가 병이 난다는 것이었다. 다행히 윗동네 공중화장실을 관리하는 공부방 어머니 덕분에 윗동네 화장실을 쓰게 되었다. 그러나 화장실 한 번 갈 때마다 150미터를 오르내려야 하는 일은 고역이었다.

이웃들은 공부방 때문에 만석동 아이들이 다 2층 마당으로 와서 논다고 못마땅해했고, 통반장들은 우리를 불온 세력으로 여기고 수시로 감시했다. 게다가 수리를 했다 해도 슬레이트와 판자로 얼기설기 지은 집은 한여름이나 한겨울을 견디기에는 부실한 데가 많았다. 여름이면 집 안이 사우나가 되었고, 겨울에는 벽 사이로 황소바람이 드나들었다. 그래도 겨울에는 점퍼를 껴입고 옹기종기 모여 앉아 있으면 웬만한 추위는 견딜 수 있었지만 여름은 속수무책이었다. 창문이라고는 북쪽으로 난 8절지 크기만 한 창과 서쪽으로 난 복도 창이 전부여서 5, 6월부터는 저녁 준비를 할 때마다 땀이 쏟아져 내렸다. 첫째 만삭 때는 저녁 한 끼를 짓고 나면 온몸에 땀띠가 뭉쳐 밤마다 고생했다.

그렇다고 함께 먹는 밥을 포기할 수는 없었다. 저녁 밥상은 낮에 봉사한 초등부 자원 교사와 저녁때 수업하러 온 중·고등부 자원 교사들이 만나는 자리이자 상근인 내가 자원 교사 후배들을 섬기는 유일한 기회였다. 우리는 지금도 공부방에서 함께 밥을 먹던 그 시간이 없었다면 오늘의 공동체는 없었을 거라는 말을 한다. 그만큼 함께 먹는 것이 중요했다. 그러나 한여름의 저녁 식사는 그 자체로 밥 먹기 전투였다. 비좁은 방에서 적게는 10명, 많게는 20명이 먹어야 해서 보통 세 번에 나눠 먹었는데 여름에는 밥을 먹는지 더위를 먹는지 모를 정도였다.

신영복 선생님께서 『감옥으로부터의 사색』이란 책에서 교도소 동료들이 살기에는 겨울이 나은 까닭을 이렇게 말한 적이 있다.

없는 사람이 살기는 겨울보다 여름이 낫다고 하지만 교도소의 우리들은 없이 살기는 더합니다만 차라리 겨울을 택합니다. 왜냐하면 여름 징역의 열 가지 스무 가지 장점을 일시에 무색케 해 버리는 결정적인 사실 ─ 여름 징역은 자기의 바로 옆 사람을 증오하게 한다는 사실 때문입니다. 모로 누워 칼잠을 자야 하는 좁은 잠자리는 옆 사람을 단지 37도의 열 덩어리로만 느끼게 합니다. 이것은 옆 사람의 체온으로 추위를 이겨 나가는 겨울철의 원시적 우정과는 극명한 대조를 이루는 형벌 중의 형벌입니다.

옛 공부방에서 한여름을 지내 본 사람은 누구나 이 글에 공감할 수 있을 것이다. 오죽하면 첫아이를 가질 때 남편과 내가 가장 신중하게 고려한 것이 계절이었을까? 태어날 아기가 그 집에서 한여름이나 한

겨울을 나게 하지 않기 위해 우리는 9월 초에 출산할 계획을 세웠다. 그 덕분에 8월 30일에 태어난 딸은 무더위를 피했지만 나는 만삭으로 더위를 견뎌야 했다.

2층 마당은 윗동네와 아랫동네를 잇는 길 한가운데에 있어 버스에서 내린 사람들이 거쳐 가는 곳이었다. 그래서 밤 12시 가까이까지 잔업을 한 아버지나 어머니들이 퇴근하는 길에 "이모 있어? 삼촌 있어?" 하며 공부방에 들렀다. 평일에는 보통 자정까지 고등부 수업을 하니 아이들이 돌아가고 청소를 마치면 새벽 1시를 훌쩍 넘었다. 그런데 그때 누군가가 공부방 문을 열고 "큰삼촌, 큰이모 있어?" 하면 가슴이 덜컹 내려앉았다. 그 시간에 문을 열고 우리를 부르는 사람은 십중팔구 퇴근하는 부모님들이었다. 대부분은 반갑게 맞았으나 몸이 피곤한 날은 피하고 싶었다. 그러나 내일도 출근해야 하는 노동자들 앞에서 피곤한 내색을 할 수는 없었다.

손님은 이웃들만이 아니었다. 지방에서 올라와 자취 생활을 하는 대학생 후배들에게 공부방은 언제 가도 반겨 줄 사람이 있는 '집'이었다. 술에 취해 비디오테이프까지 빌려 와 같이 놀아 달라고 치근덕거리는 어린 후배들 역시 내칠 수 없었다. 그러나 어쩌다 세 평도 안 되는 신혼 방마저 침범당할 때는 히스테리가 올라왔다. 팬티와 브래지어를 걸어 놓은 방에 누워 잠을 청하는 남자 후배들, 그리고 일어나서는 신혼부부의 옷장 서랍을 열어 새 양말을 꺼내 신고 갈 때면 정말 머리카락이 곤두섰다. 한때 1층에서 함께 살던 후배들은 학교에 갈 때마다 뱀이 허물을 벗어 놓듯 옷을 벗어 놓고 가기 일쑤였다. 속 모르는 남편은 "이 공간, 우리 삶을 모두 나누며 살기로 했지 않느냐?"라며 염장을 질렀다.

1987년 봄, 만석동에 정착한 지 얼마 안 되었을 때였다. 만석동 43번지 철거 문제로 방문했던 고 제정구 선생께서 말씀하셨다.

"계속 여기서 살 거면 네가 앞으로 낳을 자식도 빈민을 만들 각오를 해야 한다."

나는 기꺼이 그렇게 하겠다고 대답했다. 1년 뒤, 공부방을 열고 아이들을 만나면서 내가 선택한 가난과, 자본주의 사회에서 필연적으로 발생하는 사회적 가난 사이에서 종종 길을 잃었다. 가난을 선택한 것을 후회하지는 않았지만 내 딸에게 물려줄 가난은 공부방 아이들이 물려받은 가난과 달라야 한다고 되뇌었다. 가난하게 살되 가난에 짓눌려서는 안 되었다. 내가 가난을 선택한 것은 경제적 빈곤을 견디기 위해서가 아니라 오직 물질적 풍요만을 좇는 사회에서 새로운 삶의 길을 찾기 위해서였다. 아무것도 가진 게 없었던 내가 공부방을 꾸려가기 위해서는 자신의 것을 기꺼이 나누고자 하는 이들의 도움을 받아야만 했다. 우리는 그들의 도움 없이는 살 수 없었고, 그 도움을 우리보다 더 가난하고 약한 아이들과 이웃에게 나누는 것이 빚을 갚는 길이라고 생각했다.

큰딸을 임신하고 감히 출산 준비물을 마련할 엄두도 내지 못하고 있을 때, 천주교도시빈민회에서 함께 일한 신부님께서 출산 준비물을 마련해 주셨다. 딸을 키우는 동안 옷이나 장난감 같은 것을 우리 돈으로 산 적이 별로 없다. 오히려 선물로 받은 옷들을 다 입혀 보지도 못하고 공부방 둘째 혜원이와 셋째 연수에게 물려줄 정도였다. 너무 가난한 탓에 큰딸의 백일 사진과 돌 사진을 찍을 수 없었던 것만 빼고는 우리는 두 딸을 건강하게 잘 키울 수 있었다.

큰딸이 두 살 때였다. 친구 예로니모가 잠시 공부방에 들렀다가 연탄가스 냄새를 맡고는 질색을 했다.

"야, 딸내미 바보 만들 거야? 일산화탄소 계속 마시면 머리 나빠진대. 좀만 기다려 봐. 요즘 집수리하는 데 많으니까 돌아다니다가 기름보일러 내놓은 집 있으면 가져다줄게."

그리고 몇 주 뒤, 정말로 기름보일러를 트럭에 싣고 와 교체해 주었다. 마침 도시가스가 들어와 기름보일러를 교체하는 집들이 많던 때라 거저 얻을 수 있었다.

하루는 한 후원 회원이 방문했다가 욕실도 없는 '한뎃집'에서 아기를 키우는 것을 보고 눈물을 글썽이셨다. 뜨거운 물도 나오지 않는 집에서 어떻게 아기를 키우느냐며 걱정하시더니 다음 날로 순간온수기를 사 보내셨다. 집에 욕실이 따로 없으니 그 온수기를 싱크대 위에 달았다. 그래서 두 딸 모두 두 돌까지는 뜨거운 물이 나오는 싱크대에서 목욕을 시켜야 했다.

1992년 가을에는 공부방 통장에 10여만 원밖에 없는 것을 안 풀무후배들이 인하대 앞에서 일일 주점을 열었다. 그때 모인 돈은 30여만 원. 큰돈은 아니었지만 당장 연탄을 들여놓을 만큼은 되었다.

그해 겨울, 성탄절을 앞두고 인천 교구의 한 신부님께서 불쑥 공부방에 찾아오셨다. 뜻밖의 방문에 어리둥절한 우리에게 신부님이 말씀하셨다.

"한때 자네들에 대해 이런저런 말들이 들렸지만, 동요되지 않고 묵묵히 지역에서 일하는 걸 보고 도와줘야겠다고 생각했지."

그제야 우리는 만석동 밖에서 우리에 대해 '이런저런' 소문이 돌았다는 것을 알았다. 남편과 나는 그 소문이 한때 우리와 같은 지역에서 일했던 이들에게서 나왔을 거라 짐작했지만 정확한 내용은 알 길이 없었다. 지금도 그 이런저런 소문의 정체에 대해 잘 모른다. 그 뒤로 가끔, 그 소문을 낸 사람들 중에 하나일지도 모르는 동료, 선배들이 찾아와 그때 일을 고백하며 사과했지만 나는 더 깊이 알려 하지 않았다. 언제부턴가 나는 사람을 보이는 그대로 믿고, 보이는 그대로 판단한다. 그 사람으로 인해 내가 상처받는 일이 있어도 쉽게 그 사람에게 실망하거나 돌아서지 않는다. 그때그때 분노하고, 섭섭해하고, 아파하지만 섣불리 "저 인간하고 다시는⋯⋯."이라는 말을 하지 않는다. 물론 쉽게 추켜세우지도 않는다. 나나 그이나 저이나 이이나 다 어딘가는 모자라고, 어딘가는 허술한 인간이기 때문이다.

1997년, 현지 개량 방식으로 진행되던 만석동 주거 환경 개선 사업 계획에 우리 공부방이 2차선 도로로 포함된 것을 알게 되었다. 7평을 겨우 넘는 공부방 공간은 초·중·고 아이들이 다 같이 쓰기에 너무 비좁아 새 공부방을 마련해야 한다는 논의가 있던 차에 도로 계획까지 알게 되면서 공부방 이전 계획을 구체적으로 세우게 되었다. 그런데 계획을 세우자마자 '아이엠에프 사태'가 터졌다. 그렇다고 도로가 날지도 모르는 공부방을 그대로 놔둘 수는 없었다. 다행히 많은 사람의 도움으로 집터를 마련하고 새집을 지을 수 있었다.

새 공부방 터는 일제 강점기에 병참 기지였던 만석동에, 노동자 숙소로 사용되던 관사의 끝 집이어서 출입구를 소방 도로 쪽으로 낼 수 있을 것 같았다. 우리는 처음에 동네 여느 집과 크게 다르지 않게 시멘트 블록으로 대충 지으려 했다. 그런데 공부방 신축 소식을 들은 민들레국수집 서영남 선생님이 건축가 한 분을 소개해 주셨다. '채나눔'이라는 건축 기법을 실현하는 이일훈 건축가였다. 선생님은 동네를 한 바퀴 돌아보시고 나서 우리에게 어떤 집을 원하느냐고 물으셨다.

"만석동 집은 다 외주물집입니다. 길가에서 곧장 방이나 부엌으로 통하죠. 아이들이 사는 집의 구조와 다르지 않았으면 좋겠어요. 또 새집이더라도 새집처럼 보이지 않으면 좋겠어요."

이일훈 선생님은 우리의 바람에다 나눔과 공동체의 정신을 더해 설계를 해 오셨다. 가뜩이나 좁은 터를 다시 쪼개 마을 사람이나 아이들이 옹기종기 모여 앉아 이야기를 나눌 수 있는 공간을 내고, 현관 앞에는 비를 피할 수 있는 공간까지 만들었다. 처음에는 공부방 공간이 조금이라도 넓어지는 게 낫지 않을까 했지만, 그렇게 덜어 낸 공간은 아이들에게 작은 마당 역할을 했고, 평상과 화분을 놓을 수 있는 공간이 되었다.

우리는 새 공부방이 동네와 잘 어울리는 집이 되길 바랐다. 집을 새로 짓는 동안 이웃들과 언성을 높일 일이 많았지만 될 수 있으면 그들의 요구를 들어주며 큰 다툼 없이 집을 지으려 노력했다. 누군가 손해를 봐야 한다면 그 누군가가 우리가 되는 것이 나았다.

집을 짓는 과정에서 겪은 첫 번째 난관은 1층과 2층을 잇는 외부 계단을 만들 자리가 지적도와 다른 것이었다. 공부방에 사 남매를 보내는 집의 한쪽 벽 모서리가 계단 자리의 3분의 1을 차지하고 있었다. 그렇다고 그 집 모서리를 잘라 내라고 요구할 수는 없었다. 고민 끝에 우리는 그 집 모서리와 처마를 그대로 둔 채 계단을 만들었다. 그 때문에 비가 오는 날에도 우리는 계단을 오르내릴 때 우산을 쓸 수 없는 불편을 감수하며 지낸다.

건물 설계를 무료로 해 주신 이일훈 선생님과 후원자들의 정신에 맞게 집 짓는 일도 좋은 뜻을 가진 이들에게 맡기기로 했다. 마침 천주교도시빈민회에서 함께 일하던 동료 몇이 건축 협동조합을 만들었다. 우리는 그 협동조합에 일을 맡기고 목수와 미장이로는 만석동 주민을 고용해 달라고 부탁했다. 그러나 막 시작한 협동조합은 미숙한 점이 많았고, 일에 대한 책임감이 부족했다. 건축비를 꼬박꼬박 주었지만 정작 노동자들에게는 임금을 제때 지급하지 않았을 뿐 아니라 동네 식당의 밥값조차 제때 주질 않았다. 심지어 공사조차 제대로 마무리하지 않고 떠나 버렸다. 석 달 동안 공사에 참여했던 남편과 동훈 삼촌은 그동안 얼마나 마음고생을 했는지 다시는 새집을 짓지 않겠다며 고개를 내저었다.

우여곡절 끝에 집을 다 짓고, 이사를 앞둔 며칠 동안 나는 잠을 제대로 자지 못했다. 그 집에서 산 10년간의 추억이 밤마다 되살아났다. 그 집에서 산 지 1년쯤 지나 태풍이 불던 날이었다. 만삭이던 나는 풀무 후배들이 엠티를 간 뒤 홀로 공부방을 지키고 있었는데, 초저녁에 갑자기 쿵 하는 소리가 들렸다. 방문을 열어 보니 2층 슬레이트 벽에 구멍이 뻥 뚫려 비가 새어 들어오고 있었다. 당황해 밖을 내다보니 길 건넛집 다락이 돌풍에 날아와 우리 집 벽에 부딪친 것이었다. 또 우리 집은 워낙 허술해 쥐가 드나드는 구멍이 많았다. 첫아이를 낳고 젖을 먹이다가 냉장고 옆 탁자 아래서 분홍빛 생쥐에게 젖을 먹이던 어미 쥐와 눈이 마주쳤다. 그 기억은 지금도 잊을 수가 없다. 그곳에서 만난 사람들, 그곳에서 만난 아이들, 그곳에서 겪어 낸 수많은 일들을 뒤로 하고 이사를 가자니 자꾸만 눈물이 나왔다. 1998년 8월, 당시 공부방 소식지에 실으려고 쓴 글에서 그때의 마음이 보인다.

이사를 앞두고

"안녕하세요? 오늘은 일찍 내려오시네요."

"그럼 늙은이가 집에서 뭐하간. 영수 에미까지 누워 있으니까니 당췌 답답해서 말이디. 니 또 똥 누러 가간?"

"네."

"용타 용해. 빤쯔에다 안 싸는 게 용타."

아침마다 100미터나 떨어진 공중화장실엘 올라가다 보면 늘 만나는 영수 할머니는 윗동네로 이사 간 뒤에도 날마다 우리 동네로 마실을 나오신다. 급한 걸 참고 할머니 얘기를 들어 드리다가 화장실로 들어간다.

그리고 화장실에 앉아 『작은책』 9월 호를 펴고 다리가 저릴 때까지 다 읽는다.

발이 너무 저려 콧등에 침을 열 번쯤 바른 뒤에 절룩거리며 화장실을 나오다가 아름이 엄마를 만난다.

"이모는 화장실에서 살다 나와? 아까 들어가는 걸 봤는데. 아이고, 또 책 보다 나오는구나."

"그럼, 먼 길 오는데 한 가지만 하고 나올 순 없잖아."

"냄새도 안 나? 어쨌거나 잘됐다. 나 큰이모한테 할 말 있었거든."

그렇게 화장실 앞에 서서 끝날 줄 모르는 아름이 엄마의 신세타령을 듣는다. 지난 일요일에 있었던 부모회에서 속상했던 얘기, 돌아가신 할머니 얘기, 남편 얘기까지 듣고 공부방으로 내려와야 하니 똥 누러 갔다 오는 시간만 40분도 훨씬 넘어 버린다. 사정이 이렇다 보니 공부방 사람들은 화장실 한번 가려면 무슨 큰일을 치르는 것처럼 큰맘 먹고 가야 한다.

그래도 큰딸 단비를 임신해서 배가 남산만 했던 8월 한여름의 땡볕에도, 작은딸 솔비가 막달이던 한겨울에도 뒤뚱거리며 밤낮없이 그 길을 오고 갔다. 아기를 가져 본 사람은 알리라. 임신 중에 얼마나 자주 화장실을 들락거려야 하는지.

한밤중에 배탈이라도 나면 정말 끔찍했다. 언젠가는 남편이 후배 결혼식에 갔다 배탈이 나는 바람에 한밤중부터 다음 날 새벽까지 100미터 달리기를 수도 없이 해야 했다.

그래도 공중화장실을 오가던 그 길은 내게 아주 소중한 길이었다. 봄이 되어 공장 담 밑 스티로폼과 함지박으로 만들어진 화단에 토마토, 딸기, 상추가 새싹을 내밀고 하얗고 노란 꽃을 피울 때, 여름에 딸기, 토마토, 고추, 콩들이 열매를 맺고 익어 갈 때, 가을이 되어 좁은 길섶과 낮은 슬레이트 지붕 위로 빨간 고추가 널릴 때 그 길에서 지친 마음을 쉬어 가기도 하고 기도를 드리기도 했다.

또 날마다 그 길에서 송화쌀집, 대성상회, 정희네 할머니, 효연이네 엄마, 무당 할머니, 봉룡이 엄마, 중풍 걸린 아저씨, 할아버지와 단둘이 사는 다섯 살배기 꼬마, 마늘 까는 아줌마들, 상기네 할머니를 만나 살아가는 이야기를 나누며 울고 웃었다.

이제 공부방이 새로 지어지면 집 안에 깨끗한 화장실이 생긴다. 한겨울에 똥 마려운 것을 참고 참다가 변비에 걸릴 일도 없을 테고, 오줌을 참다가 오줌소태에 걸릴 일도 없을 거다. 그리고 아침마다 듣던 영수 할머니와 정희 할머니의 신세타령도 더 이상 들을 수 없을 거다. 그러나 생활의 편리함 대신 잃게 되는 것들은 어디서 찾을 수 있을까?

편리함보다 가난한 삶이 주는 넉넉함과 어울림에 더 가치를 두면서도 새집을 짓겠다고 한 이유는 오로지 아이들 때문이었다.

한여름엔 좁은 방 두 칸에서 땀을 뻘뻘 흘리며 '사우나'를 하고, 추운 겨울엔 황소바람 들어오는 낡은 문 앞에 앉지 않으려고 티격태격하는 아이들에게 조금만 더 넓고 따뜻한 공부방을 지어 주고 싶었다.

그런데 시멘트 벽돌이 한 층 한 층 쌓여 갈 때마다 새 공부방 때문에 우리의 가난한 삶이 빛을 잃을지 모른다는 두려움도 함께 쌓여 간다.

아이들은 새집을 짓기 시작하자 이제 공부방은 부자라고 의심 없이 말한다. 이모 삼촌들은 부자가 되고 아이들은 여전히 가난하다면 공부방이 지금처럼 아이들에게 위로가 되고 힘이 될 수 있을까? 이런 갈등들은 새집에 살면서도 계속될 것 같다.

우리가 지켜야 할 것은 모두가 가난해질 때까지 나누는 것이고, 끝까지 싸워야 할 것은 몇 사람만이 누리는 풍요이기 때문이다.

이사 첫날, 진눈깨비가 내렸다. 진눈깨비가 그치자 바람이 세지고 기온이 뚝 떨어졌다. 나는 이사 오기 전 그 판잣집에서 그랬듯이 추운 날 잠을 설칠 아이들 생각에 새집에서의 첫날 밤도 잠을 설칠 줄 알았다. 그런데 따뜻한 방바닥 때문이었는지, 며칠 동안 잠을 자지 못했던 탓인지 나도 모르게 깊은 잠이 들었다. 그리고 다음 날 아침, 올해 첫 추위에 이불을 뒤집어쓰고 잠들었을 아이들에게 미안한 마음이 들었다.

나는 그 겨울 내내 따뜻한 새집에 사는 것에 대해 죄책감을 느낄 줄 알았다. 그러나 그것은 기우에 지나지 않았다. 기온이 더 내려가자 콘크리트 벽에서 한기가 스멀스멀 올라오고 바람이 일었다. 이듬해 여름 장맛비가 몇 번 내리자 천장에서 비가 새기 시작했다. 1층과 2층 사이로 스며든 빗물이 1층 공부방에 뚝뚝 떨어지고, 2층과 3층 사이로 스며든 빗물은 거실과 부엌 천장까지 젖게 만들었다. 지은 지 1년도 안 된 집인데 방에 세숫대야를 군데군데 놓고 공부방을 해야 했다.

장마가 지나자 이번에는 낮 동안 달궈진 콘크리트 건물이 식지 않아 한밤중에도 실내 온도가 30도를 오르내렸다. 몇 차례 전문가 진단을 받고 나서야 부실시공 때문이라는 걸 알았다. 그리고 비가 새는 문제에는 그저 2, 3년에 한 번씩 방수를 하는 방법밖에 해결책이 없다는 것도 알게 되었다. 처음에는 돈 문제도 제대로 해결하지 않고, 집마저 엉망으로 지은 건축 협동조합 사람들을 원망했다. 그러나 원망해 봤자 해결되는 건 아무것도 없었다. 우리는 그냥 불편함을 감수하며 사는 게 운명인가 보다 여기며 살았다.

1998년에 공부방을 새로 지은 뒤 예전 공부방은 도서실, 만석신문사 사무실로 쓰였고, 길재와 승원 부부의 신혼집도 되었다. 또 노래패나 공부방 아저씨들의 밴드인 '만밴'의 연습장이 되기도 했다. 그 뒤로 다시 가난한 공부방 청년들의 자취방이 되기도 했고, 2013년에는 창작 집단 '도르리'의 작업실로 쓰여 도르리가 만든 그림책 『6번길을 지켜라 뚝딱』의 창작 공간 겸 스튜디오가 되었다. 그러나 2015년 봄부터 더는 그 집에 사람이 살 수 없게 되었다. 슬레이트 지붕 곳곳이 새는데 지붕을 새로 얹기에는 벽이 너무 약했다.

그래서 우리는 요즘 그 터에 새로 집을 지을 꿈을 꾼다. 8평도 안 되는 작은 터는 아직도 시유지다. 그러니 그 땅을 사고 좁은 터에 집을 짓는 일까지 뭐 하나 만만한 일이 없겠지만 그래도 언젠가 그 자리에 젊은이들의 창작 공간과 책이 있는 쉼터를 만들고, 젊은이들의 살림집도 만들고 싶다. 그 집이 25년 전 그랬듯이 가난한 청년들의 꿈을 품고, 가난한 이웃과 길고양이의 고단한 삶을 품는 곳이 되면 좋겠다.

10

자원 교사
동아리,
풀무의 친구들

공부방을 열고 1년여 동안은 성당이나 가톨릭대 학생회를 통해 알음알음으로 자원 교사를 모집했다. 저마다 공부방 활동에 의욕을 갖고 오긴 했지만 어떤 목적을 갖고 왔느냐에 따라 아이들을 만나는 태도가 달랐다. 어떤 이는 공부방 활동을 단순한 자원봉사로, 어떤 이는 학생 운동이나 지역 운동의 수단으로 생각했다. 자원 교사들 사이에서 그 차이로 갈등이 생겼다. 나는 나대로 1988년부터 공부방을 함께 시작했던 상근자와 공부방 운영, 도시 빈민 운동에 대한 시각 차이로 갈등이 깊어졌다. 거기다 아가방과 공부방을 하는 선배와 수녀님과도 뜻하지 않은 오해와 갈등이 쌓여 갔다.

얽힌 매듭을 풀 해답은 우리 스스로 찾아낼 수밖에 없었다. 다행히 공부방에는 1987년부터 꾸준히 활동한 자원 교사들이 있었다. 나는 자원 교사들과 토론을 해 나가면서 그때까지 실무 모임과 봉사자 모임으로 나뉘어 있던 공부방 운영 체계를 하나로 모으자고 제안했다. 그때 흔히 하던 말로 표현하자면 '집단 지도 체제'였다.

봉사자 모임에 참여하는 자원 교사 중에는 이미 도시산업선교회에서 진행하는 도시 빈민 활동가 교육을 받고 있는 친구들이 있었고, 공부방 활동을 단순한 봉사가 아닌 자발적 가난을 선택하는 과정으로 생각하는 친구들이 있었다. 우리는 일주일에 한 번씩은 밤을 새우면서 공부방의 현재와 미래에 대해, 아이들에 대해 토론했다. 1989년부터 상근자와 자원 교사들의 모임이 하나로 합쳐졌고, 공부방 운영, 공부방 프로그램 개발, 지역 주민과의 관계에 대해 좀 더 폭넓고 깊은 논의가 가능해졌다. 그리고 그곳에서 들쑥날쑥한 자원 교사들을 동아리로 모아 보자는 제안이 나왔다. 마침 자원 교사들이 인천교대와 인하대 학생들이었던 터라 두 학교에 연합 동아리를 만들어 보기로 했다.

1990년 봄, 드디어 자원 교사 동아리 모집을 시작했다. 동아리 이름은 '풀무'로 했다. 풀무는 '불을 피울 때 바람을 일으키는 도구'를 말하는데 이 동아리가 가난한 아이들을 움직이게 하고, 젊은이들 세상에 새 바람을 일으키는 도구가 되자는 뜻으로 지었다. 첫해, 풀무 1기로 공부방에 온 대학교 신입생은 임종연, 임종완, 김향숙, 이선우, 조수호 등 11명이었다. 1명을 빼고 10명이 대학을 졸업할 때까지 자원교사 활동을 계속했고, 그중 5명이 공동체에 남았다.

풀무 1기들은 자신들보다 먼저 공부방 활동을 시작한 선배들을 풀무 0기라고 불렀다. 그 풀무 0기가 실무 모임을 하는 주체였다. 풀무 0기들은 풀무로 들어온 스무 살 새내기들을 단순한 자원봉사자가 아니라 공부방과 지역 일을 함께 해 갈 동지로 대했다. 대학에 입학해 쉽게 적응하지 못하고 방황하던 스무 살 청년들이나, 지방에서 인천으로 유학 와 외로웠던 스무 살 청년들은 공부방에 와서 새로운 가족을 만났다. 풀무 0기 중에서 1987년부터 1991년까지 자원 교사로 활동한 사람은 9명이었는데, 거기서 4쌍의 부부가 탄생했다. 그리고 그중 3쌍이 공동체에 남았다.

1990년 6월 우리 부부가 결혼을 했고, 3년 뒤 김수연과 유동훈, 심상범과 박명화가 결혼을 했다. 두 부부는 부모님과 갈등을 줄이기 위해 첫 1, 2년은 만석동 밖에서 살다가 다시 들어왔다. 우리 세 부부는 만석동에서 아이를 낳아 키우며 공부방을 하고, 우리쌀집, 건지골생활협동조합, 『만석신문』, 열린청소년쉼터, 푸른솔주민도서실을 꾸려 나갔다. 때로는 생계를 위해 다른 직업을 갖기도 하고, 바쁜 틈을 타 자신만의 창작 작업을 해내기도 했다. 풀무 0기라 하는 우리 세 부부가 함께해 온 세월이 늘 평화롭기만 했던 것은 아니다. 가난을 받아들이고 아이들을 만나는 과정에서, 공동체를 이루어 가는 과정에서 서로의 차이가 드러나 갈등을 겪기도 했고, 경제적인 문제, 투병 생활 등으로 어려움을 겪기도 했다. 부부들 사이에 아이가 생기고 나서는 육아 방식에서도 차이가 드러났다. 공동체를 흔드는 문제를 해결하는 방법은 그 문제를 피하지 않고 직면하는 것뿐이었다. 그 과정에서 서로의 차이를 존중하고 받아들이게 되었고, 그 차이를 좁혀 갈 수 있었다.

2001년 우리 부부가 강화로 이주했다. 우리가 강화로 이사한 뒤, 공부방은 풀무 1기 부부가 맡았다가 2003년부터 수연, 동훈 부부가 맡게 되었다. 수연, 동훈 부부는 우리 부부 다음으로 공부방 활동을 오래한 부부다. 수연 이모는 1987년 아가방 때부터 봉사자로 오갔고, 1988년 공부방을 연 뒤에는 글쓰기, 신문 편집, 독서 지도를 맡았다. 빈민 지역에 들어와 살며 공부방을 시작했던 초기에 나는 목적의식이 강했고 원칙적이었으며 완벽주의 성향이 강했다. 후배들에게 어려운 선배일 수밖에 없었다. 반면 수연 이모는 부드럽고 따뜻한 사람이었다. 성격은 서로 달랐지만 지역 문제에 대한 인식이나 사람을 보는 시선이 일치했던 우리는 서로 보완이 잘되는 동지였다. 동훈 삼촌은 1989년에 공부방에 오기 시작해서야 자신 안에 숨겨진 예술적 재능을 발견했다. 성호의 죽음을 겪으면서 진로를 바꾼 동훈 삼촌은 공부방 아이들과 인형극, 판화, 목공, 사진 등 다양한 예술 활동을 하면서 자신도 전문적인 교육을 받았다. 공부방 삼촌으로 일하면서 일러스트레이터로도 활동하고, 사진전을 열고 사진집도 냈다.

공부방 앞 유한빌라에 살다가 2003년 두 딸과, 2년째 함께 살던 공부방 아이를 데리고 공부방으로 이사 온 수연, 동훈 부부는 공부방에서 10년을 살았다. 우리 부부가 공부방에서 산 시간이 지역 주민으로 뿌리를 내리고 공부방의 기틀을 잡는 과정이었다면, 수연, 동훈 부부가 공부방에서 산 시간은 스러져 가는 빈민 지역에서 아이들을 지키기 위해 안간힘을 쓰는 시간이었다. 그 시기가 공부방과 공동체로서는 새로운 비전을 찾아가는 가장 역동적인 시간이어서 부부가 감당해야 할 일이 많았다. 10년 동안 이 부부가 지고 있던 짐을 다른 공동체 식구들이 나눠 질 수 있게 되었을 때, 부부는 수연의 어머니가 살고 계신 유한빌라로 돌아갔다. 그리고 공부방에는 재양 이모와 여대생들이 살았다.

수연 이모는 2014년 갑상선암 말기 판정을 받고 수술을 했고, 2015년

여름 두 번째 수술을 했다. 수연 이모의 투병은 공동체 식구들에게 그동안의 삶을 돌아보는 기회가 되었다.

지금은 강화에서 살고 있는 명화, 상범 부부는 수연, 동훈 부부와 함께 자원봉사자 동아리 풀무를 만든 장본인들이다. 명화 이모는 경인교대 1학년이던 1988년부터, 상범 삼촌은 1990년부터 공부방 활동을 시작했다. 명화 이모는 지역 일을 전담한 다른 선배들과 달리 초등학교 교사라는 직업을 가지고 빈민의 삶을 선택했다. 명화 이모를 시작으로 교대를 졸업한 풀무 후배들이 공부방 이모로, 공동체 식구로, 전교조 교사로 활동하게 되었다. 상범 삼촌은 오랫동안 '기찻길옆작은학교'의 음악 감독이었고, 10년 넘게 공부방 영상을 담당하고 있다. 25년 동안 강직성 척추염과 싸우며 공동체 일을 해 온 상범 삼촌은 2015년부터 청소년 영상 교실을 담당하고 있다. 공동체 식구들은 언젠가 심상범 감독이 만든 기찻길옆작은학교 다큐멘터리를 보고 싶어 한다. 그가 해마다 영상으로 기록해 온 공부방의 역사가 언젠가는 세상에 선을 보일 것이다. 명화, 상범 부부는 6년 전 아들을 입양해 모두 삼 남매를 키우고 있다. 이 부부를 시작으로 2014년에는 복현, 종완 부부와 세나, 지호 부부도 셋째를 입양했다.

공부방 중·고등부 담당 이모이자 초등학교 교사인 복현 이모가 이사를 앞둔 지난 2015년 5월 9일 페이스북 담벼락에 이런 글을 썼다.

유한빌라 202호. 1997년 결혼하고 무조건 만석동에 집을 얻으려 했다. 가난한 신혼부부 처지라 화장실이 밖에 있던 집에서 1년 반을 살고, 다시 여러 가구가 마당을 가운데 두고 살던, 화장실이 방 안에 있던 두 칸짜리 집에서 살고,

2002년에야 비좁지만 반듯한 방 세 칸에 화장실까지 있는 18평 빌라로, 그것도 공부방 바로 앞에 이사 왔을 때 얼마나 좋았는지. 수연이 언니네가 위층에 살았고, 4층 원룸에는 청년들이 살아 공부방과 한 몸 같은 느낌으로 살았다.

이 집에서 많은 것들을 겪었고, 동네도 사람도 더 가까이 느끼고 내 집, 내 동네, 내 공부방이 어떤 건지 배워 가고 나눠 가고 알아 가는 귀한 시간들이었는데…….

사람 여섯에 고양이 두 마리까지 살기에 비좁다는 이유로 길 하나 건너 생전 처음 아파트로 이사를 간다. 그저 길 하나 건넌데 공부방은 엄청 멀어 보이고, 처음 살아 보는 아파트가 겁나고, 미안하고……. 신기하게 나만 그런 게 아니라 애들도 그렇단다.

내일 이사는 지금까지처럼 좋은 이사가 아니다. 그냥 이사다. 짐 정리하는데 맘도 몸도 무겁고 대충 편 잠자리에 누웠는데 진짜 추억 '돋는다.'

사람 여섯에 고양이 두 마리인 대가족 복현 이모네가 이사 가는 집은 브랜드 아파트도, 신축 아파트도 아닌, 지은 지 12년이 넘은 서민 아파트다. 고양이가 편히 지낼 수 있는 베란다가 있다는 것 빼고는 그동안 살던 빌라에 비해 그다지 넓은 것도 아니다. 게다가 공부방에서 길 하나 건너면 있는 곳이다. 그런데도 그렇게 밤잠을 뒤척이는 것은 공부방 식구들에게 집은 재산이나, 언제든 버리고 떠나도 그만인 사물이 아니라 삶, 그 자체이기 때문이다.

만석동에는 복현, 종완 부부와 데칼코마니 같은 부부가 한 쌍 더 산다. 미경, 종연 부부다. 미경 이모와 복현 이모는 풀무 2기로 경인교대 1학년 때부터 함께 공부방 활동을 시작했고, 종연 삼촌, 종완 삼촌은 인하공대 1학년 때 풀무 1기로 공부방에 와서 지금까지 함께하고 있다. 미경 이모나 복현 이모는 어린 시절 맞벌이를 하는 부모님 밑에서 자랐고, 넉넉하지 않는 형편에서 대학을 다녀야 했기 때문에 공부방 아이들의 마음을 누구보다 잘 이해했다. 두 이모는 학비를 벌기 위해 아르바이트를 하면서도 공부방 활동을 계속했고, 졸업한 뒤에는 만석동 인근에서 교사 생활을 하며 학교에서도 가난한 아이들을 만났다.

종연, 종완 삼촌은 대학을 졸업한 뒤 대기업에 취직했다. 그러나 종연 삼촌은 5년 만에 회사를 나와 어린이집 통합 차를 운행하며 마을 신문인 『만석신문』과 공부방 일, 지역 일을 병행해 왔다. 그러다 2012년 상근자로 있던 풀무 10기 명희 이모가 결혼을 위해 다른 일을 찾은 뒤, 아예 공부방 상근자가 되었다. 종연 삼촌은 공부방 청소년들에게는 이모들보다 더 따뜻한 삼촌이다. 또 공부방 식구들이 '임 박사'라고 부를 만큼 박학다식하다.

풀무 1기의 또 다른 쌍은 향숙, 선우 부부다. 부부는 대학 시절 공부방 활동을 가장 열심히 한 동지였고, 2001년부터 2002년까지 공부방에 살았다. 2004년 만석동을 떠났지만 여전히 공부방 아이들을 만나고, 공부방 식구로 대소사를 함께하며 지낸다.

또 다른 풀무 1기 수호 삼촌은 공동체 식구 중 유일하게 공부방 밖에서 만난 사람과 결혼했다. 결혼해 만석동에 오기 전까지 공부방에 대해 전혀 모르던 정수연 이모는 직장 생활과 공부방 생활을 병행하는 남편보다 공부방 일을 더 많이 한다. 처음에는 공부방 식구들과 데면데면했을 뿐 아니라 자발적인 가난에 대한 이해도 없었지만 결혼 17년 차가 된 지금은 공부방 상근자로 일한다.

풀무 2기인 미경 이모, 복현 이모의 동기인 길재 삼촌은 2000년에 풀무 3기인 승원 이모와 결혼했다. 지금은 강화에서 큰삼촌 최홍찬과 함께 농사일을 하고 있는 길재 삼촌은 공부방 IT 담당자다. 공부방이나 공동체 식구들이 쓰는 모든 컴퓨터를 조립하고 수리하는 일부터 온갖 인쇄물, 신문 발행까지 모두 길재 삼촌의 손을 거친다. 공부방 타악패가 25년 동안 이어져 온 것도 길재 삼촌 덕이다. 승원, 길재 부부는 수연, 동훈 부부처럼 부부가 함께 지역 일을 하기 때문에 활동비를 받아 생활한다. 그래서 근처 학교에 방과후학교 강사로 나가며 강화 공부방을 함께하고 있다.

2001년에는 풀무 4기 동기인 민영 이모와 광혁 삼촌이 결혼했고, 2004년에는 풀무 6기 동기인 세나 이모, 지호 삼촌이 결혼했다. 어느덧 40대, 초등학생 학부모가 되었지만 두 부부는 여전히 공동체의 막내다. 아이들이 '광클'(광혁 엉클)이라고 부르는 광혁 삼촌은 이제는 자기도 40대이니 어른 대접을 해 달라고 떼를 쓰면서도 만밴의 베이스 주자로, 인형극의 기둥으로 여전히 동분서주한다. 민영 이모, 세나 이모는 초등학교 교사로, 공부방 이모로, 세 아이의 엄마로 1인 3역을 하며 산다. 지금 민영 이모네는 강화 공부방을 졸업하고 대학생이 된 스무 살 청년이 함께 살고, 세나 이모네는 2014년 셋째를 입양했다. 2015년 여름 단독 주택으로 이사한 세나 이모네 2층에는 공동체 청년들이 자취를 한다. 직장 생활을 하며 공부방을 졸업한 청년들과 함께 할 일을 찾던 지호 삼촌은 꿈을 잠시 접고, 중국으로 파견 근무를 떠나게 되었다.

원래 가난하고 가진 게 없어서 포기할 게 별로 없던 나는 자발적인 가난을 선택하는 것이 크게 힘들지 않았다. 그러나 후배들은 달랐다. 그들은 편안하고 부유한 미래를 선택할 수 있었고, 사회적으로도 '성공'할 가능성이 많았다. 그런데도 대학 졸업을 앞두고 자발적인 가난과 경제적 안정, 가족과 공동체 사이에서 갈등했고, 기꺼이 함께하는 삶을 선택했다. 그리고 지금도 끊임없이 선택의 기로에 선다. 이사를 앞두고, 이직을 앞두고 공동체 식구들과 의논을 하지만 최종 결정은 늘 개인의 몫이다. 강화 공부방을 졸업하고 인천으로 나온 스무 살 대학생들을 새 가족으로 맞이하는 것도, 어렵게 마련한 신도시 아파트를 포기하고 만석동에 남는 것도, 애써 모은 전세 자금을 농촌 공동체에 내주는 것도, 빚을 내고 산 집을 전세로 내놓는 대신 독립하는 공부방 후배를 위해 내주는 것도 모두 개인의 선택이다.

2007년에는 공부방에서 청소년기를 보내고 청년이 된 정희 이모와 풀무 10기 형섭 삼촌이 결혼했다. 그렇게 풀무에서 11쌍의 부부가 탄생했고, 공동체를 이루었다. 만석동에 사는 부부는 강화 공부방을 졸업하고 대학에 가기 위해 만석동으로 간 청년들을 식구로 받아들여 함께 살았고, 때로는 공부방 아이를 식구로 받아들였다. 우리는 공동체란 이러이러해야 한다는 기준을 세우기에 앞서 우리가 함께해야 할 이들이 누구인지를 먼저 보았다.

공부방에서 인연을 맺어 결혼한 부부 중 공동체에 남지 않고 후원자나 협력자로 남은 부부들도 있다. 어떤 이들은 오랫동안 공부방 상근자로 일하다가 자신의 꿈을 찾아 떠나기도 했다. 자발적인 가난을 선택하지 않았다 해도 공부방 아이들을 아끼고 공부방이 추구하는 가치에 동의하는 이들은 직장 생활을 하면서 중·고등부 이모 삼촌으로,

혹은 인형극 담당자로, 의료 봉사자로 협력한다. 풀무 1기와 동기인 한의사는 20년 동안 변함없이 수요일마다 무료 한방 진료를 해 오고 있을 뿐만 아니라 가난한 공동체의 주치의가 되어 주었다. 자발적인 가난을 선택하는 것은 그저 여러 가지 삶의 방식 중 하나다. 삶의 방식만으로 옳고 그름을 가를 수는 없다.

나는 후배들이 공부방 아이들 때문에, 혹은 공부방 아이들을 위해서 자발적인 가난을 선택하지 않기를 바랐다. 자발적인 가난과 공동체는 다른 사람을 위해서는 할 수 없는 온전히 '나'를 위한 선택이어야만 한다. 먼 훗날 그 선택을 후회하지 않으리라는 보장도 없다. 어떤 길을 선택하든 그 길에 의미를 부여하고 그 길 위에서 행복하게 사는 것도 온전히 개인의 선택이다. 공부방을 선택하려면 자발적인 가난과 공동체가 자신의 삶을 풍요롭고 행복하게 할 거라는 믿음이 있어야 한다. 그 믿음은 누군가가 줄 수 있는 것이 아니라 자신의 몫이다. 어떤 사람은 그 믿음이 서는 데 10년, 20년이 걸렸고, 어떤 사람은 조금 빨랐다. 우리는 그 차이가 공동체를 이루어 가는 데 장애가 된다고 생각하지는 않았다. 아이들을 믿고 기다리는 시간이 길었던 것처럼 공동체 식구들이 서로 믿고 의지하는 데도 시간이 필요했다.

지난 30년을 돌아보면 우리는 공동체를 만들기 위해 무엇인가를 한 것이 아니라 자연스럽게 공동체를 형성해 왔다. 알폰소 링기스가 『아무것도 공유하지 않은 자들의 공동체』에서 말했던 것처럼, 공동체는 약자들에게 얼마나 자신을 노출하느냐에 따라, 스스로 얼마나 약한 자로 내려가느냐에 따라 그 생명력이 살아난다.

그 사람이 헐벗은 자, 빈민, 노숙자, 죽어 가는 자 — 타자 — 에게 노출될 때 공동체가 형성된다. 그 사람은 자신과 자신의 강제력들을 확인하기보다는 오히려 손해 보는 지출과 희생에 자신을 노출함으로써 공동체에 가입한다. 그렇듯 공동체는 개인이 타자에게, 외부의 강제력들과 권력들에, 죽음에, 죽어 가는 타자들에게 스스로를 노출하는 운동 과정에서 형성된다.*

---

* 알폰소 링기스 『아무것도 공유하지 않은 자들의 공동체』, 김성균 옮김, 바다출판사 2013, 37면.

11

돈이 없어도
나는 빈민이
아니다

공부방은 1990년대 중반까지 정부나 지방 자치 단체에서 지원을 받지 않았다. 공부방 운영비는 대부분 후원 회원들이 십시일반으로 보내 주시는 후원회비와 인천 교구 신부님들이 보내 주시는 후원금, 그리고 우리가 하는 수익 사업에서 나왔다. 공부방 아이들이 성장하고, 공동체가 성장해 가는 과정에서 공연, 인형극 같은 큰 행사부터 아이들을 지원하는 것까지 돈이 필요한 곳은 점점 더 늘어났다. 무엇보다 대학을 졸업하고 취업 대신 지역 일을 선택한 사람은 활동비가 필요했다.

다행히 1990년대 중반부터 대학을 졸업하고 취직한 풀무 회원들이 늘어나기 시작했다. 그래서 1996년에 공제회를 만들었다. 공제회는 공동체에 함께하기로 한 풀무 회원들, 그러니까 공부방 이모 삼촌들이 월급의 10퍼센트 정도를 공동체에 내는 것이었다. 그렇게 모인 돈은 공부방 상근자의 활동비와 공부방 운영비로 쓰기로 했다. 개인 사정에 따라 내는 액수는 조절이 가능했고, 각자가 공제회에 얼마나 내는지는 공제회 통장을 관리하는 사람만 알게 했다.

활동비를 받는 상근자는 미혼인 경우와 부부 모두 지역 일을 하는 경우로 한정했다. 부부 중 한 사람이라도 일을 갖고 있으면 활동비를 지급하지 않았다. 그래도 활동비는 최저 생계비에도 미치지 못했고, 상근자들은 글쓰기 과외나 공장 아르바이트 등으로 생계를 이어 가야 했다.

그러다 1997년부터 동구청에서 '유사 청소년 공부방 지원금' 명목으로 공부방 운영비를 지원했다. 적은 돈이었지만 그래도 공부방 운영에 숨통이 트였다. 우리 부부는 2001년 강화로 이사 가서도 1년 정도 활동비 지원을 받다가 인세를 받게 되면서 활동비를 받지 않았다. 그 뒤 강화 공부방 운영비는 우리 부부에게 맡겨졌고, 만석동 공부방의 살림은 후배들이 도맡아 하게 되었다. 공제회가 운영되고, 동구청에서 받던 공부방 지원금과 후원금이 있어서 10여 년간은 공부방을 운영하는 것이 크게 어렵지 않았다. 공부방 아이들에 따라 지원해야 하는 생활비나 등록금 같은 것이 있으면 이모 삼촌들이 또 따로 돈을 모았다. 그래서 공동체 식구들은 이래저래 낼 돈이 많았다. 공제회비, 경조사비, 수호천사비, 천주교도시빈민회 회비, 생일비, 간식비⋯⋯.

그런데 2011년과 2012년에 걸쳐 시와 구에서 지원하던 공부방 지원금이 완전히 끊겼다. 2000년대 중반부터 공연이나 캠프, 인형극 워크숍, 춘천인형극제 참가 같은 큰 행사는 사회복지공동모금회, 가톨릭사회복지회, 인천문화재단, 바보의나눔 같은 단체에 제안서를 내서 뽑히면 그 돈으로 운영해 왔다. 제안서를 만들고, 까다로운 회계 조건에 따라 돈을 쓰는 게 불편했지만 그렇게라도 공연 비용을 마련할 수 있었다. 문제는 공부방 일상 운영과 상근자 활동비였다. 그래서 2012년부터는 공제회의 부담을 수입의 15퍼센트 이상으로 더 늘렸다. 우리가 공제회비를 걷으면서 지켜 온 약속은 개인 후원자들이 보내오는 후원금은 모두 공부방 운영비로만 쓴다는 것이었다. 공제회비를 올리게 되면서 개별 가족의 생활은 좀 더 어려워졌겠지만 그 불편함을 서로 나누는 것도 공동체적 삶의 방식이다.

공부방은 후원자들이 없었다면 지금까지 버텨 오지 못했을 것이다. 공부방이 무엇을 하는 곳인지 모를 때부터 누군가에게 도움이 된다는 것만을 믿고 후원금을 주신 분들이 있어 30년 가까이 현장에서 아이들을 만나며 살 수 있었다. 공부방 후원자들 중에는 10년, 20년이 넘은 장기 후원자들이 많다. 성당이나 동아리 같은 단체 회원도 간혹 있지만 대부분 평범한 개인들이다. 그래서 우리는 천 원 한 장도 허투루 쓰지 않는다. 공부방에 에어컨을 설치한 것이 2014년 여름이었다. 그 전에는 선풍기 넉 대로 더위를 견뎠다. 한밤중에도 실내 온도가 33도에서 내려가지 않는 공부방에서 여름방학 프로그램을 운영하고, 공연 연습을 하는 것은 미련한 짓이었다. 다행히 공부방이라 가정집보다 싼 전기료를 냈지만, 공부방지기 재양 이모와 4명의 여대생들은 공부방 수업이 끝나면 에어컨 대신 선풍기를 켜고 여름을 난다. 실내 온도가 30도를 오르내려도 변함없이 말이다.

자발적인 가난을 실천하며 살기로 했지만 사실 우리 안에도 빈부의 차가 존재한다. 맞벌이 부부인 경우는 부부가 모두 지역 일을 맡은 상근자들보다 경제적으로 넉넉할 수밖에 없다. 부부 중 한 사람이라도 경제 활동을 하는 경우와 그렇지 않은 경우도 차이가 있을 수밖에 없다. 그 빈부의 차를 좁히는 방법을 찾는 것은 개인의 몫이다. 자기 수입을 공제회를 통해 나누고, 다른 단체와 연대 활동을 하는 데 쓰거나 공부방이 아닌 다른 곳에 후원을 한다. 공동체 식구들은 회사에서 나눠 주는 배당금을 공제회에 기꺼이 기부하고, 몇 년에 한 번씩 바꿔야 하는 공부방 승합차를 사는 데 몇 년 동안 모은 적금을 쏟아붓기도 한다. 우리가 강화에 집을 마련할 때 전세 자금과 결혼 자금을 내놓는가 하면, 몇 달 동안 퇴근한 뒤 일을 해 돈을 마련한 식구도 있다. 10년 넘게 공부방 상근자로 일하느라 다른 수입이 없었던 수연 이모는 두 번의 암 수술 비용을 공동체에서 지원받았다. 공부방 식구들에게 보험은 바로 우리들이다.

우리 부부가 가지고 있는 보험은 국민의료보험과 국민연금이 전부다. 최근 2년 동안은 인세가 들어오지 않아 통장 잔고가 4원인 채로 보름을 살 때도 있었지만 크게 두려웠던 적이 없다. 공동체 식구들 대부분이 우리와 같을 것이다. 나는 만석동에 들어올 때부터 가난했다. 첫 1년 동안 배고픔을 참아야 하는 경험도 했다. 통장에 천 원짜리 한 장 없는 채로 남편의 투병을 도와야 하기도 했지만 언제나 도와주는 사람들이 있었다. 살아 보니 돈이 없을 때보다 오히려 많을 때 삶이 더 불편했다.

내가 『괭이부리말 아이들』을 쓴 것은 1999년 여름부터 가을까지 석 달 남짓 동안이었다. 그리고 이듬해 그 작품이 창비 '좋은 어린이책' 공모에 당선이 되었다. 난생처음 거금을 손에 쥔 나는, 상금으로 받은 500만 원 중 150만 원은 평소 아이들이 보고 싶어 했던 어린이 노래패

'굴렁쇠' 공연 관람비로 썼다. 그리고 생활비로 쓸 150만 원을 남기고, 200만 원은 친정 부모님께 드렸다.

책을 내고 2년여 동안, 철 지난 가난 이야기를 썼다는 비판을 종종 받았다. 몇 번 초대되어 간 강연장에서 "아직도 그렇게 가난한 지역이 있나요?"라는 질문을 받기도 했다. 어떤 이는 노골적으로 그런 가난 이야기가 불편하다고 말했다.

그러다 2001년 『괭이부리말 아이들』이 MBC 「느낌표」라는 프로그램의 '책책책 책을 읽읍시다'에 선정되었다. 왜 이 작품이 선정되었는지 아직 알지 못한다. 처음에는 부담스러워 거절했지만 첫 책을 낸 애송이 작가가 끝까지 고집 피울 일이 아니었다. 방송의 힘이 그렇게 대단한 줄도 미처 몰랐다. 책이 선정되고 동네까지 와서 촬영을 한다는 말에 피디와 실랑이를 벌여 가며 동네 밖에다 세트를 만들었다. 공부방 아이들은 촬영한다는 사실조차 모르게 하기 위해 바깥 놀이를 내보냈다. 그렇게 찍은 방송이 나간 뒤 책이 날개 돋친 듯 팔려 나가기 시작했다.

인세가 입금되는 통장을 보며 나와 공동체 식구들은 어리둥절했다. 그리고 두려웠다. 우리는 이렇게 들어오는 돈은 우리 돈이 아니라고 결론을 내렸다. 어차피 나눠야 할 돈이긴 하지만 우리 동네를 위해서는 쓰지 않기로 했다. 자칫하면 그때까지 지켜 온 주민들과의 관계가 돈 때문에 무너질지도 모른다는 생각이 들었다. 2년간은 프로그램에서 사회복지공동모금회에 기부하라고 요청한 금액뿐 아니라, 인세의 대부분을 기부했다. 그 뒤에는 나눔이 필요한 곳에 나눴다. 물론 실속을 전혀 차리지 않은 것은 아니다. 강화 집을 사느라 졌던 빚을 갚

왔고, 농사지을 땅도 구입했다. 그래서 계획보다 빨리 공동체 식구들의 강화 이주가 이루어졌고, 3년 만에 강화도 양도면 살문리에 공동체 세 가족이 함께 살게 되었다. 또 만석동 공부방에 다니던 아이가 가정폭력으로 고통받고 있을 때, 아이 어머니를 도와 살문리 우리 공동체로 들어와 살 수 있도록 공간을 마련하기도 했다. 그 가족은 8년간 함께 살다 장기 임대 아파트가 당첨돼 독립해 나갔다. 인세로 아이들과 얼마간의 사치도 누렸다. 아이들과 함께 우리나라에 들어온 인형극들을 빠짐없이 보러 다녔고, 발레 공연도 보았다. 놀이공원도 갔다. 등록금이 모자란 후배들이나 공부방 아이들을 지원하기도 했다. 무엇보다 그 인세 덕분에 강화 공부방을 꾸려 갈 수 있었다. 또 몇 년 동안 함께 만석동에 살면서 청소년 문제를 겪었던 꼰솔라따선교수도회의 루이스 신부님과 풀무 0기들이 어린이 공화국 벤포스타에 갈 때 경비로 쓰기도 했다.

그래도 가끔, 공동체 살림이 어려워지거나 도지로 얻은 땅이 팔릴지도 모른다는 소식이 들릴 때마다 공동체 식구들은 그때 우리가 너무 고지식하고 순진했다고 후회한다. 땅이라도 더 사 놓을 걸 하는 미련이 남는다.

무엇보다 남편이 속상해하는 것은, 친정 부모님이 여든이 넘어서도 2년에 한 번씩 전셋집을 옮기느라 인천 변두리의 낡은 빌라를 전전하시는 것이다.

"그때 장인, 장모님께 전세금이라도 조금 보태 드렸다면 이렇게 고생은 안 하실 텐데……."

공동체 식구들조차 우리 부모님이 전세 4500만 원짜리 집에 산다는 것을 안 지 얼마 되지 않는다. 그렇지만 친정 부모님은 딸의 책이 200만 부 넘게 팔렸다고 해도 딸의 형편이 나아졌을 거라 생각하지 않는다. 오히려 내가 등에 지고 있는 삶의 무게를 걱정하실 뿐이다. 부모님은 명절 때 드리는 용돈 몇 푼도 마음 편히 받지 못하신다. 심지어 시어머니는 노인 연금을 쪼개 공부방에 후원금을 주신다. 우리 부부는 지난 30년 동안 만석동이나 강화 집에 부모님을 초대해 하룻밤이라도 머물다 가게 해 드리지 못했다. 가끔은 사계절이 아름다운 강화 집에 한 번쯤은 초대해 쉬게 해 드리고 싶은 마음이 들었다. 그러나 강화 집 역시 우리 집이 아니라 공부방 식구들의 집이라는 생각이 앞서 한 번도 실행해 보지 못했다.

아무리 자발적인 가난을 실천하며 산다 해도 지금의 나는 빈민이 아니다. 한 번도 온전한 내 소유라고 생각한 적은 없지만 쫓겨나지 않아도 되는 집이 있고 농사지을 땅이 있다. 겨울에는 등 따습게 살고, 여름에는 선풍기를 하루 종일 틀면서도 전기료 걱정 따위는 하지 않는다. 몇 년째 마이너스 통장이 없으면 살림을 꾸려 가기가 힘들어졌지만, 여전히 배부르게 먹고 좋은 영화가 나오면 영화도 보러 가고, 가끔은 좋아하는 뮤지션의 앨범도 산다. 이 정도로 부유하다고 할 수는 없겠지만 빈민은 아니다. 그런데도 내가 자발적인 가난을 실천하며 산다고 말할 수 있는 근거는 최소한의 소비를 지향하고, 없는 살림에도 그 살림을 더 쪼개 나누며 살기 때문이다.

진보를 말하고 참교육, 혁신 교육을 말하는 사람들도 자신의 자녀들만큼은 '특목고'를 보내고 유학을 보내는 현실을 모르지 않는다. 그러나 나는 자발적인 가난을 말하면서 공부방 아이들은 누리지 못하는 기회를 내 딸들에게만 마련해 주고 싶지 않았다. 부모의 이런 선택을 아이들은 어떻게 받아들일지 아직 잘 모른다. 그 선택을 후회하지 않지만, 당장 취업에 어려움을 겪는 큰딸을 보면 마음이 무겁다. 그렇지만 나는 딸들도 공동체 이모 삼촌들의 삶의 방식을 배워 갔으면 좋겠다. 어차피 한평생 살다 가는데 나 혼자 펑펑 돈을 쓰고 화려하게 사는 것보다는 나누고 나눠서 소박해도 함께 살아가는 것이 더 행복한 삶이라고 생각한다.

12

공부방 식구들이
곧
예수이니

우리가 공동체를 이루어 가는 데 중심이 된 것은 가톨릭 정신이었다. 가톨릭 정신은 나를 가난한 자리로 이끄는 동기가 되었고, 공동체를 이루어 가는 동안에는 나 자신의 한계를 직면하게 하는 용기를 주었다.

내가 가톨릭에 관심을 가지게 된 것은, 여러 곳에서 밝혔듯이 직장이던 종합 병원 앞에 있던 원풍모방 파업 때였다.(원풍모방 노조는 소모임 활동가를 중심으로 10년간의 어용 노조를 없애고 민주 노조를 출범시킨 1970년대 민주 노조의 '전설'이었다. 그런데 1980년 12월 31일 신군부는 노사협의회법을 신설한 뒤, 1981년부터 노동부와 공안 기관, 공권력을 동원하여 민주 노조 파괴 작전을 진행했다. 그때 청계피복, 반도상사, 콘트롤데이타, 서통노조가 차례로 파괴되었다. 마지막으로 1970년대 최강의 민주 노조 원풍모방이 1982년에 파괴되었다.)

노조를 지키려는 여성 노동자들의 저항이 일주일 넘게 계속되었고, 그중 여러 사람이 구사대에 구타당해 병원에 실려 왔다. 그런데 그 사건이 신문에 기사 한 줄 실리지 않았다. 뭔가 이상하다고 여길 때 그 여성 노동자들을 지지하는 한 외국인 사제를 알게 되었다. 그 외국인 신부는 지오세(JOC, 가톨릭노동청년회) 활동을 지원하면서 미감아 공동체(당시 정부는 한센병 환자의 자녀들을 '미감아', 즉 아직 감염 안 된 아이들로 구분해 소록도나 한센병 환자들의 공동체에서 분리한 뒤 집단 보육 시설에서 키웠다.)에서 살고 있었는데, 마침 내가 다니던 병원에서 예비자 교리를 열었다. 나는 사제와 가톨릭에 대한 호기심으로 교리를 받기로 했다. 그 신부님이 하던 예비자 교리는 교회에서 하는 교리와 달리 1년 동안 『마태오복음』을 나누는 것이었다. 나는 그 복음 나누기를 통해 가난하고 약한 이들을 우선적으로 선택하는 예수의 존재에 눈을 떴다. 교리를 시작한 지 한 달쯤 지나서였다. 예수의 산상 설교를 『마태오복음』과 『루카복음』을 비교하며 묵상하는 기회가 있었다.

그때에 예수께서 제자들을 바라보시며 말씀하셨다.
"가난한 사람들아, 너희는 행복하다. 하느님 나라가 너희의 것이다.
지금 굶주린 사람들아, 너희는 행복하다. 너희가 배부르게 될 것이다. 지금 우는 사람들아, 너희는 행복하다. 너희가 웃게 될 것이다.
사람의 아들 때문에 사람들에게 미움을 사고 내어 쫓기고 욕을 먹고 누명을 쓰면 너희는 행복하다.
그럴 때에 너희는 기뻐하고 즐거워하여라. 하늘에서 너희가 받을 상이 클 것이다. 그들의 조상들도 예언자들을 그렇게 대하였다.

그러나 부요한 사람들아, 너희는 불행하다. 너희는 이미 받을 위로를 다 받았다."

—『루카복음』 6장 20~24절

복음을 읽는 순간 전율이 일었다. 가난한 사람들에게 너희는 행복하다고, 배부르게 될 거라고 하는 말이, 지금 부요한 사람들이 불행하다는 말이 심장을 쿵쿵 울렸다. 복음은 그 어느 책보다 분명하게 내가 누구와 함께 가야 하는지, 무엇을 해야 하는지 보여 주고 있었다.

"광야에서 외치는 이의 소리, '너희는 주의 길을 닦고 그의 길을 고르게 하여라.

모든 골짜기는 메워지고 높은 산과 작은 언덕은 눕혀져 굽은 길이 곧아지며 험한 길이 고르게 되는 날,

모든 사람이 하느님의 구원을 보리라.'"

—『루카복음』 3장 4~6절

사회생활을 하며 세상의 길이 고르지 않다는 것을 알게 된 나는 모든 골짜기가 메워지고, 굽은 길이 곧아지며 험한 길이 고르게 된다는 '주님의 길'이 궁금했다. 예비자 교리를 받던 중 신부님께 물었다.

"이 시대의 예언자는 누구죠?"

그때 그 신부님은 김수환 추기경이라고 말했다. 그런데 나는 예언자는 높은 자리가 아닌 낮은 자리에 있을 거라 생각했다. 영세를 받은 그해 대림절(성탄 전 4주간), 첫 고백 성사를 보러 갔을 때였다. 영세를 받은 지 한 달도 채 안 됐던 그때, 나는 예수님의 길을 따르겠다고 하면서 여전히 이기적이고 두려움만 많은 나 자신을 고백하고자 했다.

그런데 몇 마디 하지 않았을 때 가려진 창 너머에서 본당 신부님의 목소리가 들렸다.

"주일 미사 몇 번 빠졌는지 그것만 말씀하세요."

그리고 그해 성탄절, 친구와 명동성당으로 미사를 드리러 갔다가 생각했다. 예수님은 어쩌면 그곳에 없을지 모른다고. 그래도 나는 여전히 주님의 길이 궁금했다.

그 길을 찾다가 천주교도시빈민회를 만났다. 천주교도시빈민회에서 만난 선배들의 삶은 내게 그 길을 보여 주었다. 청계천, 양동, 청량리, 영등포 복음자리(1970년대 후반 영등포 안양천 주변에 살던 도시 빈민들이 강제 철거된 뒤 가톨릭 사제 정일우 신부와 도시 빈민 운동가 제정구와 함께 시흥군으로 집단 이주해 만든 마을)에서 스스로 가난한 이가 되어, 가난한 이들과 함께해 온 선배들처럼 살고 싶었다. 천주교도시빈민회에는 오랫동안 빈민 운동을 해 온 활동가들과 사제, 수도자들이 있었고 그들은 저마다 자신의 현장에 투신해 살고 있었다.

첫딸을 낳고 얼마 되지 않아서였다. 천주교사회복지협의회의 전신인 인성회에서 일하며『참사람되어』라는 잡지를 만들고 있는 분에게 원고 청탁을 받았다.『참사람되어』는 우리나라 곳곳에서 종교적 신념이나 가난의 정신에 따라 살아가는 이들의 생활 글이나 묵상을 소개하고 아직 우리나라에 잘 알려지지 않았던 '가톨릭일꾼공동체', 미국의 운동가 겸 사상가이자 가톨릭 신자였던 도로시 데이, 피터 모린의 글을 번역해 싣는 매체였다. 그분은 또 가끔씩 우리나라에 아직 발행되지 않았던 토머스 머튼, 헨리 나우웬의 책을 번역해 회원들끼리 읽게 했다. 나는 그분을 통해 한 번도 만난 적 없는 이들의 다양한 삶을 알게 되고, 내 삶을 성찰할 기회를 얻었다. 그런 잡지에 글을 쓰라니 겁이 나면서도 은근히 기분이 좋았다. 첫 번째 글은 강원도 사북 탄광에 처음 다녀온 소감을 담은 글이었다. 그분은 내 글이 좋다며 계속 써 보라고 격려해 주셨다.

가난을 선택하고 공동체를 이루어 가는 삶은 그렇게 호락호락한 것이 아니었다. 갈망과 탐욕이 끊임없이 고개를 들고, 갈등과 오해가 꼬리를 물었다. 그때마다 내 내면의 위선과 영혼의 가난에 직면해야 했다. 그분은 내게 성찰과 반성, 그리고 회심의 과정을 글로 쓰게 했다. 나는 그 긴 어둠의 터널을 지나오는 여정을 서툰 글로 풀어내며 힘든 시간을 견뎌 냈다.

그러는 사이 그분은 인성회를 나와 전국을 떠돌며 가난한 이들을 만나러 다녔다. 그 작고 여린 몸 하나 누일 방 한 칸 없이, 책과 옷 몇 벌을 넣은 가방을 서너 개씩 메고 오늘은 부산, 내일은 속초, 모레는 광주로 사람들을 만나러 다녔다. 나는 그분을 통해 예수의 길이 어떤 길인지 보았다. 그분은 예수의 길이 정신적인 것만이 아니라 물질적인 것임을 보여 주었다. 공부방 살림을 꾸려 갈 돈이 없었을 때, 백일도 안 된 둘째 딸이 몇 달 동안 병원 치료를 받아야 할 때, 그분은 마치 내 사정을 들여다보기라도 한 듯 말없이 돈을 나눠 주셨다. 어느새 예순을 훌쩍 넘긴 나이에도 그분은 여전히 집 한 칸 없이 전국을 떠돈다. 어떤 속박도, 어떤 장애물도 없이 홀로 걷는 그분이 향하는 곳은 언제나 사람들이다. 그분이 만나는 사람들은 세상과 사람에 치이고, 버림받아 쓰러진 사람들이다. 그분은 위로하는 사람이었다.

위로하는 사람은 자신이 갈 수 없는 곳으로, 아무것도 제공되지 않고 아무것도 약속되지 않는 곳으로 가는 사람이다.[*]

공부방에 자원 교사로 온 청년들 중 신앙을 갖고 있던 사람은 박명화, 김수연뿐이었다. 풀무 모임이나 지역 모임에서 성서나 기도 모임을 하자는 말에 거부 반응을 보이던 최흥찬, 유동훈, 심상범은 뒤늦게 차례로 영세를 받았다. 그러나 지역 모임이나 공부방 모임에서 가톨릭 신앙의 정체성을 드러내는 것에 대해서는 모두 거부감이 컸다. 1990년부터 온 풀무 후배들은 더욱더 가톨릭 신앙에 관심이 없었다.

그런데 1992년 봄부터 만석동 골목에서 외국인들과 마주치기 시작했다. 누굴까 궁금하던 차에 공부방에 다니던 아이가 윗동네에 사는 외국인 신부들한테 영어를 배우기로 해서 공부방을 못 다니게 되었다고 했다. 그 아이를 핑계로 신부님들을 만나게 되었는데 그중 한 분이 루이스 신부님이다. 외국인 신부들이 살고 있는 집은 방 한 칸, 다락한 칸의 전형적인 만석동 판잣집이었다. 만석동에 들어와 산 지 석 달이 채 안 되었던 신부님들은 꼰솔라따선교수도회 소속이었다. 그동안 주로 남미와 아프리카에서 활동하던 이 수도회는 아시아 선교를 위해 1988년 한국에 왔다. 가난한 아시아를 상상하고 왔는데 막상 한국에 와 보니 생각보다 가난한 사람이 적어 당황했다고 한다. 첫 만남부터 꽤 진지한 이야기를 주고받고 나서 우리는 신부님들에게 지역 모임을

---

[*] 알폰소 링기스, 같은 책 256면.

함께하자고 제안했다.

꼰솔라따 신부님들은 급하게 서두르거나 자신의 주장을 섣불리 드러내지 않았다. 남미와 아프리카에서 선교 활동을 하면서 몸에 밴 수도회의 선교 방식일 수도 있었지만 우리는 권위적이지 않고 겸손한 신부님들의 모습에 감동할 때가 많았다.

그 무렵에는 다락방청소년공부방과 지역 모임을 하고 있었는데 신부님들이 참여하면서 모임에 복음 나누기 시간을 넣었다. 그러면서 공동체에 대한 이야기도 시작되었다.

신부님들과 우리는 서로 도움을 주고받았다. 신부님들은 '가난한 이들과 함께하는 그리스도인'이란 정체성을 분명히 하면서도 자유롭고 부드러웠다. 우리는 신부님들을 통해 좀 더 자유롭고 자연스럽게 자발적인 가난을 사는 법을 배웠다. 그리고 신부님들은 우리를 통해 한국인의 생활 방식, 가치관, 그리고 한국 사회의 빈곤 문제를 좀 더 깊이 알게 되었다. 우리는 서로에게 훌륭한 파트너가 되었다.

1995년부터 지역 모임에서 평일 미사를 드리다가 본당 사제의 허락을 받아 주일 미사를 드렸다. 그러면서 공동체 식구들의 예비자 교리도 시작하게 되었다. 첫해에는 결혼을 앞둔 풀무 후배들이 교리와 영세를 받았고, 이듬해부터는 공부방에서 자란 청년들도 영세를 받았다. 그렇게 몇 해에 걸쳐 가톨릭 신앙을 받아들인 우리는 공동체의 중심에 예수를 놓는 것이 자연스러워졌다.

우리의 주일 미사는 자주 눈물바다가 되었다. 젊은이들이 가난을 선택하고 결혼과 출산을 하는 과정은 결코 쉽지 않았고, 늘 자신의 한계와 두려움에 맞서야 했다. 그러다 보니 우리의 미사는 늘 고백 성사를 하는 것처럼 되었다. 우리는 그 시간을 통해 만석동에서 만나는 가난한 이웃들에 대해, 서로에 대해, 그리고 나 자신에 대해 갖고 있던 편견, 오해, 의심을 꺼내 놓을 수 있었다. 그리고 함께하는 공동체 식구들이 곧 예수임을 분명히 깨달았다.

몸은 하나이지만 많은 지체를 가지고 있고 몸에 딸린 지체는 많지만 그 모두가 한 몸을 이루는 것처럼 그리스도의 몸도 그러합니다.

유다인이든 그리스인이든 종이든 자유인이든 우리는 모두 한 성령으로 세례를 받아 한 몸이 되었고 같은 성령을 받아 마셨습니다.

몸은 한 지체로 된 것이 아니라 많은 지체로 되어 있습니다.

발이 "나는 손이 아니니까 몸에 딸리지 않았다." 하고 말한다 해서 발이 몸의 한 부분이 아니겠습니까?

또 귀가 "나는 눈이 아니니까 몸에 딸리지 않았다" 하고 말한다 해서 귀가 몸의 한 부분이 아니겠습니까?

만일 온몸이 다 눈이라면 어떻게 들을 수 있겠습니까? 또 온몸이 다 귀라면 어떻게 냄새를 맡을 수 있겠습니까?

그래서 하느님께서는 당신의 뜻대로 각각 다른 기능을 가진 여러 지체를 우리의 몸에 두셨습니다.

모든 지체가 다 같은 것이라면 어떻게 몸을 이룰 수 있겠습니까?

그래서 한 몸에 많은 지체가 있는 것입니다.

눈이 손더러 "너는 나에게 소용이 없다." 하고 말할 수도 없고 머리가 발더러 "너는 나에게 소용이 없다." 하고 말할 수도 없습니다.

—『고린도 전서』 12장 12~21절

가끔 사람들에게 우리 공동체가 지속될 수 있는 힘이 무엇이냐는 질문을 받는다. 그때마다 나는 "우리 공동체는 희한하게 뛰어나게 잘난 사람이 없어요. 다 약하고 모자라죠. 우리는 서로의 존재를 필요로 해요. 그래서 지금까지 이어 올 수 있는 것 같아요."라고 말한다. 그렇다고 공동체를 만들어 가는 과정이 쉽고 순탄했던 것만은 아니었다.

1990년대 중반부터 2000년대 중반까지 10년간이 공동체가 가장 역동적인 시기였다. 먼저 결혼한 선배 부부들이 아이를 낳고 만석동에 살면서 공동체에 대한 준비가 시작되었고, 1997년 아이엠에프 시절을 겪으며 공부방을 새로 지었다. 그때부터 풀무로 공부방에 왔던 후배들이 결혼을 하고 만석동에 들어와 살기 시작했다. 또 해마다 공동체 아이들이 태어나기 시작했다.

아이엠에프 구제 금융 시기를 지내면서 더 피폐해진 가난한 이웃들의 삶과 달리 우리 공동체는 막 싹을 틔우고 푸르게 자랐다. 우리는 그 힘으로 공부방 아이들의 고통을 함께 겪고, 책임도 나눠 질 수 있었다. 그 과정에서 드러나는 갈등과 반목, 오해를 극복하는 힘이 바로 신앙이었다. 그 10년간 우리는 부부 피정, 예비 부부 피정, 청년 피정, 청소년 피정 등을 계속 마련했다. 때로는 울고불고 싸우고, 때로는 서로의 상처를 쓰다듬고 치유했다.

2001년 우리가 강화로 가게 되면서, 공부방에는 풀무 1기 후배 부부가 들어와 살게 되었다. 공부방은 24시간 열려 있는 곳이었다. 공부방에 산다는 것은, 개인적인 삶을 포기한다는 선언과 같았다. 만석동에는 부모의 폭력을 피해 뛰어올 곳이, 남편의 칼부림에 몸을 피할 곳이, 삶을 포기하기 직전 떠오르는 곳이 공부방밖에 없는 이들이 있었다. 공부방은 그들을 향해 늘 문을 열어 놓고 있어야 했다. 또한 공부방은 술 한잔한 이웃이 속을 털어놓는 사랑방이자 청년들이 외로움을 나눌 수 있는 고향 집이었고, 어머니들이 고단한 삶을 털어놓는 친정집이 기도 했다. 그래서 공부방에 살기 위해서는 개인의 삶을 희생할 수밖에 없었다. 그 희생의 대가는 마음마저 가난해지는 것, 아니면 피폐해지는 것 둘 중 하나였다.

공동체에서 함께 결정한 것이라 해도 두 돌짜리 아기를 둔 젊은 부부에게 공부방을 맡기고 가는 게 미안했다. 대학교 1학년 때부터 함께해 온 젊은 부부를 믿으면서도 한편으로는 안쓰러웠다. 그래서 다른 공동체 식구들에게 부부의 안방만큼은 지켜 달라고 부탁했다. 공동 공간에서 방 한 칸이라도 내 공간을 갖는 것이 얼마나 절실한지 경험한 터라 그 공간만이라도 지켜 주길 바랐다. 그리고 또 한편으로는 공부방에 살게 된 부부가 '내 삶이 드러나고 타인이 내 삶의 자리로 들어오는 것'을 두려워하지 않길 바랐다.

그러나 공부방을 떠맡게 된 젊은 부부는 그 희생을 감내하기가 버거웠을 것이다. 선배들처럼 잘해 보고 싶은 마음이 있는가 하면 개인의 삶이 존재하지 않는 공부방 생활이 부담스러웠을 것이다. 자신의 울타리를 지키기 위해 후배 부부는 방어벽을 세웠고, 공부방에 벽이 생겼다고 감지한 다른 후배들은 당황했다.

우리가 만석동을 떠난 지 반년쯤 지나서 만석동 공동체 식구들의 갈등이 겉으로 드러났다. 사람에게는 누구나 익숙한 것에서 안정을 찾고 싶은 욕구가 있고, 그 욕구가 좌절되면 갈등과 오해가 생긴다. 그런 오해는 사소하고 유치한 것에서 시작하기 마련이다. 공부방 운영 원칙, 아이들을 대하는 태도, 서로를 존중하는 방식 등등을 가지고 갈등했지만 우리는 사실 "나는 이만큼 하는데 너는 왜 그만큼 못해?" "왜 이만큼 하는데도 인정해 주지 않아?" "너는 왜 날 인정하지 않는데?" "왜 그 자리를 다 네가 차지해?" "내 자리는 어디야?"라며 서로를 원망하고 있었다.

　공부방에 사는 부부는 공부방의 책임이 온전히 자신들에게 맡겨졌다고 생각했다. 책임감과 조바심은 자신을 열어 부족함을 나누고 도움을 받는 것을 방해했다. 다른 공동체 식구들은 상근자들의 독단이 점점 커져서 공부방에서 자신들의 자리가 줄어든다고 느꼈다. 누구는 소외되고, 누구는 과도한 책임감에 짓눌리고, 누구는 희생과 책임을 권력으로 이해했다.

　당시에는 미처 깨닫지 못했지만 나 역시 '우리'라는 이름으로 이루어 낸 성과들을 잃을까 두려워하고 있었다. 그 성과라는 것이 허상일 뿐이고, 우리가 끝까지 지켜 가야 할 것은 결국 사람과 사람이 나누는 '사랑'이라는 것을 잊고 있었다. 우리 공동체의 갈등 역시 내 자리, 내 희생을 보상받으려는 욕망, 내 것을 지키겠다는 이기심에서 온 것이었음을 폭풍이 지나간 뒤에야 알았다.

　갈등이 점점 깊어지며 우리는 자발적인 가난, 가난한 이들을 위한 우선적 선택, 공동체의 가치, 비전, 개인의 양심과 가치에 대해 이야기했다. 걸핏하면 밤을 새웠고 서로를 공격했다. 우리 입에서 쏟아져 나온 말들은 주워 담기 힘들 만큼 쌓여 있었지만, 그 안에서 어떤 것이 진심이고 진실인지 가려내기 힘들었다. 우리는 그 말들을 쓸어버리고 다시 물어야 했다. 우리는 정말 공동체를 원하는가? 우리는 정말 자발적인 가난을 선택했는가? 나는 가난하게, 가난한 사람들과 함께, 아이들을 위해 살면서 희생했다고 생각하는 것은 아닌가?

어른들이 모임 방에서 울고 목청을 높이며 토론하는 동안, 초등학생이던 딸들은 어린 동생들을 업고 어르며 재웠다. 그때 공동체를 살고 있던 것은 나약하고 어리석은 어른이 아니라 아이들이었다. 새벽 모임이 끝나 각자 집으로 돌아갈 시간이 돼 안방 문을 열면 아이들은 서로 얼싸안은 채 잠이 들어 있었다. 강화로 온 뒤에도 만석동을 사흘이 멀다 하고 오가는데도 동생들이 보고 싶다는 딸들이나, 언니, 누나가 보고 싶다고 매달리는 동생들이나 서로 참 애틋했다. 문득 그런 생각이 들었다. 이렇게 서로 사랑하며 사는 거라고 가르쳐 놓고는, 아이들에게 떨어질 수 없을 정도로 정을 나누게 해 놓고는 우리 멋대로 이건 공동체가 아니라고 할 수 있을까?

한동안 화가 나고 섭섭했다. 머리로는 나만이 아니라 후배들도 마찬가지임을 알면서도 집에 오면 내 희생이 더 크게 느껴졌다. 그때 『삶과 거룩함』이라는 책에 쓰인 토머스 머튼의 말이 가슴을 쳤다.

희생의 정도는 그것이 우리에게 끼친 고통의 크기가 기준이 되는 것이 아니라 분열의 벽을 깨는 힘, 상처를 치유하는 정도, 그리스도의 몸 안에 질서와 일치를 복원하는 힘으로 가늠할 수 있다.

만석동과 강화를 오가며 자신에게 물었다.

"네가 지키고자 하는 게 도대체 뭐야?"

관계였다. 내가 만석동에 오게 된 것도 결국 사람 때문이었다. 내가 지키지 못한 약속, 내가 끝까지 함께하지 못한 아이에 대한 미안함 때문이었다. 자발적인 가난이니 하느님 나라니 그런 거창한 명분을 다 빼면 남는 것, 사랑하는 사람들이었다.

결국 공부방에서 살던 후배 부부는 이사를 나왔다. 나는, 그리고 우리는 아직 서로 사랑하고 있었다. 그래서 일과 상관없이 사람으로 사랑하고 믿는 관계를 지키기 위해 그래야 한다고 믿었다. 그리고 수연, 동훈 부부가 어머니와 분가해 공부방에서 살기로 했다. 그 어머니의 이해와 배려가 있었기에 우리는 좀 더 수월하게 다시 시작할 수 있었다. 그 뒤 우리는 한참 동안 모임에서 '공동체'에 대한 이야기를 꺼내지 않았다. 우리 공동체에는 공부방 아이들, 공연, 지역 문제, 농사일, 강화 공부방 등 치러야 할 일과 챙겨야 할 사람이 많기도 했지만 혹시라도 또다시 불거질 차이, 이기심, 두려움을 감추고 싶었다.

나는 그런 이유에서라도 서로의 상처가 아물 시간이 필요하다고 생각했다. 우리는 여전히 함께 모여 공부방을 꾸리고 아이를 키우고 밥을 나눠 먹고 여행을 갔다. 그런 시간을 지나면서 나는 자신의 하찮음, 비겁함, 취약함을 보게 되었고, 그런 나약한 나를 버티게 해 준 힘이 공동체임을 깨달았다. 우리는 그 시간을 통해 "네 안에 있는 하느님, 우리 안에 있는 하느님"을 보게 되었다.

우리가 공동체의 일상으로 돌아가 공부방에서 아이들을 만나고 어설픈 농사를 짓기 시작할 무렵 루이스 신부님은 서울 구룡마을로 집을 옮겼고, 그 뒤 고향으로 돌아갔다. 루이스 신부님이 떠난 뒤, 주일 미사는 한 달에 한 번 하는 공동체 미사로 바뀌었다.

그러나 여전히 우리는 만석동과 강화에서 살아 내는 공동체의 삶이 하느님께 드리는 기도이며, 예수의 길이라고 믿는다. 아르투로 파올리 신부는 『사막일기』에서 『요한복음』 14장에서 17장에 걸친 예수의 이야기를 이렇게 요약했다.

> 너희는 종이었지만 지금은 친구이다. 그래서 전에는 나를 섬겼지만 나를 믿으면서 따른다. 이제 너희가 나를 대신해야 하겠기에 나의 계획과 구상이 무엇인지 잘 알아야 한다. 계획을 실현하기 위해서는 건축가의 의도를 '아는' 것처럼 그렇게 '그걸 아는 것으론' 충분하지 않고, 그것을 실행에 옮기기 위한 열정과 사랑을 지녀야 한다. 그리고 이를 위해서 내 목숨을, 내 존재를 너희에게 준다. 나는 너희와 함께 너희 안에서 생각하고, 사랑하고, 계속해서 일할 것이다. 내 계획은 모든 사람이 하나가 되는 것, 즉 갈라지고, 싸우고, 터진 인간성이 형제들의 공동체 안에서 바뀌는 것이다.[*]

루이스 신부님과 미사를 드릴 때마다 고백했던 것처럼, 지금도 기도할 때 고백하는 것처럼 나는 아이들 하나하나, 공동체 구성원 하나하나에 깃든 예수를 만난다. 그들과 함께 만들어 가는 공동체가 내게는 하느님 나라다.

---

[*] 아르투로 파올리 『사막일기』, 최현식 옮김, 보누스 2013, 139면.

13

부초의
꿈과
결혼 생활

초등학교 4학년인가 5학년 겨울 방학 때였다. 할머니 댁에서 무료한 하루하루를 보내던 어느 날, 작은어머니가 즐겨 듣던 라디오 드라마를 듣게 되었다. 기억이 어렴풋하지만 서커스단에 있던 여성의 이야기였던 것 같다. 드라마 제목이 부초였는지 주제가가 부초였는지 가물가물하지만 부초라는 낯선 낱말을 들었고 그 어감이 좋았다. 그래서 집으로 돌아오자마자 국어사전을 찾아보았다. "한곳에 정착하지 못하고 이리저리 떠도는 삶." 어감만큼이나 뜻도 마음에 들었다. 나는 어른이 되면 부초처럼 살고 싶다고 생각했다. 언젠가 그 얘기를 엄마 앞에서 했다가 엉뚱한 소리를 한다고 꾸중을 듣기도 했다.

그 부초라는 말 때문인지, 아니면 그 이전부터였는지 1, 2년에 한 번씩 큰 시장 옆 공터에 오던 서커스단은 어린 내 마음을 뒤흔들어 놓았다. 서커스 천막 주변에서 만나는 서커스단 사람들은 왠지 모르게 서글프고 고단하고 외로워 보였다. 그이들을 보고 나면 심장을 감싼 근육이 약해져 작은 자극에도 찢어질 것 같은 기분이 되었다.

한번은 서커스단의 한 소녀가 천막 밖에 있던 장작 난로 앞에서 양푼을 들고 밥을 먹다 나와 눈이 마주쳤다. 몹시 야윈 데다 창백한 얼굴에 버짐까지 있던 소녀의 쓸쓸한 눈동자를 보자마자 나도 모르게 얼른 눈을 피하고 말았다. 그런데 그 행동이 마음에 걸렸다. 잠자리에 누울 때나 길을 걸을 때도 자꾸만 그 아이의 표정이 떠올랐다.

서커스 천막 밖에 임시로 만든 우리에 갇혀 있던 아기 코끼리는 귀가 다 갈라져 너덜너덜했고 곳곳에 피딱지가 붙어 있었다. 긴 속눈썹이 무거운지 눈꺼풀을 힘겹게 끔뻑이던 아기 코끼리의 눈에서는 계속 눈물이 흐르고 있었다. 내가 그 아기 코끼리를 학대한 것도 아닌데 죄책감이 들었다. 너무 미안해서 마음이 불편하고 슬퍼졌다. 그래서 부모님께 서커스 구경을 가자고 졸랐다. 천막 안에서 펼쳐질 기예가 궁금했던 것은 아니다. 왠지 돈을 내고 그 서커스를 봐 주어야 천막 밖에서 만난 아기 코끼리와 소녀에게 덜 미안할 것 같았다.

그러나 부모님은 서커스에 관심이 없었다. 그래도 내가 꽤 오래 졸랐던지 아니면 주인집 아주머니가 구경 가시는 길에 나도 데려갔던지 하여간 서커스를 보러 갔다. 꽤 쌀쌀한 날이었다. 나는 서커스를 보는 내내 무대를 제대로 쳐다보지 못했다. 아직 서커스를 볼 줄 아는 눈이 없던 나는 천막 꼭대기에 매달린 언니와 아저씨가, 병든 코끼리 대신 무대에 선 원숭이와 개 한 마리가 보여 주는 재주가 그냥 슬펐다.

그 서커스를 본 지 1년쯤 뒤, 아버지와 함께 서울 장충체육관에 가서 「홀리데이 인 아이스 쇼」를 보았다. 외국에서 온 공연단인데 아이스 쇼와 서커스가 결합된 공연이었다. 화려하고 아름답고 멋진 공연이었다. 그런데 그 공연을 보면서 문득문득 큰 시장 공터의 서커스를 떠올렸다. 근사한 공연에 반한 내가 마치 천막 서커스를 배신한 것 같아 마음이 무거웠다.

나는 서커스 단원이 되고 싶은 생각은 손톱만큼도 없었지만, 그냥 그 부초 같은 삶이 가슴에 들어왔다. 마흔이 다 돼, 유랑 인형극단의 꿈을 꾸기 시작한 것은 어쩌면 그때 그 시절의 기억이 그림자처럼 내 안에 숨어 있다가, 인형극을 만나 다시 내 심장을 움직인 때문인지도 모르겠다.

스무 살 언저리에 친구랑 노량진 어딘가에서 복채 천 원을 주고 처음이자 마지막으로 점을 본 적이 있다. 점쟁이는 내가 역마살이 끼어서 평생을 홀로 떠돌며 많은 사람들을 만나며 살 거라 했다. 그때 다시 부초라는 낱말이 떠올랐다. 그런데 스물네 살에 만석동에 발을 디딘 뒤 나는 내 삶의 자리를 떠난 적이 없다. 2001년 만석동에서 강화로 거처를 옮기기는 했지만 다시 생각해 봐도 내 삶의 자리는 여전히 만석동이다. 그 점쟁이는 홀로 떠돌 거라 했는데 홀로는커녕 공동체로 산다.

나는 학교 다닐 때 친구들하고 어울려 밥을 먹는 게 싫어서 도시락까지 싸 가지 않던 괴팍한 아이였다. 찌개든, 국이든 한 그릇을 나눠 먹는 것은 있을 수 없는 일이었다. 내가 한 그릇에 담긴 음식을 여럿이 나눠 먹은 것은 스무 살 때가 처음이었다. 친구들끼리 손을 잡는 것도 싫어하고, 누구에게든 전화 한번 걸려면 몇 번씩 침을 삼켜야 할 만큼 사교적이지 못한 아이였다. 그러니 역마살 때문에 평생을 떠돌며 산다 했을 때는 고개를 끄덕이던 친구들이 내가 공동체로 산다 했을 때는 믿지 못하겠다는 듯 몇 번이고 되물을 수밖에 없었을 것이다. 게다가 결혼이라니, 내가 결혼을 한다고 했을 때 몇몇 친구들은 어이없다는 표정으로 물었다.

"네가 왜 결혼을 해?"

하긴 우리 아버지조차 내가 남자 친구가 있다고 하자 반색을 하며 직업, 가정 환경, 나이 따위도 물어보지 않고 무조건 데려와 보라고 할 정도였다.

고백하자면 나는 한때 수도 생활을 꿈꿨다. 영세를 받고, 어떻게 사는 것이 주님의 길을 따르는 길인지 고민할 때였다. 근무하던 사무실에 새 직원이 왔는데 수도 생활을 하다가 종신 서원 직전에 나온 분이었다. 호기심으로 수도 생활에 대해 이것저것 묻는 내게 그분은 절대 수녀가 될 생각은 말라고 했다. 그런데 몇 달 동안 같이 일을 하고 난 어느 날, 자못 진지한 얼굴로 내게 말했다.

"중미 씨, 성심수녀원에서 하는 성소 모임에 한번 가 봐. 중미 씨는 너무 곧고, 옳고 그른 게 분명해. 세상에서 살기가 힘들 것 같아. 근데 고지식하면서도 자유분방한 데가 있으니까 다른 수도회보다 성심수녀회가 어울릴 것 같아."

평범하지 않은 말투와 표현 때문에 처음 들었을 때는 온몸이 오글거렸다. 그런데 이상하게 그 말이 자꾸 떠올랐다. 그래서 단짝 친구를 꼬드겨 진짜로 성심수녀회의 성소(聖召, 하느님이 특별한 목적, 특히 성직이나 수도 생활을 하도록 부르는 것) 모임에 갔다. 첫 느낌은 무척 평화롭고 편안했다. 한 2년 동안 드문드문 성소 모임에 나갔다. 성소 모임에 다녀오면 언제나 마음이 편안해지고 맑아지는 느낌이 들었다. 그러는 사이 천주교도시빈민회를 알게 되었고, 만석동에 들어와 살면서는 성소 모임에 나가지 않았다. 힘들고 지칠 때마다 평화롭고 따스하던 수녀원이 떠올랐지만 주님의 길은 그곳보다 만석동에 있는 것 같았다.

그런데 그곳에서 성심수녀회 수녀로 사북, 고한, 상계동에서 탄광 노동자와 도시 빈민들을 만나 온 손인숙 수녀님을 만났다. 다시 마음이 흔들렸다. 게다가 만석동에서의 첫해가 고되고 힘들었다. 성심수녀회 성소 모임에 다시 나갔다. 그곳은 여전히 평화로웠다. 그리고 아늑했다. 마치 오랜 여행 끝에 도착한 집처럼. 그러나 그곳의 여유와 평화가, 소박하지만 궁핍하지 않은 삶이 내게 유혹일지도 모른다는 생각이 들었다. 이미 수도 공동체보다 남미나 필리핀의 기초 공동체가 더 주님의 길에 가깝다고 생각하고 있던 때여서 그랬는지 모른다. 때마침 그 무렵 사제 서품을 받은 한 사제가 말했다.

"나는 그대가 이미 주님의 소명을 받았다고 생각해요. 자발적인 가난, 기초 공동체 운동에 투신하는 것이 당신에게 주신 하느님의 소명일 거예요. 수도 성소는 당신의 길이 아니에요."

그런데 1987년 겨울, 만석동에서 산 지 아홉 달 남짓 되었을 때, 함께 살던 친구가 수녀회에 입회하기로 결정했다. 뜻밖이었지만 마음을 다해 친구의 선택을 지지해 주었다. 그 친구가 입회하고 수련 생활을 이어 가기 시작한 지 얼마 되지 않았을 때였다. 친구에게 수녀회 입회를 권유했던 수녀님이 나에게도 입회를 강하게 권유했다. 이미 수도 성소에 마음을 접어 가고 있던 나는 그 권유가 무척 부담스러웠고, 결국 미련을 완전히 접었다.

1988년 봄, 아가방 공사에 일손이 필요하다는 이야기를 듣고 잠시 봉사하러 왔던 최홍찬에게 자원 교사를 권했다. 물론 그때 내가 자원 교사를 권한 사람이 최홍찬만은 아니었다. 그해에 만석동에 온 젊은 이들에게 똑같이 자원 교사 활동과 도시 빈민 운동을 권유했다. 나는 같은 생각과 뜻을 가진 청년들과 함께 일하고 싶었다. 그렇게 사람이 모이니 힘이 나고 즐거웠다. 청년들이 모이는 곳에서는 늘 갈등과 대립, 그리고 연애 사건이 일어난다. 나 역시 그 세 가지를 다 겪었다. 힘든 시간을 보내던 중, 같은 곳을 바라보며 같은 길을 갈 수 있을 사람을 만났다고 생각한 나는 최홍찬에게 먼저 고백을 했다. 2년여의 연애 기간은 낭만적이지도, 아름답지도 않았다. 어머니는 너는 연애조차 너처럼 하느냐며 걱정을 하셨다. 편한 길을 일부러 피해 가는 것 같은 딸이 몹시 걱정스러우셨던 것 같다.

결혼 역시 만만한 것은 아니었다. 가난한 삶이야 기꺼이 선택한 것이었으니 견뎌 낼 수 있었다. 그런데 첫딸이 태어난 지 다섯 달이 되었을 때부터 2, 3년간 남편의 투병 생활이 이어졌다. 공부방 아이들을 만나고, 공부방 살림을 꾸려 가는 일에다 남편의 간병과 육아까지 하려니 쉽지 않았다. 아픈 몸으로도 육아를 도와주는 남편이 고마웠지만 몸 안에 축적되어 있던 힘이 다 말라 가는 느낌이었다. 그래도 어느새 10년이란 시간이 지났고 남편이 완치 판정을 받았다. 그 뒤로 어려웠던 그 시절을 까맣게 잊고 있었다. 그러다 컴퓨터 파일 속에서 1994년에 쓴 글 한 편을 발견했다. '부부'라는 제목의 일기였다. 서툰 글이지

만 그 글을 읽으며 서른둘의 나에게 '수고했다'는 말을 해 주고 싶어
졌다.

부부

"안 자? 오늘은 단비 누가 재워?"

"단비 아빠가 재워야 되겠는데. 아직 일이 덜 끝났어."

"안 자요?"

"자긴 어떻게 자, 할 일이 태산인데. 단비나 재우고 먼저 자."

하루의 일과가 끝나는 밤 12시 무렵이면 우리 부부가 나누는 대
화이다.

아침에 일어나서도 나는 남편이 먹는 약과 아침 준비로, 남편은
출근 준비(우리마당이라는 농산물 직거래 매장을 하고 있던 때)와 딸
아이 탁아소 보낼 준비로 서로 분주하게 보내야 한다. 단지 밥 먹
는 시간 동안 서로의 일과를 확인할 수 있을 뿐인데 종종 밥 먹을
때 아침 신문까지 보는 남편 때문에 그것마저 제대로 이루어지지
않을 때가 많다. 저녁 시간도 마찬가지다. 늘 전쟁처럼 치러 내는
저녁 식사 시간에 남편과 서로 얼굴을 맞대는 것은 쉬운 일이 아니
다. 가뭄에 콩 나듯 둘이서 이야기할 시간이 생겨도 우리 부부보다
공동체 안의 문제나 일에 대해 이야기한다. 그렇다고 대화가 부족
하거나 서로 이해를 못 한다고 느껴지는 않는다. 이미 우리 부부는
따로 그리고 같이 생활하는 이 삶에 길들 대로 길들어 있기 때문
이다.

신혼 때는 그런 우리 생활에 늘 불만이 많았다. 불만이라기보다는 남들도 이렇게 사는 걸까, 이렇게 둘만의 이야기를 하지 않는 것이 문제는 아닐까 하고 고민했다. 나는 늘 우리 부부 사이에는 우리 둘만의 이야기가 더 필요하다고 생각했다. 그러나 남편은 그런 내 생각에 동의하지 않았다. 내가 문제 제기를 하면 남편의 답은 늘 한결같았다.

"우리는 이렇게 공적인 삶을 살기로 했잖아. 우리는 당연히 우리를 필요로 하는 사람에게 열려 있어야 하고, 우리가 나누는 대화도 일 얘기가 중심이 되는 것이 당연한 거 아냐?"

나는 남편이 공부방 아빠들과 술을 마시며 친분과 신뢰를 쌓는 시간이 중요하다는 것을 알면서도, 그 때문에 줄어드는 부부만의 시간이 아쉬웠다. 공부방 일, 후배들, 동네, 부모회, 아이들 이야기도 필요하지만 우리 부부의 이야기가 하고 싶었다. 그러나 나 역시 우리 부부만의 이야기가 무엇인지 잘 몰랐다. 남편은 내가 우리 둘만의 이야기 운운할 때마다 이해가 안 된다는 듯 고개를 갸우뚱했다.

그런데 그 무심한 남편이 딸아이가 태어나자 달라졌다. 남편은 딸아이에게 맹목적이었다. 물론 병 때문에 공부방이나 지역에서 할 수 있는 일이 줄어들었고, 바쁜 아내 대신 딸이라도 돌봐 주려는 배려라는 걸 알지만 그것마저 섭섭할 때가 있었다. 그럴 때면 고마워할 일에 섭섭해하는 나 자신이 철부지 아이 같아서 한심해졌다.

그래도 딸 덕분에 남편의 생각과 생활이 많이 바뀌었다. 딸을 재우느라 밤늦게까지 후배들이나 공부방 아빠들과 술을 마시는 시간도 줄어들었고, 스스로 고백하듯이 딸아이로 인해 건조한 나뭇가지 같던 그의 정서가 풍부해졌다. 그런데 애석하게도 그 풍부한 정서는 딸아이에게만 움직였다. 딸아이에게 보내는 남편의 사랑과 정성은 '저 사람이 내가 알던 그 최홍찬인가?' 싶을 만큼 헌신적이었다. 그런데 나는 그 순간에도 내가 더 필요 없는 존재가 되는 것 같아서, 그저 일만 하는 존재가 되는 것 같아서 서운했다. 남편에게조차 내가 그저 단비 엄마가 되는 것이 싫었다. 가끔씩 "단비 아빠, 단비 엄마라는 호칭 말고는 쓸 게 없는 거야? 난 단비 엄마라고 불리는 게 싫어."라고 말하면 남편의 표정은 정말 '세상에, 별것 다 갖고 트집이네.'라고 말하고 있었다.

물론 그런 것들이 우리 두 사람의 삶을 위태롭게 하는 결정적인 요인이 되는 것은 아니었다. 오히려 그런 갈등을 통해 서로 욕구가 다르고 차이가 크다는 것을 알아채게 되었다. 나는 딸아이에게마저 질투를 하는 형편없는 여자가 된 채로, 내가 우리 부부의 삶에서 얻고자 하는 것이 무엇인지 곰곰이 생각하게 되었다.

'나는 공부방 큰이모의 자리가 좋다. 내가 선택한 가난이 이 사회를 변화시키는 데 작은 씨앗이 될 거라 믿을 만큼 자부심도 있다. 공부방 부모님들을 만나는 것이 얼마나 중요한지 잘 알고, 나도 그 속에서 얻는 게 많다. 풀무 후배들 역시 남편보다 더 소중하게 여길 때도 있다. 그런데도 나는 왜 자꾸만 남편에게 내가 어떤 존재인지 묻고, 우리 부부가 이대로 괜찮은지 고민하는 걸까?'

부부란 서로의 독립성을 인정하고, 서로의 차이를 이해하면서 각자의 자기실현을 위해 노력하고, 동시에 서로 도우며 공동체의 가장 작은 단위를 이루어 가는 것이라고 이야기하면서도 내게는 거창한 명분 뒤에 숨겨 놓은 욕망이 있었다. 그 욕망까지 거창한 건 아니었다. 내가 남편에게 바라는 것은, 어느 날 갑자기 내가 좋아하는 책을 사 가지고 온다거나, 보고 싶은 영화를 보러 가자고 먼저 제안해 온다거나(아이가 태어난 후 5년 동안 영화관에 가 본 적이 단 한 번도 없다.) 꽃다발을 사 들고 와 안겨 준다거나 하는, 정말 너무나 사소하고 유치해서 입 밖으로 말할 수조차 없는 것들이었다. 그런 바람을 남편에게 솔직하게 드러내는 것이 왠지 자존심이 상하고 창피해서 한 번도 드러낸 적은 없다.

나는 우리 정도의 사이라면, 부부라면 말로 표현하지 않아도 서로의 욕구를 알아채고, 상대가 얼마나 고되고 힘든지 무조건 이해하고, 온전히 사랑하고 그 사랑을 드러내야 한다고 생각했다. 물론 남편은 남편대로 내게 원하는 것이 있었을 테지만 남편은 그런 표현에 더 둔한 사람이다. 그러다 보니 힘들수록 서로 불만이 쌓이고, 싸울 때마다 "너는 어쩌면 그렇게 니 생각만 하냐?"라고 똑같은 말을 되풀이했다.

그렇게 엎치락뒤치락하며 만 5년이란 시간을 함께 살았다. 그러는 사이 부부라는 것이 그저 한 이불 속에서 자는 사람이 아니라 모든 공동체의 고갱이라는 것을 알게 되었다. 연애할 때는 몰랐던 나와 너에 대해 결혼해서 살면서야 알게 되었다.

나는 가난했지만 언제나 현재가 중요한 부모님 아래에서 그 순간에 충실하며, 좋고 싫은 감정, 슬프고 기쁜 감정을 그때그때 표현하며 살아왔다. 그러나 남편은 미래의 성공을 위해 현재의 가난과 고통을 참아 내는 분위기에서 감정을 억누르며 살아왔다. 우리 아버지는 경제적으로 무능했지만 성실했고, 괴팍했지만 어머니에 대한 사랑을 적극적으로 표현하는 로맨티스트였다. 우리가 아직 어려서, 가난해도 돈에 대한 압박이 덜 심하던 시절, 부부 싸움을 하고 삐친 어머니를 달래기 위해 탭댄스를 추고, 단둘이 영화를 보러 가던 아버지를 기억하는 내게 무뚝뚝한 남편은 낯설었다. 우리를 위해 도넛을 튀기거나 케이크를 만들고, 박봉이라도 월급을 탄 날이면 온 가족을 데리고 영화를 보러 가고, 중국집에 가서 외식을 시켜 주던 아버지를 기억하는 나와 달리, 남편은 무능하면서 폭력적이기까지 했던 아버지만을 기억하는 사람이었다. 그 아버지를 대신해 가족의 생계를 짊어져야 했던 어머니와 누나, 그 누나 덕에 대학을 가고 다른 삶을 꿈꿀 수 있었던 남편의 삼 형제는 문화라는 것을 누릴 기회가 없었다. 우리 사 남매는 가난한 살림에도 우리 나름대로 문화를 누리며 살았지만 그 대신 보장된 미래는 없었다. 우리는 서로 다른 환경에서, 다른 관계를 맺고 살아왔다. 서로 이상적으로 생각하는 아버지상과 어머니상이 다르고, 좋은 부모에 대한 상도 달랐다.

　연애할 때는 그 차이를 제대로 알지 못했을뿐더러 그 차이를 어떻게 인정하고 받아들일지 잘 몰랐다. 그러나 함께 살고, 함께 일하고, 함께 아이를 키우면서 언제부턴가 "난 정말 이해 못 하겠어. 나랑 너는 너무나 달라."라는 말로 서로 상처를 주는 일을 더는 하지 않았다. 우리에게 중요한 것은 우리를 있게 한 지난 시간보다 지금 이 시간, 그리고 앞으로 우리가 살아 낼 시간이기 때문이다.

우리는 겨우 5년을 함께 산 애송이 부부이다. 그런데 마치 오래 전부터 서로 가까이 살아온 것 같다. 우리의 관계는 웬만해서는 무너지지 않을 것임을 잘 알고 있지만 그것만으로는 부족하다. 서로 더 변해야만 한다. 나는 아직도 남편에게 공부방 큰이모가 아닌 '아내'로 더 인정받고 사랑받고 싶다. 나 역시 남편에게 그래야 한다는 걸 안다. 그리고 이제까지 내 바람, 내 욕망만 생각하고 불평불만을 가져 왔을 뿐, 노력은 부족했다는 것도 안다. 그래도 우리는 요즘 서로의 변화를 확인하면서 신기해한다. 우리 부부가 서로에게 느끼는 안정감이나 신뢰는 서로의 변화를 인정하고 긍정하는 데서 오는 것이기도 하다.

요즘은 서로 말꼬리를 잡고 싸우는 일도, 상대방의 짜증에 일일이 반응하는 일도, 서로의 일을 장황하게 설명하는 일도 별로 없다. 음식이 좀 간간해야 쉬지 않는 것처럼, 우리에게도 약간의 양념이 더해져야 할 필요를 느끼지만 이렇게 하루하루 살면서 쌓이는 신뢰를 확인하고, 그 속에서 기쁨을 느끼는 삶도 그리 나쁘지 않다는 것을 말하고 싶다.

글을 읽고 나니 애써 우리 부부 관계를 긍정하고 발전 가능성을 찾아내려는 서른둘의 안간힘이 기억났다. 저 글과 달리 우리는 저 시간의 곱을 더 산 뒤에야 서로를 진심으로 이해하고, 자연스럽게 사랑하게 되었던 것 같다. 부부로 살면서 우리는 공동체의 소중함에 대해 더 잘 알게 되었다. 그리고 부부든, 공동체든 그저 맹목적으로 사랑하고 믿는 것만으로는 충분하지 않다는 것을 배웠다. 부부는 무조건 하나가 되는 것이 아니다. 부부는 너와 내가 서로를 있는 그대로 인정하고 존중하는 관계 속에서 만들어지는 가장 작은 단위의 공동체. 서로 같아져야 하는 관계가 아니라, 다름을 인정하면서 공통의 가치와 즐거움을 만들어 가는 관계다. 공동체는 그 관계가 너와 나에서, 너와 우리, 우리와 우리로 확대되어 가는 것일 뿐이다.

2002년 『작은책』에서 원고 청탁을 받고 내게 가장 소중한 사람이 누구인지 생각해 볼 기회가 있었다. 그때 가장 먼저 떠오른 사람이 남편이었다. 그 글의 일부를 여기 싣는다.

내게 가장 소중한 사람

그는 동갑내기에다 고집도 세고, 말이 없어서 툭하면 내 울화통을 건드리는 사람이다. 둔하고 행동이 느려 답답하지만 어머니보다 더 깊은 모성애(?)로 아이들에게 다가가 함께 일하는 사람들을 놀라게 하는 사람이다.

그는 지금까지 사회에서, 공부방에서 그럴듯한 역할이나 지위를 가져 본 적이 없다. 대학을 졸업하고 미싱을 배워 만석동 엄마들과 작업장을 만들 때도, 후배들과 쌀장사를 하고, 농산물 직거래 일을 할 때도 그는 그저 공부방 큰삼촌이라는 이름 외에 다른 이름을 가져 본 적이 없다. 그에게 맡겨지는 일은 힘만 들고 빛나지 않는 일들뿐이었다. 다른 공동체 식구들이 꺼리는 일, 바깥에 나가 아쉬운 소리를 하거나 부당한 일에 맞서는 일을 할 때면 언제나 그가 나섰다.

생각나는 대로 말하고, 몸과 마음 가는 대로 일하는 나와 달리 그는 현실적이고 냉정하다. 내가 꿈에 들떠 쏟아내는 이야기 속에서 우리 공동체에 필요한 것이 무엇인지를 판단하고 실행에 옮기는 것은 언제나 그의 몫이었다. 내가 새로운 일을 벌여 놓고 두려움에 빠져 우물쭈물하고 있으면 언제나 그가 대신 나서서 일을 시작한다. 언제부터인가 나는 그가 없으면 아무것도 할 수 없는 사람이 되었다.

요즘 그는 강화 양도면 살문리에서 농부 수업을 받고 있다. 마을의 젊은이들과 형, 아우 하며 관계를 쌓고 나더니 이제 그들을 도우며 농사일을 하나씩 배우고 있다. 그는 만석동에서 그랬듯이 서두르는 것 없이 느릿느릿 일을 해 나갈 것이다. 그리고 만석동에서 벌어지는 여러 가지 궂은일들을 여전히 자기 몫으로 받아들이고 해낼 것이다. 새로 농사지을 밭작물을 고르며 앉아 있는 그를 보면서 생각한다. 지금까지 살면서 했던 가장 현명한 선택은 만석동과 그를 평생의 동지로 선택한 것이라고 말이다.

부초 같은 삶을 꿈꾸던 철부지 아이는 세상을 떠돌지 않으면서도 부초 같은 삶을 살았다. 만석동 한곳에 머물러 살면서도 세상을 떠돌며 만날 사람 수만큼 여러 사람들을 만나고 헤어졌다. 그곳에서 소설 수십 편을 쓰고도 남을 온갖 사연을 가진 사람들을 만나고, 그 사람들과 몇 편의 영화를 찍고도 남을 일들을 겪었다. 어쩌면 스무 살에 노량진 뒷골목에서 만난 엉터리 점쟁이의 점이 맞는지도 모르겠다. 역마

살이 끼어서 한곳에 머물지 못할 거라는 말은 틀렸지만 한평생 이 사람, 저 사람을 만나며 살아갈 팔자라던 그 말은 맞는지도 모르겠다. 하지만 어쩌면 내가 최흥찬이라는, 재미있는 구석이라고는 하나도 없고, 예술적이지도 않고, 유머도 없는 밋밋하기 짝이 없는 남자를 만나지 않았다면 나는 이렇게 한곳에 오래 머물며 살지 못하고 부초 같은 삶을 살았을지도 모르겠다.

2부

결핍과 나눔으로 자라는 아이들

1

질풍노도 삼총사의 스마트폰 논쟁

공동체 식구들은 계절마다 보자기나 종이 가방 한가득 옷과 신발을 담아 나르는데 그 옷 한 벌, 신발 한 켤레에는 이야기가 깃들어 있다. 그 이야기를 나누며 자란 공동체 아이들은 비싼 학원, 명문 대학, 좋은 '스펙'과는 거리를 두고 자라더라도 돈으로 환산할 수 없는 재산을 물려받는다. 아이들이 사춘기에 접어들어 각자 개성이 생기면 초등학생 때처럼 기쁘게 옷을 물려 입는 일이 드물어지기는 한다. 게다가 언제부턴가 우리 공동체 아이들도 중·고등학생이 되면 나이키, 아디다스 같은 브랜드 운동화를 신게 되었다.

그래도 공동체 아이들은 대학생이 돼서도 새 옷을 살 때 대개 저렴한 인터넷 쇼핑몰을 이용한다. 코트나 니트 같은 옷도 광장시장의 구제 옷 가게에서 1~3만 원에 사 수선해서 입는다. 여름에도 그런 가게에서 1만 원에 서너 벌 하는 원피스를 사 나눠 입는다.

그러나 중·고등학교에 다니는 청소년들은 다른 아이들이 흔히 입는 유명 브랜드의 아웃도어 패딩 점퍼는커녕 스포츠 브랜드 점퍼도 제대로 사지 못하는 것에 마음 상하고, 기가 죽기도 했다. 그나마 옷은 그럭저럭 넘기는데 청소년들의 필수품인 스마트폰은 좀 달랐다.

공동체의 첫째 아이인 큰딸은 휴대 전화를 고2가 돼서 처음 가졌다. 그때도 이미 학교 공지 사항이 문자 메시지로 올 때였다. 공동체 둘째도 고등학교에 입학하면서야 휴대 전화를 가졌다. 둘 다 반에서 꼴찌로 가진 것이다. 첫째는 휴대 전화 약정 기간이 다 끝난 뒤에야 스마트폰을 가졌고 둘째, 셋째도 대학에 입학하면서야 스마트폰을 가졌다. 그러나 세상은 1년 단위로 바뀌었고 아이들의 욕구를 무작정 누를 수도 없었다. 우리 공동체 식구들도 더는 못 버티고 아이들이 중학교에 입학할 때 휴대 전화를 해 주게 되었다.

2012년에 중학교에 입학한 '질풍노도 삼총사'는 입학하면서 휴대 전화를 가졌다. 그때 이미 피처 폰에서 스마트폰으로 유행이 바뀌고 있었지만, 고등학생 때에야 휴대 전화를 가진 누나들에 비하면 감지덕지였으니 불만이 없었다. 그런데 일곱째 아이가 입학하던 2013년에는 초등학생들마저 스마트폰을 쓸 정도로 소비 시장이 변했다. 중학교 입학을 앞두고 일곱째가 선전 포고를 했다.

"스마트폰 아니면 아예 휴대 전화를 안 할 거야."

6학년 수학여행 때 자기만 스마트폰이 없어서 단체 채팅방에 초대되지 못해 사진조차 공유하지 못하고 따돌림을 당한 일곱째는 처음 하는 휴대 전화를 폴더 폰으로 하느니 차라리 휴대 전화 없는 별종으로 지내는 편이 낫다고 생각한 것이다. 부모는 고민에 빠졌고, 공동체에서 논의를 했다. 대학생 언니 오빠들은 어차피 폴더 폰을 사 봤자 결국 곧 스마트폰으로 바꿔야 하니 할부금이 없는 스마트폰으로 해 주는 게 낫다고 의견을 냈다. 그 대신 카카오톡을 제외한 SNS와 네트워크 게임을 금지하고 밤 10시 이후에는 안방에 전화기를 둔다는 원칙을 세웠다. 그래서 일곱째는 기본요금이 가장 적은 요금제로 할부금 없는 스마트폰을 샀다.

1년째 폴더 폰을 쓰고 있던 질풍노도 삼총사에게는 왜 일곱째에게 스마트폰을 해 주는지 설명하고, 삼총사도 약정 기간이 끝나면 스마트폰으로 바꿔 주기로 약속했다. 삼총사는 머리로는 납득이 되는지 떨떠름한 표정으로나마 고개를 끄덕였다. 그러나 삼총사가 스마트폰을 가질 때까지 참으로 많은 우여곡절을 겪어야 했다. 삼총사의 자존심을 위해 그 이야기는 생략하기로 한다. 스마트폰을 갖게 된 질풍노도 삼총사에게도 원칙은 같았다. 약정 기간이 없는 저렴한 스마트폰을 사되, 네트워크 게임과 카카오스토리는 할 수 없고, 밤 10시가 되면 안방에 두어야 했다. 그런데 일곱째와 달리 이 녀석들의 반발이 꽤 컸다. 게임 때문이었다. 그 과정에서 부모들끼리도 의견 차가 생겼다. 어떤 부모는 과도한 규제라고 했고, 어떤 부모는 아이들이 디지털 기기에 빠져들지 않고 스스로 절제를 배울 수 있게 일정 기간의 규제는 필요하다고 했다. 부모들끼리 의견 차이를 좁히기 위해 몇 차례 더 모임을 가졌고, 대학생 누나들은 게임을 좋아하는 질풍노도 삼총사에게는 어느 정도 규제가 필요하다는 의견을 냈다. 결국 질풍노도 삼총사도 규칙을 받아들였다. 삼총사는 고등학교에 입학하자 스스로 폴더 폰으로 바꾸거나 학기 중에는 통화와 문자만 사용하는 자제력을 보여 주었다.

어떤 이들은 어차피 또래 청소년들이 다 가지고 있는 스마트폰과 브랜드 패딩 점퍼를 사 주느냐 마느냐로 불필요한 감정싸움을 하고 논쟁을 벌일 필요가 있느냐고 묻는다. 심지어 스마트폰 규제를 인권 침해라고도 한다. 또 어떤 부모는 그 실랑이에 쏟는 에너지와 시간을 차라리 공부하는 데 쓰게 하는 게 낫지 않느냐고 반문한다. 그러나 우리는 돈만 있으면 뭐든지 살 수 있다고 믿는 세상에서 돈이 있어도 살 수 없는 것이 있다는 것을 깨닫고, 그 돈이 없어 누구나 갖는 것을 갖지 못하는 이들도 있다는 것을 아는 것이 성적을 올리는 것보다 중요하다고 믿는다.

아이들이 또래 집단에서 혹시라도 외톨이가 되지는 않을까 걱정하기도 했지만, 아무리 요즘 아이들이라 해도 옷과 스마트폰의 종류로 친구를 심하게 따돌리지는 않았다. 나는 만약 그런 이유로 친구에게 따돌림을 당한다면 그것이 옳지 못한 일이기에 당당하게 맞설 필요가 있다고 말한다. 우리는 청소년이나 어린이에게 어떤 물건이든 쉽게 가질 수 없다는 것을, 무엇인가를 얻으려면 그 대가를 반드시 지불해야 한다는 것을 가르쳐야 한다고 믿는다.

솔직히 고백하자면, 딸을 낳으면 빈민으로 키우겠다고 다짐해 놓고도 아이를 키우는 동안 내가 아이의 미래를 막는 것은 아닌지 의심한 적이 있다. 돈 걱정, 가난한 친구들 걱정에 교환 학생 기회조차 포기하고 마는 딸이 안쓰러워 혼자 속을 끓인 적도 많다. 대학을 다니면서 학교생활, 대외 활동, 공부방 활동까지 어느 것 하나 소홀하지 않게 성실히 해낸 딸이 졸업을 앞두고 번번이 취업에 실패할 때는 그 흔한 어학 연수 한번 보내 주지 못하고, 기업이 원하는 '스펙' 하나 제대로 쌓게 도와주지 못했다는 생각에 미안해지기도 했다.

"고슴도치도 제 자식이 함함하다고 한다."라는 말처럼 내 딸이 누구보다 잘나 보이고, 능력도 뛰어나 보이는데 그 뒷받침을 못해 준 것은 아닌지 하는 마음은 아마 쉽게 떨쳐 내지 못할 거 같다. 그러면서도 나는 우리가 살아온 삶의 방식이 바르다고 믿고, 그것을 딸도 알고 있다고 믿는다. 또 딸이 공동체에서 배운 가치가 사회에서 원하는 능력과 상관없어 보일지 모르지만, 내 딸을 비롯해 공동체 아이들이 믿는 그 가치가 세상을 위해 쓰일 거라고 믿는다.

공부방에서 자기보다 가난하고 힘없는 친구들과 함께 자라고, 결핍을 경험하고, 자의로든 타의로든 자신의 것을 나누며 살아야 했던 아이들은 자신보다 약한 존재들을 배려할 줄 알고, 돈을 효율적으로 쓰는 법을 안다. 그래서 친구들에게 짠순이, 짠돌이, 구두쇠 소리를 듣지만 제가 받은 장학금을 재해를 입은 이들을 위해 선뜻 내놓을 줄 안다. 앞에 나서는 일이나 눈에 띄는 일은 좋아하지 않지만 어느 곳에서 누구를 만나도 잘 지내고, 책임감 있다는 소리를 듣는다. 우리 공동체는 그걸로 충분하다고 말한다. 아마 공동체 아이들은 앞으로도 세상이 원하는 능력이나 인정과, 이제까지 공동체에서 배워 온 가치가 충돌하는 것을 경험할 것이고, 그로 인해 때로는 좌절하고 공동체를 원망할지도 모른다. 염치없게도 나는 우리 공동체 아이들이 세상과 다른 길, 거꾸로 가는 길, 쉽지 않은 길을 갔으면 좋겠다. 그 길에 행복이 있다고 믿기 때문이다.

얼마 전, 공동체 미사에서 신부님께서 청소년과 청년들에게 앞으로 공동체가 어떻게 변해 가면 좋겠느냐는 질문을 했다. 그 말에 공동체 아이들과 청년들이 쭈뼛거리며 고백했다.

"저는요, 학교나 친구들 사이에서 약속을 잡을 때, 우선 공부방 일정부터 알아봐요. 그만큼 제게는 공부방이 소중해요. 저는 공부방이 지금보다 커지지 않고 이렇게 소박하게 가난한 사람들과 함께하면 좋겠어요. 그리고 저는 직업을 구할 때도 공부방 활동을 할 수 있는 한에서 구할 거 같아요."

"저는 이 세상에 공부방 같은 공간이 많아졌으면 좋겠어요. 그리고 그 공부방과 함께하고 싶어요."

"고등학교 때부터 대학 때까지 저는 이모 삼촌들한테 잘 보이고 싶었어요. 공부방에서 하는 일들을 다 잘해 내고 싶었고요. 그런데 사회 나가서 이런저런 유혹을 받고 경험하면서 공부방은 내가 잘하건 못하건 나를 있는 그대로 받아 준다는 걸 알았어요. 저는 청년 모임 친구들, 그리고 여기 동생들과 함께 사회와는 다른 가치와 기준을 가진 사회적 기업을 해 보고 싶어요."

"공부방은 이상한 곳이에요. 대학을 졸업하고 사회에 나가 보니까 공부방 식구들이 이상하다는 걸 더 잘 알겠어요. 그런데 공부방이 계속 이렇게 이상하게 남았으면 좋겠어요. 저를 지켜 주고, 인정해 주고. 도대체 뭘 믿고 저를 기다리고 지켜봐 주셨는지 궁금해요. 이모 삼촌들만큼은 아니지만 저도 나누며 살고 싶어요."

"저는 공부방이 좋아요. 공부방에서 제가 할 일이 있다면 대학생이 되고, 어른이 되어서도 계속하고 싶어요."

"다 좋은데 공부방은 너무 할 일이 많아요."

청년들과 청소년들은 공부방에서 함께하고 싶은 일이 많다고 했다. 이제 우리 이모 삼촌들이 해야 할 일은 그 아이들이 새로운 시작을 할 수 있도록 힘을 보태 주는 것이다.

2

아이들에게 주는
최고의
선물

1990년 결혼하고 그해 가을 임신을 했다. 내가 아기를 가졌다는 사실이 기뻐 하루하루 하늘 위를 걷는 것 같았다. 그러나 점점 배가 불러오자 150미터나 떨어진 공중화장실을 오가는 게 힘들어졌다. 출산이 가까워지자 공부방에서 아이를 낳아 기르겠다는 것이 나만의 욕심이라는 친정 엄마의 말이 자꾸 귓가에 맴돌았다. 그러나 아무리 주판알을 두드려도 월세를 얻어 나가 살 방도가 서질 않았다. 가난한 우리 부부는 다른 선택을 할 수 없었다.

공부방 사무실이자 우리 부부의 신혼집인 공부방 2층은 단층 시멘트 블록 집 위에 판자와 슬레이트로 벽을 해 한뎃집과 다름없었다. 늦여름에 태어난 딸아이는 그해 가을이 올 때까지 땀띠로 고생했고, 곧 찾아온 겨울 내내 콧물이 떨어지지 않았다. 기기 시작하고 걸음마를 배울 때는 주방과 안방을 합쳐 5평밖에 안 되는 좁은 공간 때문에 발달이 느려지지는 않을지 속을 태우기도 했다. 자주 딸아이에게 미안해졌고 딸에 대한 미안함은 공부방 아이들에 대한 미안함으로 실타래처럼 이어졌다. 눈에 넣어도 아프지 않을 만큼 사랑스러운 딸아이를 보다 보면 제 어미 아비에게 그런 존재였어야 할, 그러나 그 사랑을 받아 보지 못한 공부방 아이들이 떠올라 가슴이 먹먹해졌다. 황소바람이 새어 들어오는 겨울에 딸아이에게 젖을 물리고 있으면 어미 없이 할머니의 마른 젖을 빨고 자랐을 누군가가 떠올랐다. 잠투정을 하는 아이에게 그림책을 읽어 주다 보면 텅 빈 방 안에서 뒹굴다가 혼자 잠이 들었을 누군가가 떠올랐다. 딸에게 줄 이유식이 담긴 젖병을 슬쩍 빨아 보는 아이를 혼냈다가 이내 코끝이 맹맹해졌다. 그렇다고 이미 10대가 된 아이들을 안고 이유식을 떠먹이거나 자장가를 불러 줄 수도 없는 노릇이었다.

내 나름대로 딸아이의 엄마와 공부방 아이들의 큰이모 사이에서 균형을 잡으려고 노력했지만 언제나 어느 한쪽에게 미안해졌다. 딸아이를 돌보다 공부방에 온 초등부 아이들을 맞아 주지 못할 때가 있었고, 고등부 아이들과 이야기를 하느라 잠투정하는 딸아이를 새벽까지 재우지 못할 때도 있었다. 그래도 딸은 공부방 이모 삼촌들의 사랑을 독차지하고, 공부방 언니 오빠들의 부러움을 받으며 밝고 건강하게 자랐다. 그 뒤로 태어난 둘째도 마찬가지였다.

함께 자라는 아이들은 또래보다 어휘력 발달이 빠르고 이해력이나 사회성도 좋다. 여섯 살 형들이 두 살 동생을 데리고 놀 줄 알고, 일곱 살 형이 동생들을 돌본다. 그러다 티격태격 싸우고 울음을 터뜨리기도 하지만 그 다툼을 해결하는 과정에서도 아이들은 서로 배려하고 이해하는 법을 배운다. 공동체 아이들은 맛있는 음식을 앞에 두면 그 자리에 없는 동생이나 형, 동갑내기 친구들을 떠올리고, 재미있는 놀이를 하다가도 그 자리에 없는 친구들을 안타까워한다. 네 살배기들이 서로 보고 싶다고 전화통을 붙들고 우는 경우는 흔치 않으리라. 아이들은 많은 장난감을 혼자 다 차지하고 노는 것보다 적은 장난감이라도 친구들과 나눠 노는 것이 더 재미있다는 걸 안다.

그렇지만 아이를 함께 키우는 일은 쉽지 않다. 내 아이에 대한 욕심과 기대를 끊임없이 덜어 내야 한다. 아이를 키우는 데 가장 중요한 것은 아이를 깊이 사랑하고 존중하는 것이다. 내 아이를 성장 속도나 능력 따위로 판단하거나 남과 비교하지 않고 있는 그대로 사랑하고 존중하는 것보다 좋은 양육 태도는 없다. 충분히 사랑받고 존중받은 아이가 타인을 사랑하고 존중할 줄 안다.

우리는 아이에게 나눔과 양보를 가르치기 위해 우선 내 것과 네 것을 분명히 가리게 하고, 소유와 공유를 분명히 한다. 또 사랑하는 사람만이 아니라 사랑하지 않는 사람도 존중하고 배려해야 한다는 것을 가르친다. 아이를 함께 키우기 위해서는 늘 긴장해야 하지만 그 덕분에 내 아이를 따뜻하고 겸손한 사람으로 키울 수 있다.

아이를 함께 키우면 경제적으로도 부담이 덜 된다. 옷과 유아용품, 장난감까지 물려받아 쓰기 때문이다. 아이들끼리 함께 지내는 시간이 많으니 굳이 비싼 장난감이나 놀이 도구를 많이 사지 않는다. 수유, 이유식에 대한 정보를 수시로 나눌 수 있어 육아에 대한 두려움도 훨씬 덜어진다. 바쁠 때는 돌아가며 아이를 돌보고, 어른들이 바쁠 때는 언니나 형들이 동생들을 돌본다. 늘 사람들 속에서 자란 아이들에게는 이야기가 풍부하다. 공유하는 추억과 경험이 많으니 외로움도 적다.

우리 공동체에는 딸이 아홉이다. 그 딸아이들의 초등학교 입학 사진을 보면 모두 똑같은 옷을 입고 있다. 시댁 동서가 첫째 아이 입학 때 사 준 정장인데 첫째부터 아래로 여덟 아이가 물려 입었는데도 아직 말짱하다. 15년 된 낡은 옷에는 새로 산 유명 아동복 한 벌과 바꿀 수 없는 가치와 사랑이 담겨 있다. 사람들은 백화점에서 산 신상품이 최고의 선물이라 믿는다. 그러나 그 선물에 의미가 없다면, 그 선물과 함께 전해지는 이야기가 없다면 그 선물은 금세 질릴 수밖에 없다.

요즘은 성탄절마다 그때그때 유행하는 장난감이 다르단다. 그래서 성탄절을 앞두고 할인 마트나 백화점, 인터넷 쇼핑몰에서는 어린이 장난감이 10만 원도 훨씬 넘는 돈에 팔려 나가고, 그마저도 품귀 현상을 빚어 끝내 두세 배 웃돈을 주고 사기도 한단다. 그렇게 해마다 쌓인 장난감들은 집 안 곳곳에 쌓여 천덕꾸러기 신세를 면하지 못할 것이다.

가난한 우리의 성탄은 다르다. 우리 공부방 아이들은 해마다 그해에 가장 어렵고 가난한 이들을 기억하며 성탄절을 맞는다. 2014년 겨울에는 성탄절을 앞두고 평택 쌍용자동차 공장 굴뚝에서 고공 농성 중인 김정욱, 이창근 아저씨를 찾았다. 며칠 동안 만든 플래카드를 펼치며 응원을 하고 작은 선물을 드렸다. 그리고 인천가톨릭회관에서 열린 성탄 잔치는 굴뚝에 올라가 있는 노동자들과 세월호 유가족을 위한 기도로 시작했다. 성탄 기념 연극과 그림자극에는 해고 노동자들의 투쟁과 강정과 밀양 그리고 세월호를 담았다. 그렇다고 우리 성탄 잔치가 무겁고 비장한 것만은 결코 아니다. 우리는 성탄절의 기쁨과 평화를 여러 사람과 나눌 뿐이다. 우리는 유치부 아이들과 1, 2학년 아이들의 율동, 3, 4학년의 타악 공연, 5, 6학년의 마술 공연을 보며 웃고 즐긴다. 2014년 성탄 잔치의 마지막은 콜트콜텍 밴드 '콜밴' 아저씨들의 노래 선물이었다. 기찻길옆작은학교의 성탄 잔치에는 전지전능하고 무소불위의 힘을 가진 예수님이 아니라 우리처럼 가난하고 미천하고 약한, 그러나 사랑이 전부인 예수님이 함께한다.

 어렸을 때 우리 집은 12월이 되면 단칸방 한구석에 플라스틱 크리스마스트리를 세우고 방문과 창문에 깜빡이 불을 달았다. 그리고 성탄절이 될 때까지 루이 암스트롱이나 앤디 윌리엄스의 캐롤 앨범을 되풀이해서 틀어 놓았다. 부모님은 교회나 성당에 다니지 않았는데도 성탄절을 챙기셨다. 성탄 장식이 끝나면 오빠와 나는 동생들을 데리고 성탄 카드를 만들었다. 그렇게 설레는 마음으로 준비한 성탄절 이브에는 맛동산, 땅콩 샌드위치, 코코아로 작은 파티를 한 뒤 잠자리에 들었다. 다섯 식구가 자기에도 비좁던 단칸방은 방학이 되면 도시에서 학교를 다니던 오빠까지 내려와 더 비좁았지만 한방에서 온 식구가 자는 것이 오붓하고 좋았다. 성탄절 이브, 작은 파티가 끝나고 누운 이불 속에서 나와 여동생은 서로 잠들지 말자고 약속을 했다. 부모님이 성탄 선물을 어디다 감춰 놓는지 보기 위해서였다. 그러나 그 약속은 번번이 지켜지지 않았다. 성탄절 아침, 잠에서 깨면 우리 사 남매는 머리맡이나 방, 부엌을 샅샅이 뒤져 각자 몫의 책 꾸러미나 인형을 찾아냈다. 예수가 누군지, 요셉이나 마리아가 누군지도 몰랐던 그때, 우리에게 성탄절은 최고의 선물이었다.
 그러나 내 기억 속 마지막 성탄절은 아직도 슬픈, 그러나 가슴 뭉클

한 기억으로 남아 있다. 도시로 전학을 간 지 1년이 지난 성탄절이었다. 가뜩이나 몸이 약하던 엄마는 빙판에서 넘어져 두 달 넘게 누워 계셨고, 아버지는 동두천을 떠나온 지 1년이 지나도록 인천으로 온 것을 후회하고 있었다. 나는 아버지 어머니의 우유부단하고 나약한 모습이 싫었다. 어려서부터 아버지 어머니는 "그때 내가 그걸 선택했더라면……" 하는 후회를 많이 했다. 그래서 나는 어른이 되면 저렇게 지난날을 후회하며 살지 않겠다고 다짐했다. 나는 그때까지 아버지가 미군 부대에 다니며 돈을 벌 수 있는 기회를 스스로 거부한 것이나, 아메리칸드림을 이룰 수 있는 웰스 아저씨의 초청장을 찢어 버렸던 것을 자랑스럽게 여기고 있었다. 그런데 정작 아버지 본인은 그 선택을 후회하고 있었다니 실망이 무척 컸다.

그런 상황에서 따뜻하고 행복한 성탄절은 불가능했다. 나는 동생들에게 올해는 머리맡에 놓일 선물도, 작은 파티도 불가능할 거라고 미리 말해 두었다. 성탄 전날 저녁을 먹고 나서 동생들은 누워 있는 어머니 곁에서 멍한 얼굴로 텔레비전을 보고 있었고, 나는 그 상황을 외면하기 위해 소설책을 읽고 있었다. 그런데 아버지가 갑자기 내 어깨를 툭툭 치며 나가자는 눈짓을 했다. 아버지를 따라 캄캄한 공장 지대를 지나 재래시장으로 갔다. 아버지의 발걸음이 멈춘 곳은 시장 어귀에 있는 손톱깎이, 빗, 화장품, 거울, 지갑, 반짇고리 따위의 잡동사니를 파는 좌판이었다. 아버지는 한참 동안 그 좌판을 훑어보더니 조심스레 지갑 하나를 집어 들었다.

"네 엄마가 좋아할까?"

"아마도."

아버지가 다시 좌판을 살피다 찾아낸 것은 막내에게 줄 500원짜리 조립식 장난감이었다. 그리고 여동생을 위해서도 작은 물건을 샀다. 그런데 아버지가 선물을 고르는 동안 내 옆에서 남루한 차림의 중년 아저씨가 화장품을 이것저것 들었다 놨다 하며 살피고 있었다. 마침내 아저씨가 고른 것은 립스틱이었다.

"학생, 이 색깔 예뻐?"

조명이 어두워 색깔을 구별하기도 어려웠지만 나는 고개를 끄덕였다. 사실 "네."라고 밝은 목소리로 대답하고 싶었지만 나도 모르게 목이 콱 메어 말이 나오지 않았다. 단돈 2,000원으로 가족의 성탄을 준비해야 하는 아버지와, 아내에게 줄 몇백 원짜리 짝퉁 화장품을 신중하게 고르는 아저씨의 마음이 뭉클하면서도 서글펐기 때문이다. 좌판을 돌아 나오며 아버지가 물었다.

"중미야, 넌 뭐 갖고 싶어?"

"돈 얼마 남았는데?"

아버지가 선뜻 대답을 못 했다. 나는 아버지와 큰 슈퍼에 들어가 맛동산 두 봉지를 집었다.

"오빠랑 나는 이거면 돼."

집으로 돌아오는 내내 자꾸 눈물이 나오는 걸 꾹 참았다. 엄마는 겨우 500원짜리 지갑을 받아 들고도 뭐하러 쓸데없는 데 돈을 쓰느냐고 타박했고, 동생들은 작은 선물에 섭섭해하는 눈치였다. 그해 성탄절은 맛동산이 유난히 맛이 없었고 밤도 길었다.

그 1978년의 성탄절을 끝으로 어린 시절의 성탄절 기억은 더는 없다. 그러나 가난했지만 외롭지 않았던 그날들의 기억은 어른이 된 뒤 힘든 일을 이겨 내게 해 주는 버팀목이 되었다. 부모님에 대한 잠깐의 원망, 섭섭함이 그때 그 추억을 지우지는 못했다. 어른이 돼서야 부모가 자녀에게 줄 수 있는 가장 중요한 선물은 손에 쥐어지는 물질이 아니라는 것을 알았다. 그래서 그때의 기억을 작품 속에 슬쩍 끼워 넣기도 했다.

우리 부모님은 자녀를 위해 모든 것을 희생하는 헌신적인 부모님은 아니었다. 나를 비롯한 형제들이 경제적인 이유로 원하는 것을 이루지 못했을 때 '왜 우리 부모님은 다른 부모님들처럼 악착같이 돈을 벌어 자식들 뒷바라지를 해 주지 않았을까?' 하는 원망을 하기도 했다. 그러나 반백 년을 살아 보니, 내가 어려운 일을 겪을 때마다 견뎌 낼 힘의 원천은 어릴 때 부모님에게 받은 지지와 믿음이었다.

열한 살이 되도록 야뇨증을 갖고 있던 나를 부모님이 심하게 꾸짖은 기억이 없다. 오히려 내가 야뇨증 때문에 친척들이나 동네 사람들 앞에서 상처받을까 걱정하시며 변명하고 감춰 주셨다. 사나흘에 한 번씩 요를 빨아야 했을 어머니는 가끔 "도대체 어떻게 해야 이걸 고치냐?" 하며 속상해하거나 짜증을 냈지만 그 문제로 내 자존심을 건드리거나 깎아내린 적은 없었다. 그래도 열한 살쯤 되자 마당에 걸린 요를 봐도 찔리고, 한집에 사는 동갑내기 친구들이 내 비밀을 눈치채지는 않을까 조마조마해졌다. 그 불안이 커지자 불면증까지 걸렸다. 그래서 저녁밥을 먹고 나면 아예 물을 먹지 않겠다고 마음을 먹었다. 그러던 어느 날인가 저녁을 짜게 먹었는지 잠자리에 들기 전까지 목이 말랐다. 참고 참다가 몰래 마당으로 나가 수돗가에서 물을 받아 입만 행구고 버렸다. 그런데 갑자기 뒤에서 아버지 목소리가 들렸다.

"그냥 마시라. 오줌 싸면 요 빨면 되지. 그냥 마시라우."

그리고 얼마 지나지 않아 야뇨증을 고쳤을 때 아버지가 내 등을 두드리며 말씀하셨다.

"넌 강한 애야. 뭐든 해낼 거야."

그 말 한마디가 내게는 부모님께 받은 가장 소중한 선물이 되었다.

어머니는 내가 청년이 될 때까지 어릴 적에 야뇨증을 앓은 것이 당신의 결벽증 때문은 아닌지, 아니면 당신의 사랑이 충분하지 않았던 것인지 자책을 하셨다. 원인이 무엇이었건 야뇨증은 오랫동안 나의 비밀이었고, 수치심이었다. 그러나 그 수치심을 극복하게 된 힘 역시 부모님으로부터 왔다.

나 역시 부족한 게 많은 철부지 엄마였다. 남편과 나는 좋은 부모가 되고 싶었지만 두 딸과 공부방 아이들에게 실수를 하고, 상처를 주기도 했다. 그러나 내가 부모님께 받았던 그 믿음과 지지를 아이들에게 나눠 주며 살기 위해 노력했다.

공부방을 시작하고 나서 처음 맞는 성탄절에 나는 어린 시절의 성탄절을 떠올렸다. 식구들이 함께 크리스마스트리를 만들고 성탄 장식을 하던 그 설렘을 아이들과 나누고 싶었다. 플라스틱 크리스마스트리조차 살 여유가 없을 만큼 가난했던 나는 문방구에서 초록색 아트지를 전지 크기로 두 장을 사서 트리 모양으로 오렸다. 그리고 그 종이 트리를 벽에 붙이고 색종이와 반짝이로 꾸몄다. 후원자 없이 20대 젊은이들끼리 공부방을 꾸려 나가던 그 성탄절에는 아이들에게 나눠 줄 선물도 없고 간식도 조촐하기 짝이 없었지만 아이들의 얼굴은 더없이 밝았다. 부모님들까지 초대해 왁자지껄한 성탄절 이브를 보낸 뒤 집에 갈 시간이 되자 아이들은 서운한 마음에 공부방에서 다 같이 자자고 성화를 부릴 정도였다.

그 뒤로 공부방에서 29번의 성탄절을 보냈다. 이제는 종이 트리 대신 제법 큰 플라스틱 크리스마스트리가 있고 깜박깜박 빛나는 전구도 있다. 그러나 산타 할아버지가 등장해 나눠 주는 선물은 여전히 양말 몇 켤레와 과자 꾸러미가 전부다. 아이들은 그것만으로도 정말 기뻐한다. 아이들 얼굴에 가득 찬 행복한 웃음은 결코 물질로 만들 수 있는 게 아니다.

한 사람이 어른이 돼서 세상을 살아갈 때 힘이 되는 것은 어린 시절에 받은 사랑과 지지다. 사랑받고 존중받고 보호받았던 기억. 그 기억이 살면서 겪어야만 하는 힘든 고비를 넘게 하고, 죽음이 아닌 삶을 선택할 용기를 부여한다. 그 마음의 버팀목을 꼭 부모가 세울 필요는 없다. 부모가 없다면 이웃이, 사회가 아이의 마음에 버팀목을 세워야 한다. 그 버팀목이 없는 어른을 양산해 낸 '돈밖에 모르는 한국 사회'는 아이를 키워 낼 힘이 없다. 우리가 아이를 함께 키우며 만석동에서 하는 일은 그저 우리가 만나는 아이들의 마음에 버팀목을 심는 것이다.

3

인문계냐,
전문계냐

2014년 서울대 수시 합격자 10명 중 7명이 '강남 특구' 출신이란다. 또 2013년 고2 국가 수준 학업 성취도 평가 결과를 보면 서울 내 상위 20위권 학교 중 일반고는 1곳뿐이다. 2014년 서울에 진보 교육감이 탄생했지만 쉽사리 고등학교 서열화를 바꿀 수는 없을 것이다. 인문계 고등학교 학생들의 무기력과 상실감이 교육 문제가 되었지만 공부방 아이들은 그 인문계 고등학교 진학마저 어렵다. 요즘처럼 가난과 불평등이 학교 성적으로 드러나는 현실 아래서는 말이다.

어느 기사에선가는 요즘은 인문계 고등학교보다 차라리 특성화 고등학교가 낫다고 했다. 그러나 그 기사에서 다루는 특성화 고등학교는 정부 지원을 받은 20여 개 안팎의 마이스터 고등학교일 뿐, 대부분의 특성화 고등학교는 그저 성적에 따라 가는 전문계 고등학교일 뿐이다.

초·중등교육법 시행령에 따른 특성화 고등학교의 정의는, '소질과 적성 및 능력이 유사한 학생을 대상으로 특정 분야의 인재 양성을 목적으로 하는 교육 또는 자연 현장 실습 등 체험 위주의 교육을 전문적으로 실시하는 고등학교'다. 그러나 시행령 속의 정의는 그저 말뿐이다. 여전히 특성화 고등학교는 서민 가정의 성적이 좋지 않은 아이들이 가는 학교다.

2013년 겨울, 울산의 한 공장에서 열아홉 살인 전문계 고등학교 실습생이 밤 10시 넘어까지 일을 하다 폭설에 무너진 지붕에 깔려 숨졌다. 그보다 2년 전 겨울에도 기아자동차 광주 공장에서 현장 실습생으로 일하던 열아홉 살 고등학생이 과로에 의한 뇌출혈로 식물인간이 되었다. 그러자 이듬해에 교육부, 고용노동부, 중소기업청이 함께 현장 실습 표준 협약서까지 개정했지만 현실은 바뀌지 않았다. 1년 뒤, 울산 신항만 공사 현장에서 한 현장 실습생이 죽었다. 그리고 또다시 1년이 지나 열아홉 청춘이 죽었는데 장례식조차 제대로 치르지 못했단다. 무능한 것은 학교만이 아니었다. 민주노총이 생긴 지 20년이 지났는데도 공장으로 실습 나간 고등학생의 과도한 노동을 막지 못했고, 인권을 보호해 주지 못했다. 공부방 아이들이 공고에 다니던 10년 전, 20년 전 모습과 달라진 것이 거의 없다. 교육 당국에서는 기업과 협력해 이런저런 새로운 대책들을 내놓지만 그 대책이 좋은 결과를 내는 것은 극히 일부이고 그나마 반짝 성공이 대부분이다.

2년 전, 공부방 아이들 중에서 고등학교에 입학한 아이는 넷이었다. 둘은 인문계에 진학했고, 둘은 전문계에 갔다. 전문계에 간 한 명은 고등학교에 진학한 지 1년 만에 공부하는 게 너무 싫어서 초등학교 1학년 때부터 다닌 공부방을 그만두었다. 그래도 담당 이모들에게는 고등학교 졸업장만큼은 꼭 따겠다고 손가락을 걸어 주고 나갔다. 올해 5월 15일, 스승의 날이라고 카네이션을 들고 온 녀석은 여전히 공부는 진짜 싫지만 그래도 고등학교 졸업장을 꼭 받겠다고 다짐했다.

전문계에 간 다른 한 명은 자폐 스펙트럼 장애를 가진 지수라는 아이다. 지수는 조부모 밑에서 컸다. 지수가 중학교에 입학하기 전, 우리는 지수가 특수 학급에서 교육받는 것이 좋다고 생각해 그에 맞는 절차를 밟기 바랐지만 지수의 가족이 원하지 않았다. 지수는 단순하고 정확하며 반복적인 일을 잘 해낸다. 공부방에는 동훈 삼촌과 하는 목공 수업이 있는데 지수는 그 수업을 가장 좋아하고 자기 실력에 자부심도 있다. 지수와 삼촌은 함께 공부방 책꽂이, 평상을 만들어 냈고 2015년 공부방 공연 때는 공연 무대도 만들었다.

우리는 지수의 고등학교 진학을 앞두고 목공과가 있는 전문계 고등학교를 찾아보았다. 그러나 목공은 이미 철 지난 직업이 되어 목공과가 남아 있는 공고가 없었다. 할 수 없이 지수의 성적에 맞춰 목공과와 가장 비슷한 인테리어 디자인 학과가 있는 한 공업계 특성화 고등학교를 추천했다. 고등학교에 입학한 지수는 다행히 학과 공부를 마음에 들어 했다. 그런데 어느 날부터인가 지수는 수업 시간에 오늘은 몇명이 무단결석을 했는지, 몇명이 자퇴를 했는지 되풀이해서 말하기시작했다. 어느 날은 떨떠름하게 웃으며 말했다.

"우리 반에서 제가 우등생이에요."

1학년을 마칠 무렵에는 입학할 때 100여 명이던 인테리어 디자인

학과에 남은 학생이 절반밖에 안 된다고 하더니, 2학년 새 학기가 되자 76명이 자퇴하거나 퇴학당하고 24명만 남았다고 했다. 타인에 대해 관심이 없는 지수는 이탈한 친구들이 어떤 이유로 학교를 그만두었는지 잘 알지 못한다. 학교 밖으로 나간 76명의 아이들, 5개 과의 500명 중 이탈한 절반에 대한 관심도 별로 없다. 그러나 지수의 말을 들은 이모 삼촌들은 착잡하고 막막했다. 문제는 학교도, 교육 당국도, 사회도 그렇게 학교를 이탈해 나온, 공부에 뜻이 없는 10대들에게 관심이 없다는 것이다.

오늘도 지수는 학교에 다녀오면 병상에 누워 있는 조부모 병간호를 하다가 공부방에 와 3층 옥상에서 톱질을 하고, 사포질과 페인트칠을 한다. 그때만큼은 지수의 얼굴에 평화가 깃든다. 우리가 손을 놓으면 지수도 76명의 과 친구들과 같은 현실로 내몰릴 것이다. 그래서 패스트푸드 가게나 중국집, 화수동 냉면집 앞에 늘어선 오토바이를 보면 마음이 편하지 않다.

섣불리 어떤 미래도 짐작할 수 없는 지수와 함께할 미래를 만들어 보겠다고 동훈 삼촌은 요즘 전문 목공 수업을 받고 있다. 또 큰 자동차 회사에 다니는 종완 삼촌은 언젠가 공고 졸업생과 함께 자동차 정비소를 해 보겠다고 정비사 1급 기사 자격증을 땄다. 그 꿈이 실제로 이루어질지 아직은 알 수 없지만 우리는 세상에서 인정받는 번듯한 무엇이 되는 것보다 지금 함께하는 아이들, 우리보다 더 약하고 가난한 이들과 함께 미래를 꿈꾸는 것이 더 중요하다.

나는 한 사회를 움직이고 더 나은 세상을 향해 나아가는 힘은 결코 소수의 우등생에게서 올 수 없다고 믿는다. 그들은 대부분 자신의 능력을 다수의 노동이 맺은 열매를 독점하는 데 쓴다. 우리가 아이들과 함께하고 싶은 일은 세상을 소수 우등생의 것에서 다수의 것으로 되찾아 오는 일이다. 공부방의 역할은 아이들과 동지가 되어 세상의 변화를 함께 이뤄 가는 것이다. 가난이 되풀이되는 것은, 가난한 이들이 열심히 노력하지 않아서가 아니다. 자신의 노동으로 먹고사는 일조차 가능하지 않게 된 세상에서 그들은, 자신의 능력을 더 성장시킬 기회조차 얻지 못한다. 먹고사는 일 때문에 생각하고 판단하고 응용할 능력도 향상시킬 기회가 없다. 우리는 가난한 우리 아이들이 생각할 수 있는 능력, 자신의 노동에 대한 정당한 대가를 가늠하고 요구할 수 있는 능력을 갖도록 하기 위해 아이들과 전쟁 같은 하루하루를 살아 낸다. 그것이 우리 아이들과 평화를 지켜 가는 길이다.

4

공부방
아이들은
무엇이 다른가

"이모, 꼭 학교에 가야 해요? 그냥 공부방만 다니면 안 돼요?"

공부방이 방과후학교가 아닌 진짜 학교가 되면 좋겠다는 아이들의 소원은 꽤 오래된 것이다. 공부방 이모 삼촌들도 대안 학교를 고민해 본 적이 있다. 비인가 초·중·고등학교, 혹은 인형극 학교를 만들어 볼 꿈도 꾸었다. 그러나 아직까지 공교육이 가난 탈출의 유일한 길이라고 믿는, 아니 사실 그 길만이 유일한 희망인 만석동 주민들에게 대안 학교는 결코 대안이 되지 못했다. 그렇다고 공부방 이모 삼촌들과 그 자녀만을 위한 학교, 혹은 그 정신에 동의할 몇몇 지식인 자녀만의 학교는 우리의 지향이 될 수 없었다. 그래서 우리는 그냥 방과후학교로 남았다.

아이들은 가끔 이모 삼촌들의 말문을 막는 질문을 던진다.

"삼촌, 왜 시험은 꼭 혼자만 봐야 해요? 공부방에서처럼 같이 의논

185

해서 풀면 안 돼요?"

요즘은 대학만이 아니라 중·고등학교 과정에도 조별 과제, 팀플레이 수업이 많다. 그런데도 여전히 같은 교실에 있는 친구들을 경쟁자로 만들고 성적으로 줄을 세워 우등생과 열등생으로 구별한다. 입시 위주의 경쟁 교육에서 들러리만 서다가 끝내 주류에서 밀려나는 아이들이나, 가정에서조차 제대로 안전한 보육을 받지 못하는 아이들 앞에서 우리는 늘 무력하다.

어떤 이들은 말한다. 예술이니 문화니 자발적인 가난이니 하는 낭만적인 것들은 집어치우고 가난한 아이들도 주류에 입성할 수 있도록 공부를 가르쳐야 되지 않겠느냐고. 혹은 기찻길옆작은학교가 가진 문화 콘텐츠를 좀 더 많은 아동, 청소년이 누릴 수 있도록 조직을 키우고 발전시켜야 하지 않겠느냐고도 한다.

마음만 먹으면 둘 중 하나를 선택해 성공시키는 일이 어렵지 않을지도 모른다. 그러면 공부방 운영이 좀 더 수월해지고, 사람들이 기대하는 '성공한 졸업생'들이 늘어날지 모른다. 그러나 우리는 그냥 이 상태로 가난하고 힘없는 아이들과 함께 가기로 선택했다. 방과후학교인지 지역 아동 센터인지 그것도 아니면 그저 집인지 구분이 애매모호하고, 우리 자신이 교사인지, 보육사인지도 애매한 이 자리에서 우리는 아이들 못지않게 불완전하고 취약한 존재로 살아간다.

우리는 가난한 아이들이 가난과 역경을 딛고 성공한 입지전적인 인물로 자라, '개천에서 난 용'이 되는 것을 원하지 않는다. 나와 우리 공동체가 바라는 것은 우리 아이들이 건강한 노동자로, 혹은 자신이 좋아하고 잘하는 일을 찾아 그 일을 통해 가정을 꾸리고, 자신의 노후를 준비해 갈 수 있는 평범한 사람이 되는 것이다. 노동자로서 권리를 당당히 요구할 줄 알고, 자신이 가진 것을 이웃과 나누며 살아가는 사람이 되는 것이다.

우리의 바람과, 공부방에 자녀를 보내는 부모들의 바람은 일치하지 않는다. 공부방 부모님 중에는 자녀가 공부방 이모 삼촌처럼 좋은 사람이 되기를 바라는 분도 계시지만, 대부분은 공부방 덕에 좀 더 나은 대학에 합격하기를 더 우선적으로 바란다. 더러는 자녀와 자신의 능력과 상관없이 과한 욕심을 부리는 분들도 없지 않다.

공부방에서도 언젠가부터 고등학생들의 대학 입시를 돕는다. 대학 입시를 15년 넘게 준비해 주다 보니 입시 정보와 기술에 일가견을 갖게 되었다. 게다가 성공률 100퍼센트다. 물론 우리 목표는 명문대나 '인 서울' 따위가 아니다. 아이들이 저마다 가진 조건, 능력, 가능성에 맞춰 자신의 미래를 선택할 수 있도록 돕는 것이다.

공부방에서는 고등학교를 졸업하는 아이 수가 해마다 달라서 어떤 해에는 5명이 넘을 때가 있고, 단 1명뿐일 때도 있다. 그러나 고3 담당자는 언제나 최소한 5명이다. 아이가 1명이건 2명이건 도와주어야 할 과목은 정해져 있기 때문이다. 그렇게 오래 입시를 돕다 보니 이모 삼촌들 안에도 언어, 수리, 외국어, 사회 탐구, 과학 탐구 등 과목에 따라 전문 영역이 자연스럽게 생겼다. 고등학생들이 문과, 이과로 나뉘어 있거나, 전문계, 인문계로 나뉘어 있을 때는 고등학생 담당자가 더 많이 필요하다. 아이마다 다른 학습 수준, 가능성, 경제적 조건에 따라 입시 지도를 해야 하기 때문이다.

아이들이 대학에 입학해도 우리의 역할은 끝나지 않는다. 대학 신입생에게 공업 수학, 열역학, 인문학 과외를 해 줘야 할 때도 있고, 장학금 관련 서류를 마련하는 데 도움을 주어야 할 때도 있다.

그러나 이모 삼촌들을 캥거루 부모나 헬리콥터 부모로 오해하면 안된다. 대학에 진학한 아이들 중에는 최소한 B학점을 유지해야 장학금을 받을 수 있는 아이들이 있는가 하면, 기초생활보장 수급자 자격을 유지해야만 대학 4년을 마칠 수 있는 아이들이 있다. 가난한 대학생들이 기초생활보장 수급권을 박탈당하지 않고 학교에 다니려면 제도에 대한 이해와 공무원들을 상대할 능력이 필요하다. 이들이 받는 최소한의 국가 지원, 그러니까 기초생활보장 수급권을 비롯한 복지 혜택을 정부는 미래에 대한 투자보다 세금 낭비로 보기 때문에 어떻게 해서든 수급권을 박탈하려고 눈을 부릅뜨기 때문이다.

한국 사회에서 한 아이가 태어나 대학까지 마치려면 개별 가족의 능력, 지원과 지지가 절대적이다. 그런데 그 아이의 환경에 경제적, 정서적 결손이 있다면 어떨까? 우리 공부방의 역할 중 하나는 가난한 아이들의 뒷배가 되는 것이다. 그러나 더 바람직한 일은 사회가, 그리고 국가가 가난한 아이들의 뒷배가 되는 것이다. 그래야 모든 아이들이 공평하게 미래에 대해 꿈을 꾸고, 그 꿈을 실현할 기회를 가질 수 있다. 그래서 우리는 이 땅에서 태어나 살아가는 모든 아이들이 국가와 사회의 지원으로 공평한 기회를 얻을 수 있는 세상을 꿈꾼다. 그리고 그 세상을 위해 우선 가난한 아이들의 뒷배가 되어 주면서, 사회와 국가의 책임을 강화하기 위한 저항과 연대 활동을 함께한다.

공부방은 방과후학교다. 초등부 아이들은 학교가 끝나면 곧장 공부방으로 온다. 올해 2015년에는 1학년이 오질 않았다. 학교 내 돌봄 교실에 가기 때문이다. 아직 부모들에게 학교는 절대적이다. 그런데 올 여름에 인형극 워크숍을 하러 간 초등학교에서 본 돌봄 교실은 사정이 열악했다. 교실 하나에 25명이나 되는 아이들을 돌봄 교사 한 분이 돌보고 있었다. 돌봄 교실은 대통령의 공약이라서 철저한 준비나 예산도 없이 급하게 시행되었다. 그나마 예산 문제로 2016년에는 6학년까지 확대하겠다는 공약을 지킬 수 없게 되었다. 대통령의 공약이 안지켜지는 것은 안타까운 일이나, 어쩌면 6학년까지 돌봄 교실을 확대하지 않게 된 것은 다행일지 모른다. 이미 사춘기에 접어든 6학년까지 콩나물시루 같은 교실에서 교사 한 사람이 돌봐야 한다면 그게 제대로 된 돌봄이 될 수 있겠는가. 일하는 여성들을 위한 자녀의 안전한 보육이 사실상 여성의 저임금 노동을 바탕으로 이루어진다. 얼마나 아이러니한 일인가.

공부방 아이들은 공부방에 들어오는 순간, 학교에서 있었던 일을 쏟아 낸다. 친구 이야기, 선생님 이야기, 시험 이야기. 그러다 전날 공부방 끝나고 집에서 있었던 일도 미주알고주알 털어놓는다. 그래서 공부방 부모들 중에는 아이한테 "이런 말은 절대 공부방 이모들한테 하지 마."라고 당부하기도 한다. 그래도 아이들은 공부방에서라도 숨기지 않고 털어놓고 싶어 하고, 엄마 아빠한테 부리지 못한 심술, 떼, 어리광을 부릴 때도 있다.

수다를 한참 떨고 나면 학년별로 기초 학습을 하고 숙제도 돕는다. 공부방 아이들이 좋아하는 것은 놀이다. 친구나 형, 동생을 기다리는 동안 하는 자유 놀이는 장난감 같은 게 없어도 좋다. 아이들은 젠가와 나무 블록 몇 개만으로도 창의적인 놀이를 만들어 낸다. 더러는 공부방 앞에서 술래잡기나 공놀이를 한다. 그러다 '초록색 집' 아저씨한테 걸리면 혼쭐이 나니 조심해야 하지만 아이들은 초록색 집 아저씨를 무서워하면서도 늘 노는 게 먼저다. 그래서 결국 이모 삼촌들이 나서야 할 때도 있다. 아이들은 공부방 앞에 놓인 화분과도 아주 잘 논다. 강화에서 분양받은 고추, 토마토, 포도나무 화분이 있는데 물도 열심히 주고 가서 이야기도 나눈다.

2014년 봄, 초등부 기초 학습 시간이었다. 고학년 형들은 아직 공부가 끝나지 않은 시간, 공부방 밖 평상과 골목에서 놀던 2학년 희준이가 뛰어 들어와 이모한테 일렀다.

"이모, 난영이가 욕했어요."

"희준아, 이르지 말고 네가 욕하면 안 된다고 말해 줘야지."

"아, 그렇지! 내가 말해 줄게요."

망설이지도 않고 돌아 나가는 아이를 재양 이모가 불러 세웠다.

"근데 희준아, 난영이가 누구한테 욕했어?"

"포도나무한테요."

이모들은 잠시 아무 말도 못 했다. 그러나 재양 이모는 당황하지 않고 차분하게 희준이를 내보냈다. 희준이가 나가자마자 이모들과 5, 6학년들은 일제히 창가로 가 희준이와 난영이를 지켜보았다.

희준이가 잔뜩 골이 나 씩씩거리고 있는 난영이에게 다가가 말했다.

"나무야, 미안해, 잘못했어 해야지!"

희준이 말에 난영이는 입술을 쭉 내밀었다. 사과할 생각이 없어 보였다. 희준이가 침을 꿀꺽 삼키며 다시 말했다.

"네가 그냥 화가 나서 그런 거잖아. 포도나무는 아무 잘못 없는데 욕을 들었으니까 속상하잖아."

그 말에 난영이 표정이 변했다. 눈물을 글썽이며 포도나무에 다가가 말했다.

"미안해."

나중에 들어 보니 3학년 오빠들이 난영이를 놀렸고, 오빠들한테는 대들지 못하는 2학년 난영이가 자기보다 약한 포도나무한테 화를 낸 것이었다. 2학년 희준이와 난영이가 보여 준 작은 감동, 그것을 우리는 평화라고 말하고, 평화 행동이라고 말한다. 공부방에서 가장 중요하게 생각하는 것, 그것은 평화를 실천하는 것이다.

2015년 7월 21일, 한국에서 세계 최초의 법이 태어났다. 인성 교육을 법에 명시한 '인성교육진흥법'이 생긴 것이다. 학교가 여전히 대학 입시와 수월성 교육으로 어떤 집단보다 경쟁이 치열한 곳인데 거기다 인성 교육마저 교육 과정에 필수 과목으로 들어간다는 것이다. 처음에는 정말 이런 법이 통과되리라고는 상상도 못 했다.

인성교육진흥법이 만들어진 배경에는 세월호 사건이 있다고 한다. "세월호 참사로 기본적인 윤리와 도덕이 붕괴된 현실을 뼈저리게 느꼈다"는 국회 의원들에 의해 법안이 발의되고 통과되었다. 왜 세월호 사건의 책임을 애먼 학생들에게 지우는지 모르겠다. 윤리와 도덕이 가장 처참하고 더럽게 무너진 곳이 국회와 정치판이다. 그런데 그런 곳에 있는 사람들이 현행 학교 교육은 그대로 둔 채, 거기다 인성 교육을 더했다. 심지어 대학 입시에 인성 평가를 반영하겠다고 한다. 당장 '인성 면접 과외' 업체가 생겨났다. 결국 대학 입시에는 반영하지 않기로 되었지만 여론은 여전히 불안하다. 인성 교육 결과마저 입시에 반영되는 것 아니냐고 불안해한다.

나는 아무리 생각해도 예, 효, 정직, 책임, 존중, 배려, 소통, 협동을 어떻게 평가할 수 있는지 깜냥이 서질 않는다. 정부에 따르면 5년마다 '인성 교육 종합 계획'을 수립하고 교육감은 해당 계획을 토대로 인성 교육 시행 계획을 수립한단다. 전문가를 양성하고 교사들은 해마다 4시간씩 인성 교육 연수를 받는단다.

사실 지금도 학교에서는 예, 효, 정직 따위의 가치 교육을 게을리하지 않는다. 강연을 하러 학교에 갔다가 당황스러웠던 적이 한두 번이 아니다. 복도에서 만난 학생들의 인사말 때문이다.

"효도하겠습니다."

"사랑합니다."

"존경합니다."

하루 종일 10번도 넘게 말할 인사말이다. 하지만 교육이 이런 프로그램으로 되는가? 세월호 참사는 돈과 탐욕으로 얼룩진 한국 사회의 단면이다. 구할 수 있는 학생들을 구하지 않은 세월호 선원과 해경, 국가의 문제이지 인성 교육을 받지 않은 학생들 책임이 아니다. 세월호 선원과 해경은 학창 시절 인성 교육을 받지 않아서 무책임해졌다는 말인가? 결코 그렇지 않다.

돈, 성공에 관한 한 타인의 희생을 딛고서라도 내 것을 챙겨야 하는 사회, 친구들을 제치고 짓밟고 서야 내 것을 차지할 수 있는 사회, 사람의 생명도, 존엄성도 간단히 무시하는 자본과 국가의 탐욕이 문제다. 경쟁 위주의 교육, 수월성 교육을 시키고 대학에서마저 취업이 잘

되는 과만 남기고 없애겠다는 교육부가 인성 교육을 어떻게 담당할지 끔찍하다.

인성은 아이들이 성장하는 사회가 만들어 가는 것이다. 집, 마을, 학교, 사회가 아이들의 인성 교육 현장이다. 조건 없이 사랑을 주는 부모, 인권을 존중하는 학교와 사회, 공동체가 살아 있는 마을에서 아이들은 타인을 배려하고 존중할 줄 알게 되며 책임을 배운다.

공부방 청년들이 말하는 '공부방 사람들'의 특징이 있다. 마이크를 잡거나 앞에 나서는 일은 싫어하는데 청소, 설거지, 허드렛일은 언제나 나서서 한다는 것이다. 단체 활동을 할 때는 무슨 일이든 내가 하지 않으면 누군가가 해야 한다는 것을 알기 때문이다. 장애가 있는 친구들과 어려서부터 함께 자란 공부방 아이들은 장애가 있는 친구들을 도와주어야 할 때와 그냥 친구로 함께할 때를 구별할 줄 안다. 아이들이 어른들을 단지 꼰대가 아닌, 함께 문제를 의논하고 때로는 기대도 괜찮은 존재로 대할 수 있으려면 그런 어른들과 함께 생활해 봐야 한다. 효와 예에 대해 입으로만 떠들어 대는 어른들에게서 아이들은 어떤 인성도 배울 수 없다.

위기에 처하자 자기만 살겠다고 내빼는 선장이나, 눈물까지 흘리며 한 점 의혹도 남지 않게 진상을 조사하겠다고 한 말을 손바닥 뒤집듯 뒤집는 대통령을 보면서 아이들이 어떤 책임감을 배울 수 있을까?

5

다 함께 떠나는 캠핑의 즐거움

공부방에서는 여름마다 아이들과 다 함께 캠핑을 간다. 우리 캠핑은 20년 넘도록 프로그램이 거의 비슷하다. 심지어 식단도 크게 다르지 않다. 그러나 작년과 똑같은 캠핑이었던 적은 없다. 1년 전 초등학교 1학년이던 아이가 올해는 2학년이고, 1년 전 초등학생이던 아이가 올해는 중학생이기 때문이다. 아이들의 1년은 어른의 1년과 다르다. 그러니 중학생이던 아이가 고등학생이 되어 가는 올해의 캠핑은 작년과 같을 수가 없다.

캠핑 준비는 보통 아이들이 여름 방학을 맞는 7월 중순부터 시작된다. 캠핑에는 초등학생부터 쉰 살 넘은 이모 삼촌들까지 제각각 맡은 역할이 있다. 4, 5학년은 아침 체조를 만들고, 6학년은 캠핑 첫날과 마지막 날 할 고사와 시상식을 맡는다. 담력 쌓기, 자연 놀이, 작은 운동회, 캠프파이어는 중·고등부와 담당 이모 삼촌들이 골고루 맡아 준비한다. 모둠에 들어가지 않는, 40대 중반이 넘은 이모 삼촌들은 주방과 음식물 쓰레기 처리, 화장실 청소, 안전을 담당한다.

캠핑 장소는 변함없이 충북 괴산 솔뫼농장이다. 솔뫼농장은 올해로 스무 살이 된 유기 농업 협동조합이다. 1995년부터 2년간은 솔뫼 공소(신부가 상주하지 않는 예배소)를 숙소로 쓰며 캠핑을 했다. 그러다 3년 차부터 지금의 솔뫼농장 터에서 했다. 처음에는 컨테이너 건물 두 채를 숙소로 썼다. 샤워 시설은 판자로 얼기설기 만든 가건물에 있었고, 부엌도 따로 없어 한데서 밥을 해 먹었다. 그래도 아이들이나 이모 삼촌들에게는 더없이 편하고 자유로운 공간이었다.

시간이 흘러 20년이 지난 이제 솔뫼농장에는 캠핑 내내 아이들의 휴식처가 되어 주는 원두막이 두 채나 있고, 냄새나지 않는 자연 발효 천연 화장실에다 황토 집까지 있다. 게다가 태양열로 덥힌 온수를 쓸 수 있는 샤워장도 있다. 불과 3년 전만 해도 밥그릇, 수저, 냄비에 칼, 도마까지 바리바리 싸서 캠핑을 갔지만 이제는 먹을거리만 준비해 가도 된다.

솔뫼농장으로 가기 전에는 관광버스는 언감생심이고 시내, 시외버스를 서너 번 갈아타고 캠핑을 가야 했다. 영종도로 캠핑을 갔을 때는 백도 해수욕장이라는 곳을 가려고 땡볕에 두 시간을 걸어야 했고, 강화도 내가 공소로 갔을 때는 수련원에 있는 수영장을 찾아 마찬가지로 두 시간을 걸었다. 한번은 대부도 공소에 짐을 풀고 해수욕장을 찾아 한 시간 반을 걸어갔는데 썰물 때라 바닷물은 보이지도 않았다. 해수욕은 포기하고 갯벌에서라도 놀려 했더니 그곳 마을 청년회에서 자릿세를 1인당 2,000원씩 내라 했다. 아이들은 이모 삼촌만 올려다보는

데 우리는 그 돈이 없어 다시 한 시간 반을 걸어 공소로 돌아와야 했다. 그 가난하던 시절의 캠핑을 즐거운 추억으로 공유하는 공부방 선배들에게 솔뫼농장에서 하는 캠핑은 '초호화' 캠핑이다.

공부방 아이들에게 캠핑은 평화다. 그 평화를 위해 캠핑 기간 동안 디지털 기기는 일절 사용하지 않는다. 개인 돈은 단돈 10원도 허락하지 않고, 개인 간식 따위도 필요 없다. 어른들도 술, 담배는 절대 금물이다. 이모 삼촌들은 언제나 아이들보다 먼저 일어나고 늦게 자야 한다.

어른이건 아이건 혼자서 따로 놀거나 개인행동을 해서는 안 된다. 캠핑에서는 언제나 가장 약하고 도움이 필요한 사람이 먼저다. 언제부턴가는 캠핑 가기 전 그 규칙을 새삼 되짚지 않아도 어린아이부터 큰 아이들까지 서로 양보하고 배려하는 것이 자연스러워졌다.

캠핑에서 가장 중요한 일은 모둠을 잘 짜는 것이다. 모둠을 짤 때 형제자매끼리는 같은 모둠이 되지 않게 신경을 쓴다. 또 장애가 있는 친구는 친한 친구와 같은 모둠이 되게 배려한다. 행동이 거칠고 독불장군인 초등학생은 리더십이 강한 고등학생과 같은 모둠이 되게 하고, 다른 친구들과 쉽게 어울리지 못하고 심리적 상처가 있는 아이는 부드럽고 포용력 있는 고등학생과 같은 모둠이 되게 한다. 보통 한 모둠당 10명에서 12명까지 초·중·고, 대학생들이 골고루 들어가고 이모 삼촌들도 섞여 들어간다. 모두가 조화를 이루도록 신경을 쓰지만 언제나 "왜 저 모둠에다 저 말썽꾸러기들을 모아 놨지?" 하는 모둠이 생긴다. 그렇다고 크게 문제가 되지는 않는다. 하루 이틀이 지나면 처음에는 불협화음을 내던 그 모둠도 결국은 하모니를 이루어 내기 때문이다.

캠핑의 내용은 이렇다. 솔뫼농장에 도착하면 우선 준비해 간 재료로 비빔밥을 해서 원두막에 모여 먹는다. 밥을 먹고 나면 삼촌들은 짐 정리를, 이모들은 주방 정리를 시작한다. 여름 방학이면 농장을 방문하는 사람들이 많다 보니 주방이나 냉장고가 제대로 관리되지 않아서 대청소를 해야 한다. 삼촌들은 화장실과 남녀 숙소, 원두막도 우리가 쓰기 좋게 정리한다. 그리고 방충망도 점검한다. 이모들이 부엌살림을 정리하는 사이, 삼촌들은 물가로 가서 아이들이 물놀이하기 좋은 곳이 어디인지, 위험한 것은 없는지도 점검하고 돌아온다.

3박 4일을 지낼 준비가 끝나면 고사를 지낸다. 모기 귀신, 배탈 귀신, 감기 귀신, 따돌림 귀신, 비 귀신 등 아이들이 캠핑에서 가장 걱정하는 귀신들을 몰아내 달라고 비는 시간이다. 그러고 나면 물놀이다.

냇가로 물놀이를 가면 고등부, 대등부 형들은 자연스레 깊거나 수풀이 많은 곳을 알아내 동생들이 위험하지 않도록 배려한다. 중·고등부와 대등부들은 어린 동생들과 놀아 주고, 행여 소외되어 혼자 노는 아이는 없는지 살핀다. 초등부가 가장 좋아하는 놀이는 초·중·고가 다 모여서 하는 수중 기마전이다. 대등부 형들의 어깨 위에서 하는 다이빙 놀이도 좋아한다. 저렇게 놀아 주다 지치면 어쩌나 싶지만 초등부들이 먼저 샤워하러 농장으로 가고 나면 대등부는 또 자기들끼리 진이 빠지도록 논다.

물놀이 갔던 아이들은 샤워를 순서대로 할 수 있도록 학년별로 모여 돌아온다. 다 돌아와 샤워를 마치고 나면 모둠별로 밥을 짓는다. 나흘 동안 밥만큼은 모둠별로 짓는다. 10년 전만 해도 집에서 밥을 지어 본 아이들이 많았지만 요즘 1, 2학년들은 캠핑에 와서야 쌀을 씻고 밥을 지어 본다. 반찬은 주방에서 이모들이 준비한다. 첫째 날 저녁 메뉴는 몇 년째 돼지고기김치찌개와 솔뫼농장의 달걀로 만든 달걀부침, 그리고 밑반찬이다. 아이들은 낯선 음식보다 익숙한 음식을 좋아한다. 그래서 우리는 아이들 허락 없이 새로운 메뉴로 바꾸지 않는다. 몇 년 전, 닭볶음탕을 삼계탕으로 바꿨다가 얼마나 혼이 났는지 모른다.

이모 삼촌들이 저녁을 준비하는 사이 고등부, 대등부는 살갗이 탄 어린 동생들에게 감자, 오이 마사지를 해 준다. 원두막 여기저기 누워서 두런두런 이야기를 나누고, 모둠별로 게임을 하는 모습은 평화 그 자체다. 그렇게 아이들이 각자의 자리에서 평화로운 시간을 보낼 때 이모들은 정성껏 한 끼를 마련한다. 우리는 될 수 있으면 식재료나 간식거리를 솔뫼농장이나 근처의 괴산, 청천시장에 가서 마련한다. 아이들이 좋아하는 닭볶음탕과 삼겹살구이는 캠핑에서만큼은 정말 배가 너무 불러 꼼짝하지 못할 때까지 먹게 내버려 둔다. 지역 아동 센터와 달리 급식을 하지 않는 우리가 아이들에게 포만감을 마음껏 느끼게 해 주는 때는 여름 캠핑과 강화에서 하는 '함께 자기' 때다. 아이들은 좌절된 욕구, 충족되지 않은 애정을 때로는 음식으로 채우려 든다. 그 욕구가 채워지는 데는 보통 10년이 넘게 걸린다. 우리도 모르는 사이 음식에 대한 집착이 사라진 아이들은 표정도 변한다.

설거지는 모둠별로 당번을 정해서 하는데 한 번에 세 모둠씩밖에 못 해서 여섯 모둠이 설거지를 다 끝내려면 한 시간이 걸린다. 먼저 시작한 모둠의 설거지가 끝날 때까지 다른 모둠은 오디를 따러 가거나 족구나 축구를 하고, 수로에서 개구리를 잡으며 논다.

저녁에는 원두막 앞마당을 무대 삼아 다양한 놀이를 한다. 아이들이 가장 기대하는 것은 둘째 날 밤의 '담력 쌓기'다. 중등부 아이들이 캠핑 오기 며칠 전부터 초등부와 고등부에게 공포 체험을 하게 해 줄 갖가지 장치를 만든다. 담력 쌓기는 모둠별로 더 끈끈하게 뭉치게 한다. 한 살이라도 더 많은 아이가 어린 동생을 보호하는 법을 배우는 시간이기도 하다.

2015년 캠핑에서 마지막 날 저녁은 강화 집표 된장으로 만든 된장찌개와 삼겹살구이였다. 그런데 오후부터 비가 제법 많이 내리기 시작했다. 저녁 6시까지는 비가 그치길 바랐는데 다행히 비가 그쳤다. 재빨리 고기와 야채를 나누고 반찬을 나눠 주었다. 그런데 모둠별로 농장 마당에 모여 맛있게 먹고 있을 때, 경북 상주 쪽에서부터 비구름이 몰려오는 게 보였다. 자리를 옮겨야 하나 말아야 하나 고민하는 사이 갑자기 비바람이 산을 타고 미끄러져 내려오더니 농장 위로 비를 뿌리기 시작했다.

여섯 개의 모둠이 모두 일어났다. 누구는 재빨리 돗자리로 밥상을 덮고, 누구는 굽던 불판과 버너를 들고 창고로 달려갔다. 누구는 자기가 먹던 밥그릇과 고기 접시를 들고, 누구는 밥솥을 들고, 누구는 아직 굽지 않은 고기를 들고 뛰었다. 그 와중에 삼촌 둘은 굽던 고기를 지키느라 그 비를 그대로 맞으며 앉아 있었고, 한 이모는 유모차에서 자던 막내아들 대신 밥솥을 안고 뛰다가 아기가 우는 소리에 다시 돌아와 아기를 안는 어이없는 일도 있었다. 나도 정신없이 뭔가를 들고 뛰었는데 나중에 보니 쌈 채소 바구니였다. 20여 분 만에 비가 그치고 창고와 숙소, 원두막으로 흩어졌던 80명의 식구들이 다시 마당으로 나왔다. 우리는 한동안 망연자실한 채 비에 젖은 밥상을 내려다보아야만 했다. 다행히 초등부와 중등부는 고기를 배불리 먹은 뒤여서 고등부부터 이모 삼촌들만 비를 피해 삼삼오오 모여 젖은 고기를 다시 구워 먹었다.

저녁을 먹고 나니 이번에는 캠프파이어를 할 수 있을지 조마조마했다. 공중에서 불을 떨어뜨려 모닥불에 붙이려던 원래 계획은 솜과 나무가 다 젖어 포기했지만 그래도 캠프파이어를 해야만 했다. 삼촌들은 마당에 빗물이 빠져나갈 길을 만든 뒤 마른 장작을 가져와 쌓았다. 그러는 사이 기적처럼 비가 그쳐 밤 9시에 캠프파이어를 시작할 수 있었다.

우리 캠프파이어는 특별하다. 공대 출신인 광혁 삼촌이 대학생 후배들과 해마다 모닥불 점화를 독특하게 준비하기 때문이다. 어느 해에는 장난감 비행기가 내려와 모닥불에 불을 붙였고, 어느 해에는 로켓이, 어느 해에는 장난감 열차가 점화를 했다. 고등부들은 유치부부터 이모 삼촌까지 다 같이 어울릴 수 있는 프로그램을 준비하면서 틈틈이 자기들만의 깜짝 퍼포먼스도 준비한다. 동생들은 고등부 언니 오빠들이 하는 퍼포먼스를 보며 언젠가 자신들도 멋진 퍼포먼스를 만들어 낼 꿈을 꾼다. 캠프파이어가 끝나면 4박자 노래에 맞춰 옛날 '해방 춤'을 변형한 포크 댄스를 다 같이 춘다. 두 줄로 둥그렇게 서서 서로 엇갈려 가며 추는 포크 댄스를 아이들이 좋아하는 이유는, 춤을 추며 공부방 식구들을 다 만날 수 있기 때문이다. 아직 1미터도 되지 않는 유치부 아이가 1미터 80센티가 다 된 고등학교 형과 마주 보며 춤을 추고 팔짱을 끼며 도는 모습은 캠프에서나 볼 수 있을 것이다. 여중생들은 좋아하던 고등학생 오빠를 만나면 얼굴이 발그레해져 고개도 들지 못한 채 어깨와 손발을 부딪친다. 그렇게 두 바퀴를 돌고 나면 온 식구들이 땀범벅이 된다. 그러고 나면 고등부와 대학생 선배들은 모닥불 주위에 둘러앉아 이야기를 나눈다. 모닥불에 감자나 옥수수를 구워 먹고, 삼촌들이 끓여 주는 라면을 먹으며 대학 입시, 취업 따위의 고민을 나누고, 나흘간의 캠핑에 대해 이야기를 나누며 서로 한 뼘씩 자란 모습을 확인한다.

캠핑이 누구에게나 즐거운 시간이 되는 이유는, 80명 한 사람 한 사람이 모두 필요한 존재가 되기 때문이다. 캠핑에서는 누가 더 중요하고, 덜 중요하지 않다. 한 모둠이 된 이상 그 모둠 사람이 다 소중하고, 프로그램 하나하나가 다 중요하다. 그래도 캠핑에서 가장 많은 관심과 보살핌을 받는 존재는 가장 어린 아이들이다. 모둠 활동의 중심도 초등부 동생들이다. 유치부도 빼놓을 수 없다. 올해는 일곱 살 하람이가 여섯 살 동생인 래원이와 한빈이, 두 살배기 동생인 예준이와 하준이를 돌보느라 힘이 들었다. 예준, 하준이가 이제 6개월, 10개월 된 이람이와 서연이에게 형, 오빠 노릇을 하려는 모습도 공동체에서 볼 수 있는 흐뭇한 풍경이다.

넷째 날 아침, 밥을 먹고 나면 모두 캠프 마무리를 한다. 누군가는 재활용 쓰레기를 정리하고, 누군가는 화장실 청소를 하고, 누군가는 퇴비장을 손보고, 누군가는 동생들 짐을 챙기고, 이모들은 주방을 정리한다. 짐을 트럭에 실을 때는 중·고등부 남자아이들이 한몫한다. 언니들은 여동생들의 머리를 예쁘게 묶어 주고 따 주느라 바쁘다. 그렇게 80명이 나흘간 먹고 자던 살림이 한 시간이면 말끔히 정리된다.

아이들은 나흘간 함께 먹고, 놀고, 일하고, 자면서 배려와 공감, 책임감과 나눔을 배운다. 캠핑에서는 놀이가 일이 되고, 일이 놀이가 된다. 캠핑 나흘 동안은 운동회를 하다 다치건, 개구리를 잡다 미끄러져 무릎이 까지건 곧장 누군가가 달려가 상처를 치료해 준다. 자다 악몽이라도 꾸고 일어나 울면 곁에서 자던 이모가 단박에 깨서 안고 얼러 준다. 그렇게 안전하게 보호받는 경험이 아이들을 움직이게 한다.

2년 전, 초등부 아이들과 공부방이 어떤 곳인지를 이야기한 적이 있다. 그때 아이들이 말한 공부방은 이런 곳이다.

- 공부방은 평화로운 곳이다.
- 평화가 필요한 곳과 친하게 지낸다.
- 공부방에 다니면, 초·중·고·대·이모 삼촌 다 서로를 잘 알 수 있고, 다 같이 놀 수 있다.
- 공부방에서는 공부보다 노는 것이 더 중요하다.
- 플래카드를 잘 만든다.(평화가 필요한 제주 강정마을, 콜트콜텍, 희망버스 같은 데에 보내기 위해서 많이 만들어 봐서.)
- 기발한 놀이를 만들어서 평화롭게 잘 논다.
- 적은 놀잇감으로도 놀이를 잘 만들어 논다. 친구랑 같이 놀면 놀이가 저절로 만들어진다.

6

정의가
나를 대학에
보내 줘?

오늘도 선생님은 한 분도 보이지 않지만 여전히 식당은 질서 정연하고 조용하다. 모두 급식 도우미 덕분이다. 우리 학교에 급식 도우미가 생긴 건 이번 2학기부터다. 개학한 첫날, 학교 식당에 급식 도우미 명찰을 달고 선 선배들을 본 순간 온몸이 굳어 버렸다. 학생과에서 선정했다는 급식 도우미는 우리 학교에서 서열이 가장 높은 스무 명의 3학년 선배들이었다. 급식 도우미들은 첫날부터 배식, 잔반통 관리, 식판 정리뿐 아니라 아이들의 복장 검사에 소지품 검사까지 하며 식당 안을 싸늘하게 만들었다. 급식 도우미가 선도부처럼 복장 검사와 소지품 검사를 하는 건 월권행위라며 아이들이 반발하자 학생과 선생님은 학교 식당에서는 급식 도우미들 말을 무조건 따르는 게 학교 규칙이라고 을러댔다. 소문에 의하면 김덕근 선생이 급식 도우미 스무 명에게 학교 식당 분위기를 질서 정연하게 바꿔 놓으면 벌점 30점을 깎아 주고 수행 평가 점수를 올려 주겠다고 약속했다고 했다. 수행 평가 점수는 성적이 안 좋은 학생들에게는 인문계를 가느냐 못 가느냐를 가를 만큼 중요했다. 선생님들의 목표가 학생들을 억압하고 협박해서라도 학교 식당의 질서를 유지하는 거였다면 그 목표는 완벽하게 이루어졌다. 1학기 때만 해도 식당은 도떼기시장이었다. 배식받을 때 새치기를 하는 애들 때문에 싸움이 끊이지 않았고, 밥을 먹는 중에도 어찌나 심한 장난을 치는지 식판을 엎고 난리 법석이었다. 또 아이들이 먹다 버린 반찬으로 잔반통은 늘 차고 넘쳤다. 그러나 급식 도우미의 등장으로 그 모든 문제들이 다 사라졌다. 그때부터 학교 식당에서 선생님들의 모습을 전혀 볼 수 없게 되었다. 선생님들은 교사 식당에서 편안하게 점심 식사를 했고, 식당은 온전히 급식 도우미들의 손에 들어갔다. 그래서 급식 도우미와 줄이 닿는 힘 있는 아이들을 뺀 나머지 학생들은 그들에게 꼬투리를 잡힐까 두려워 떨며 점심을 먹어야 했다.

"저 튀김 하나만 더 주시면 안 돼요?"

나보다 서너 명 앞에서 배식을 받던 민우가 애원하듯이 말했다. 왼손에 들고 있던 튀김을 날름 입에 넣고 난 급식 도우미가 민우를 쏘아보았다.

"뭐시라?"

"튀김 하나 더 달라고요."

"이 새꺄, 모자라. 그리고 니 몸집에 튀김 많이 처먹으면 고혈압 걸려."

민우에게 면박을 준 급식 도우미는 다시 튀김을 집어 들고 민우 앞에다 흔들어 보이더니 얼른 제 입에 넣었다. 나도 모르게 주먹이 불끈 쥐어졌다. 그러나 그뿐이었다. 급식 도우미의 서슬에 맞설 용기가 없었다. 주방 아줌마들은 유리창 너머로 급식 도우미들의 횡포를 못마땅한 듯이 쳐다보았지만 그뿐이었다. 주방 아줌마들은 모두 급식 위탁 업체 소속이었다.

어떤 독자가 비현실적이라고 했던, 청소년 단편소설집 『조커와 나』에 실린 작품 「불편한 진실」에 나오는 장면이다. 2014년 4월 16일 세월호 참사가 일어났을 때 나는 저 '불편한 진실'이 떠올랐다. 소설에 등장한 사건이 모든 학교의 일반적인 현실은 아닐 테지만, 위의 이야기는 공부방 아이들이 직접 겪은 일을 소재로 삼았다. 도시 변두리일수록, 패배 의식과 무기력이 만연한 지역의 학교일수록 학생들 사이의 폭력, 그 폭력을 막기 위한 또 다른 폭력이 등장하는 일이 흔하다.

만석동에서 가까운 중학교를 다닌 공동체의 셋째는 저 이야기를 하면서 고등학교에 진학하지 않겠다고 선언했었다. 어쩌면 우리는 학교 안에서 이미 세월호를 겪고 있었다. 열네 살짜리 소녀는 학교 식당에서, 교실에서 그 조짐을 예민하게 읽어 냈고 학교를 거부했다.

박근혜 정부가 탄생할 때 대통령은 학교 폭력을 한국 사회의 4대 악으로 지정하고 전쟁을 선포했다. 성적과 학교 폭력 같은 문제로 자살하는 청소년들이 늘어나자 온 사회가 경쟁 위주의 학교 교육을 당장이라도 바꿀 것처럼 떠들어 댔다. 그러나 결국 근본 원인에 손을 대지는 못했다. 입시 위주의 교육, 그것은 뜨거운 감자였다. 누구도 감히 먼저 손을 대지 못했고, 앞으로도 쉽게 대지 못할 것이다.

그런데 어느 때부턴가 학교 폭력이 줄었다는 통계가 나오기 시작했다. 정부의 학교 폭력 예방 정책이 유효했던 것은 결코 아니다. 학교 폭력 위원회는 그저 임시방편이었다. 학교 폭력 예방의 일등 공신은 아마도 벌점 제도일 것이다. 공부방 아이들이 다니는 학교의 벌점 중 가장 큰 3점짜리에는 '교사에 대한 무례한 언행 및 반항', '교사의 정당한 지도 거부, 무단 지각, 외출', '흡연, 음주, 흉기, 폭력, 자해 행위,

학교 명예 훼손' 등이 있다. 벌점 제도 아래에는 교사와 학생이 서로 소통하며 함께 만들어 가야 할 교육 공동체 따위는 없다. 벌점 제도로 유지되는 사제 관계에는 서로에 대한 존중 따위도 없다. 서글프게도 아이들은 그 벌점 제도가 효과적이라고 말한다. 벌점은 상급 학교 진학에 치명적인 걸림돌이 될 수 있기 때문이다. 결국 학교는 입시를 무기 삼아 학생들을 협박하는 셈이다. 벌점 제도는 사회에서는 근무 평점, 정리 해고 명단, 노조 블랙리스트와 같다. 셋째가 제도 교육 안에서 가장 폭력적이라고 여긴 것 중 하나가 이 벌점 제도였다. 벌점 제도는 양심마저 가두는 올가미 같았다. 셋째는 그래도 학교에 가 보고 결정하라는 어른들의 말에 고개를 저었다.

"고등학교가 중학교보다 더 경쟁적일 거잖아요. 그러면 고등학교는 중학교보다 더 폭력적일 수밖에 없어요."

우리는 셋째의 선택을 존중하기로 했다. 중학교 때 선생님들 역시 걱정을 하면서도 셋째의 품성과 의지를 믿으며 지지해 주었다. 공부방에서는 셋째를 위해 학교를 만들었다. 과목과 담임을 정하고, 공동체 식구들이 다 모인 자리에서 셋째만의 '기찻길옆인형극학교' 입학식을 열었다. 셋째는 공부방에서 검정고시와 인문학 공부를 하고, 초등부 동생들을 돌봤다. 수업을 마친 고등학생들이 공부방에 오면 그때부터 고등부 수업을 같이 하기도 했다. 짬짬이 대학생 언니, 오빠들과 제주 강정마을에 가거나 희망버스를 탔고, 다양한 미술 활동을 했다. 그리고 2년 뒤, 동갑내기 친구들보다 1년 먼저 대학에 진학했다.

셋째가 고등학교에 진학하지 않고 자신이 원하는 공부를 하는 것을 본 공동체 넷째는 고등학교 진학을 앞두고 고민했다. 우리 부부의 작은딸이기도 한 넷째는 임상 심리 치료사가 되고 싶다는 분명한 꿈이 있었지만, 입시 위주의 학교에 대한 거부감도 컸다. 공동체 첫째인 큰딸도 잠시 갈등했었는데 갈등의 성격이 좀 달랐다. 고등학교 진학을 앞두고 선생님들께 외국어 고등학교 진학을 권유받은 큰딸은 솔깃한 마음을 감추지 못했다. 그러나 특목고 정책 자체에 문제의식을 가진 우리 부부는 딸의 외고 진학을 반대했다. 며칠 동안 속상해하던 딸은 강화에 있는 일반 공립 고등학교에 진학하겠다고 했다. 강화에서 같이 자란 공동체 둘째도 별 고민 없이 공립 학교를 다녔고, 첫째와 둘째 모두 학원 한번 다니지 않고 대학에 진학했다. 그런데 넷째는 언니 둘이 다닌 강화여자고등학교가 농어촌 기숙형 공립고로 전환되면서 고민이 커졌다. 입시 위주 교육이 더 강화되었기 때문이다. 그런데 넷째와 여러 번 이야기를 나눈 언니들은 넷째에게 공립 고등학교를 권했다.

"셋째처럼 제도 교육에 문제의식이 크거나 홈스쿨링에 대한 의지가 확고하지 않은 한, 그냥 공립 고등학교에 진학해서 우리나라 교육 제도의 모순을 온몸으로 느끼는 게 나아."

넷째는 그 고등학교에 입학했는데 학교는 걱정하던 대로였다. 이명박 정부 때 추진된 농어촌 기숙형 공립고는 처음부터 '선택과 집중에 의한 우수고 육성'이라는 목표에 따라 국가의 특별 예산을 받았다. 그 돈으로 기숙사를 세우고, 학생 선발과 교육 과정 운영, 교사 채용에 대한 자율권 등의 혜택을 받았다. 정부는 농어촌 기숙형 공립고가 '돌아오는 농촌 학교'가 될 거라고 홍보했지만 군내 고등학교 간의 서열만 굳히고 말았다.

학교는 교육부에서 지원받은 특별 예산으로 서울에서 초빙한 학원 강사에게 특별 보충 학습을 맡기는 등 성적이 높은 학생들에게 여러 가지 특혜를 베풀었다. 교장이 부여받은 자율권은 학생을 위한 학교가 아니라 허점투성이 기숙 학원으로 만드는 데 쓰였다. 게다가 학교 목표나 지향에는 창의, 자율, 자주 따위의 멋진 말을 갖다 쓰면서도 엄격한 복장 규제와 단속으로 학생 인권을 침해하기 일쑤였다. 또 원래는 선택 사항이던 기숙사 입소를, 대학 입시를 구실로 모든 학생에게 권하기 시작했다. 심지어 야간 자율 학습과 특별 보충 학습을 기숙사 생들 위주로 진행하겠다고 엄포를 놓았다. 농촌 지역이라 도시에 비해 학원 같은 사교육보다는 학교의 보충 학습에 기대는 학생들이 많은 것을 이용해 학생들을 압박한 것이다. 넷째는 학교 정책을 비판하면서 기숙사에 들어가지 않겠다고 했다. 그런데 2학년 2학기가 되어 대학 입시가 가까워 오자 흔들리기 시작했다.

"엄마, 나 기숙사 들어갈래. 나는 통학에 하루 두 시간을 쓰잖아. 그 시간이 너무 아까워. 선생님들이랑 친구들도 그렇게 집이 먼데 왜 기숙사에 들어오지 않느냐고 해. 기숙사비도 전액 지원되고 혜택도 많잖아. 통학 시간을 줄이면 한 시간은 더 공부할 수 있어. 내년이면 고3인데 나도 시간을 효율적으로 쓰고 싶어."

우리 부부는 딸에게 대학 입시만을 위한 효율적인 공부 기계가 되느니 불편해도 통학을 하며 여유롭게 지내는 것이 좋겠다고 말했다.

"아침에 통학하는 것을 낭비라고 생각하지 마. 7시 첫차를 타며 만나는 마을 사람들, 버스에 타고 바라보는 농촌 풍경, 네가 수협에서 내려 학교까지 걷는 동안 지나치는 풍경들, 만나는 사람들……. 그들을 만나는 그 시간이 한 시간 남짓 문제집을 푸는 것보다 더 소중한 시간이야. 아침에 일어나자마자 세수만 하고 학교로 가 아침 자습하고, 하루 종일 공부하다 또 기숙사에 들어가 야간 자율 학습에 보충까지 하고, 자정 넘어서 자고. 그건 입시 기계고, 좀비지. 애초부터 농어촌 기숙형 공립고라는 것 자체가 문제였다고."

딸은 내 말에 귀를 기울이는 것 같지 않았다. 오히려 기숙사 입소를 고집하며 따져 물었다.

"지금 내가 옳고 그른 것을 따져서 뭘 얻는데?"

"옳은 것을 선택했다는 자긍심과 자존감."

내 대답에 딸이 뜨악한 얼굴로 물었다.

"자긍심, 자존감, 정의. 그런 게 날 대학에 보내 줘?"

딸의 말에 말문이 막혔다. 대학보다 자존감과 정의, 자신에 대한 자긍심을 갖는 게 더 중요하다는 말을 입 밖으로 낼 수 없었다. 딸은 며칠을 부루퉁해 있었다. 그런데 며칠 뒤 큰딸한테 전화가 왔다.

"엄마, 나도 솔비가 기숙사에 들어가는 거 반대야. 그렇지만 학교나 친구들도 다 대학 얘기만 할 텐데, 성적은 잘 오르지 않고 많이 불안할 거야. 나는 차라리 솔비가 고3 되기 전인 지금 기숙사에 들어가서 경험을 하고 나오는 게 나을 것 같아. 혜원이도 들어갔다가 나왔잖아. 그래야 후회가 없어."

나는 큰딸의 말에 동의했다. 딸이 스스로 판단하기 전에 미리 가치 판단을 해 버리는 오류를 또 저지른 것을 반성했다. 그런데 며칠 뒤 작은딸이 학교에서 문자를 보내왔다.

"엄마, 나 기숙사에 안 들어가. 내가 생각해서 결정한 거니까 후회 안 해."

그리고 한 달이 지나 모의고사 성적이 발표되자 학교 정책이 또 바뀌었다. 많은 돈을 지원해서 학원 강사가 해 오던 특별 보충 수업은 전교 16등까지로 한정하고, 심지어 학교 선생님이 하는 보충 수업마저 전교 30등까지로 제한한다고 했다. 딸은 자신의 선택이 옳았다고 위안하면서도 상위권 아이들에게만 집중하는 학교 정책에 분노를 감추지 않았다.

나는 딸에게 오로지 한 곳을 향해, 나만 1등 하면 된다는 생각으로 달려가는 사람처럼 되지 말자고 말했다. 심리학과에 가서 심리 치료사가 되어 마음의 상처가 깊은 아이들을 돕고 싶다는 딸에게, 장애인 등급제, 부양 의무제로 인해 목숨을 이어 갈 최소한의 안전장치마저 잃은 장애인과 가난한 노인과 여성들이 스스로 목숨을 끊는 현실을 잊지 말라고 이야기했다. 또 일자리를 지키기 위해 싸우다 숨을 놓는 수많은 노동자들을 외면한 채 나만 안정된 삶을 사는 것은 불가능하다는 것도 직시하라 했다. 고3이면 모르는 척 넘어가도 될 그 문제들을 나는 굳이 알아야 한다고 고집했다. 그리고 넷째가 고3이던 2014년 4월 16일, 세월호 참사가 일어났다.

세월호 참사가 일어난 뒤, 교육 당국은 학생들에게 침묵을 강요하고, 혹시라도 학생들에게 세월호의 진실에 대해 말하는 교사가 있을까 감시했다. 넷째는 참사가 일어난 지 한 달도 되지 않아서 애도를 멈추고 입시 준비를 시작하라는 학교에 분노했다. 기도 모임을 열고 참사로 죽은 또래를 애도하는 대신, 쓸데없는 유언비어에 현혹되지 말자고 하는 이기적인 또래들에게 분노했다. 나는 세월호 참사 뒤, 우리 사회를 떠도는 어둑서니를 보았다. 어둑서니는 우리 안에 있는 두려움, 이기심, 탐욕이 만들어 내는 괴물이다. 실체가 없는 어둠에 지레 겁을 먹고 움츠러들면 끝내 어둑서니에 삼켜져 우리 자신도 괴물이 되어 버린다.

"엄마, 학생회 때 애들이 노란 리본을 다는 게 미신이라고 그거 달면 안 된다는 거야. 기가 막히지. 어떻게 이런 참사 앞에서 그런 말을 해?"

"그래서 너 뭐라고 했어?"

내 질문에 떨떠름한 표정을 짓던 딸이 대답했다.

"뭘 뭐라고 해. 애들이 거의 다 그 말에 찬성하는데. 괜히 말했다가 나만 나댄다고 그러면 어떻게 해. 그냥 가만히 있었지, 뭐."

나는 딸의 입장은 생각하지도 않고 소리를 버럭 지르고 말았다.

"그런 상황에 침묵하는 것이 바로 폭력이야. 세월호 참사가 왜 일어났니? 나선다고 다른 애들이 뭐라고 하더라도 진실 앞에서 그런 말을 듣는 것쯤 각오해야지. 이렇게 집에서 분노하며 얘기해 봤자 달라지는 건 없어. 또 모르잖아, 너 말고도 그런 생각을 하는 애가 있는데 너처럼 용기를 내지 못해 말을 못 했을지."

딸은 처음에는 화를 내며 변명하다가 입을 다물었다. 며칠 뒤 학교에 다녀온 딸이 말했다.

"엄마, 내가 이번 주 당번인데 용기를 내서 칠판에다 '잊지 않겠습니다.'라고 썼어. 그랬더니 반 아이들이 잘 썼다고 자기들도 그렇게 하고 싶었다고 말했어."

"거 봐. 겉으로 소리 내지 않는 진실이나 정의는 소용없어."

그 뒤로 딸은 학교에 세월호 특별법을 요구하는 서명지를 가져가

서명을 받아 오기도 하고, 시험이 끝나는 날에는 안산이나 시청에 따라오기도 했다. 그리고 수능이 끝나자마자 세월호 광장을 찾았다. 대학에 진학한 딸은 상상했던 것보다 더 많은 청년들이 세상과 사회에 무관심하다고 했다. 자신 역시 고3 때만큼은 아니지만 여전히 과제와 시험에 전전긍긍하고 있는 현실이 씁쓸하다고 했다. 딸은 광화문 세월호 광장에 가려고 애쓰고, 공부방 활동, 인형극 워크숍 등에 참여한다. 이제 스무 살인 딸은 앞으로도 선택에 앞서 자주 망설이고 흔들릴 것이다. 딸이 무엇을 선택하게 될지 아직 모른다. 그러나 적어도 세월호 참사를 잊으라고 하는 이 사회를, 304명의 죽음을 경제를 핑계로 잊기 원하는 사회를 무심코 따라가지는 않으리라 믿는다.

이제까지 만난 아이들을 보면, 폭력적인 상황에 자주 노출될수록 그 폭력에 맞서거나 그 폭력을 고발하는 데에 소극적이었다. 그들의 마음속에는 학교 안에서나 학교 밖에서나 힘을 가진 이들의 폭력이나 불의는 처벌받지 않는다는 생각이 자리 잡고 있었다. 자신의 존엄을 짓밟고 자신들을 불행으로 내몬 가해자들이 처벌받는 것을 본 적이 없는 아이들은 법이나 정의를 믿지 않는다. 아니, 법은 자신들을 보호하고 자신의 존엄을 지켜 주는 도구가 아니라 가진 자들을 보호하기 위한 것임을 정확히 알고 있다. 정의가 없는 사회는 아이들에게 어떤 믿음도, 희망도 주지 못한다. 우리는 아이들의 미래를 위해서라도 불편한 진실과 마주해야 한다.

공부방을 해 오는 30년 동안 우리가 지금보다 나은 삶을 살기 위해 했던 이런저런 시도가 실패할 때가 많았다. 그러나 그 실패 속에서도 아이들의 자리가 조금씩 넓어졌고, 힘없고 약한 이들의 자리도 만들어졌다. 잘못된 것을 바로잡는 쉬운 방법, 좀 더 빠른 방법은 없었다. 그저 포기하지 않고, 외면하지 않고 묵묵히 가다 보면 길이 보였다. 어떤 이들에게는 내 자녀에게, 공부방 아이들에게 그 길을 가자고 손 내미는 내가 무책임해 보일지도 모른다. 왜 사랑하는 아이들에게 쉬운 길을 놔두고 자꾸 힘든 길을 권하느냐고 비난할지도 모른다. 그런데 정말로 진실을 외면하고, 정의를 간단히 짓밟고 가는 그 길이 내 자녀에게, 우리에게 안락과 평화를 줄까? 나만의 성공이 행복의 조건이 될 수 있을까? 나는 이 땅의 어머니 아버지에게 그 질문에 답해 보라고 하고 싶다.

경쟁 앞에 선
아이들의
불안

다섯째 아이 둘이 고등학교 진학을 앞두고 있던 2013년 가을이었다. 강화 집에서 한 공동체 김장이 끝나갈 무렵, 둘 중 하나인 하은이가 언니들에게 상담을 요청했다. 상담은 두 시간이 넘도록 끝나지 않았고 하은이는 식구들이 만석동으로 돌아갈 시간이 돼서야 밝은 얼굴로 방에서 나왔다.

"나, 그냥 고등학교 갈래."

하은이 역시 넷째처럼 고등학교 진학에 대해 고민하고 있었다. 그런데 언니들과 긴 이야기 끝에 일반 고등학교에 진학하기로 결심했다. 공동체 식구들이 돌아간 뒤, 넷째가 말했다.

"엄마, 내가 하은이한테 말해 줬어. 고등학교에 가서도 정신 똑바로 차리라고. 잘못된 것을 알면서도 귀찮다고 대충대충 넘어가면 어느새 자기도 모르게 학교에서 하라는 대로 경쟁에 휘말리고 불안해하게 된다고. 나도 그렇게 흔들렸었다고."

"그래, 잘했어."

"그런데 엄마, 학교가 도대체 왜 이래? 미래가 보이질 않아."

우리가 함께 살지 않았다면 불안해하는 딸에게 힘이 되지 못한 채 나 또한 딸아이를 경쟁 속으로 밀어 넣었을지 모른다.

다섯째가 입학한 고등학교는 만석동에서 가까운 사립 학교다. 인근 공립 고등학교와 함께 꽤 역사가 오래된 학교다. 인천 중구에 있는 학교들은 대부분 역사가 오래되고 명문 학교라는 명성을 갖고 있었지만 구도심이 쇠락하고, 인천의 중심이 연수, 송도, 부평으로 옮겨 가면서 학습 성취도 평가에서 최하위가 되었다. 중산층들이 신도시로 다 떠나고 도시 빈민과 노동자들만 남은 구도심의 학교, 먹고사는 데 지쳐 교육에 무관심한 학부모와 공부 따위엔 흥미를 잃은 무기력한 학생들……. 전국 성취도 평가에서 꼴찌인 학교에서 교장과 교사들이 더 도태되지 않기 위해 선택한 방법은 더 강력한 경쟁이었다.

하은이는 학교 입학 설명회에 다녀온 뒤 얼굴이 더 어두워졌다.

"한 학년에 열 학급, 그 학급 중 세 반이 자기 주도 학습반, 두 반이 예체능, 나머지는 학력 향상반이래요. 그런데 학교에서 지원하고 지지하는 학급은 자기 주도 학습반이고, 다섯 개나 되는 학력 향상반은 야간 자율 학습을 하건 안 하건 신경조차 쓰지 않겠다고 대놓고 선언했어요."

아이에게 사실상의 우열반 편성에 항의하며 학력 향상반에 들라거나, 혹은 대학 입시를 생각해 자기 주도 학습반에 들라고 말할 수는 없었다. 다섯째 스스로 자기 주도 학습반이 우반이라는 것을 인지하고 있었고, 공부 잘하는 소수를 뺀 나머지 학생들은 결국 방치하는 것과 마찬가지라는 것도 알고 있었다.

"아무리 우리 학교에 온 애들이 거의 다 공부하기 싫어하는 아이들이라 해도, 그 학생들까지 데리고 갈 의지를 보여야 하는 거 아니에요? 그게 교육이잖아요. 그런데 어떻게 대놓고 포기하겠다는 말을 하죠?"

우열반 편성에 부르대던 다섯째는 고등학교에 입학해서 자기 주도 학습반을 선택할 수밖에 없었고, 공부방 이모 삼촌들도 그 선택을 이해했다. 다섯째는 그래도 1년은 친구들과 지내는 재미로 즐겁게 학교에 다녔다. 그런데 2학년이 되면서 자기 주도 학습반은 둘에서 하나로 줄었다. 다섯째는 여전히 자기 주도 학습반이 되었지만 성적이 오르내리는 문제에 조바심을 내기 시작했다. 모의고사나 학교 시험이 다가오면 자기가 먼저 공부방 이모 삼촌에게 이것저것 보강을 해 달라고 안달을 했다. 세월호 1주기 때만 해도 집회 참여를 당연하게 여기고, 무심한 사람들과 폭력적인 경찰에 분노하던 아이가 어느새 영혼 없는 청소년의 표정으로 돌아가 주말에 세월호 광장에 가거나 강화에서 공동체 울력을 하는 걸 귀찮아했다.

공부방에서 고등부 아이들과 「엔더스 게임」이라는 에스에프 영화를 본 적이 있다. 「엔더스 게임」의 무대는 '포믹'이라는 외계 종족의 침략을 받고 살아남은 인류가 군사 훈련을 하고 있는 미래의 지구다. 인류는 포믹의 추가 공격에 대비해 지구 별 밖의 우주 훈련소에서 청소년 지휘관들을 훈련시키고 있다. 그들이 청소년들을 선택한 이유는 청소년들이 시뮬레이션 게임에 능숙하고 감각적일 뿐 아니라 성공하기 위해 목표에 집중하는 능력이 뛰어나기 때문이다.

그중 주목받는 인물이 바로 엔더 위긴이다. 엔더는 게임에 능하고, 전술, 전략에 뛰어난 지능을 갖고 있을 뿐 아니라 상대방을 존중하고 이해하는 감성 또한 훌륭한 아이다. 그런데 훈련 담당 그라프는 청소년들에게 전쟁과 폭력을 가르치면서 그것이 지구를 위한 희생이라며 정당화한다. 특히 리더의 자질이 뛰어난 엔더를 또래와 경쟁시키며 철저히 고립되게 해 전투에 집중할 것을 강요한다. 그러나 엔더는 절대적 권위에 맹목적으로 복종하는 아이가 아니었다. 엔더는 팀원들과 경쟁하기보다는 우정을 맺고 그들과 한 운명체로 훈련에 임한다. 엔더와 엔더의 팀이 다른 팀들을 물리치며 시뮬레이션 게임에서 승자가 되자, 어른들은 그 팀에게 지휘관이 되는 마지막 관문인 게임을 통해 포믹의 별을 파괴하게 만들고 만다. 엔더가 포믹 여왕의 언어를 이해하고 소통하기도 전에 말이다. 포믹의 별을 파괴했다는 자괴감에 절망하던 엔더는 마침내 죽어 가는 포믹 여왕의 언어를 이해하게 된다. 그리고 포믹의 미래를 앗은 자신의 실수를 만회하기 위해 새로운 여행을 떠난다. 엔더가 말했다.

"승리하기 위해선 적을 완벽히 이해해야 하고, 적을 완벽히 이해하게 되면 결국 그들을 사랑하게 된다."

영화를 보는 내내 「엔더스 게임」의 무대가 미래의 어느 시점이 아니라 바로 여기라는 생각이 떠나지 않았다. 엔더는 적을 이해하는 데까지 갔지만 우리나라 학교에서는 적은 둘째 치고 함께 공부하는 친구들마저 제치고 가야 한다고 배운다. 심지어 자신이 왜 그렇게 경쟁에 내몰려야 하고, 함께 공부하는 친구들을 이겨야만 하는지 알지 못한다. 1년 전, 국제 학업 성취도 평가에서 우리나라 학생들은 학습 실력은 최상위지만 내적 동기, 도구적 동기, 자아 효능감, 자아 개념은 최하위를 받았다고 한다. 우리나라 교육 현실에서는 어쩌면 함께 가는 친구를 인지하기에 앞서 자신이 누구인지, 얼마나 소중한지 깨닫는 게 먼저일지도 모르겠다.

공부방 아이들이 다니는 중학교는 현 교장이 부임하기 전까지 수업이 끝날 때마다 학급 반장이 카드를 들고 나가 담당 교사한테 수업 태도에 대한 평가를 받았다. 평가는 상중하로 나뉘는데 한 학기 동안 모든 수업에서 '상'을 받으면 '최우수 클래스'가 돼서 20만 원의 보너스를 받았다. '중'이라는 평가를 받은 날은 알아서 운동장을 10바퀴 돌았다. 상금 20만 원을 받기 위해, 운동장 10바퀴를 돌지 않기 위해 아이들은 수업에 집중했다. 그 덕분에 수업 시간에 절반 이상 엎드려 자던 교실 분위기가 바뀌었다. 카드는 개인에게도 있었다. 그런데 그 개인 카드는 이른바 '문제아'들에게 발급되었다. 그 아이들의 학교생활이 카드에 기록되었다. 교사 말을 귓등으로도 듣지 않는 말썽쟁이들을 교실 책상에 붙들어 놓는 궁여지책이라는 걸 모르지 않지만 다른 대안을 찾지 못하는 것이 우리 현실이다. 벌점이 두려운 아이들은 쉬는 시간이 되면 벌점을 만회하기 위해 학교를 좀비처럼 떠돈다. 시시티브이 사각지대에서 싸우는 친구들을 말리는 대신 신고해서 상점을 받고, 도서실에 가서 만화책을 읽고 학부모 도우미들에게 졸라 상점을 받는다. 복도에 떨어져 있는 휴지 하나라도 주워 벌점을 지우려 애쓴다. 그놈의 상벌점마저도 친구들과 경쟁하게 만들어, 아이들은 수업이 끝나면 칠판을 지우기 위해 달리기 시합을 한다. 심지어 아이들끼리 상점을 거래하기도 한단다.

「엔더스 게임」은 우리에게 아주 중요한 질문을 던진다.

"친구들을 이기고 얻은 성공이 나를 행복하게 할까?"

우리는 다섯째의 불안을 이해한다. 아이가 그 불안을 견뎌 낼 힘은 더 많은 공부와 더 많은 문제 풀이로 얻어지지 않는다. 우리는 아이의 시선을 돌려 다른 세상을 보게 한다. 계절마다 공동체 울력에 참여하게 하고, 세월호 광장과 집회 현장에 같이 간다. 아이가 흔쾌히 따라나서는 법은 없다. 집에서 공부를 하지 않더라도 교과서나 문제집과 멀어지는 것은 두려움을 일으킨다. 그러나 그렇게 갈등 끝에 간 자리에서 자신의 연대를 기다리는 사람들을 만나면서 무심했던 자신을 돌아본다.

다섯째는 올 여름 방학 때 공동체 대학생들과 제주 강정마을에 가서 걸개그림을 그리고, 제주에서 활동하는 사람들을 만나 다양한 삶을 경험했다. 다섯째는 비로소 왜 사회학이나 문학을 전공하고 싶어 했는지 되새겼다. 그러나 개학을 하면 아이는 또다시 경쟁으로 내몰려 불안한 생활을 할 것이고 가슴이 답답해져 숨을 몰아쉬는 한숨 병도 도질 것이다. 그러면 공부방에서는 아이에게 시선을 돌려 좀 더 멀리, 좀 더 넓게 보라고 채근할 것이다. 그런 의미에서 아이들에게 공부방은 마냥 좋기만 한 곳은 아니다. 끊임없이 불편하게 하기 때문이다.

공동체 아이들은 가끔 다른 아이들과 달라서 곤란할 때가 있다고 말한다. 식당을 고를 때나 옷이나 신발을 살 때 그것이 마땅한 소비인지 아닌지 고민하는 것을 친구들은 이해하지 못한다고 한다. 학교에서 따돌림을 받는 친구나 약한 친구들을 모르는 척하지 못하는 것도 마찬가지다. 누가 강요한 것도 아닌데 어디 가든 책임감 때문에 궂은 일을 도맡다 보니 때로는 억울하다는 생각도 든다고 한다. 그런데 곰곰이 생각해 보면 또 그게 옳단다.

2015년에 고등학교에 입학한 질풍노도 삼총사는 누나들처럼 심각한 고민은 하지 않고 그냥 집 근처 공립 학교로 진학했다. 공동체 식구들은 삼총사가 평범한 공립 학교에서 한국 사회의 교육 현실에 눈뜨길 바란다. 질풍노도 삼총사는 고등학교를 별 갈등 없이 잘 다닌다. 가끔 결코 자율이 아닌 야간 학습을 빠지기도 하고, 틈틈이 축구도 하고, 도서관에서 시간을 보내기도 하고, 학교 앞에 있는 지역 아동 센터에 봉사를 나가기도 한다. 방학이면 대학생 누나들과 같이 인형극 워크숍을 하고, 무료로 가는 인문학 답사에 참여하기도 한다. 우리 질풍노도 삼총사는 평범한 공립 학교에서도 자기가 갈 길을 찾아갈 거라 믿는다. 어차피 상위 1퍼센트의 꿈은 우리의 목표가 아니므로.

아이들의 미래를 똑같은 모양으로 만들 수는 없다. 어느 길이 정답이라고 할 수도 없다. 나는 오히려 아이들에게 말한다.

"거꾸로 가자."

8

공연에
간직한
꿈

공부방 살림이 점점 어려워지던 1990년 봄, 자원 교사들과 가진 실무 모임에서 공연을 한번 해 보자는 제안이 나왔다. 공부방을 연 지 2년이 지났으니 공연을 통해 우리를 알리고 후원 회원을 모집하는 것도 필요하겠다 싶어 판을 벌였다. 부모회에서도 일일 찻집을 열어 도움을 주시겠다고 했다.

두 달 정도 준비해서 노래와 사물놀이, 그즈음 나왔던 김민기의 「아빠 얼굴 예쁘네요」란 노래극을 각색해 무대에 올렸다. 그러나 손님은 많지 않았고 수익도 기대했던 것에 훨씬 못 미쳤다. 그런데 공연을 마친 공부방 아이들의 표정에서 빛이 났다. 학교에서는 친구들이나 선생님의 관심 밖에 있는 미미한 존재, 선생님 눈 밖에 난 심한 개구쟁이였던 아이들이 공연을 통해 주인공이 되는 경험을 한 것이었다. 공연을 함께 준비한 공부방 이모 삼촌들도 아이들에게서 이제까지 보지 못했던 희망과 가능성을 보았다. 우리는 공연을 정기적으로 하기로 했다.

이듬해인 1991년에는 '우리 아이들의 나라는'이라는 노래 제목을 빌려 공연을 했다. 상범 삼촌과 풀무 1기 삼촌들이 친구들에게 도움을 받아 올린 공연은 여전히 수익 사업으로는 효과가 없었지만 아이들의 가능성을 다시 확인하는 계기가 되었다. 그로부터 두세 번은 우리 역량만으로는 공연이 힘들어 인천 지역에서 문화 운동을 하는 이들의 도움을 받았다. 전문적인 부분은 도움받을 수 있었으나, 아동이나 청소년에 대한 이해가 없는 전문가들은 공연을 준비하는 과정에서 오히려 아이들에게 상처를 주는 일이 많았다. 그래서 그 뒤로는 이모 삼촌들이 공연에 필요한 공부를 하거나 강습, 교육을 받아 아이들을 직접 지도하게 되었다.

공연은 공부방 주인인 아이들뿐만 아니라 이모 삼촌, 공부방 부모들까지 모두 자기가 가진 시간, 역량을 나누어 준비하는 공동체 울력이었다. 이모 삼촌들은 아이들이 저마다 무대에서 자기가 가장 빛난다고 여기도록 노력했다. 그러다 보니 공부방 공연은 효율성과는 거리가 멀었다. 때로는 연극 한 장면, 인형극 한 장면을 위해 무대와 소품을 만드느라 며칠을 소모하고, 수시로 무기력해지는 아이들을 움직이기 위해 연습 시간보다 더 많은 시간을 아이들을 어르고 달래고 격려하는 데 써야 했다.

아이들이 무대에 올라 자신감을 찾고 즐거워하는 것을 보면서 공부방 부모님들이 부러워하기에 우리는 부모님들께도 무대에 올라가자고 제안했다. 부모님들은 우리 제안을 기쁘게 받아들였다. 어머니들이 율동을 배워 무대에 오르고, 아버지들과 공부방 삼촌들이 함께 북춤을 추었다. 또 어느 해에는 노래를 부르고, 어느 해에는 어머니 사물놀이패가 무대에 올랐다. 적어도 구제 금융 사태가 터지고, 만석동의 지역 공동체가 허물어지기 전까지 공부방 부모님들은 무대에 오른 경험을 살려 해마다 마을 잔치를 열었다. 그러나 구제 금융 사태 이후, 더 열악해진 노동 현장은 공부방 부모회 활동마저 위축시켰다. 안정된 일자리, 노동에 대한 정당한 대가가 사라지고 먹고살기조차 어려워지자 돈독했던 인간관계마저 깨졌고, 동네 사람 두세 명만 모이면 벌어지던 노래자랑도 사라졌다. 노래와 춤, 흥이 사라진 마을은 더 급격하게 활력이 없어지는 것을 보면서 우리는 아이들의 손을 더 단단히 붙잡아야겠다고 생각했고 공연은 해마다 계속되었다.

공연 경력 5, 6년 차가 되자 무대에서 우리 이야기를 할 용기가 생겼고, 10년 차가 되었을 때 비로소 공연을 통해 수익을 내겠다는 헛된 희망을 버리고 오로지 공연 자체에 집중하게 되었다. 무대에서 우리 이야기를 하고부터 아이들의 집중도가 높아졌다. 우리 이야기, 내 이야기를 하게 되면서 공연을 기획하고 대본을 쓰고 작품을 완성해 가는 과정 자체가 서로의 상처를 들여다보고 마주하고 치유하는 과정이 되었다. 공연 연습을 하는 몇 달 새 오랫동안 곪은 상처가 터져 응급 치료를 해야 하는 경우가 생겼고, 미처 알지 못한 상처를 발견해 더 아파하는 일도 있었다. 그러나 그 고통을 함께 견디며 아이들뿐 아니라 이모 삼촌들도 한 뼘씩 더 성장했다.

공부방에서는 사람을 능력으로 판단하지 않으려 노력한다. 재능이 뛰어난 아이나 정서적, 신체적 장애가 있는 아이나 똑같이 존중받을 수 있게 한다. 공연에서도 마찬가지다. 해마다 가을이 되면 우리는 오디션을 한다. 노래패, 인형극패, 춤패, 타악패별로 오디션에 필요한 절차를 만들어 심사를 한다. 해마다 초등학교 저학년 서너 명만이 새로 들어오는 터라 크게 긴장할 것도 없고 특별한 선출 과정이 있는 것도 아닌데 아이들은 긴장하고 설레어한다. 처음에는 원하던 패에 들어가지 못해 아쉬워하는 아이가 한둘 있게 마련이지만 곧 자신이 속한 패에서 즐거움을 찾는다. 어떤 역할을 맡았건 공연에서는 쓸모없는 사람이 한 사람도 없다.

아이들이 성장했다는 것을 느끼는 순간은 무대에서 멋진 공연을 해낼 때보다, 공연 도중이나 공연이 끝난 뒤 허드렛일에 참여하는 모습을 보았을 때다. 공연이 끝나면 공연장을 빨리 비워 줘야 하기 때문에 보통 이모들이 손님을 배웅하는 동안 삼촌들은 잽싸게 무대 뒤로 가 무대 세트와 악기, 음향 장비들을 분리해 차에 싣기 시작한다. 청년들 역시 대기실과 로비 청소를 순식간에 해낸다. 그 허드렛일이 눈에 들어오는 나이가 보통 중학생 때부터다. 중등부 남자아이들이 삼촌들 틈에서 악기와 소품을 나르고, 고등학생들이 제법 무게가 나가는 인형극 무대나 음향 장비들을 트럭에 싣는 모습을 보며 우리는 무대 위에서보다 더 큰 감동을 느낀다.

2014년의 공연 풍경은 이러했다.

타악패

4월 13일, 이틀간의 공연이 끝나고 대학생 형들이 트럭에 짐을 싣는

데 고1 민우가 트럭에 성큼 올라서서 삼촌들이 내미는 짐을 받아 싣기 시작했다. 트럭에 올라 있던 청년이 그런 민우의 어깨를 한 번 두드려 주었다. 그런데 어느 틈엔가 민우 꽁무니를 쫓아다니던 정석이까지 트럭에 올랐다. 그러자 청년이 슬그머니 트럭에서 내려와 민우와 정석이가 삼촌들이 올려 주는 짐을 받도록 배려한다. 삼촌들은 트럭에 올라간 정석이를 보고 코끝이 시큰거리지만 시치미를 뚝 떼고 정석이에게 짐을 맡긴다.

정석이는 사물을 바라보는 시선이나 인간관계를 맺는 방법이 다른 사람과 좀 다르다. 정석이는 엄마를 그리워할 때도 엄마의 모습이나 목소리를 기억해 내기보다 우주선을 타고 안드로메다 성운 어딘가를 혼자 여행하는 상상을 한다. 공연 연습을 하다가 기분이 좋아 친구들에게 먼저 말을 걸 때도 남다르다.

"형, 이 공연장 면적은 몇 제곱미터가 될까? 형은 직육면체 넓이 내기 공식을 알아?"

정석이는 자신이 가진 정보나 지식을 나누는 것이 감정을 나누는 일이라 생각한다. 정석이를 만나며 가장 힘들었던 것은 감정을 가르치고, 다른 사람의 마음을 전달하는 것이었다. 정석이 최고의 긍정 표현은 '아마도'나 '글쎄요'다. 한번 어깃장이 나면 앉거나 선 자리에서 꼼짝하지 않고 눈물만 뚝뚝 흘렸다.

3년 전, 정석이가 인형극을 할 때는 정석이 때문에 연습이 멈춰 30~40분 동안 진행이 되지 않았던 적도 많았다. 아이들은 그 시간을 말없이 기다려 주었다. 정석이와 같은 기질을 가진 지수와 10년을 함께해 왔으니 정석이를 대하는 게 좀 수월할 줄 알았는데 또 달랐다.

작년 10월에 2014년 공연을 위한 오디션을 보는데 타악패의 길재 삼촌이 정석이가 의외로 박자가 정확하다며 정석이에게 타악패를 시켜 보자고 제안했다. 방학이나 휴일에는 밖에 나오는 것조차 싫어하고, 겨울이면 하루 종일 방구석에 틀어박혀 컴퓨터 게임만 하는 정석이에게 장구를 맡긴다니 모두 회의적이었다. 그런데 타악패의 다른 이모가 정석이가 또래 남자아이들 사이에서 관계 맺는 법을 배울 수도 있겠다며 모험을 해 보자 했다. 우리는 공부방에서 타악패만 20년을 한 길재 삼촌의 눈썰미를 믿어 보기로 했다.

타악패에 가면 오금질(기마 자세를 유지하며 앉았다 일어서기를 반복하는 민속 탈춤의 기본자세)부터 해야 한다. 처음 오금질을 하면 허벅지와 다리에 알이 배어 걷기가 힘들다. 몸을 움직이는 것을 지독히 싫어하는 정석이가 오금질을 할지부터가 관심거리였다. 그런데 정석이가 말없이 오금질을 하더라고 했다. 그것도 대충 하는 게 아니라 지도하는 삼촌의 몸짓을 정확하게 따라 했다는 것이다. 처음 장구를 칠 때는 형들의 속도를 따라가지 못해 자주 멈췄다. 걱정했던 대로 울음을 터뜨리기도 했다. 그런데 타악패 이모 삼촌들이 이쯤 해서 정석이가 연습을 멈추고 움직이지 않을 거라 생각한 순간 입술을 깨물며 궁채를 들었다. 그게 뭐 그리 대단한 일이냐고 할지 모르지만 정석이에게는 혁명적인 변화였다.

공연 날 정석이가 형들 틈에서 실수 한번 없이 연주하는 걸 보는데 눈물이 왈칵 쏟아졌다. 정석이를 움직이게 하는 힘은 타악패가 다 같이 이루는 합주보다는 정석이의 영웅인 민우 형과 길재 삼촌의 지지와 인정이다. 정석이는 길재 삼촌 앞에서는 때때로 다른 이모 삼촌이

나 형, 누나들의 지적이나 충고를 무시하기도 한다. 아직 어린 중·고등학생들은 그런 정석이에게 울화통을 터뜨리기도 하지만, 시각을 조금만 달리해서 보면 그건 자신감의 표현이기도 하다. 그래서 공부방 형들은 정석이의 오만 방자함에 부르르 떨다가도 정석이가 정확하게 연주해 내는 모습을 보며 흐뭇하게 웃는다. 정석이가 조금씩 껍질을 깨고 밖으로 나올 수 있게 한 힘은, 그런 정석이를 기다리고 이해하고 견뎌 내 준 중등부 아이들의 인내와 배려다. 알폰소 링기스의 말처럼 "타자를 인정하는 과정은 타자를 존중하는 과정이다."[*] 그리고 그 존중이 공동체를 이룬다.

노래패

공연을 앞둔 주말, 노래패 담당인 정수연 이모가 공부방에 누워 울음을 터뜨렸다.

"올해 우리, 공연을 할 수 있을까?"

오랜만에 초등부만으로 노래패를 만들었다. 초등부 아이들을 대상으로 오디션을 해서 노래가 될 만한 아이들을 뽑았다. 그렇게 4, 5, 6학년에서 5명이 모였다. 그런데 뽑아 놓고 나니 연습 과정이 순탄하지 않을 것 같은 예감이 들었다. 노래패 모두 공부방에서 이름난 개구쟁이들에다 아직 한글도 다 못 뗀 아이도 있었다. 그래도 노래패 이모 삼촌들은 첫날 연습을 하고는 아이들 목소리가 천사 같다며 기대에 부

---

[*] 알폰소 링기스, 앞의 책 51면.

풀었다. 그런데 다섯 달 뒤, 공연을 일주일 앞두고 이모가 눈물을 흘린 것이다.

"어떻게 애들이 처음 연습했던 그날이랑 똑같지?"

이번에 노래패가 노래를 부르는 부분은 인형극 시작 전후다. 인형극 「오늘이」의 여행과 '길, 동무, 꿈'이라는 주제에 맞는 노래를 찾아 네 곡을 부르게 되었다. 해마다 노래를 고르는 일은 대본을 새로 쓰는 일만큼이나 힘들다. 동요는 서정적이고 좋지만, 요즘 아이들의 현실이 담기지 않아 낯설다. 그렇다고 어른들이 부르는 노래를 무조건 아이들이 부르게 할 수도 없다. 언제부턴가 학교에서도 노래를 잘 부르지 않는다. 아이들이 음치에 가까워지는 이유는 어려서부터 노래를 즐기지 못하는 환경 때문인지도 모르겠다.

목소리가 순수하고 예뻐 뽑힌 미영이는 4학년인데도 아직 한글이 서툴러 가사를 이해하고 외우는 것부터 난관이었다. 부모님의 이혼으로 어릴 때부터 친가와 외가를 전전하며 산 경우는 4학년이 되면서 학교에서 이름난 말썽꾸러기가 돼 천진스럽고 해맑던 웃음마저 잃어버렸다. 경우, 미영이와 같은 상처를 가진 5학년 보라는 사춘기가 되면서 이모 삼촌들한테 짜증만 낸다. 공부방 이모 삼촌의 자녀인 5학년 한길이와 6학년 규민이는 친구들의 상태와 상관없이 장난만 일삼았다. 그러니 노래패가 제대로 될 리 없었다.

공연을 열흘 앞두고 경우는 학교에서 친구와 크게 싸워 아버지까지 학교에 불려 가고 말았다. 결국 초등부 담당 이모가 경우와 마주 앉았다. 말보다 주먹이 먼저 나가는 경우의 마음속에 똬리를 틀고 있는 분노, 그 분노를 풀지 않으면 노래를 한마디도 부르지 못할 것 같았다.

그래서 이모가 작정하고 그 분노를 건드렸다. 경우는 초등학교 1학년 때부터 만나 온 공부방 이모 앞에서는 오래 버티지 않았다. 아무렇지 않은 척, 강한 척 숨기고 있던 상처를 건드리자 아주 오랜만에 아이가 울었다. 제 아버지가 열악하고 거친 환경에서 자라며 센 척으로 세상에 맞섰듯이 경우도 약하고 여린 마음을 숨기고 센 척을 한다. 경우는 공부방 이모한테는 자기 마음을 아무리 숨겨도 숨길 수 없다는 걸 안다. 그래서 피하지 않고 울음을 터뜨렸다. 그러나 경우가 중학생이 되고, 고등학생이 되면, 그때는 주먹을 움켜쥐고 그 주먹으로 세상을 살아갈지 모른다. 우리는 경우를 끝까지 붙잡고 지키려 하겠지만 경우에게 어떤 권리도 없다는 게 한계다. 그저 경우가 우리 곁에서 좀 더 긴 시간을 버텨 주기를, 그래서 내면의 힘을 기를 시간을 많이 갖기를 빌 뿐이다.

이모 앞에서 한참을 울고 난 경우는 아기 때 얼굴로 돌아가 있었다. 다음 날, 경우는 노래패에서 연습을 시작한 지 다섯 달 만에 처음으로 마음을 담아 노래를 불렀다.

"한 그루의 나무가 모여 큰 산이 될 때까지 어린 고기들이 저 큰 바다로 헤엄칠 때까지 다섯 살인 옆집 아이도 그 아이의 아이까지도 이 세상이 아름답다 느낄 수 있도록……"

공연 날, 노래패 정수연 이모는 건반을 치는 내내 숨 죽여 울었다. 그리고 공연이 끝나고 말했다.

"저렇게 아름다울 수 있는데, 저렇게 저마다 빛나는 보석을 품고 있는데 왜 세상은 저 아이들을 지켜 주지 못할까 서러웠어. 아이들이 고마워서, 그 아이들의 목소리가 아름다워서 너무 아파서 자꾸만 눈물이 나왔어."

아이들이 선 무대 앞에서 손을 흔들며 지휘하던 정미 이모는 15년 전, 아이들이 선 그 자리에서 노래를 불렀었다. 고등학교 2학년 때, 「진주」라는 노래를 부를 때마다 연습장을 뛰쳐나가던 정미 이모는 그 노랫말이 꼭 자기 이야기 같았다고 했다. 이제 자신도 한 아이의 엄마가 되어 공부방 이모로 노래패를 지도하다 보니 순간순간 먹먹하고 눈앞이 흐려졌다고 고백했다.

그날 무대 앞 흐릿한 조명 아래서 연주를 하던 삼촌들과 고등부 형들 역시 경우 못지않은 아픔과 외로움을 견뎌 왔다. 어느새 고등학생이 되고 청년이 된 그들은 자신보다 동생들이 빛날 수 있도록 자신의 빛을 무대 뒤로 숨길 수 있을 만큼 자랐다. 우리 공연은 혼자서 빛나는 것보다 여럿이 빛나는 게 더 아름답고 조화롭다는 것을 배우는 자리다.

블랙라이트 인형극패

"막내야, 우리 빨리 껍데기를 찾자. 나는 약하고 여린 내 모습 그대로가 좋아."

공연이 끝나고 뒤풀이까지 마친 뒤 강화 집으로 돌아오는 길에 다섯 살배기 래원이가 블랙라이트 인형극(블랙라이트 특수 조명에 반응하는 형광색이나 흰색 사물을 써서 움직임을 드러내는 인형극)「집게네 네 형제」의 대사를 읊었다. 래원이가 외우는 대사는 중학교 1학년 연이가 맡았던 막내 집게의 대사다. 막내 역을 맡긴 했지만 연이는 블랙라이트 인형극의 맏이이자 유일한 중학생이다.

공부방 아이들은 대부분 초등학교 저학년 때 공부방에 들어오지만 연이는 5학년 말에야 들어왔다. 그래서 연이에게는 이번이 두 번째 공연이다. 연이는 초등학교에 입학해서 5학년이 끝나 갈 때까지 심한 따돌림을 당했다. 연이는 지금까지도 왕따를 당한 이유를 알지 못한다. 아이들이 냄새난다고 구박하면 하루에도 몇 번씩 샤워를 하고 옷을 갈아입었다. 그래도 따돌림과 폭력은 멈추지 않았다. 1학년 때부터 지속된 따돌림은 연이의 자존감과 웃음을 앗아 갔다. 가정에서도 제대로 된 보살핌을 받지 못한 연이는 선생님의 권유로 공부방에 다니기 시작했다. 연이는 글쓰기나 나의 책 만들기, 연극놀이를 좋아했고 놀이를 통해 조금씩 자신의 상처를 드러냈다. 연이는 달팽이처럼 소리 없이 천천히 전진했고 성장해 갔다.

블랙라이트 인형극 담당 이모 삼촌들은 올해 공연에서 모험을 해 보기로 했다. 연이에게 주인공을 맡기기로 한 것이다. 이모들은 백석 시인의 「집게네 네 형제」를 각색할 때부터 연이를 중심에 놓았다. 연이는 5개월 동안 단 한 번도 연습에 빠지지 않았고 행복에 겨운 얼굴을 감추지 못했다. 어눌한 말투, 머뭇거리던 몸짓도 달라지기 시작했다.

블랙라이트 인형극의 구성원은 연이를 빼고는 다 초등학생들이다. 노래패 5명과 1학년 아이들을 뺀 11명 중에는 장애를 가진 아이도 있고 정서적인 어려움을 겪는 아이도 있다. 그래서 담당 이모 삼촌들은 연습 때마다 전쟁을 치르고 난 패잔병 같은 모습이 되었다. 그런데 공연을 두 주 남기고부터 아이들이 달라졌다. 일주일에 3번씩 되풀이된 연습이 어느 순간 아이들을 비약하게 한 것이다. 아무것도 보이지 않는 캄캄한 무대에서 고작 20~30초 나오는데도 각 장면마다 자기 인형을 들고 최선을 다해 연기하는 아이들의 모습은 기적과 같았다.

공연이 다 끝난 뒤 연이의 얼굴에서 빛이 났다. 빛나는 연이 모습을 보러 온 가족이나 친구는 없었지만 연이의 얼굴은 성취감으로 가득했다. 연이는 스스로의 힘으로 자신감을 되찾았다.

인형극패

인형극패는 그 어느 때보다 힘든 5개월을 보냈다. 인형극패에서 중요한 역할을 하는 청년 셋과 정희 이모가 『6번 길을 지켜라 뚝딱』책 작업을 병행했던 데다 백령도 인형극 워크숍까지 있어서 인형과 소품 제작이 늦어졌다. 또 인형극패를 오랫동안 함께했던 이모 삼촌들이 직장 일로 빠지면서 빈자리가 많아졌다.

올해 무대에 올릴 인형극은 창작극이 아니라 「원천강 본풀이」라는 제주 무가를 각색한 「오늘이」였다. 「오늘이」를 인형극으로 만들어 보고 싶은 소망은 오래되었지만 인형극 무대만으로는 표현의 제약이 많아 엄두를 내지 못하고 있었다. 그런데 마침 애니메이션을 전공한 청년이 원천강 부분을 플래시 애니메이션으로 만들어 주어 도전할 수 있게 된 것이다.

우리 인형극에서는 「원천강 본풀이」 중 부모 없이 자란 오늘이가 부모를 찾아가는 여정과, 그 여정에서 만난 동무들과의 우정을 담은 성장 이야기에 초점을 맞추었다. 원천강의 오늘이가 곧 우리 아이들이었기 때문이다.

인형극은 성우, 조작 배우, 인형, 조명, 무대가 완전히 하나가 되어야만 효과가 드러난다. 연습도 그 호흡이 잘 맞을 때 신이 나고 재미있다. 그런데 이상하게 연습이 지지부진했다. 처음 인형 발 조작을 맡은 중3 미림이와 영희는 쉬는 시간에도 이모 삼촌을 졸라 연습할 만큼 열정적이었고, 대등부들이 '우리의 북극성'이라고 부르는 수호 삼촌은 소품 대본까지 따로 만들 정도로 열심이었다. 대학교 4학년인 선배 셋도 개강한 뒤에 연습 한번 빠지지 않았다. 문제는 성우였다. 목소리 연기를 해야 하는 성우 중 3명이 중학교 1학년이었는데 연습 때마다 사춘기의 허세를 부리며 무거운 분위기를 연출했고, 6학년 현서까지 형들을 따라 하기 시작했다.

고1 지수는 그런 동생들의 형 노릇을 하기에 역부족이었다. 자폐 스펙트럼 장애를 가진 지수로서는 동생들의 감정이나 갈등을 이해하는 것이 힘들었다. 그저 연습 때마다 열심히 발성과 호흡을 가르치는 것만으로도 고맙고 대견했다. 엎친 데 덮친 격으로 1월 중순부터 연꽃 역을 맡은 훈이가 연습에 안 오기 시작했다. 훈이의 고질병이 도진 것이었다.

훈이는 공부방에 다닌 지 얼마 되지 않은 아이였다. 할머니와 아버지가 만석동 토박인데 아버지가 결혼해 다른 곳에 살다가 다시 들어와 훈이를 공부방에 보냈다. 훈이는 정이 많고 따뜻한 아이였지만 분노 조절이 잘 되지 않아 학교에서도 다른 아이들과 자주 부딪쳤다. 그래도 공부방에서만큼은 잘 지내는 편이었다. 10월, 오디션에서 인형극패 성우가 되었을 때는 누구보다 기뻐했다. 그러나 방학을 해 혼자 집에 있게 되자 스스로 일어나 공부방에 오는 것이 힘들어진 것이다.

훈이가 빠질 때마다 아버지, 할머니께 부탁을 하고, 직접 집에 가 아이를 데리고 오기도 했지만 그마저도 여의치 않을 때가 많았다. 겨우 집에서, 혹은 피시방에서 훈이를 끌고 와 인형극을 할 것인지 말 것인지 선택하라고 하면 하고 싶다고 말했다. 그러면 이모 삼촌이나 인형극패 친구들은 다시 한번 기회를 주었다. 그런데 3월이 되고 개학을 한 뒤에도 훈이의 결석이나 지각은 나아지지 않았다. 위태로워 보이는 아이를 우리가 먼저 놓을 수는 없었다. 공연을 두 주 앞두고 또다시 결석했을 때 훈이를 억지로 데려와 인형극패에서 이야기를 하게 했다. 인형극패 아이들은 훈이 앞에서 눈물을 글썽였다. 고3이던 현지가 말했다.

"너한테는 연꽃 대사가 몇 줄 안 되는 것처럼 느껴질지 모르지만, 그 몇 마디 대사에 우리의 6개월이 다 들어 있는 거야. 너 하나 안 와서 연꽃 역할을 다른 아이한테 맡긴다고 끝나는 것이 아니야."

훈이는 어리둥절했다. 왜 자신 때문에 공연이 안 된다고 하는지, 왜 저 누나, 형들이 눈물을 흘리는지 알 수 없었을 것이다. 그래도 그 눈물이 마음을 움직였는지 훈이는 마지막 두 주간의 연습은 빠지지 않았다. 그러나 예상대로 공연이 끝난 뒤 더는 공부방에 나오지 않았다. 그럴 때마다 우리는 한 번씩 무기력에 빠진다. 부모가 있는 한 우리에게 주어진 권리나 책임은 딱 거기까지이기 때문이다.

인형극의 또 다른 걱정거리는 오늘이의 감정 없는 연기였다. 그렇다고 오늘이를 맡은 세은이가 연습에 불성실한 것은 결코 아니었다. 세은이는 긴 대사를 누구보다 빨리 외웠고 연습 때 꾀 한번 부리지 않았다. 문제는 세은이가 오늘이의 처지와 감정에 동화되지 못하는 데 있었다. 세은이는 공부방 이모 삼촌인 복현, 종완 부부의 막내딸로 어려움 없이 자라 결핍을 겪어 본 적이 없는 데다 타고난 성격이 밝고 단순한 아이였다. 아무리 오늘이의 외로움을 설명해도 짐작하지 못했다. 오늘이가 길을 떠날 수밖에 없는 절박함도 이해하지 못했다. 동갑내기 훈이가 말썽을 피울 때도 세은이의 반응은 그저 "쟤가 또 저러나 보다."였다. 그런데 공연을 한 달여 앞두고 세은이에게 변화가 생겼다.

세은이네 가족은 원래 셋째를 입양하기로 하고 아기를 기다리고 있었다. 그러나 2011년 개정된 입양특례법 때문에 재판이 끝날 때까지 아기를 데려올 수 없었다. 태어나자마자 친엄마에게 버림받고 새 가족을 만났는데도 법적인 문제로 두 달 넘게 위탁모 손에서 자라야 하는 동생을 떠올리며 세은이가 바뀌기 시작했다. 오늘이의 대사에 그리움과 슬픔, 애절함이 담기기 시작했다.

오늘이의 목소리가 변하자 오늘이, 장상, 매일이의 인형 조작 배우와 성우가 호흡이 맞기 시작했다. 다른 역할들도 제자리를 찾았다.

「오늘이」의 완성도가 낮다고 걱정하던 인형극패는 뜻밖에도 「오늘이」를 통해 위로받았다는 관객들의 인사를 받았다. 인형극패 아이들은 그제야 5개월 동안 울고 웃게 한 「오늘이」가 자신들의 이야기였음을 깨달았다.

물론 공연이 끝나고 시간이 지나면서 아이들은 다시 공연의 가슴 벅찬 감동과 성취감을 잊고 무기력해져서는 사춘기 '코스프레'를 시작한다. 그러나 우리는 안다. 반년 뒤, 내년 공연 오디션 날짜가 잡히면 아이들의 심장이 다시 쿵쿵 뛰기 시작할 것임을.

공부방을 열고 가장 많이 고민했던 것은 나에게 교육이나 어린이에 대한 전문 지식이 전혀 없다는 것이었다. 아이들을 만나고 그 아이들의 말과 행동에서 드러나는 상처나 문제에 어떻게 대처해야 할지 막막할 때가 많았다. 그때 내가 선택할 수 있는 최선의 방법은 아이들에게 마음을 열고 다가가는 것뿐이었다. 공부방이 학교나 학원과는 다른 또 하나의 집이 되는 게 목적이었던 만큼 어릴 때 부모님과 함께했던 일들을 되살려 보았다.

아버지 어머니는 노래 부르는 것을 좋아하셨다. 아버지 어머니가 화음을 넣어 부르던 「즐거운 나의 집」이나 「봄처녀」는 어린 우리가 가장 좋아하던 노래였다. 가끔은 아버지가 부는 하모니카에 맞춰 「라쿠카라차」 같은 경쾌한 노래도 부르고 「클레멘타인」 같은 슬픈 노래도 불렀다. 어느 날인가 아버지는 용돈을 모아 커다란 소니 녹음기를 사 오셨다. 우리는 그 녹음기 앞에 앉아 마이크를 들고 노래를 부르며 내 목소리가 둥근 릴 테이프에 감기는 모습을 신기하게 바라보았다. 부모님의 기대와 달리 우리 사 남매는 노래를 썩 잘하지 못했지만 그래도 아버지는 자식별로 테이프를 정해 녹음을 하고, 아버지 어머니가 부른 노래 또한 따로 녹음해 저장해 두었다. 온 가족이 단칸방에 모여 노래하던 기억이 되살아난 것은 공부방을 하면서부터다. 나는 그 따뜻한 추억을 공부방 아이들에게도 만들어 주고 싶었다.

아이들과 연극놀이를 자주 한 것도 연극을 좋아하는 개인적인 취향 때문이었다. 어릴 때 학교에서 학예회를 한 기억도 없고, 교회를 다녀 본 적도 없어 그 흔한 연극 한번 해 보지 못했지만 혼자서 하던 인형놀이, 동네 친구들과 하던 소꿉놀이도 일종의 역할극이었다. 혼자서 인형 놀이를 할 때도 종이 인형 몇 개를 가지고 노는 게 아니라 10개도 넘는 종이 인형에 다양한 성격과 사연을 부여해 끊임없이 이야기를 만들어 가며 놀았다. 소꿉놀이도 단짝 2, 3명이 아니라 10명 안팎의 동네 아이들이 다 같이 모여 동화나 영화에서 본 이야기를 재연하며 놀았다. 20대 초반에 연극에 빠져들었던 것도 아마 그 영향 때문이었을 것이다.

나는 공부방 아이들에게 연극의 재미를 느끼게 해 주고 싶었다. 아이들과 작은 에피소드를 직접 만들어 하는 연극놀이도 했고 윤기현 작가의 「사랑의 빛」이나 권정생의 「강아지똥」 같은 동화를 각색해 캠핑 때나 성탄 잔치 때 공부방 가족들 앞에서 공연을 하기도 했다.

타인들만이 아니라 가족에게도 칭찬과 지지를 받아 본 기억이 별로 없는 아이들에게 공연은 자신감과 자존감을 확인할 수 있는 소중한 기회다. 공연은 아이들에게 꿈을 찾게 해 주기도 했다. 공연을 통해 연극의 맛을 알게 된 한 아이는 연극인이 되어 지금 예술 치료사로 일하고 있고, 공연마다 무대와 인형극을 만들던 두 아이는 만화가와 일러스트레이터가 되었다. 무대에 오르는 것보다 일을 기획하고 진행하는 걸 잘하던 아이는 사회 복지사가 되어 공부방, 공연 살림을 도맡는다. 공연은 대학을 선택하는 데도 영향을 미쳤다. 어떤 아이는 무대 연출을 전공했고, 어떤 아이는 인형극을 애니메이션으로 만들겠다는 꿈을 갖고 애니메이션을 전공했다. 초등학교 1학년부터 3학년 때까지 다운 증후군인 공부방 언니와 함께 무대에 오르던 아이는 특수 교사가 되었다. 대학생들은 인형극을 주제로 해외 연수 프로젝트에 응모해 유럽을 다녀오기도 했다. 이모 삼촌들 역시 공연을 통해 뒤늦게 자기가 원하는 일이 무엇인지 깨닫고 사물놀이 연수를 받거나 목공 기술을 배우고, 영상과 사진을 배워 공부방 아이들과 새로운 꿈을 키워 나간다. 삼촌들끼리 밴드를 만들어 콜트콜텍 노동자들과 연대해 공연을 열기도 한다.

초등학생 때는 대본을 받으면 내 대사가 많은지 적은지 대사를 세어 보고, 누가 더 중요한 역할을 맡았는지 재 본다. 인형극패로 뽑혔을 땐 신이 나 환호하다가도 노래패가 더 멋져 보인다며 심술도 부린다. 그러다 중학생이 되면 함께하는 형, 누나, 동생들을 인식하게 되고, 어렴풋이 함께하는 맛을 알게 된다. 고등학생이 되면 자기 공연만이 아니라 동생들의 공연이 보인다. 공연을 마냥 좋아하는 초등학생들의 순수한 열정이 보이고, 사사건건 트집을 잡아 반항하거나 불성실한 중학생들이 걱정스러워 잔소리를 하게 되고, 공연을 멋지게 이끌어 가는 대학생 선배들을 동경하게 된다. 그리고 대학생이 되면 공연에서 자신의 역할이 다른 아이들을 빛내는 데 있다는 것을 깨닫는다. 그리고 그제야 무대 뒤에서 허드렛일을 마다하지 않는 선배들을 보며 기꺼이 눈에 띄지 않는 일들을 떠맡는다.

공연은 우리 모두의 노력이 만들어 내는 기적이다. 서로 다른 성향과 재능, 다른 관심을 가진 이들이 모여 공연을 준비하다 보면 욕구가 충돌하고, 자기주장을 세우게 돼 불협화음이 생긴다. 그 불협화음을 조율해 멋진 화음으로 바꾸는 것이 우리가 만들어 내는 기적이다.

철학자 지그문트 바우만이 말했다.

현 시대의 인류는 서로 다른 수많은 목소리를 내고 있고 이는 앞으로도 오랫

동안 계속될 것임을 우리는 잘 알고 있다. 우리 시대가 당면한 가장 핵심적인 과제는 어떻게 하면 이러한 다양한 목소리들을 잘 조화시켜서 불협화음으로 변질되지 않도록 할 것인가 하는 점이다. 화음을 만든다는 것은 균일성을 말하는 게 아니다. 서로 다른 음악적 모티프들이 화음을 만들어 낼 수 있는 까닭은 각 모티프가 그 나름의 정체성을 유지하면서 결과적으로 상호 작용을 한 결과이다.*

나는 우리 공동체의 가장 큰 장점이 균일하지 않은 음색들이 모여 이루어 내는 하모니라고 생각한다. 다양한 목소리가 모여 이루어 내는 조화를 아이들이 가장 예민하게 느낀다고 생각한다.

2015년 공연을 준비하면서 고민이 많았다. 세월호 1주기와 공연 날짜가 겹쳤기 때문이다. 고민 끝에 그대로 공연을 하되, 세월호 참사와 해고 노동자의 고통스러운 투쟁을 외면하지 않기로 했다. 인형극 「불가사리와 어둑시니」에 우리가 살아 낸 1년의 이야기를 담았다. 다소 무겁고 어두웠지만 아이들은 인형극을 마음에 들어 했다. 2015년 공연에도 관객들은 "올해 공연이 최고였어요."라고 말해 주었고, 아이들은 그 칭찬과 격려를 뿌듯하게 받아들였다.

2015년 공연 마지막 날에는 공부방을 졸업한 뒤 각자 자신의 삶을 살고 있는 청년들, 결혼해 엄마 아빠가 된 졸업생들과 할머니가 된 공부방 부모회 식구들까지 다 모였다. 공부방 부모님들은 자녀가 다 성장해 더는 공부방에 오지 않더라도 공연 날만큼은 시간을 내, 공연을

* 지그문트 바우만 『방황하는 개인들의 사회』, 홍지수 옮김, 봄아필 2013, 156면.

보고 함께 짜장면을 먹는다. 10년, 20년을 함께해 온 그 맛을 잊을 수 없기 때문일 것이다.

우리가 가는 길에는 아이들만 있는 것이 아니다. 가난하고 힘겨웠던 날들을 함께 걸어온 이웃이 있고, 함께 간직해 온 꿈이 있다. 이들과 함께 그 꿈을 포기하지 않고 가져가는 것이 우리 공연의 진짜 목적이다.

9

인형극으로 만난
공부방 밖
아이들

2011년 여름, 인천문화재단에서 운영하는 복합 문화 예술 매개 공간 인천아트플랫폼 관장님에게 제안을 하나 받았다. 우리가 오랫동안 해 온 인형극을 '어린이 문화 예술 학교' 프로그램으로 해 보자는 것이었다. 처음에는 그 제안이 잘 다가오지 않았다. 인형극이 좀 더 많은 어린이, 청소년들과 함께하는 것은 나쁘지 않았지만 공부방 밖 프로그램으로 한다면 문화적으로 소외되거나 가난한 아이들과 함께하고 싶었다. 그런데 관장님이 말했다.

"중산층 아이들이야말로 진정한 문화 예술 교육에서 소외되어 있어요. 미술이나 음악마저도 입시의 수단일 뿐입니다. 어쩌면 정말 불쌍한 건 그 아이들일지 몰라요."

정말 그럴지도 모른다는 생각이 들었다. 인천아트플랫폼의 제안은 우리가 해 온 인형극이 공부방 밖 아이들에게도 힘이 될 수 있는지 알 수 있는 기회이기도 했다.

　내게 인형은 아주 특별한 존재였다. 내가 처음 만난 인형은 어머니
가 아버지의 모직 셔츠로 만들어 주신 강아지 인형이었다. 초등학교
에 입학하기 전부터 가지고 있던 그 인형은 천이 다 닳아서 더는 꿰맬
수 없을 지경이 될 때까지 내게 가장 소중한 동무가 되어 주었다. 그래
서 어머니가 이제 인형을 하늘나라로 보내 주자고 했을 때, 며칠 동안
울며불며 이별을 준비하고 나서야 헤어질 수 있었다. 그 뒤 성탄절 날
하얀 곰도 받았고, 동생과 내가 '홍마'라고 부르던 빨간 망아지 봉제
인형도 생겼지만, 내가 가장 좋아했던 것은 종이 인형이다. 종이 인형
은 내 상상력을 마음껏 발휘할 수 있는 훌륭한 수단이었다.
　학교 앞에서 파는 종이 인형은 대개 순정 만화 주인공처럼 화려한
금발에 드레스를 입고 있었다. 나는 공주풍 머리나 옷을 싫어해서 종
이 인형을 사면 인형의 머리를 단발이나 커트로 바꾸고 머리 색도 흑
발로 만들었다. 드레스 같은 옷은 다 버리고 옷도 새로 만들어 입혔다.
내가 부여한 인형의 캐릭터에 따라 인형의 이름, 옷 스타일과 색깔을
정했다. 나는 종이 인형 놀이를 다른 여자아이들처럼 옷을 갈아입히
며 노는 정도로 만족하지 못했다. 인형 놀이를 시작하면 방 한가득 종
이로 만든 세트를 세우고 여러 인형을 움직이며 놀았다. 종이 인형 놀
이를 할 때면 내가 무대 위의 배우들을 조종하는 감독이 되기도 하고,
내가 만든 극의 등장인물이나 주인공도 되었다. 부모님은 한번 종이
인형 놀이에 빠지면 두세 시간씩 꼼짝하지 않는 나를 걱정하셨다. 여
동생에게 영향을 미친다고 꾸지람도 많이 하셨다.

나의 완벽하고 환상적인 종이 인형 세상을 깨트린 것은 영화 「사운드 오브 뮤직」이었다. 초등학교 5학년 때쯤 읍내 극장으로 이 영화를 보러 갔다. 주인공 마리아가 있던 수도원 장면부터 영화 속으로 빨려들어간 나는 마리아가 아이들과 「외로운 양치기」라는 요들송을 부르며 인형을 조작하는 장면에서 감동을 넘어 전율을 느꼈다.

"아버지, 저게 뭐예요?"

"마리오네트야. 나무 인형을 줄로 움직이는 거지."

"우리나라에도 있어요?"

"아니, 없을걸."

"그럼 저 인형극은 어디 가면 볼 수 있어요?"

"저 영화의 배경이 오스트리아니까 유럽에 가면 볼 수 있지 않을까?"

영화가 다 끝나고 나서도 자리에서 일어날 수 없었던 나는 가족들이 먼저 간 뒤 혼자 남아 영화를 내리 두 번이나 더 보았다. 영화를 보면서 언젠가 오스트리아라는 나라에 꼭 가서 인형극을 배우리라 다짐했다.

그러나 어느 순간 종이 인형 놀이가 시들해지고, 마리오네트 인형극을 배우러 유럽에 가겠다는 꿈도 희미해졌다. 그 꿈이 되살아난 것은 공부방을 시작하고부터다. 공부방에서 만난 아이들은 어릴 적 나보다 더 수줍어했고 더 어눌했다. 외로움, 슬픔, 상처와 분노를 꾹꾹 누르기만 해 와서 쉽게 자신을 내보이지 않았고 대화를 주고받기도 어려웠다. 그때 불현듯 종이 인형이 떠올랐다. 어렸을 때 종이 인형을 통해 내 마음을 표현하고, 평소에는 할 수 없는 일에 용기를 낼 수 있었던 것처럼 아이들도 인형을 통하면 자기 이야기를 좀 더 수월하게 할 수 있을 것 같았다. 그래서 어느 날, 나를 닮은 종이 인형을 나무젓가락에 붙여 아이들에게 말을 걸어 보았다. 생각대로 아이들은 호기심을 보였다. 그 뒤로 나는 아이들과 종이 인형을 통해 이야기를 하고 연극놀이도 했다.

다른 이모 삼촌들은 더 다양한 인형 놀이를 만들어 왔다. 종이컵과 장갑으로, 철사와 천으로 여러 인형을 만들었다. 그 인형들은 옛이야기나 권정생 선생님 동화의 주인공이 되었다. 시간이 지나서는 자신들의 이야기를 직접 하게 되었다.

그러던 어느 날 풀무 2기 길재 삼촌이 제안했다.

"우리, 인형극을 무대에서 해 보면 어떨까요?"

인형 놀이가 아닌 인형극이라는 말에 마리아의 「외로운 양치기」가, 마리오네트 인형극이 떠올랐다. 중등부 아이들에게 넌지시 이야기했더니 좋아했다. 공부방 정기 공연 「우리 아이들의 나라는」에 인형극을 올리기로 하고 「토끼와 거북이와 늑대」를 각색했다. 우리가 인형극을 무대에 올린다고 하자 봉제 공장에 다니던 어머니들이 인형은 당신들이 만들어 주겠다고 나섰다. 아이들과 대본을 만들고 주인공들의 캐릭터를 그려 어머니들께 드렸다. 일주일 뒤에 우리 앞에 놓인 인형들은 그야말로 솜이 빵빵하게 들어간 봉제 인형이었다. 난감하기 짝이 없었지만 그 인형을 그대로 쓰기로 했다. 밤 10시까지 야근을 하고 와 아이들이 그린 캐릭터를 이리저리 고민해 정성스럽게 만든 인형을 퇴짜 놓을 수는 없었다.

「토끼와 거북이와 늑대」 인형극은 정기 공연에서 가장 인기 있는 무대가 되었고, 그해 가을 연세대에서 열린 빈민 문화제에도 초대되어 무대에 올랐다. 큰 무대에서 인형극 공연을 하고 난 아이들의 흥분된 모습에 어릴 적 내 꿈이 떠올랐다. 나는 열두 살 때 꾸었던 인형극의 꿈을 다시 꾸게 되었다. 우리는 그 뒤 정기 공연에서 그림자극도 해 보면서 인형극을 좀 더 전문적으로 해 보면 좋겠다는 의견을 나누었다.

2000년 창비 '좋은 어린이책' 원고 공모에서 『괭이부리말 아이들』이 당선된 뒤, 부상으로 오스트리아의 잘츠부르크와 체코의 프라하를 갈 기회가 생겼다. 당시 열 살이었던 딸은 가난하게 산다는 엄마가 왜 자기만 두고 비행기를 타느냐고 투정을 부렸지만 「사운드 오브 뮤직」의 그 잘츠부르크와 인형극의 도시인 프라하를 간다는데 마다할 수가 없었다. 그때는 중·고등학교 아이들뿐 아니라 이모 삼촌들까지 인형극에 푹 빠져 있을 때였다. 공동체 식구들을 뒤로하고 처음 가는 해외여행이라 미안한 마음이 컸지만 그래도 인형극에 대한 정보를 알아올 수 있을지 모른다고 애써 의미를 부여했다.

잘츠부르크로 들어갈 때부터 설레는 마음에 잠이 오질 않았다. 잘츠부르크는 많은 이들에게 모차르트의 생가가 있는 곳으로 더 유명할 테지만 내게는 「사운드 오브 뮤직」의 무대이자 마리오네트 인형극이 있는 곳이었다. 고풍스러운 거리는 영화 속에서보다 더 아름다웠다. 그런데 나는 모차르트 생가에서나 호엔잘츠부르크 성에서나 마리아의 「외로운 양치기」가 떠올랐다. 한국인 가이드한테 인형극장이 어디 있는지 물었다. 가이드는 잘츠부르크에도 오페라 인형극이 있긴 하지만 우리 일행은 프라하에서나 인형극을 볼 수 있을 거라 했다.

카프카에 빠져 있던 열아홉 살 때부터 꿈의 도시였던 프라하는 길

바닥의 돌멩이 하나하나까지 감동이었다. 카프카가 걸었을 황금소로, 카를교의 거리의 음악가 앞에서는 눈물까지 찍어 냈지만 가장 감동적인 것은 체코 프라하 국립 인형극단의 「돈 조반니」였다. 그러나 두 시간짜리 공연을 보고 난 뒤 절망했다. 마리오네트 인형극은 우리가 이룰 수 없는 꿈이라는 것을 눈으로 똑똑히 확인했기 때문이다. 마리오네트를 만들고 조작하는 일은 숙련된 기술이 필요한 작업이었다. 유럽에서는 오랫동안 가업으로 이어져 내려오는 일로 정부 지원 아래 전통을 잇거나 새로운 창작 인형극을 만들 수 있는 기반 역시 탄탄했다. 우리가 마리오네트 인형극을 하려면 유학을 가는 방법밖에 없었다. 체코, 러시아, 프랑스에 인형극 학교가 있다는 소리를 듣고 잠시나마 후배들 중 한 명을 유학 보내는 상상을 했지만 그 역시 실현 불가능한 꿈이었다.

프라하 거리 곳곳에서 인형극장과 인형 가게를 만났다. 인형 가게 안의 마리오네트는 어릴 때처럼 언제 이룰지 모를 먼 미래가 되었지만 그렇다고 인형극의 꿈을 접을 수는 없었다. 아니, 오히려 더 간절해졌다. 어렸을 때 인형극의 꿈은 나만의 것이었지만 서른여덟 어른이 된 그때에는 우리의 꿈이 되어 있었기 때문이다.

마리오네트 인형극은 불가능해졌지만 우리는 막대 인형극에라도 우리만의 이야기와 주제를 담아 보기로 했다. 그때만 해도 우리나라 인형극은 대부분 선교를 위한 종교적 내용이나 유아들 대상의 교훈을 담고 있었다. 우리는 적어도 그런 인형극은 뛰어넘어야겠다고 생각했다. 그래서 막대 인형극으로 「재미네골」이나 「아기장수 우뚜리」, 몽골의 옛이야기 「일곱 형제 이야기」를 무대에 올렸다. 그런데 인형극을 하면 할수록 막대 인형보다 섬세한 동작이 가능한 인형이 더 간절해졌다.

마침 그 무렵 다양한 해외 인형극단이 우리나라를 방문했다. 『괭이부리말 아이들』 인세 덕분에 살림이 잠시 넉넉했던 때라 우리는 중·고등학생들과 함께, 내한한 인형극을 놓치지 않고 보러 다녔다. 러시아, 체코, 독일, 일본, 중국, 오스트리아, 스페인의 현대 인형극과 전통 인형극까지 우리에게는 모두 선망의 대상이었고, 거기서 영감을 받기도 했다. 그러다 한 체코 극단의 창작 인형극을 보게 되었는데 마리오네트가 아닌 관절 인형이었다. 관절 인형은 마리오네트보다는 덜 섬세하지만 사람의 움직임 대부분을 흉내 낼 수 있었고 다양한 무대 연출이 가능해 보였다. 공연이 끝난 뒤 인형극패 이모 삼촌들은 용기를 내서 대기실로 가 서툰 영어로 우리가 인형극에 관심이 있다는 이야기를 전하고 인형 사진을 찍게 허락해 달라고 부탁했다. 체코 극단은 흔쾌히 허락했다.

인형극패 이모 삼촌들은 사진을 보며 관절 인형을 만들어 보았다. 시행착오를 여러 번 겪은 뒤 드디어 체코 극단의 관절 인형과 비슷한 형태의 인형이 나왔다. 문제는 그 인형을 어떻게 움직여야 할지 아무도 모른다는 것이었다. 인형극패 이모 삼촌들과 중·고등부 아이들이 모여 사람의 움직임을 관찰한 뒤 인형도 똑같이 따라 움직여 보았다. 똑바로 서고, 앉고, 일어서고, 걷고, 뛰는 동작이 하루에 한 가지씩 완성되었다. 그 동작들을 연결해 인형이 살아 움직이게 하는 데는 한 달이 채 안 걸렸다. 인형이 자유롭게 움직이게 됐을 때 고등부 아이들의 춤을 인형이 따라 추는 연습을 시작했다. 몇 주가 지나자 인형이 마이

클 잭슨의 문 워크와 장우혁의 팝핀을 흉내 낼 수 있게 되었고, 설장구 와 서커스도 흉내 냈다.

우리는 그 인형을 가지고 「길, 동무, 꿈」이란 창작 인형극을 만들었 다. 「길, 동무, 꿈」은 동네 친구 넷이 이야기와 평화를 찾아 여행을 떠 나는 이야기다. 관절 인형의 장점을 활용해 춤과 설장구, 서커스 같은 볼거리를 넣고 용과 여의주를 만들어 판타지 효과도 넣었다. 「길, 동 무, 꿈」은 우리의 이야기였고, 우리의 꿈이었다. 장마철에 에어컨도 없 는 좁은 공부방에서 습기, 더위와 싸우며 이모 삼촌과 아이들이 함께 만든 「길, 동무, 꿈」으로 춘천인형극제의 아마추어 경연 대회에 나가 대상을 받았다. 학교에서 우등상은커녕 개근상도 받은 적 없는 아이 들이 무대에 올라가 상을 받던 날, 나도 모르게 소리쳤다.

"얘들아, 이제 시작이야!"

우리 인형극에는 무대 위 40~50분에는 다 담을 수 없는 이야기들이 숨어 있다. 인형극에 대한 오랜 꿈, 남다른 시작, 인형극을 만들어 낸 아이들과 이모 삼촌 한 사람, 한 사람의 사연과 우리 모두의 이야기가 담겨 있다. 과연 그 인형극을 인천아트플랫폼 관장님이 제안한 30시 간짜리 프로그램으로 만들어 낼 수 있을까? 그 30시간으로 인형극을 제대로 체험할 수 있을까? 의심스러우면서도 호기심이 생겼다. 또 관 장님 말처럼 고액을 주고 참가하는, 수박 겉핥기식의 화려한 방학 문 화 예술 캠프와는 다른 체험 프로그램을 만들어 보고 싶다는 욕심도 생겼다.

공부방을 해 온 30년 동안 우리는 늘 가난하고 약한 이들 편이었다.

그래서 우리가 가지고 있는 문화 예술 콘텐츠를 물질적인 혜택이 넉넉한 사람들과 나눈다는 것은 생각조차 해 본 적이 없었다. 그런데 물질적으로는 풍요로울지 몰라도 초등학교 때부터 경쟁에 내몰리고, 미래의 성공을 위해 오늘의 행복을 저당 잡힌 아이들 안에도 불안과 상처, 외로움이 있을 거라는 생각이 들었다. 그래서 인천아트플랫폼의 제안을 받아들이기로 했다. 그런데 막상 워크숍을 이끌어 가야 할 인형극패 젊은이들이 선뜻 대답을 하지 않았다.

인형극패의 핵심이라 할 수 있는 대학생들은 모두 공부방에서 성장했다. 지금 만나는 동생들처럼 가난했고 저마다 마음에 깊은 상처를 가지고 있었다. 대학생들은 우리 인형극을 30시간짜리 워크숍 프로그램으로 만드는 것보다 자신과 다른 정서를 가진 아이들과 만나는 것을 더 두려워하며 망설였다. 대학생들은 그나마 워크숍 참가자의 반은 지역 아동 센터의 아이나 형편이 어려운 아이들을 모집하겠다는 인천아트플랫폼의 약속을 조건으로 워크숍을 허락했다.

2011년 여름, 인천아트플랫폼이 주최한 '제1회 이얍! 신나는 여름 예술 캠프'에 인형극 워크숍 프로그램으로 참여하게 되었다.

워크숍에 참가 신청을 한 아이들은 모두 19명이었다. 첫날, 워크숍을 진행할 공연장에서 만난 아이들은 예상대로 공부방 아이들과는 옷차림이나 말투부터 사뭇 달랐다. 선입견을 갖지 말자고 다짐했건만 나도 모르게 아이들 한 명 한 명을 색안경을 낀 채 살피고 있었다. 아이들 역시 우리를 의심에 찬 눈초리로 바라보았다. 워크숍의 내용은 해마다 인형극 한 편을 무대에 올리는 과정을 그대로 압축했다. 첫날은 서로 친해지기 위해 몸과 마음을 여는 연극놀이로 시작했다. 공부방에서도 해마다 오디션이 끝나 각 패가 정해지면 2, 3주간은 각 패별로 벽을 허무는 시간을 가진다. 공부방에서 늘 보던 사람들이지만 인형극이라는 하나의 목표로 모인 새로운 공동체에서는 그 공동체만의 또 다른 일체감이 필요하기 때문이다. 인형극 워크숍에서도 마찬가지였다. 처음 연극놀이를 시작할 때는 딱딱하게 굳어 있던 아이들의 몸이 두 시간여를 쉬지 않고 놀면서 풀리기 시작하자, 아이들은 옆에 선 아이의 손을 잡기도 하고 마주 보고 웃기도 했다. 워크숍에 참여한 아이들은 네 시간 동안 온전히 몸을 움직이며 놀아 본 기억이 없었다. 내가 어릴 때는 학교에 갔다 와서 숙제만 해 놓으면 그때부터 잠들 때까지 온통 내 시간이었다. 놀다 시큰둥해지면 방에 들어와 책을 읽고, 인형 놀이를 하고, 그러다 또 심심해지면 나가서 놀았다. 우리는 놀면서 또래 집단의 규칙과 규율을 배우고, 관계를 맺고 그 관계를 이어 가는 법을 배웠다. 놀면서 놀이를 만들어 내고, 그 놀이를 통해 더 재미있고 더 흥미로운 것들을 만들어 냈다. 시간의 노예, 어른들의 꼭두각시가 된 요즘 아이들이 가여웠다.

둘째 날은 '학교', '공부', '시험' 등을 주제로 글을 썼다. 학교에서 하는 대로 글을 잘 쓰려고 애쓰는 아이들에게 우리는 맞춤법, 띄어쓰기를 무시해도 좋으니 가슴에 맺혀 있거나, 머릿속에 꼭꼭 숨겨 두었던 이야기를 꺼내 써 보라 했다. 아이들이 기억과 느낌을 되살릴 수 있도록 예시 글을 읽어 주고 학교생활에 대해 질문을 던졌다. 처음에는 어려워하던 아이들이 곧 바닥에 엎드려 글을 써 내려가기 시작했다. 엄마 아빠의 잔소리, 시험과 공부에 대한 스트레스, 왕따 가해자, 혹은 방관자로서 드는 죄책감, 원활하지 않은 친구 관계, 선생님과의 갈등,

옷과 스마트폰 문제……. 대부분 평범하고 사소한 것이지만 아이들의 기질에 따라, 각자 처한 상황에 따라 그 갈등이 주는 압박이 더하거나 덜했다.

아이들은 "시험 성적에 따라 괴물이 되었다 천사가 되었다" 하는 부모를 두려워하면서도 부모의 지지와 인정을 바랐다. 무엇보다 놀라웠던 것은 시험 성적에 따라 매를 드는 부모들이 많다는 것이었다. 아이들은 친구 간의 따돌림에 대해서도 다양한 반응을 보였다. "나도 당했으니까 한 번쯤 그래도 될 것 같아서", "친구들이 나도 안 놀아 준다고 해서" 따돌림을 했다고 고백하면서, "불쌍한 왕따 친구 편을 들지 못해 마음이 아프다." "우리 반의 중심파인 나는 이중인격자다."라며 죄책감을 드러내기도 했다. 그런데 가장 놀라웠던 것은 아이들이 그런 속마음을 터놓고 이야기해 본 적이 거의 없다는 것이었다.

공부방 아이들 역시 학교에서 따돌림을 당하거나, 성적 때문에 압박을 느끼고 벌을 받는다. 집에서도 제대로 된 돌봄을 받지 못하고 폭력에 노출되기도 한다. 그래서 공부방 문을 여는 순간부터 속상했던 일을 쏟아 내고 눈물을 흘리기도 한다. 그렇게 가슴에 맺힌 것을 풀어야 아이들의 마음이 자란다. 그런데 부모님이 계시고, 학교에서도 평범하게 생활하는 아이들이 자신의 속을 털어놓은 적이 없다니 뜻밖이었다. 아이들 이야기를 들어 보니 부모님이나 선생님과 길게 이야기할 시간이 없었다. 맺힌 것이 많은 아이들일수록 제 속을 털어놓으려면 준비 시간이 필요하다. 자기 이야기를 들어 줄 상대가 자기에게 온전히 열려 있는지, 어떤 편견도 없이 이야기를 들어 줄 준비가 되어 있는지 믿음이 생겨야 속을 털어놓는다. 그런데 어딜 가나 바쁜 사람들뿐이고, 어른이든 아이든 스트레스에 짓눌려 있어 타인의 말에 귀 기울일 여유가 없다. 글쓰기를 하며 처음으로 마음의 문을 연 아이들은 그 문을 금세 닫을 수가 없었다. 대부분의 아이들이 워크숍 시간이 끝났는데도 일어나질 못했다.

"여기서 더 얘기하고 가면 안 돼요?"

"여기서 자면서 선생님들하고 이야기하면 안 돼요?"

그날 인형극 워크숍을 함께 진행한 공부방 청년들이 말했다.

"요즘 아이들은 부잣집 애나 가난한 집 애나 다 똑같이 불쌍해요."

셋째 날, 소극장에서 만난 아이들의 얼굴이 더 밝고 순해져 있었다. 한 아이가 말했다.

"선생님, 글쓰기를 했더니 몸이 가벼워졌어요."

그리고 첫날 연극놀이를 할 때는 손도 잘 잡지 않으려던 아이들끼리 반갑다며 얼싸안고 소극장 바닥을 뒹굴었다. 아이들은 자신들이 쓴 글을 모아 만든 모둠별 인형극 대본을 마음에 들어 했고, 저마다 자신이 인형극의 주인공이라고 생각했다. 아이들이 모둠별로 정한 인형극 제목은 '우리들의 이야기를 들어 주세요', '5개의 악몽', '우리가 바라는 학교'였다.

셋째 날의 작업은 대본에 맞춰 각자 자신이 조작할 인형을 만드는 것이었다. 광목에 인형 본을 그리고 바느질해서 솜을 넣고 얼굴을 그리고 옷을 그려 입히는 과정이었다. 솜을 넣는 동안 아이들은 전날 글쓰기 시간에 다 털어놓지 못한 이야기들을 나누며 즐거워했다. 솜을 인형 몸에 넣은 것인지, 자기가 솜에 묻힌 것인지 헷갈릴 정도가 돼서는 깔깔깔 웃었다. 사흘 만에 경계를 푼 아이들은 "이런 경험은 처음"

이라고 고백했다.

넷째 날은 연출 대본에 따라 소품을 만들고, 인형 조작 연습과 목소리 녹음을 했다. 아이들은 비로소 협동 작업이 어떤 것인지를 배웠고, 인형극 한 편을 무대에 올리는 데 더 중요하고 덜 중요한 사람이 없다는 것도 깨달아 갔다.

닷새째 되는 공연 날, 워크숍에 참가한 아이들의 부모님과 인천아트플랫폼 직원들이 모였다. 첫 순서는 나흘간의 워크숍 활동을 담은 동영상 상영이었다. 영상 속 아이들은 하루가 다르게 표정이 밝아져 갔다. 영상을 보고 나서 자녀가 저렇게 밝게 웃는 모습을 처음 본다고 고백한 부모님도 계셨다. 영상 상영 뒤 본 공연이 이어졌다. 겨우 5분 안팎의 인형극 공연이 관객들에게 그렇게 큰 감동을 줄 줄은 우리도 미처 몰랐다. 많은 부모님들이 인형극을 보다 눈물을 흘렸고, 자신을 '괴물'이라고 하는 아들의 목소리를 들은 어느 어머니는 밖으로 뛰쳐나갔다. 공연이 끝난 뒤, 부모님들은 인형극을 통해 반성했다고 말했다. 인형극을 본 부모들이 어떤 반응을 보일까 긴장하고 살피던 아이들은 자신들을 안아 주는 부모 품에서 행복한 표정을 지었다.

아이들은 인형극 워크숍을 통해 자신의 진짜 마음을 만나고, 처음 만난 친구들과 관계 맺고 소통하는 법을 배웠다. 인형을 통해 해방감도 느끼고, 자기 모습 그대로 인정받고 존중받는 경험도 했다. 그러나 워크숍을 통해 가장 많은 것을 얻은 사람들은 바로 우리였다. 계층이나 소득 수준에 상관없이 '지금 여기'를 살고 있는 아이들의 고통과 어려움을 깊이 알게 되었고, 아이들 안에 살아 있는 순정을 발견했다. 워크숍이 끝나고 나서 나는 우리가 아이들을 초대한 것이 아니라 우리가 아이들 곁으로 초대되었다는 것을 알았다. 첫 번째 인형극 워크숍을 마친 우리는 앞으로 좀 더 적극적으로 아이들의 초대에 응하기로 했다.

2011년 첫 인형극 워크숍 이후, 방학 때마다 인천아트플랫폼뿐 아니라 초등학교, 보육 시설, 노인 복지관, 교사 모임 등에서 다양한 인형극 워크숍을 하게 되었다. 워크숍을 진행하는 시간은 늘 즐겁고 행복했다. 어느 곳을 가든 똑같은 사람은 없었지만 그들이 겪는 아픔은 다르지 않았다. 워크숍을 할 때마다 한 편의 영화나 드라마를 찍은 것 같은 감동이 있었지만 워크숍을 마치고 돌아올 때면 마음이 무거웠다. 무엇을 어떻게 바꿔야 아이들이 행복한 세상을 만들 수 있을지 고민스러웠다. 우리나라 교육은 이미 초등학교, 아니 그 이전부터 오로지 대학 입시에 맞춰져 있어서 모든 교과가 평가 위주였다. 부모들마저 이미 경쟁에 익숙해져 있었고, 자녀가 그 경쟁에서 이길 능력을 마련해 주는 것이 부모의 역할이라고 착각하는 경우가 많았다. 그러나 아이들이 부모에게 바라는 것은 성과에 대한 지지가 아니었다. 부모들한테 넘치는 관심과 기대를 받는 아이들이나, 부모에게 버림받고 사회의 편견에 깊은 상처를 받은 아이들이나 모두 원하는 것은 한 가지였다. 있는 그대로 사랑받고 존중받는 것, 그것뿐이었다.

서울의 어느 학교에서 만난 아이는 과잉 행동 장애 진단을 받았다고 했다. 그 아이는 무려 11개의 사교육을 받고 있었는데 세종과학예술영재학교에 입학한 누나와 비교되는 것에 스트레스를 받고 있었다. 인형극 워크숍 둘째 날 글쓰기를 하는데 자기가 과잉 행동 장애라며 자신에 대해 부정적인 말을 쏟아 내더니 주제와 상관없는 정보만 나

열했다. 그때 워크숍을 진행하는 공부방 대학생이 부모님 없이 자랐던 초등학교 시절의 외로움과 열등감을 고백하며 말했다.

"똥 싸기 글쓰기는 이렇게 다른 사람한테 말하기 힘든 걸 털어놓는 거야. 마음의 똥을 싸는 거나 마찬가지지. 처음에는 어렵지만 마음을 털어놓고 나면 그만큼 가슴속이 시원해진다? 너도 한번 해 봐."

그러자 아이가 갑자기 엎드려 시를 한 편 써 내려갔다.

나는 학원을 열한 개 다닌다.
숙제를 하다 벽 모서리에 거미줄을 봤다.
거미줄에 파리가 걸려들었다.
거미가 파리를 잡아먹었다.
그 거미가 꼭 내 모습 같아 화가 났다.
거미줄을 걷어 거미를 잡아서 막 밟아 죽였다.
바보 같은 거미, 나쁜 거미.

공부방 대학생은 말없이 그 아이를 안아 주었다. 아이는 갑자기 시를 더 써도 되느냐고 묻더니 한달음에 세 편이나 더 썼다. 마지막 시는 엄마에 대한 것이었는데 마지막 연에 이렇게 썼다.

"엄마, 엄마 품에 안겨서 자고 싶어요."

한번은 시골 학교로 인형극 워크숍을 갔다. 도시 아이들과 똑같이 '학교'를 주제로 글을 썼는데도 농촌 아이들의 글에서는 원망, 한탄, 분노가 보이지 않았다. 그곳 아이들은 도시 아이들과 달리 주로 점심시간이나 방과 후에 놀다가 친구들 사이에서 생긴 갈등이나 화해, 학교나 집에서 생긴 엉뚱한 사건들이 글의 소재가 되었다. 대부분의 농촌이 그렇듯이 그 학교에도 조손 가정이나 한부모 가정 아이들이 많았지만 그래도 도시 아이들과 다른 여유가 있었다. 시골 학교 아이들은 뒷마당에다 닭을 키우며, 닭이 알 낳는 것을 관찰하고, 닭장을 탈출한 닭을 몰아 닭장에 넣어 주며 놀았다. 점심시간에는 여학생 남학생 가리지 않고 다 같이 축구를 하고, 눈이나 비가 오면 학교 강당에서 전 학년이 모여 놀았다. 그중 4학년 아이의 글이 우리에게 '진짜 학교'가 어떤 곳이어야 하는지 가르쳐 주었다.

학교 나무에서 매미의 허물을 봤는데 매미가 아직 허물 속에 있었다. 갑자기 매미의 허물이 움직이더니 초록색 매미의 몸이 조금 보였다. 그러다가 매미의 얼굴이 보이더니 몸이 보였다. 매미가 나올 때 엄청 힘들어 보였다.
허물에서 다 나오더니 몸을 말리기 시작했다. 그리고 매미가 몸을 다 말리더니 날아갔다.
하나의 생명이 탄생하려면 엄청 힘들구나 하고 생각했다.

2013년 여름에는 백령도 초등학생들과 인형극 워크숍을 하게 되었다. 백령도에서의 닷새는 우리에게 또 새로운 자극이 되었다. 육지에서 고립된 대한민국 최북단의 섬, 군사적 요충지인 그곳 아이들이 처한 현실은 육지에서 만난 가난한 아이들과는 또 달랐다. 어려운 처지와 상관없이 아이들은 밝고 맑았다. 워크숍을 마치고 인천으로 나오던 날, 아이들이 선착장까지 배웅을 나왔다. 우리와 헤어지기 싫어서 파도가 치거나 안개가 끼길 기도했다던 아이들은 배가 보이지 않을 때까지 손을 흔들었다.

사실 워크숍은 외롭고 상처 입은 아이들을 만나는 매개에 지나지 않는다. 아이들에게는 몸을 부대끼고, 타인을 인식하고, 협동을 배우는 자연스러운 공동체가 필요하다. 글을 쓰고, 그림을 그리고, 연기를 하고, 인형극 한 편을 무대에 올리는 경험을 주는 것은 분명 좋은 예술 프로그램이지만 아이들이 진짜로 갈망하고 열망하는 것은 자기와 눈을 맞추고, 웃어 주고, 안아 주는 사람들을 만나는 것이다. 우리의 과제는 만석동과 강화 공부방 아이들뿐 아니라 인형극 워크숍을 통해 만난 아이들과 지속적인 관계를 맺을 수 있는 길을 찾아내는 것이다. 첫 백령도행 이후, 우리는 방학 때마다 백령도를 방문했다.

우리는 백령도 인형극 워크숍 때부터 공부방 청소년들을 워크숍에 참가시켰다. 처음에는 귀한 방학 동안 낯선 아이들과 지내는 것에 거부감을 드러냈지만 한 번 간 뒤로는 이모 삼촌들이 권하지 않아도 자진해서 자원봉사자로 참여하기 시작했다. 공부방에서 자란 청소년들은 자신을 닮은, 혹은 자신보다 더 외롭고 아픈 아이들과 지내는 나흘 동안 온 마음과 몸을 열어 함께한다. 그러나 워크숍이 끝나면 얼굴이 어두워진다.

"이번에 만난 아이들도 정말 예쁘고 좋은데, 마음이 너무 아파요. 이 아이들을 계속 만날 수 없어서 미안하고 걱정돼요."

심지어 올해 인천의 한 초등학교에서 워크숍을 하고 나서는 중3과 고1 아이가 울음을 터뜨렸다.

"우리랑 같이 인형극 워크숍 한 아이들 15명을 다 우리 공부방에 다니게 하면 안 돼요?"

인형극 워크숍을 마칠 때마다 아이들은 워크숍이 나흘밖에 안 돼서, 혹은 닷새밖에 안 돼서 아쉽고 속상하다며 울먹인다. 진행한 우리는 아이들에게 맑고 따뜻한 마음을 숨기지 않고 나눠 줘서 고맙다고 말한다. 그리고 우리끼리 다짐한다. 아이들을 만나서 행복했던 그 시간을 되갚기 위해 더 노력하자고.

아주 오래전, 인형의 세계에 빠져 있던 얼뜨기 소녀의 꿈인 인형극이 공부방 아이들에게 새로운 세상을 만나게 했고, '지금 여기'를 사는 또 다른 아이들에게 힘이 되었다. 그리고 인형극과 같이 중·고등학교 시절을 보낸 청년들은 창작 집단 도르리를 만들었다. 도르리는 해군 기지 반대 싸움을 하던 제주 강정마을 이야기를 담은 『너영 나영 구럼비에서 놀자』에 삽화를 그렸다. 또 2010년 정기 공연에서 처음 무대에 올린 뒤, 소극장과 용산 남일당 참사 현장, 대한문 앞에서 공연했던 「도깨비 삼 형제 이야기」를 그림책으로 만들었다. 그 책이 『6번길을 지켜라 뚝딱』이다.

나와 우리 공동체는 제2, 제3의 도르리를 꿈꾼다. 그리고 아직 유랑 인형극단의 꿈을 포기하지 않았다. 전국 방방곡곡으로 인형극 무대를 싣고 다니며 우리처럼 가난하고 약한 사람들에게 작은 위로와 힘이 되고, 그곳에서 만난 아이와 인연을 맺어 가는 꿈 말이다.

10

평화를 이해하는 방식

공부방을 처음 시작했을 때부터 우리는 아이들 안에 내재된 폭력과 맞서야 했다. 나이가 든 지금도 내가 차마 입에 담지 못하는 욕이 아이들에게는 일상 언어였고, 집에서나 학교에서나 매를 들어야 겨우 몸을 움직이는 게 습관이 되어 있었다. 그러니 공부방에서도 욕과 주먹다짐이 떠나질 않았다. 욕과 폭력을 하거나 쓰지 말자는 규칙을 수도 없이 만들었지만 쉽게 고쳐지지 않았다. 그래서 2002년, 공부방에 '평화 지킴이'를 만들었다. 평화 지킴이는 6학년 아이들이 돌아가면서 맡기로 했다. 당시 6학년 아이들 가운데는 힘이 곧 정의라고 생각하는 아이가 있는가 하면 학교나 동네에서 따돌림을 당하는 아이도 있었다. 우리는 아이들이 평화 지킴이 활동을 하면서 스스로 주먹보다 말로 문제를 해결하는 법을 배울 수 있기를 바랐다.

임명장을 받아 든 아이들은 평소와 다르게 행동하려고 노력했다.

평화 지킴이가 하는 일은 공부방 안에서 다툼이나 갈등이 생기면 동생들과 함께 왜 싸움이 일어났는지, 어떻게 해결하는 것이 좋은지 대화로 찾도록 돕는 것이었다. 문제를 해결하면, 초등부 아이들이 다 모인 자리에서 싸움의 원인과 화해 방법을 발표하게 했다. 처음엔 어색해했지만 조금씩 평화 지킴이가 자리를 잡았다. 평화 지킴이는 해마다 6학년이 맡았다. 그런데 3년이 지나자 아이들 사이에서 평화 지킴이가 또 다른 힘이 되었다. 평화 지킴이는 감투나 완장이 아니라는 걸 이해시키기는 쉽지 않았다. 회의 끝에 공부방 아이들 모두가 평화 지킴이가 되는 것으로 평화 지킴이를 해체했다.

공부방 아이들은 약한 동생들이 힘센 아이들에게 맞는 것을 보면 외면하지 않고 개입해 대화하고 사과하게 노력한다. 학교에서나 동네에서나 약자인 아이들은 중립을 지키며 다른 사람의 고통을 모르는 척하는 것도 폭력임을 누구보다 잘 알고 있다. 아이들에게 평화는 약한 이의 편을 드는 것이다. 아는 것과 실천하는 것 사이에는 많은 괴리가 있지만 최소한 그 원칙을 지키려고 애쓰는 모습을 보면 희망이 생긴다. 공부방 아이들은 적어도 평화가 단지 싸움이 없는 것, 때리지 않는 것이 아니라 서로 이해하고 존중받는 것임을 인식하고 있다.

2002년 중학생이었던 효순이, 미선이가 의정부에서 미군 장갑차에 깔려 죽는 사건이 일어났다. 공부방 중·고등부 학생들은 광화문에서 열리는 촛불 집회에 참여하길 원했다. 우리가 아이들과 거리로 나간 것은 아마 그때가 처음이었을 것이다.

2003년 미국의 이라크 침공을 앞두고 전 세계의 평화 활동가들이

죄 없는 어린이와 여성들이 희생양이 될 전쟁을 자신의 몸으로 막아보겠다고 이라크로 모이기 시작했다. 우리나라 평화 활동가들도 전쟁을 막는 '인간 방패'가 되기 위해 이라크로 떠났다. 그때 공부방 아이들과 친분이 있던 동화 작가 박기범도 이라크로 떠났다. 공부방 아이들은 박기범 삼촌을 위해 40일 동안 날마다 평화의 꽃을 접고 기도를 했다. 그리고 주말이면 손수 만든 피켓과 플래카드를 들고 대학로로 나갔다. 박기범 삼촌이 무사히 한국으로 돌아온 뒤에는 삼촌의 친구인 살람 아저씨를 통해 이라크 어린이들과 편지를 나누었다. 답장이 오가는 데 석 달에서 반년씩 걸리기도 했다. 한번은 공부방 아이들이 정성스럽게 보낸 선물에 대한 보답으로 이라크 아이들이 선물을 보내왔다. 선물 상자에는 이라크 어린이들이 암시장에서 산 색연필과 볼펜, 공책, 이라크 전통 자수로 만든 벽걸이, 할아버지한테 물려받은 그림 같은 귀한 선물들이 있었다. 선물을 받은 아이들은 이라크 친구들의 그 마음이 고맙고 미안해서 펑펑 울었다. 아이들에게 이라크의 평화가 더 절실해졌다. 지구 저편 이라크란 나라에는 친구 하산이 살고 살람이 살았다. 공부방 아이들에게 평화는 그저 폭력의 반대가 아니라 누군가를 사랑하고, 기다리고, 아파하고, 함께 눈물 흘리고, 손을 잡는 일이 되었다. 그 뒤로 우리는 용산 남일당, 4대 강, 두물머리, 제주 강정을 찾아갔고, 거리 집회에 나섰다.

2014년 4월 16일 세월호 사건이 일어났다. 공부방 식구들은 주말마다 청계광장으로, 시청으로, 광화문으로 나갔다. 고3이던 둘째 딸은 안산 집회에 두 번 참여한 뒤에는 100일, 200일 행사에만 갔다. 주말에도 서울로 가는 엄마에게 딸은 미안한 마음을 감추지 못했다.

"엄마, 내 몫까지……."

그래도 시험을 앞두고는 주말에라도 밥을 챙겨 주기 위해 나도 집에 남았다. 그러면 나나 딸이나 하루 종일 마음이 편하지 않았다. 언제부턴가 평범한 일상, 소박한 행복을 누리는 것이 이기적이고 미안한 일이 되었다. 강정이 그랬고, 콜트콜텍이 그랬고, 용산이, 쌍용자동차가, 대추리가 그랬다. 그래서 우리는 여력이 되는 한 주말이면 연대가 필요한 현장으로 갔다. 세월호 사건이 일어난 뒤에도 마찬가지였다. 같은 부모로서, 같은 시민으로서 할 수 있는 일이 그것밖에 없어서다. 만석동과 강화에 서로 떨어져 사는 한빈이와 래원이는 광화문에서 만나면 반갑다며 얼싸안고 소리를 지른다. 하준이와 예준이는 걸음마를 배우기도 전에 나와서 연단에 선 누군가가 구호를 외치면 따라서 소리를 지르고 박수를 쳤다.

깃발 한번 든 적 없지만 아이들과 길 위에서 함께 걷는 우리를, 어떤 이들은 아무것도 모르는 아이들을 앞세운 철없고 파렴치한 부모로 몰았다. 심지어 초등학교 동생들의 손을 잡고 행진하는 우리 중·고등학생들을 보며 어린애를 데리고 집회에 오는 건 아동 학대라고 충고했다. 이모 삼촌들이야 한 귀로 듣고 한 귀로 흘리면 되지만 예민한 청소년들은 그 말에 상처를 받는다.

공동체 아이들은 평화를 위해 함께 힘을 모아야 할 일이 있을 때 공부방 식구들이 다 같이 집회에 가는 걸 당연하게 여긴다. 지금 아홉 살인 한선이, 예담이가 세 살 때는 엄마 등에 업히고 아빠 팔에 안겨 용산 남일당을 자주 찾았다. 남일당 유가족들은 그 아이들을 조카, 손자처럼 반갑게 맞아 주었다. 지금도 가끔 거리에서 유가족들을 만나면 아이들은 친척을 만난 것처럼 반가워한다. 지금 대학생들이 초등학생일 때는 대추리에 갔다. 김밥을 싸 가서 마을 담에 그림을 그리고, 공연을 하고, 대추분교에서 뛰어놀았다. 대추분교가 철거된 걸 보며 펑펑 울던 아이들이 중학생이 되었을 때 용산 남일당 참사가 일어났고, 고등학생 때는 제주 강정이 짓밟히는 것을 보았다.

우리 아이들은 자신들이 '길 위의 신부' 문정현 신부님의 아주 소중한 친구라고 생각한다. 아이들은 문 신부님과 평화 유랑단 '평화바람'의 이모 삼촌이 가 계신 곳은 자신들에게도 중요하고 의미 있는 곳이라고 여긴다. 아이들은 가끔 왜 평범하고 힘없는 사람들만 만날 이런 슬픔을 겪는지 묻는다. 우리는 너희는 아직 어려서 모른다는 말을 하지 않는다. 우리가 아는 만큼 이야기를 해 준다. 길게는 15년, 짧게는 2, 3년이 지나면 청년이 될 아이들에게 평화는 혼자 지킬 수 없고 여럿이 함께 지켜야 한다는 것을 반드시 알려 주어야 한다고 생각하기 때문이다.

아이들은 평화를 지키는 게 힘들다는 걸 안다. 참아야 하고, 기다려야 하기 때문이다. 그래도 아이들은 조금 불편해도 평화가 더 좋다고 말한다. 공부방에서는 가장 약하고 어린 아이가 높임을 받는다. 그렇게 존중받아 본 아이들은 자기보다 어린 아이가 왔을 때 그렇게 존중해 준다. 평화란 아무 일도 일어나지 않는 상태가 아니라 나와 우리가 살고 있는 세상에 끊임없이 관심을 갖고 문제를 해결해 나가는 것이다.

10년 전 이라크에서 온 편지에는 이라크 아이들이 겪는 전쟁의 비극이 그대로 담겨 있었고, 우리 아이들의 답장에는 그 비극을 다 헤아릴 수는 없더라도 진심으로 아파하는 마음이 담겼다. 한 번도 서로 만난 적 없지만 아이들은 영상 편지를 쓰다가 눈물을 쏟고, 선물 보따리를 풀다 울었다. 그때 편지를 주고받던 이라크 친구들 중에는 끝내 하늘나라로 떠난 친구도 있고, 아직도 평화가 먼 그곳 땅에서 청년이 되어 살아가는 친구도 있다. 우리 아이들 역시 대부분 노동자가 되었고, 더러는 대학생이 되었다. 그때 그 경험이 아이들을 평화 운동가로 만든 것은 아니다. 그러나 한때의 경험은 이라크 아이들과 한국의 가난한 아이들이 서로를 기억하는 고리가 되었다. 또 지구 저편 어딘가에서 일어나는 전쟁이나 부당한 폭력, 착취에 대해 아이들이 "왜?"라는 질문을 하고, 그 일이 내 주위에서 일어났을 때 무관심하지 않고 분노할 수 있는 바탕이 되었다. 2005년 무렵 아이들이 주고받은 편지를 소개한다.

아이들이 나눈 이 마음을 존중할 수 있는 사회가 되길 바라며.

전현철에게.

안녕? 잘 지내니, 친구야?

내 이름은 무하마드 탈리브야. 난 열 살이야. 난 바그다드에서 살고 있어. 나 역시 이라크에 있는 다른 모든 아이들이 그렇듯 평범한 아이들과 같은 생활을 하지 못하고 있어.

평범한 아이들처럼 지내지 못하고 있다는 건 내 생각이야. 하지만 평범한 아이들은 놀 수도 있고 하고 싶은 걸 할 수 있지만 우린 아무것도 할 수 없는걸. 어떨 때는 학교도 못 가고 계속 집에만 있을 때도 있어. 하지만 우린 집 안에서 할 게 아무것도 없어.

어느 날 아빠와 살람 삼촌이 한국에 사는 어떤 아이가 내 친구가 되고 싶다며 편지를 보냈다고 하시는 거야. 그 이야기를 들었을 때 얼마나 행복했는지 몰라. 날 생각하는 사람이 있다니, 그리고 그냥 아무 사람이 아니라 한국에 사는 사람이라니! 이 사실에 난 정말 기뻤어.

네 편지가 나에게 얼마나 큰 의미인지 꼭 말해 주고 싶었어. 네 편지를 여러 번 학교에 들고 가서 친구들에게 보여 줬어. 우리가 계속 친구로 잘 지냈으면 좋겠고, 네가 나에게 편지를 많이 써 줬으면 좋겠다.

편지에 음악을 좋아한다고 그랬지? 넌 틀림없이 행복하겠구나. 즐거운 시간을 보내고 있겠어.

언젠가 나도 너처럼 즐겁게 놀 수 있으면 좋겠다. 하지만 지금은 그럴 수 없어. 상황이 너무 좋지 않거든. 내 바람이 뭐냐고 물었지? 내 바람은 미군들에 의해 부서졌어. 그들 때문에 난 친구들과 놀 수도 없어. 그들 때문에 난 컴퓨터나 영어를 배울 수도 없어. 그들 때문에 내가 좋아하는 걸 아무것도 할 수 없어. 미국이 나에게 준 거라곤 딱 두 가지뿐이야.

'가난 그리고 피.'

너와 영원히 친구로 지내고 싶어. 약속해 줄래?

네 편지가 날 얼마나 행복하게 했는지 몰라. 언젠가 널 꼭 만나고 싶어.

안녕, 내 제일 친한 친구 현철아.

무하마드 탈리브에게.

안녕? 무하마드 탈리브야.

그때 너에게 편지를 보낸 전현철이야. 이제 열두 살이 돼.

그리고 네가 내가 보낸 편지를 받아서 나에게 답장이 왔다니까 너무 기뻤어. 그리고 너에게 행복과 평화가 왔으면 좋겠어. 내일이면 전쟁이 끝나고 행복과 평화만 찾아왔으면 좋겠다.

그리고 난 요즘 5학년이 되었어. 너에게 편지를 받으니까 네가 어떤지 알겠어. 이제 피와 가난이 없어지고 죽음도 없어졌으면 좋겠어. 평화만이 찾아왔으면 좋겠어. 이제 우리도 같이 만나서 함께 놀고 그러고 싶어. 그걸 생각하니 행복하다. 제발 평화가 오길 기원할게.

그리고 우리가 전쟁을 당하면 정말 싫을 거야. 나도 처음엔 그냥 전쟁하면 한 거라고 생각했지만 내가 전쟁을 당했다고 생각하니 너무 무서웠어. 실제로 당하면 무서울 거라 생각해.

그리고 너의 편지는 정말 행복했어. 이제부터 우리 이렇게 편지 자주 보내자. 그리고 전쟁이 끝나고 평화가 오면 정말 만나자.

네 편지처럼 이제 행복해지길 기원해.

안녕, 내 제일 친한 친구 무하마드 탈리브.

3부

강화의 시골에서 다시 희망을 배우다

1

자연이
아이들을
어루만져 줄까?

2015년 5월 23일은 부처님 오신 날을 끼고 있는 황금연휴였다. 어린이날 행사 뒤, 3주 만에 공동체 식구들이 다 모였다.

우리는 10년째, 모내기를 공동체 울력으로 한다. 2005년 처음 모내기를 할 때는 겨우 두 마지기 반을 모내는 데에 하루가 걸렸다. 손모(손으로 심는 모)를 한다는 말에 호기심으로 우리를 바라보던 마을 어른들에게는 놀림감이 되었다. 그러나 이제 다섯 마지기 논도 하루면 너끈하다. 이앙기로 심어도 될 모를 애써 손모로 내는 까닭은 공동 노동이 주는 힘과 위로 때문이다. 중학생부터 50대 이모 삼촌까지 한 줄로 서서 모를 심는 것은 참 행복한 경험이다. 우리 논은 외포리 바다가 보이는 건평리 벌판에 있기 때문에 모를 내다 허리를 들어 바라보는 풍경도 참 좋다.

공동체 모임에서 모내기 날을 정하는 기준은 일할 사람이 가장 많은 날이지만, 정작 모임에서 가장 많이 신경 쓰는 것은 저녁으로 삼겹살을 먹을 때 빠지는 사람이 가장 적은 날이다. 올해 2015년에는 토요일에도 출근하는 사람이 꽤 있어서 토요일에 모여 포도밭 일을 하고 저녁에 삼겹살을 같이 먹고, 다음 날 아침 일찍부터 모내기를 하기로 했다.

올해는 아기가 있는 엄마가 셋이나 되고, 어린이날 다리를 다친 사람에다 지병이 도진 친구도 있는가 하면 작년에 갑상선암 수술을 받은 한 후배는 암이 전이된 상태여서 일손이 많이 부족할 줄 알았다. 다행히 공부방에 다니는 정석이네와 현서네 가족이 참여해 오히려 작년보다 많은 인원이 모내기를 할 수 있게 되었다.

이른 아침 뻐꾸기 소리를 들으며 잠에서 깨 서둘러 아침을 먹고 다같이 논에 갈 채비를 했다. 중학교 1학년인 현서, 규민, 세은, 민세, 연서, 그리고 고등학생 규원, 정민, 한세, 우형, 하은, 그리고 대학생 솔비, 연수, 슬기, 혜원, '직딩'이 된 진경, 종례, 성수, 성민, 단비 그리고 이모 삼촌들이 논으로 가고 아기 엄마들과 몸이 불편한 사람들은 부엌을 맡기로 했다.

트럭을 타고 내려가는 산길엔 아카시아와 찔레꽃이 한창이었다. 5월에 걸맞지 않은 무더위가 찾아왔지만 바닷바람은 시원했다. 작년에만해도 힘들다 투덜대던 고등학생들이 올해는 제법 의젓하게 일을 잘해내는 반면 중학생들은 여전히 투덜거렸다. 게다가 작년에는 중학생들만 일을 시킨다고 부러워하던 규민, 현서가 반나절도 안 돼 힘들다고 투정을 부렸다. 그래도 누나들의 격려와 애교로 입가에는 웃음이 떠나지 않았다. 모내기는 다른 밭일과 달리 조화가 중요하다. 내가 아무리 손이 빠르다 해도 혼자 앞서 나갈 수 없기 때문이다. 내가 꾀가 난다고 게으름을 피울 수도 없다. 그러면 옆 사람이 해야 할 몫이 늘기 때문이다. 모내기는 공동 울력의 의미를 배우는 데 가장 좋은 일이다.

모내기를 마친 논에 석모도 해명산으로 넘어가는 해가 담기고 우리 그림자가 담겼다. 5월의 논에 세상의 평화가 고스란히 담긴다. 아이들은 모내기를 마치고 나서 입으로는 팔다리가 뻐근하고 쑤신다고 투덜거렸지만 얼굴은 공연 이후로 가장 환하게 빛이 났다.

열한 가족이 다 모인 2015년 모내기는 그 어느 때보다 행복했다. 아픈 사람이 있고, 아직 좌충우돌하는 청년들이 있지만 내게는 그 아픔마저 아름답게 보였다. 공동체에 닥친 이런저런 위기들이 해결의 실마리가 보이지 않았지만 그래도 함께 나눠 먹는 밥 한 끼에 우리는 진심과 사랑을 담는다. 그리고 그 힘으로 다시 새로운 날을 시작한다.

농촌 공동체를 꿈꾸기 시작한 것 역시 아이들 때문이다. 1990년대 초, 동유럽 사회주의 국가가 무너지면서 혼돈에 빠졌던 한국 진보 세력은 공동체에 관심을 갖기 시작했고, 여러 가지 책들이 쏟아져 나왔는데 그 바탕에 농촌 공동체가 있었다. 나는 그런 변화가 싫지 않았다. 그래서 우리도 함께 다양한 공동체 관련 서적을 읽고 토론했다. 그러나 언제나 그렇듯이 구체적인 시작은 아이들로부터 왔다. 농촌 공동체를 처음 꿈꾸던 무렵에 쓴 일기 몇 편을 싣는다.

1994년 7월 12일

새벽 2시다. 더는 실랑이를 해 봤자 소용없겠다는 생각이 든다.

서너 시간 전에 누군가에게 맞고 있다는 전화를 받았을 때만 해도 우린 녀석들에게 또 한 번 속기로 했다. 삼미사에서 서해조선까지 살살이 뒤져도 나타나지 않는 녀석들이 어딘가에서 우리를 비웃고 있을 것 같았다. 그런데 남편과 윤보가 끝내 아이들을 찾아 가출한 지 9일째인 영준이까지 굴비 엮듯 줄줄이 잡아 왔다. 벌써 1년 넘게 이 녀석들과 씨름을 해 왔다. 이틀이 멀다 하고 새벽잠을 설치게 하는 아이들의 사고에도 이젠 꽤 무뎌졌다. 그런데 남편은 더는 한 놈도 잃을 수 없다며 잡아 온 아이들에게 매를 들었다. 나는 남편의 그 분노와 안타까움이 아이들의 일탈을 막을 수 없다는 걸 안다.

일주일 전, 고1 범준이가 아버지와 함께 대마초 흡연으로 구속되었다는 소식이 들려왔다. 구속 하루 만에 미성년자라는 이유로 풀려난 범준이는 아이들에게 영웅이 되어 돌아왔고, 아이들은 범준이가 신문에 나왔다며 부러워했다. 몇몇 아이들은 범준이 못지 않은 일을 벌여서라도 영웅이 되고 싶어 했다. 자신들이 무엇을 잘못했는지 분별조차 못 하는 아이들을 집으로 돌려보냈다. 새벽에 집으로 돌아간다 한들 그 시간까지 그들을 기다리고 있을 사람은 없을 게 분명하지만 어쩔 수가 없다. 남편과 멍하니 시간을 보내다 보니 어느새 동이 터 왔다. 공부방 시간이 되었다. 초등학교 1, 2학년 아이들은 공부방에 들어오자마자 학교에서 있었던 일을 재잘거리고, 한쪽에서는 어느새 다툼이 일어난다.

초등학교 2학년이 되도록 자 대고 직선 하나 긋지 못할 정도로 손이 무딘 재원이는 걸음마를 뗄 때부터 다섯 살까지 공장 식당에서 일하는 엄마를 따라 하루 종일 식당에서 지냈다. 바쁜 엄마는 재원이의 목에다 과자가 든 깡통을 매 주었고 재원이는 엄마 품이 그립고, 배가 고플 때마다 그 과자를 꺼내 먹었다. 아이가 손을 쓰는 것은 무언가를 먹을 때뿐이었다.

일곱 살까지 창문 없는 방에서 하루 종일 갇혀 지내야 했던 여진이는 아직도 사람의 눈을 제대로 보지 못하고, 자기 얼굴을 그릴 때면 고양이 눈을 그린다. 공부방 아이들은 저마다 다른 환경에서 유아기를 보냈다. 어떤 아이는 언어 발달이 늦고, 어떤 아이는 분노 조절이 안 되고, 어떤 아이는 자폐 성향이 있다. 그러나 평등한 대한민국에서 태어나 자란 까닭에 초등학교에서 받는 교육 내용도 평등하다. 초등학교에 입학할 때까지 제 이름 한번 써 보지 못한 아이도, 대여섯 살에 한글을 떼고 덧셈 뺄셈을 해 본 아이와 다름없이 똑같은 교육 과정을 밟아야 한다. 그러니 공부방 아이들은 입학하면서부터 학습 부진아가 되고 부적응아가 된다. 자꾸만 생각한다. 이 아이들을 앉혀 놓고 공부를 하는 것이 얼마나 도움이 될까? 문득 지난달 부모회에서 한 엄마가 한 말이 떠오른다.

"우리 애는 아홉 살인데 라면도 잘 끓여 먹고 동생도 잘 보고 텔레비전에 나오는 것은 한 번 들어도 다 외울 만큼 머리도 좋은데 왜 학교에서는 늘 부적응 아동이라고 적힌 생활 기록부만 받아 오는지 모르겠어요."

아이를 위해 2년 동안 250만 원을 부어야 하는 컴퓨터를 할부로 샀다는 그 엄마의 이야기가 아직도 마음 한구석을 무겁게 내리누른다.

유난히 힘들었던 학기라서 그런가? 올해는 캠핑을 준비하면서
도 마음이 무거웠다. 어쩌면 그래서 더 멀리 갈 용기를 낸 것인지
도 모르겠다. 처음으로 버스를 빌려서 멀리 떠난 캠핑, 가톨릭농
민회가 있고 성당에 숙식 가능한 집이 딸려 있다는 말에, 아르바
이트로 캠프에 참여하지 못하는 이모 삼촌들이 많은데도 무리하
게 잡은 캠프였다. 재양 엄마마저 없었다면 더 힘들 뻔했다. 그러
나 60년 만에 닥친 가뭄 때문에 물놀이가 가능할 줄 알았던 강은
다 말라 버렸다. 다행히 큰삼촌이 고추 농장과 양계장에서 농촌 체
험을 할 수 있는지 알아보고 왔다. 그리고 첫째 날 저녁, 중·고등
부 아이들과 담당자들의 '라이프 스토리'가 시작됐다. 공부방에서
도 글쓰기를 하면서 털어놓은 적이 있는 이야기들이지만 이번에
는 이모 삼촌도 아이들과 똑같이 이야기하기로 했다. 우리들의 현
재, 과거가 그들과 같은 크기의 가난과 아픔을 딛고 있음을 말하고
현재 아이들의 아픔을 더 깊게 느끼기 위해. 그리고 우리 공동체의
비전에 대한 실마리를 혹시 얻을 수 있을까 해서…….

　"엄마가 집을 나갔어요. 동생들이 물어요, 나한테……. 언니는
엄마 이름 알아? 그리고 아빠도 소식이 없어요. 그런 생각도 들어
요. 할머니, 할아버지 너무 힘드시지만 돌아가시면 어차피 내가 평
생 동생들 돌봐야 할 텐데 왜 벌써부터 내가 이 모든 걸 해야 하나.
친척들은 인간 같지도 않아요……."

　"우리 엄마를 할머니가 너무 미워했어요. 너무 가난해서 시골을

떠났어요. 처음 여기 왔을 때 잘 데도 없었어요. 누군가가 우릴 불쌍하게 생각해서 방 하나를 줬어요. 지금 우리는 보통으로 살지만 아빠는 술만 먹으면 날 때려요. 날 바보라고 놀려요."

"그때는 43번지에 살았어요. 공중화장실 옆이 우리 집이었는데 엄마는 매일 일하고 울고, 오빠가 못 걷는다고 아이들이 놀리면 내가 대신 때려 줬어요. 그러다가 정우가 태어나고 정우도 오빠 같은 병이라는 걸 알게 되었어요. 엄마가 오빠와 정우 때문에 신경을 쓰는 걸 보고 나는 알아서 했어요. 그러면서도 나는 아무것도 아니고 바보라고 생각했어요. 그런데 엄마가 나한테도 사랑한다고 말하는 거예요."

아이들이 힘겹게 말하는 이야기에 이모 삼촌들도 조심스럽게 자신들의 이야기를 꺼냈다. 어쩌면 이 결핍과 상처가 우리를 만나게 했는지도 모르겠다.

"더는 못 참겠어서 엄마랑 동생이랑 집을 나왔는데…… 난 사실 방학이 되면 엄마랑 같은 공장 다니는 게 너무 싫어요. 일은 힘든데 돈은 많이 못 벌고…… 공부방에 더 많이 나와 아이들을 만나고 싶고, 친구들도 만나고 싶은데 학비를 벌어야 하니까."

"가난한 우리 식구들은 막내인 나를 돌볼 시간이 없었어요. 그날도 식구들이 우르르 나가는 걸 보고 제가 따라 나오다가 부뚜막으로 떨어졌대요. 그런데 거기에 펄펄 끓는 물이 담긴 솥이 있었던 거죠. 부모님은 제가 그냥 죽을 줄 알고 알코올에 담가 방 한구석에 밀어 놨었대요……. 방학이면 학비 버느라 노가다를 뛰어야 하는 것도 많이 힘들고 미래도 걱정이죠."

"아버지를 이제는 그냥 그대로 인정하려고요. 원망도 미움도 많이 줄었어요. 나는 공부밖에 할 게 없었어요. 동생은 그림만 그렸고. 엄마는 야간 일도 마다하지 않았죠. 우리 아버지는 어딘가에서 노름을 하고 있었고. 군대 가 있는 3년 동안 공부방에서 만난 사람들만큼 좋은 사람이 없다는 걸 절실히 깨달았어요. 사실 제가 고생하는 우리 집을 생각하면 대학을 졸업하고 취직해서 돈을 벌어야 하는데, 마음 한쪽으로는 여기 공부방에 계속 남아 함께하고 싶어요. 사실 그 마음이 커요. 그래서 결정이 되면 여러분들 앞에서 얘기 할게요."

너무나 힘겹게 서로를 알아 가는 시간이었다.

이야기를 마치고 창밖을 보니 어느새 어둠이 물러가고 있었다. 중·고등부 아이들과 대학생 후배들은 꾹꾹 눌러 놓았던 자신들의 이야기를 꺼내 놓고는 패잔병처럼 강당 여기저기에 쓰러져 잠이 들었다. 나는 그 강당에 앉아 한참 동안 창밖만 내다보았다. 어둠이 흐려지면서 희끄무레해지던 창으로 금빛 햇살이 비쳤다. 나는 잠든 아이들이 깨지 않도록 조심스럽게 성당을 나왔다. 논에는 동트기 전부터 김을 매기 시작한 농부의 굽은 등이 보였다. 60년 만의 가뭄 때문에 하루하루 마음을 졸이며 논밭을 돌본다던 공소 회장님의 주름진 얼굴이 떠올랐다. 가끔은 아이들과 하는 이 씨름이 무의미한 일처럼 느껴질 때가 있다. 가뭄으로 갈라진 논에 물을 채우는 일이 쉽지 않은 것처럼, 사랑에 주려 말라 터진 마음을 다시 살아나게 하는 일 또한 쉽지 않다. 그러나 이 가뭄에도 작물 한 포기를 포기할 수 없는 농부처럼 우리 또한 아이들을 포기할 수 없다.

가뭄으로 끝이 노랗게 탄 힘없는 벼 너머로 해가 솟아올랐다. 다시 무더운 여름의 하루가 시작되었다. 그래도 아침을 지으러 부엌으로 가는 발걸음이 한결 가벼워졌다.

캠프 마지막 날 솔티공동체(친환경 순환 방식으로 농사짓는 공동체)에서 닭똥을 치우는 남자아이들의 얼굴이 환하게 빛났다. 퇴비를 퍼 담는 아이들의 얼굴이 무척 뿌듯해 보였다. 공연 날 무대에서도 볼 수 없었던 당당하고 자신감 넘치는 얼굴이었다. 늘 움츠려 있거나 허세로 쓸데없이 한껏 올라가 있던 어깨도 적당히 힘 있어 보였다. 아이들의 몸에서 나는 고약한 닭똥 냄새만 아니었으면 모두 한 번씩 안아 주고 싶었다.

솔티공동체 주인이 말했다.

"우리 닭들은 인공 수정이 아니라 암탉과 수탉이 직접 교미를 해서 알을 낳습니다. 우리 양계장에는 백열전등이나, 산란을 촉진한다는 시끄러운 음악이 없습니다. 저 밭은 들에서 자라는 풀을 베 썩히고, 닭똥과 톱밥을 발효시킨 퇴비로 작물을 키웁니다."

막연히 알던 유기 농업은 자연의 순리에 따른 농업이었다. 이 자연스러움 속에 아이들을 풀어 놔주고 싶었다.

양계장 일이 대충 끝나고 초등부 아이들이 일하는 고추밭으로 갔다. 그런데 땡볕에서 고추를 따는 초등부 아이들의 얼굴이 찡그려 있기는커녕 즐거워 보였다. 뜨거운 햇볕에다 고추에서 나오는 열기까지 더해 얼굴은 모두 벌겠지만 표정은 싱글벙글했다. 심지어 재원이조차 신이 나 있었다. 한 이모가 말했다.

"큰이모, 재원이가 정말 열심히 고추를 땄어요."

재원이의 까만 얼굴이 햇볕에 타 검붉어 있었다.

"재원아, 안 힘들어?"

"힘들어도 재미있어요."

"그래? 아무래도 우리 이런 시골에다 공부방 하나 만들어야겠다. 어때?"

"좋아요, 좋아요."

노동과 삶과 땅과 사람이 하나 되는 삶. 그것이 농부의 삶이라는 생각이 들었다. 노동을 통해 느끼는 성취감이야말로 가장 인간다운 것이라는 깨달음이 이번 캠핑에서 얻은 값진 선물이었다. 캠핑을 다녀온 지 나흘이나 지났는데도 아직 그 설렘이 생생하다.

1994년 9월 2일

며칠 전, 중3 담당자 회의에서 2학기 계획을 세울 때 후배들이 말했다.

"우리 아이들에게도 무언가 달성해야 할 목표가 있다는 것을 경험하게 해 줘야 합니다."

"자신이 목표한 고등학교에 가서 느끼게 될 성취감을 위해 우리는 더 많은 시간을 할애해야 합니다."

아이들이 고등학교에 갔다는 것으로 성취감을 느낄 수 있을까? 공고를 무사히 졸업하고 현장에 들어갔을 때, 아이들이 노동 환경과 인권을 개선하기 위해 목소리를 내는 용기 있는 노동자로서 살아갈 수 있을까? 우리가 그렇게 하도록 도울 수 있을까? 가끔 스스로 되묻는다. 중학교만이라도 졸업시키자고 악다구니를 부리는 우리는 진정으로 그들의 미래를 생각하고 있는 것일까? 지금 전혀 행복하지 않은 아이들의 미래가 행복해지려면 우리는 무엇을 해야 할까?

얼마 전 중학생 아이한테 무심코 물었다.

"학교에서 네 이름을 알고 있는 선생님이 담임 말고 또 있니?"

"담임도 몰라요. 어느 골 빈 선생님이 내 이름을 외우겠어요? 귀찮기나 하지."

나는 잠시 할 말을 찾지 못해 멍하니 있어야 했다. 만석동에 살든, 공부를 잘하든 못하든 존재 그 자체로 인정받게 하는 것, 그것이 우리 몫인데 어떻게 하면 그렇게 할 수 있을까? 아이들이 스스로 살아 있다고 느끼게 하고 싶다. 우리 모두 사람답게 살 수 있는 삶이 무엇일까? 우리가 막연하게 공동체라고 생각하는 것, 아이들 스스로 얼결에 '우리 공동체'라고 말하는 그것이라면 대안이 될까?

저 일기를 썼던 그날부터 2년을 벼랑 끝에 서서 보냈던 것 같다. 경북 상주의 퇴강으로 여름 캠프를 다녀온 뒤, 중등부 남학생들은 여전히 학교는 가는 둥 마는 둥 하며 본드에까지 손을 댔고, 그 아이들을 만나려면 경찰서 구치소나 교도소로 가야 하기도 했다. 물론 아이들의 일탈을 마냥 두둔하려는 것은 아니다.

우리는 이듬해 여름에도 그 아이들을 끌고 여름 캠프를 갔다. 이번에는 충북 괴산 청천면에 있는 공소였다. 그곳에서도 아이들은 퇴비장에서 일하고 냇가에서 몸을 씻으며 놀았다. 아름다운 자연은 아이들의 거친 마음을 어루만져 주었고, 아픈 마음을 쓰다듬어 주었다. 공소 마루에서 뒹굴뒹굴하기도 하고, 마을을 산책하기도 하며 보낸 꿈 같은 3박 4일이 끝나던 날, 아이들이 볼멘소리로 투덜거렸다.

"아, 이모, 우리도 이런 시골에 공부방 만든다면서요? 학교 안 가고 여기서 살면 좋겠다."

그러나 당시에 귀농보다 더 급한 것은 시유지에 있는 50년 된 판잣집인 공부방을 이전하는 일이었다. 언제 철거될지 모르고 화장실도 없어 아이들이 불편해하는 공부방을 새로 짓기로 한 때는 하필 아이엠에프 시절이었다. 그래도 여러 은인들의 도움으로 기적처럼 화장실이 있는 새 공부방이 지어졌다.

1998년 첫눈이 내리던 날, 이삿짐을 옮기고 새 공부방에 누운 남편이 말했다.

"이제 아이들과 한 약속을 지키기 위해 귀농을 준비할 차례네."

이듬해 봄, 언론에서는 한국 경제가 바닥을 쳤으니 다시 살아날 거라고 떠들어 댔다. 그러나 만석동 사람들과 아이들은 그 어느 때보다 잔인하고 힘든 시간을 보내고 있었다. 2년 넘게 일자리 없이 신용카드에 기대 살던 사람들은 신용 불량자가 되었다. 일주일이 멀다 하고 어떤 부모는 자살을 기도하고 어떤 부모는 아이들만 남긴 채 야반도주했다. 부모가 곁에 있는 아이들의 상황도 나쁘기는 마찬가지였다. 남편은 공부방 아이들을 위해서라도 귀농을 서두르자며 변산공동체, 괴산 솔뫼농장, 철원으로 내려가 농촌 체험을 했다. 나는 나대로 무력해진 자신을 추스를 힘이 필요했다. 아이엠에프 시절 이후 가난은 더 혹독해졌고, 노동자들은 노동의 대가를 제대로 받지 못했다. 가정을 유지하는 일은 예전보다 더 힘들어졌다. 가난은 개인의 책임이 아니라 사회의 문제였다. 세상에다 가난한 내 이웃에 대해 변호하고 싶었다. 아이들에게도 가난이, 이 고통이 너희 탓이 아니라고 말해 주고 싶었다. 우리가 그래도 사람답게 살아갈 방법은 함께 사는 길뿐이라고 말해 주고 싶었다. 그때 『한겨레』 신문에 실린 창비 '좋은 어린이책' 원고 공모 광고가 눈에 들어왔다. 어떻게 해서든 그 시간을 버텨 내야만 했고 다시 꿈을 꾸어야 했다. 나는 공모전에 응모하기로 했다. 그리고 그해 여름부터 가을까지 밤마다 글을 썼다. 두 달 반 동안 난생처음 창작이라는 것을 하면서 가난한 삶을 살아 낼 힘을 되찾았다.

2000년 봄, 남편은 강화 하점면에 있는 빈 농가와 텃밭을 월세로 빌려 내려갔다. 아이들은 우리가 캠핑을 가는 솔뫼농장이 있는 곳이 좋다 했지만 만석동 아이들이 오가기에는 강화만큼 좋은 곳이 없었다. 그해 여름, 내 첫 책 『괭이부리말 아이들』이 나왔고 나와 남편은 만석동을 떠날 준비를 시작했다. 그런데 우리가 가진 돈으로는 집이든 땅이든 마련하기가 힘들었다. 늦가을에 먼저 귀농한 선배로부터 지금 살고 있는 강화 집을 소개받았다. 집은 마음에 들었지만 돈 걱정이 앞섰다. 강화 집 마련을 위해 후배들이 결혼 자금과 전세 자금을 내놓았다. 목돈이 없는 후배들은 '투 잡'을 뛰어 번 돈을 집값에 보태라며 내놓았다. 그러고도 모자란 돈은 새로 지은 공부방을 담보로 은행 빚을 냈다.

그렇게 마련한 강화 집은 마을에서 좀 떨어진 산언저리에 있어 주변에 물이 흐르는 계곡이 있었다. 그 골짜기에 가재가 살고 고라니, 산토끼, 다람쥐가 살았다. 우리 네 식구와 청소년 쉼터 일을 하던 청년 다섯만 누리기에는 그 평화가 아까웠다.

그래서 이사를 마치자마자 만석동 공부방 아이들을 강화 집으로 불렀다. 학교에는 체험 학습 신청서를 내고 계절마다 일주일씩 모둠을 만들어 오게 했다. 또 마을에 있는 파평 윤씨 종친회 땅을 도지로 얻어서 감자, 토마토, 오이, 감자, 땅콩을 심었다. 아이들이 강화 집에 오면 밭일을 잠깐 하게 한 뒤 하루 종일 산과 들에서 놀게 하고 세 끼 밥을 배불리 먹였다. 잠들기 전에는 아이들 곁에서 책을 읽어 주고 이야기를 들려주었다. 그 평범한 일상이 아이들에게는 절실한 것이었기 때문이다. 그렇게 만석동 아이들이 오가며 3년이 지난 어느 날, 종개리에 사는 세 남매를 돌봐 줄 곳이 필요하다는 이야기를 들었다. 그렇게 강화 집은 공부방이 되었다. 2002년 6월 공부방 소식지에 실린 글에 처음 농촌 생활을 시작하던 그 마음이 잘 나타나 있다.

강화군 양도면 살문리 주민이 되다

이제 산과 들이 온통 초록빛이다. 산 아래 밭에는 보리가 누렇게 익어 가고 초록빛 논에는 백로와 황로가 서성거린다. 봄을 맞은 지 얼마 되지 않은 것 같은데 벌써 여름을 맞았다. 강화에 내려온 뒤 두 번째 맞는 여름이다.

올봄에 논을 한 500평 마련하고 밭도 빌렸다. 논일이야 품앗이를 주고받아 힘들지 않았지만 빌린 밭 500평을 가꾸는 것은 힘든 일이었다. 땅을 고르고 이랑을 낸 뒤에 작물을 언제 심어야 하는지 몰라 마을 어른들께 물었다. 우리가 기대한 답은 4월 말이라거나 월초쯤이라는 것이었지만 마을 어른들은 달랐다.

"참깨는 꾀꼬리가 울 때 심고, 콩은 보리가 누렇게 익을 때 심으면 돼."

짧은 한마디 말에 자연과 더불어 살아온 세월이 묻어났다. 그러니 마을 어른들 눈에는 우리가 농사랍시고 하는 일이 모두 소꿉놀이 같을 수밖에 없다.

며칠 전 우리는 괴산까지 가서 우렁이를 가져와 논에 풀었다. 제초제나 농약을 쓰지 않고 논농사를 짓고 싶었기 때문이다. 마을 사람들은 처음부터 우리가 헛고생을 하는 거라고 했다. 물론 우리는 마을 어른들이 모르는 말씀을 한다고 생각했다. 그런데 논에 넣은 지 일주일 만에 우렁이들이 다 죽고 말았다. 위에 있는 논에서 제초제를 뿌린 물이 우리 논으로 내려올 거라는 것을 몰랐던 것이다. 그 덕분에 우리는 마을 어른들에게 또다시 꾸지람을 들어야 했다. 마을 어른들은 농사가 뭔지도 모르는 도시내기들이 유기농을 한다고 고집 피우는 것을 영 못마땅해하신다. 우리가 김을 매느라 쩔쩔매고 있으면 "예쁘게 기르지 뭐하러 김을 매시겨?" 하며 놀리신다. 그래도 우리가 전원생활을 즐기러 온 게 아니고 농사를 해 보겠다고 애쓰는 것을 예쁘게 봐주신다. 우리 또한 마을 어른들의 잔소리가 싫지 않다.

500평이나 되는 밭에다가는 뭘 심을지 고민하다가 공부방 아이들에게 간식으로 줄 수 있는 것들을 심었다. 고추는 기본이고 콩,

수수, 옥수수, 참외, 고구마 따위를 심었다. 어른들이 일러 주시는 대로 심긴 했는데 제때 김을 매 주지 못해 온통 풀밭이었다. 그래서 6월 6일, 공동체 식구들이 다 같이 김을 매러 강화에 왔다. 젖먹이를 둔 엄마들은 점심과 참을 하기로 하고 서너 살짜리 꼬맹이들까지 모두 밭으로 내려갔다.

동네 어른들의 성화로 마지못해 비닐을 씌운 고추밭 네 이랑을 빼고는 온통 풀밭이었다. 어디에다 수수를 심고 콩을 심은 건지 가려낼 수가 없었다. 비닐을 씌우지 않은 고추밭은 아예 명아주밭이었다. 그나마 제법 큰 배추밭이나 옥수수밭을 빼고는 풀숲 사이에 난 들깨나 참깨, 콩 싹을 찾아내 가며 김을 매야 했다.

6월인데도 햇볕이 몹시 뜨겁고 더웠지만 김을 매는 동안 쉬지 않고 울어 대는 뻐꾸기와 꾀꼬리 덕분에 크게 힘든 줄을 몰랐다. 가끔 허리를 펴서 쉴 때면 냇가를 따라 날아다니는 청호반새와 해오라기를 보는 것도 큰 즐거움이었다. 공동체 식구들은 오랜만에 공부방 일이나 골치 아픈 지역 일을 접어 두고 땀을 내 일하는 것을 즐거워했다. 아이들 역시 땡볕 아래에서도 지칠 줄 모르고 놀았다. 밭 한구석에 소꿉놀이 판을 벌이고 냇가와 비탈길을 오르내리며 놀았다. 넘어지고 미끄러져서 무릎마다 상처가 났는데도 그저 신이 났다. 네 살짜리 아이들조차 엄마 아빠를 찾지 않고 놀았다. 마을 어른들이 논일을 가시다가 우리들을 보고 허허 웃고 지나갔다.

우리가 빌린 밭은 몇 해째 고추와 고구마 농사를 지은 곳이었다. 산 바로 아래에 있어서 돌이 많은 모래땅이었다. 그런 데다가 밭에

거름을 제대로 주지 않은 채 비료와 농약만 뿌려 댔는지 땅이 푸석 푸석했다. 또 가을걷이가 끝날 때마다 비닐을 제대로 걷지 않고 밭을 갈아엎었는지 김을 맬 때마다 비닐 조각이 올라왔다. 김을 매는 동안 지렁이나 거미를 한 번도 보지 못할 만큼 땅이 죽어 가고 있었다. 그래도 그 땅은 온갖 풀과 작물을 키워 내고 있었다. 쇠잔해질 대로 쇠잔해졌음에도 온몸을 다 내놓고 생명을 키우는 땅을 보면서 만석동에서 만난 어머니들이 생각났다. 이 땅의 가난한 여성들이 생각났다. 그리고 지난봄 강화 집에 와서 어린아이처럼 산과 들을 다니던 공부방 어머니들도 떠올랐다.

우리가 농촌으로 내려온 것은 숨 쉬는 땅이 모두 사라진 도시에서 자라는 공부방 아이들에게 뿌리를 내릴 땅을 밟게 해 주고 싶어서다. 아무것도 빼앗으려 하지 않고, 공격하지 않고, 오히려 나누고자 하는 자연의 넉넉한 품을 아이들이 느낄 수 있기를 바랐다.

언젠가 공부방 아이들과 폭력과 평화에 대해 공부할 때였다. 아이들은 폭력이 무엇인지는 정확하게 알았지만 평화가 어떤 것인지는 알지 못했다. 당황한 이모들이 여러 가지 예를 들어 설명하고 있을 때 한 아이가 말했다.

"이모, 우리가 강화에 가면 느껴지는 기분이 평화예요?"

"거기 가면 기분이 어떤데?"

"그냥 편안해지고, 막 놀고 싶고, 잠도 잘 오고, 밥도 많이 먹게 되고, 그리고 이상하게 오빠들도 착해져요."

"그래, 맞아. 그게 평화야."

강화에 내려온 지 이제 겨우 1년이 넘어간다. 마을 어른들 말처럼 농부 흉내를 내려면 10년은 더 있어야 할 것 같지만 정들고 일 많은 만석동을 떠나 살문리 주민이 된 것을 후회하지 않는다. 공부방 아이들이, 올 때마다 평화를 배우고 가는 강화 집에 올 날만을 손꼽아 기다리기 때문이고, 공동체 식구들이 힘든 일이 있을 때마다 강화 집에 와서 마음을 풀고 함께 노동을 할 수 있기 때문이다.

2015년, 강화살이 13년 차. 농부인 남편과 길재 삼촌이 논 열네 마지기, 포도밭 두 마지기, 밭 두 마지기 반을 책임지고 있고, 공동체 식구들이 일손이 필요할 때 울력을 나온다. 처음에는 무농약으로 농사짓는다는 말에 코웃음을 치던 마을 어른들은 이제 '단비네 벼', '단비네 포도'를 인정해 주신다.

고작 13년 만에 마을 풍경은 많이 변했다. 산마을고등학교가 마을 어귀에 들어섰고, 곳곳에 펜션과 전원주택이 들어섰다. 그렇다고 마을 주민이나 농사를 짓는 사람들이 늘어난 것은 아니다. 그저 외지인이 많이 늘었을 뿐이다. 처음 살문리로 이사 왔을 때만 해도 남편은 마을 어른들 일을 돕느라 부산했다. 모판을 만들거나 모내기를 할 때, 추수할 때면 꼭 품앗이가 필요했다. 남편은 품앗이를 다니며 일을 배웠고, 그 성실함 덕분에 마을 어른들한테 주민으로 받아들여졌다. 그러나 그 10년 사이, 살문리의 풍경이 달라졌다. 이제는 다 같이 모여 모판을 만들지 않는다. 농협에서 모판까지 만들어 모내기 때 대 준다. 모는 이앙기로 내고, 추수는 가을에 콤바인을 빌려 하면 된다. 굳이 여럿이 모여 일을 할 필요도 없고, 그럴 일손도 없다.

10년 전 쉰 살이던 아저씨들이 예순이 되고, 예순이던 아저씨들이

칠순 할아버지가 되면서 농사일은 점점 더 편하고 쉬운 방법을 선택할 수밖에 없다. 그렇게 농촌 공동체는 사라져 갔다. 내 또래 중년 여성들은 자녀들 학비를 마련하기 위해 읍이나 김포로 일을 다녀야 하고, 자녀들은 대학에 들어가면 외지로 나가 돌아오지 않는다. 사실 농촌에서 자란 두 딸도 농사를 짓겠다는 생각은 꿈에도 하지 않는다. 농촌이나 도시 빈민 지역이나 스러져 가는 곳이라는 점에서는 마찬가지다. 유기체인 마을을 억지로 복원하려 애쓰다가 오히려 그 고유성이나 역사성을 해치는 경우를 하도 많이 봐서 우리가 나서서 무엇을 할 생각은 없다. 그러나 우리 공동체 식구들은 그곳이 만석동이든, 살문리든 뿌리를 내리고 주민으로 성실하게 살아 낼 것이다.

2

불편을 견디고
가족을
이룬다는 것

　강화에 와서 농촌 환경이나 자연에 익숙해지고 난 뒤 가장 먼저 눈에 들어온 것은 역시 아이들이었다. 농촌 아이들의 조건이나 환경도 도시 빈민 지역의 아이들 못지않았다. 딸들이 다니는 학교만 해도 조손 가정이나 한부모 가정의 자녀가 많았고, 부모가 모두 있는 경우는 부부 중 한 명은 농사를 짓고, 한 명은 양곡이나 김포 쪽 농공 단지로 일을 나가는 맞벌이 부부가 대부분이었다. 그리고 인근 보육원에서 사는 아이들도 있었다. 어느 날 딸이 말했다.

　"엄마, 여기에도 공부방이 필요한 애들이 많아."

　종개리 삼 남매가 공부방에 오게 되면서 강화 집은 공부방이 되었다. 마을에 있는 맞벌이 부부 자녀들도 공부방에 오기 시작했다.

　그 무렵이었다. 만석동에서 공부방을 하던 길재, 승원 부부가 두 번의 유산 끝에 강화로 온 것이. 그리고 그 봄, 한 선배의 전화를 받았다.

"중미야, 너희 공부방에 아기 키워 줄 사람 있니?"

"어떻게 된 사정인데?"

"엄마가 임신한 뒤 우울증을 앓다가 정신 분열증으로 병원에 입원했고, 아빠는 지적 장애 3급이야. 그런데 아빠가 태어난 아기를 보고 충격받아서 행방불명이 됐어. 낳은 지 한 달인데, 입양을 보낼 수 없으니 위탁모를 구해야 해. 내 생각에는 입양 생각까지 하는 사람이면 좋겠어."

전화를 끊고 남편과 아이들에게 물었다.

"단비야, 솔비야, 우리 아기 키울까?"

"그러지 뭐."

남편과 딸들은 어떤 사정인지, 왜 아기를 키워야 하는지 묻지 않았다.

"엄마가 단비, 솔비한테 소홀해질 수 있는데?"

"괜찮아."

아기가 건강한지, 장애는 없는지, 아무것도 묻지 않은 채 아기를 데리러 갔다. 아기를 데리고 집에 돌아오며 이름을 '한비'라고 지었다. 그때는 마침 작가 박기범이 이라크에 가 있을 때였다. 침공이 임박하자 다른 평화 활동가들은 요르단으로 나오고 있었지만 박기범은 그곳에서 만난 아이들을 두고 나올 수 없다며 남아 있었다. 생사조차 알 수 없는 그때, 나는 아기를 품에 안고 그를 위해, 이라크의 이름 모를 아이들을 위해 기도했다.

아기는 눈에 초점이 없었다. 태어난 지 한 달 동안 이 사람 저 사람 손을 옮겨 다니느라 보호받지 못했던 아기는 그렇게 세상으로부터 자신을 보호하고 있는 것 같았다. 세상과 자신을 단절하지 않으면 엄마

없는 공포와 두려움을 견디지 못했을 것 같았다. 나는 아기를 품에서 내려놓지 않았다. 아기를 품에 안은 순간, 그 아기는 내 아기가 되었다.

엄마가 정신 병원에서 나오게 되면 아이를 돌려줘야 할지도 모른다는 이야기를 들었지만 그렇다고 아이에게 줄 사랑을 이만큼, 혹은 요만큼으로 한계 지을 수는 없었다. 내가 아기를 돌보는 동안, 막 초등학교에 입학했던 둘째 딸은 제 언니와 아빠가 돌봤다. 보름이 지났을 때, 서울에서 연락이 왔다. 아버지가 딸을 찾는다고 말이다.

이름까지 짓고 가슴에 품었던 아기를 보내야 했다. 아기는 제 친아버지 품에 안기는 순간 공포에 휩싸여 울음을 터뜨렸다. 겨우 익숙해진 숨소리, 체취를 떠나 다시 낯선 숨소리와 체취에 적응해야 할 한비의 두려움이 가슴을 후벼 팠다. 처음부터 언제까지 품을 수 있을지 모르는 아기였다. 그러나 아기 눈에 초점이 생기고, 나와 눈을 맞추고, 내 말에 귀를 기울이고 편안한 얼굴로 잠이 들기 시작하는데 사랑을 주지 않을 수 없었다. 아기를 품에서 내려놓는 일이 그렇게 힘들 줄 몰랐다. 일주일이 지나도록 눈물이 멈추질 않았다.

"이제 아기를 보낸 지 일주일이 다 되어 가요. 기범이가 바그다드로 들어간 지도 일주일이 다 되어 가요. 아기를 안고 이라크 사람들을 생각할 때와, 아기를 보내고 그 아이들과 어미를 생각할 때가 달랐어요. 고작 보름 품은 아기 때문에 이렇게 아픈데, 팔다리가 잘려 나가는 자식을 바라보는 어미의 마음이 어떨지, 죽은 아이를 가슴에 품은 어미의 마음이 어떨지…… 아들을 보낸 기범이 어머니, 아버지의 마음이 지금 어떨지. 가슴이 다 무너져 버려서 다시 쌓을 수가 없을 거예요."

그 당시 박기범에게 보낸 편지다. 나는 한비를 떠나보낸 그 마음으로 이라크의 어머니들을 떠올렸다. 그때만큼 일본의 작가 도미야마 다에코의 「광주의 피에타」가, 사진으로만 본 독일의 판화가 케테 콜비츠의 「피에타」 상이 가슴을 후벼 파고 들어온 적이 없었다. 지적 장애를 가진 그 아버지에게는 이미 두 딸이 있었고, 24시간 보육 시설에 맡겨져 있는 상태였다. 아무리 생각해도 한비를 키울 깜냥이 되지 못했다.

나는 아기를 소개해 준 선배에게 혹시라도 아기에게 일이 생기면 연락을 달라고 해 놓고 기다렸다. 또 한비를 언제든지 입양할 수 있게 입양 기관에도 문의를 해 놓았다. 그렇게 1년을 기다리던 중 한비마저 24시간 보육 시설에 있다는 소식을 들었다. 우리는 한 입양 기관을 통해 구체적으로 입양 의뢰를 했다. 아기의 형편을 알게 된 입양 기관에서는 성심껏 도와주었으나 부모들이 허락하지 않아 입양이 불가능하다는 연락이 왔다. 상심한 우리에게 입양 기관에서는 아기가 지적 장애와 정신 장애를 가진 부모 밑에서 태어났기 때문에 아기 역시 장애가 있을 확률이 90퍼센트가 넘는다면서 다른 아기를 입양하라고 했다. 그러나 우리는 한비를 더 기다리기로 했다. 딸들도 반드시 한비여야 한다고 했다. 그렇게 시간이 흘렀고, 우리는 끝내 한비를 다시 데려오지 못했다.

그사이 강화 공부방은 중학생 공부방이 되었다. 만석동 공부방이 초등부 대상에서 중·고등부로 확대되었듯이 강화 공부방도 그렇게 확대되어 갔다. 강화 공부방에 온 아이들은 저마다 가슴에 큰 흉터와 아물지 않은 상처를 지니고 있었다. 적당히 사랑을 주고, 적당히 나누는 것은 통하지 않았다. 한비의 입양이 불가능해지면서 다른 아기를 입양할까 했지만 강화 공부방 중·고등부에 인원이 많아지면서 포기했다. 한비가 자란 뒤의 모습일지도 모를 그 아이들에게 한비에게 다 주지 못한 사랑을 주겠다고 마음먹었다. 그때 우리에게 온 아이들 역시 온몸과 온 마음을 다 주어야만 겨우 상처가 아물 것처럼 보였다. 아이들과 힘든 시간을 보내야 할 때마다 이 아이들을 좀 더 일찍 만났더라면, 좀 더 일찍 사랑을 줄 수 있었더라면 하는 안타까움이 들었다. 그 안타까움을 만회하기 위해서 온 마음을 다했다.

강화 공부방은 만석동 공부방과 달리 거실과 작은방을 공부방으로 써야 하는 구조여서 살림 공간과 공부방을 분리할 수가 없었다. 이모 삼촌도 강화에 사는 공동체 가족이 전부라 의도하지 않아도 자연스럽게 가족적인 분위기가 만들어졌다. 다행히 그런 특수한 환경이 오히려 강화 공부방 아이들에게는 좋은 환경이 되어 주었다.

그러나 강화 집마저 공부방이 되면서 두 딸은 개인 공간을 내주어야 했다. 염치없는 엄마는 두 딸에게 늘 미안해하면서도 딸들이 견뎌야 할 그 불편함이 공부방 아이들이 가진 결핍과 결손을 이해하는 계기가 될 수 있다고 생각했다. 아마도 두 딸에게는 엄마에게 표현하지 못한 섭섭함이 있었을 것이고, 어쩌면 그것이 상처로 남았을지 모른다. 그러나 두 딸과 강화 공부방 아이들이 견디고, 이해하고, 서로를 품어 준 그 시간 덕분에 청년들끼리의 유대감과 믿음도 단단해졌다고 믿는다.

2008년 강화 공부방의 첫 졸업생이 대학에 진학하게 되었다. 가족이 없던 아이를 위해 『괭이부리말 아이들』 인세로 남아 있던 마지막 목돈을 털어 공부방 이모들이 살고 있는 빌라의 원룸을 구입했다. 그 뒤로 해마다 한두 명씩 대학에 진학한 강화 공부방 아이들이 만석동으로 갔다. 남학생들은 유한빌라 원룸으로, 여학생들은 공부방 이모 삼촌 가정의 맏이로 들어가 함께 살게 되었다. 그렇게 불편함을 기꺼이 선택하고 그 속에서 사랑을 깨닫고 새로운 가족을 이루어 갔다. 그리고 그 과정을 견디고 남은 청년들은 참 이상한 공부방, 참 이상한 공동체를 '나도 해 보고 싶다'는 생각을 갖게 되었다.

강화로 귀농하면서 공동체에 대한 시각이 좀 넓어졌고, 원칙에도 훨씬 유연해질 수 있었다. 어설프게 농사를 짓고 자연과 서서히 친숙해져 가면서 생명에 대해, 사랑에 대해 좀 더 깊이 있는 성찰을 할 수 있게 되었다. 무엇보다 서두르지 않고 자연스럽게 아이들의 성장을 따라가는 공동체를 배우게 되었다.

3

공부방 아이가
어느새
길동무로

'까망 곰' 오정희를 만난 때는 1990년이었다. 정희 할머니가 정희의 두 동생을 데리고 공부방에 오셨을 때만 해도 정희는 자기는 공부방 따위에는 관심이 없다고 했다. 동생들이 공부방에서 숙제하는 동안 정희는 공부방 밖에서 보란 듯이 고무줄놀이를 했다. 한번은 작지도 않은 몸집으로 고무줄 위를 팔랑거리며 날아다니는 정희를 슬쩍 떠봤다.

"정희라고 했니? 우리 이따 함께하는 놀이 재미있는 거 할 건데 안 올래?"

"싫은데요?"

정희의 짧은 대답 뒤에는 '어디 나를 한번 꼬드겨 봐.'라는 말이 숨겨져 있는 것 같았다. 도발은 언제나 승부욕을 자극한다. 나 역시 속으로 말했다.

296

'네가 공부방에 안 오고 배기나 봐라.'

그러다 어떤 계기로 정희가 공부방에 다니기 시작했는지는 기억이 나지 않는다. 그다지 오래 버티지 않고 다닌 건 분명하지만 정희는 결코 호락호락한 아이는 아니었다. 다른 아이들처럼 사소한 말썽을 피우지는 않았지만 황소고집에다 무뚝뚝하기는 사내아이들보다 더해 말 붙이기도 어려웠다. 그래도 공부방에 다니는 게 싫지는 않은 눈치였다.

정희는 어떤 활도 뚫을 수 없을 것 같은 단단한 갑옷을 입고 있었다. 그 갑옷 안에 뭔가를 꼭꼭 감추고는 꺼내 보이지 않았다. 그것이 재능이든, 가능성이든, 혹은 상처든, 분노든 결코 우리에게 보여 주지 않을 거라고 오기를 부렸다. 그런데 정희는 갑옷으로 감출 수 없는 매력이 넘치는 아이였다. 그 매력이 녀석이 든 방패와 갑옷을 치우게 하고 싶다는 강렬한 욕망을 품게 했다. 나는 정희 자신만 모르고 있는, 정희 안의 여리고 따뜻한 마음을 갑옷 안에서 꺼내어 정희에게 보여 주고 싶었다. 그러나 정희는 섣불리 갑옷을 벗었다가 공격을 당하거나, 맨몸으로 버려져 홀로 남게 될까 봐 두려워하고 있었다. 내가 할 수 있는 일은 정희 스스로 갑옷을 벗을 수 있도록 믿음을 주는 것밖에 없었다.

사춘기에 접어든 정희는 새로 온 이모 삼촌들이 반드시 넘어야 할 산이었다. 이모건 삼촌이건 정희 때문에 눈물 한 번씩 흘리지 않은 사람이 없었다. 정희와 하는 기 싸움에서 밀리면 그 이모나 삼촌의 공부방 생활은 험난했다.

우리가 인형극을 처음 시작한 것이 정희 또래가 중학생이던 시절이었다. 미술 놀이로 하던 인형극을 정기 공연에 올리기로 하고 준비하던 중, 길재 삼촌이 입대하게 되면서 인형극을 풀무 3기 상민 삼촌이 맡게 되었다.

상민 삼촌이 새로운 인형극놀이를 하러 갔던 날이었다. 쉬는 시간에 2층으로 올라온 상민 삼촌이 속상해하며 눈물까지 보였다. 자세히 이야기를 들어 보니 정희가 앞장서 인형극을 새로 맡은 삼촌을 시험해 본 모양이었다.

정희는 겉으로는 무뚝뚝하고 무심해 보였지만 누군가가 떠나고 새로 오는 것에 예민했다. 정희가 드러내는 차갑고 퉁명스럽고 때로는 무섭기까지 한 반항은 사실 그동안 관계에서 받은 상처를 반복하고 싶지 않다는 방어의 표시였다. 다행히 상민 삼촌은 그런 정희의 마음을 이해했고, 용기를 내 다시 아이들에게 다가갔다. 정희 역시 얼마 지나지 않아 상민 삼촌에게 마음을 열었다.

정희는 처음 기타를 들고 노래를 시작했을 때나 처음 장구를 들었을 때, 붓을 들어 그림을 그리기 시작했을 때도 쉽게 "네."라고 한 적이 없다. 그러나 아무리 뻗대고 뻗대도 자기 안에 숨은 끼를 숨기지 못했다. 그렇게 정희를 둘러싼 벽이 허물어지고 있었지만 여전히 정희는 자신의 상처를 드러내는 것을 완강히 거부했다.

공부방 글쓰기 시간은 아이들이 자기 상처를 드러내고 서로 위로하는 시간이었다. 평소에 마음에 철옹성을 쌓아 놓고 있다가도 똥 싸기 글쓰기 시간만큼은 마음을 열어 눈물을 쏟아내고 서로 위로했다. 그러나 정희는 언제나 암호 같은 글을 서너 줄 써 놓고는 그 까만 얼굴이 검붉어질 때까지 울음을 참았다.

그런 정희가 갑옷을 하나씩 벗기 시작한 것은 중학교를 졸업할 무렵이었던 것 같다. 고등학교 입학 원서를 쓸 무렵 정희의 어깨에 걸쳐져 있던 '피박'이 사라진 걸 느꼈다. 몇 달 지나니 허리와 다리에 두르고 있던 '퇴군' 없이 공부방에 나타났다. 그리고 어느 틈엔지 모르게 가슴에 있던 '흉개'를 벗고 '투구'도 벗었다. 그러나 '방패'만큼은 내려놓지 않았다. 나는 그 방패마저 내리라는 말은 할 수 없었다.

정희는 공부에 별 관심이 없었지만 그렇다고 성적이 나쁜 편도 아니었다. 정희의 단짝인 보경이와 수정이는 공부를 제법 잘하는 편이었다. 그러나 정희, 보경, 수정 모두 다른 선택은 할 수 없었다. 재양이와 미애에 이어 세 아이가 전문계 고등학교에 진학하게 되는 것이 안타까웠다. 그래도 보경이와 수정이는 고등학교에 가서 성적을 잘 관리하고 자격증을 따면 어렵지 않게 취직하고, 동일계로 전문대라도 갈 길이 있었지만 정희는 회계니 경리니 하는 쪽에는 전혀 맞지 않았다. 정희도 고등학교에 별 의미를 두지 않는 듯했다. 어차피 인문계를 간다 해도 자기가 하고 싶은 공부를 할 수 있는 형편이 아니었다. 빠른 체념, 무관심. 그 모습은 열일곱 내 모습과 똑 닮아 있었다.

고등학교에 입학하면서 미술과 갈라선 나는 그림을 그리지 않는 것은 물론이고 미술 전람회조차 가지 않았다. 그러다 고등학교를 졸업하고 2년쯤 뒤, 공간사랑이란 극장에서 연극을 보고 인사동까지 걷다가 우연히 한 화랑에 들어가 처음으로 민중 미술을 접했다. 그때 이름을 기억하게 된 작가들이 임옥상, 민정기, 강요배, 김용태 등이었다. 그때까지 내게 감동을 준 화가는 서양의 고갱이나 렘브란트, 피카소, 밀레 정도가 전부였고 그마저도 인쇄된 도록에서 본 몇 작품이 다였다. 그런데 화랑에서 만난 그림과 부조들은 고2 때 처음 『난장이가 쏘아올린 작은 공』을 읽었을 때처럼 전율을 일으켰다. 그리고 그 무렵, 몇몇 무크지를 통해 '현실과 발언'이라는 동인에 대한 글을 읽었다. 미술에 대한 생각이 달라졌다. 그러다 1988년 공부방을 열기 전, 선배의 도움으로 마포구 용강동에 있던 출판사 창작과비평사에서 아동문고 파본 두 질을 얻게 되었다. 공부방 개원 준비를 하면서 들춰 보았는데 아동문고에 삽화를 그린 화가들의 이름이 낯익었다. 강요배, 박불똥, 이철수……. 그림이 우상에서 현실로, 꿈에서 삶으로 내려온 느낌이었다.

민중 미술을 알게 된 덕분에 공부방에서 아이들과 미술 놀이를 하는 것이 훨씬 자유로웠다. 미술은 텔레비전과 오락 외에 다른 문화라는 것을 접해 본 적 없는 아이들도 즐겁게 할 수 있는 놀이였다. 아이들과 동네 골목, 똥바다, 자유공원을 다니며 스케치하고, 동화나 옛이야기를 읽고 나서 삽화를 직접 그려 보고 그림책도 만들었다. 공부방 한쪽 벽을 도화지 삼아 봄 여름 가을 겨울마다 계절 나무를 만들어 보고, 아이들이 속마음을 좀 더 편히 털어놓도록 인형 놀이도 했다. 1989년부터 자원 교사로 온 동훈 삼촌을 비롯해 미술에 관심이 많은 이모 삼촌들이 모이면서 콜라주, 모자이크, 회화, 판화 등 다양한 미술 활동을할 수 있었다. 공부방에서 미술은 맺힌 것을 풀고, 가슴 깊숙이 꾹꾹눌러 놓았던 슬픔과 소망을 드러내고, 흩어져 있거나 무뎌진 감각을살리는 놀이였다. 그 놀이 속에서 재능을 가진 아이들이 드러났다.

정희도 그런 아이 중 하나였다. 나는 미술이 내 손에 닿지 않는 먼곳에 있는 것이 아니며 내 곁에서 함께 숨 쉬고 즐길 수 있는 친구가 될 수 있다는 것을 알게 하고 싶었다. 미술이 정희의 딱딱한 마음을 녹여 주고, 정희의 삶을 좀 더 다채롭고 즐겁게 만들어 주는 도구가 되었으면 좋겠다고 생각했다. 다행히 공부방에는 정희처럼, 가난한 어린 시절에는 아예 미술에 관심도 없었다가 아이들을 통해 자신 안의 미술적 재능을 발견한 동훈 삼촌이 있었다. 동훈 삼촌은 대학생이 되어서야 미술의 기초를 쌓기 시작했다. 정희는 동훈 삼촌을 믿고 따랐고 공연 준비나 미술 교실을 함께하며 꿈을 키워 갔다.

정희는 고등학교를 졸업할 때가 다가오자 제 나름대로 자기 미래를 고민하며 이런저런 길을 찾아 나섰다. 정희가 고3 때였다. 어느 날 난데없이 고등학교를 졸업하면 풍물 강사로 일하겠다고 선언했다. 우리는 그제야 정희가 공부방에는 숨긴 채 반년 동안 풍물을 배우러 다녔다는 걸 알았다. 여기저기 수소문해 정희가 다닌 풍물 학원에 대해 알아본 뒤 직접 학원으로 찾아가 정희의 '사부'라는 사람을 만났다. 그 사부는 정희의 미래까지 생각한다기보다 당장 자기 일을 나눠 할 기능 있는 강사가 필요한 것이었다. 풍물 강사는 분명 매력 있고 폼 나는 일이기는 했다. 정희는 돈도 많이 벌고 자기 시간을 많이 가질 수 있으니 하고 싶다고 했다. 그러나 나는 정희가 성실한 노동자로 살아 보는 경험이 필요하다고 생각했다. 별 볼 일 없어 보이는, 지루하고 평범한 일상을 견뎌 보는 시간이 정희에게 꼭 필요했다. 술병이 쌓여 있는 풍물 학원 풍경도 못내 걸렸다. 만석동에서 자란 아이들에게 익숙한 그것들로부터 멀리 있게 하고 싶었다. 정희에게 말했다.

"선택은 네 몫이지만 나는 그 풍물 강사를 기꺼이 권할 수가 없어……."

정희가 반발하고 공부방을 뛰쳐나간다 해도, 공부방과 풍물 강사를 둘 다 끌어안고 가겠다고 고집을 피워도 어쩔 수 없는 일이었다. 다행히 정희는 우리의 충고를 받아들였다. 그때 정희는 내가 풍물 강사를 반대하는 이유를 다 이해할 수 없었을 것이다. 그저 우리에 대한 믿음이, 자신에게는 기회일지도 모를 그 제안을 거부하게 했을 것이다. 미안하면서도 고마웠다.

그런데 얼마 지나지 않아 이번에는 애니메이션 학원을 다니게 되었다고 했다. 친삼촌이 정희를 애니메이션 학원에 보내 주겠다고 했다며 다섯 달만 학원에 다니면 만화 제작소에 취업을 할 수 있다고 들떠 말했다. 다른 일도 아니고 그림을 그리는 일이었다. 그건 쉽게 하라 마라 할 수 없었다. 그런데 그 돈을 삼촌이 댄다는 게 걸렸다. 할아버지가 돌아가신 뒤, 가족의 부양이 온전히 정희에게 맡겨진 상태였다. 아버지만이 아니라 고모들과 삼촌까지 아직 스무 살도 안 된 정희에게 자신들이 져야 할 책임을 떠넘기고 있었다. 그들의 논리는 "할아버지 할머니가 너희를 키우느라 고생했으니 이제 너희가 그 은혜에 보답해야 해."였다. 거기다 동생들에 대한 책임까지 고스란히 정희에게 지웠다. 그런 그들이 정희를 위해 내주겠다는 학원비는 담보나 마찬가지였다. 무엇보다 다섯 달 동안 다달이 학원비를 내줄지가 못 미더웠다. 만화 제작소에 취업해도 할 수 있는 일은 단순 작업뿐이었다. 나는 또다시 정희에게 말해야 했다.

"정희야, 제발 천천히, 네 힘으로 해."

정희는 사사건건 발목을 잡고, 매정한 소리를 해 대는 내게 화가 난 것 같았다. 돈이 있다면 내가 학원비를 내주며 좀 더 책임감 있게 말할 수 있을 텐데 그럴 수 없는 현실이 몹시 마음 아팠다. 부루퉁해 있는 정희를 달래는 몫은 동훈 삼촌이 맡았다.

졸업을 하고 정희는 공부방에 의료 봉사를 나오는 유승엽한의원에 취업했다. 여전히 가족을 부양하는 책임은 정희에게 떠맡겨졌지만 그래도 정시 퇴근인 덕에 정희는 공부방 활동을 하면서 미술, 음악, 사물놀이에 관련된 강좌나 강습을 들었다. 정희는 동생이 보육 교사 과정을 마치고 취업을 하고, 막냇동생까지 대학을 졸업하고 취업하자 직장을 그만두었다. 그리고 공부방 이모가 되었다.

정희 이모는 공부방 만능 엔터테이너였다. 재양 이모가 공부방 살림을 틀어쥐고 꼼꼼히 해내듯, 정희는 아이들과 장구를 치고, 드럼을 치고, 비트박스와 노래를 하고, 인형극을 이끌고, 그림을 그렸다. 초등학생 때 골목대장을 하며 아이들을 휘어잡았듯이 이모가 되어서도 정희는 공부방 아이들 마음을 휘어잡았다. 정희는 아이들을 웃게 하고, 노래하고, 춤추게 했다. 그리고 공부방 자원 교사로 왔던 풀무 10기 형섭 삼촌과 연애를 시작했다. 정희에게 드디어 아무 조건 없이 사랑하고 의지할 한 사람이 생긴 것이었다.

정희의 결혼을 앞두고 나는 아주 잠시만 정희의 엄마가 되기로 했다. 상견례 자리에 나갈 수도 없는 투명 엄마였지만 참 오랫동안 미루고 미뤘던 엄마의 자리에 서기로 했다. 가슴이 벅차고 설렜다.

공부방 이모란 교사도, 엄마도 아닌 애매한 자리다. 부모의 자리가 비어 있는 아이들에게는 부모가 되어 주고, 때로는 학교 선생님보다 더 치열하게 아이들과 부딪치고, 진로 선택에 깊이 개입해야 하고, 지원자가 되어야 할 때도 있지만 어떤 자격도, 권리도 없었다. 공부방 아이들에게도 두 딸에게 준 것만큼 사랑을 줘 왔지만 섣불리 어떤 아이에게도 "내가 네 엄마가 되어 줄게."라고 말하지 못했다. 가족 관계가 심하게 왜곡된 사회에서 '엄마'라는 말이 자칫 사랑이 아닌 책임이나 의무가 될까 경계했기 때문이다. 그렇지만 결혼을 앞둔 정희에게는 엄마가 되어 주고 싶었다. 정희를 훌륭하게 키워 준 할머니를 거드는 마음으로 이불을 고르고, 가구를 골랐다. 신혼여행도 남들만큼은 아니더라도 공부방과 가족의 짐을 내려놓고 잘 다녀오게 하고 싶었다.

결혼을 앞두고 정희의 신랑이 될 형섭에게 부탁했다. 정희에게 너만큼은 다른 사람과 나누어 가지지 않아도 되는 온전한 사랑을 주라고. 내가 다하지 못한, 공동체가 다하지 못할 사랑을 줄 수 있는 사람은 결국 그뿐일 것이므로.

정희가 첫아이를 낳느라 분만실에서 진통하는 몇 시간 동안 나는 우리 식구들과 복도에서 마음을 졸이며 아기의 탄생을 기다렸다. 분만실에 들어가 정희 품에 안긴 아기 하람이를 본 순간의 그 감동을 잊을 수가 없다.

엄마라고 불러 본 기억이 없어 아기를 안고도 "엄마"라고 스스로 말하지 못하겠다며 속상해하던 정희는 점점 좋은 엄마가 되어 갔다. 그리고 2015년 1월 둘째 아들도 건강하게 낳아 기르고 있다.

서로 성격이 다르고 취향도 달라 공부방 이모로 함께하면서 티격태격하던 재양 이모와 정희 이모는 이제 둘도 없는 동지다. 둘은 요즘 공부방 선배들과 청년들 사이를 잇는 가교로서 책임감을 크게 느낀다고 한다. 재양 이모와 정희 이모의 그 책임감이 우리 공부방을 이어 가게 하는 힘이 될 것을 믿는다.

모든 것이 불확실하다는 이 시대에, 개인이 커지고 자유로워진 만큼 그 개인이 느껴야 하는 불안감과 위험도 늘어난 이 시대에 아직도 '우리'를 말하는 공부방 사람들이 낯설고, 답답하고, 고루해 보일지 모른다. 그러나 세상이 불확실해지고 다양해진 만큼 미래에 대한 대안도 다양할 수밖에 없다. 우리는 세상을 바꿀 거대한 담론이나 힘을 만들어 낼 수는 없다. 그러나 좋아서 함께 살아가는 우리의 삶이 세상에 균열을 내는 작은 움직임이 될 수 있을 거라 믿는다.

정희가 고등학생 때 지금은 인하대 교수로 재직하는 원종찬 선생님께 국어 수업을 받은 적이 있다. 시간이 지난 뒤에 그 무렵인 1999년에 정희가 쓴 글을 『날고 싶지만』이라는 책에서 보았다. 정희와 함께 지나온 시간들을 정희의 목소리로 듣는 기회였다. 정희의 동의를 받아 그 글을 싣는다. 정희의 글은 '우리'를 포장 없이 그대로 드러내는 데 도움이 될 것 같다.

고갱과 고흐

1997년 9월 7일. 석 달 동안 공부방 아이들과 힘들게 준비한 「우리 아이들의 나라는」의 일곱 번째 공연이 끝났다. 내가 다니는 공부방에선 1년에 한 번씩 발표회를 하는데 벌써 7회째란다. 이번 공연에선 공부방 10년 동안 있었던 일을, 초등학교 때부터 공부방을 다녀 벌써 어른이 되어 직장에 다니는 언니들이 주인공이 되어 공부방에서의 우리들의 모습을 적나라하게 보여 주었다. 10년을 간추리기가 그리 쉽지만은 않아서 준비도 많이 늦어지고 연습도 많이 못 해서 걱정을 했지만 역시 무대 체질인 우리 아이들은 잘 소화해 낸 것 같았다.

나도 공부방을 다닌 지 벌써 8년째다. 이렇게 8년 동안 공부방을 다니면서 내가 왜 공부방에 남아 있었는지 이번 발표회가 끝난 지금에야 정리가 되는 것 같다. 그건 바로 날 진심으로 인정해 주고 사랑해 주는 사람들이 있었기 때문이겠지……. 정신없이 발표회가 끝나니 이제야 여유가 생기는 것 같다.

8월 중순 정도였을 거다. 우리 친삼촌이 갑자기 집에 왔다. 그러곤 다짜고짜 날 앉히고 취업 얘길 꺼냈다.

"야! 선생님께 가서 얘기해. 취업 더 일찍 나가면 안 되느냐고! 아님 내가 담임 선생님께 전화해 줄게. 9월부터 사람이 필요하다던데. 그냥 취업 나감 되잖아. 돈 벌어야지."

"안 돼! 우리 학교, 취업 11월부터 나갈 수 있다니까!"

아직 준비가 되지 않았다. 지금과는 다른 사회에 나가 버틸 자신이 없었다. 발가벗고 사회에 뛰어드는 것만 같아 싫었다. 그렇게 어른들 속에 섞이고 싶지 않았다.

"나 취업하고 2년만 돈 벌 거야. 그땐 정미가 졸업하니까 일 관두고 내가 하고 싶은 거 하고 살 거야."

"니가 하고 싶은 게 뭔데?"

"애들 동화 일러스트 같은 거."

"니가 그림 그릴 줄이나 아냐?"

"당연하지. 밖에선 오 화백으로 통하잖아."

"야, 야! 니 성질에 무슨 그림이냐?"

삼촌은 기분 나쁘게 날 무시하고부터 본다.

"야, 나두 알어. 뭐, 너 그거 애니메이션 말하는 거지?"

"오, 삼촌이 애니메이션도 알아?"

"야, 이 자식. 그거 전망 좋아. 아는 학원 있냐?"

"우리 학교 앞에도 있어. 4개월 수료하면 취업도 시켜 준대."

"그래? 그럼 해 봐. 개학하자마자 알아보구 연락해."

삼촌은 아무것도 모르면서 그냥 하라 한다.

"나 참, 그게 얼마나 비싼 줄 알아? 그냥 보통 미술 학원도 한 달에 50만 원씩 드는데, 하라구?"

"50만 원이나 하냐? 야! 그래두 내가 조카 위해서 200만 원 못해 주겠냐? 알아봐. 빨리 돈 벌어서 할머니 모셔야 할 것 아냐. 이제 그만 쉬게 하셔야지. 누가 할머닐 모시겠냐? 니 아빠도 그 모양이구, 고모들이 하겠냐, 누가 하겠냐. 나두 바빠서 신경 못 쓰잖아. 야! 할머니 이렇게 아프셔서 어떡하냐. 니가 돈 벌어야지!"

할아버지 돌아가시고 묘에 묻을 때, 주저앉아 울던 삼촌 모습이 생생하다.

작년 8월 18일, 할아버지가 돌아가셨다. 그전까지만 해도 할아버지, 할머니, 나, 정미, 인석이 이렇게 다섯 명이었다. 엄마, 이 단어는 너무나 생소하다. 엄마는 내가 초등학교 2학년 때 친구를 만나러 간다면서 돌아오지 않았다. 그리고 내가 6학년 때 아빠와 이혼을 했다. 우리 집은 원래 가난했기 때문에 아빠나 삼촌 그리고 고모들이 모두 떠나고 싶어 했다. 난 지금도 우리 집이 제일 좋은데…… 아마 내 동생들은 엄마 얼굴도 이름도 기억나지 않을 것이다. 이것만 생각하면 가슴이 아프다. 엄마가 나간 후 아빠도 집에 들어오지 않았다. 하긴 그때 우리 아빠 나이가 팔팔한 스물아홉 살이었으니까.

우리 식구 네 명이 됐을 때, 고모건 삼촌이건 아무도 우릴 돌아보지 않았다. 다들 이 가난한 집구석에서 해방이 되어 자기들 살기에 바빴으니까. 명절 때 할머니가 하도 애들 키우기 힘들다고 하니까 고모들이 고아원 보내라고 했던 말이 생각난다. 얼마나 서러웠던지 나중에 내가 이 설움 다 갚는다고 다짐까지 했다.

할아버지가 돌아가시기 얼마 전, 당뇨병과 합병증으로 병원에 입원해 계셨을 때 아빠와 연락이 되었다. 병원에 아빠가 와 있다고 해서 동생들과 병원 입구에 들어섰을 때 얼마나 떨리던지……. 하지만 아빠는 우리들에 대한 보상으로 돈을 택한 것 같았다. 5만 원, 8만 원, 10만 원. 가끔 아빠가 올 때마다 많은 돈이 생겼으니까. 그런 아빠를 기다리는 동생들도 밉기만 했다.

막내인 남동생 인석이에게 아빠를 어떻게 생각하느냐고 물었더니 아무렇지도 않다고 했다. 그 말을 듣고 얼마나 울었던지……. 몰래 우느라고 고생 좀 했다.

얼마 안 지나 할아버지가 돌아가셨다. 나는 눈물도 나오질 않았다. 그냥 '이제 시작이구나. 마음 독하게 먹자.'라는 생각밖에는…….

그 뒤로 삼촌이 철이 들었는지 가끔 집에 찾아온다. 올 때마다 "빨리 이사 가야지."라는 말은 빼먹지 않고 한다. 고모들도 할머니를 예전보다 많이 챙기고…….

요새 할머니가 백화점 청소를 하셨다. 65세의 연세로 그 넓은 곳 청소하시느라고 한번은 쓰러지실 뻔했다. 그 뒤로 계속 아프셔서 일을 못 다니고 계시다. 아빠는 연락이 안 되고. 그러고 나서 내 짐은 더 커져 버린 것 같다.

후, 모르겠다. 내가 지는 짐들, 내 동생, 할머니…….

"알아보구 나한테 연락해. 카드도 되지?"

삼촌은 언제나처럼 할 말만 하고 그냥 갔다.

은근히 기다려졌다. 어쨌든 그림에 관해 전문적인 사람에게 그림을 배우게 된 건 처음이었으니까. 미술 대학에 간다고 설치는 아이들한테 나도 그림 배우게 되었다고 얘기해 주고 싶었다.

드디어 개학 날이다. 나는 잊지 않고 애니메이션 학원을 찾았다. 거기 계신 학원 선생님한테 이런저런 얘기를 듣고 더욱 들떠 있었다.

'수업료 20만 원에 입학금 2만 원. 동화 작업과 채색 작업이 있는데 기초부터 그림을 배우고 익히는 동화 작업을 권해 주고 싶다고. 동화 작업은 5개월 과정. 이 과정을 마치면 만화 제작소에 취업.'

부푼 가슴을 안고 학원을 나왔다. 내 동생들 다 학교 졸업시키고 독립할 수 있을 때 돈 벌어서 그림 공부를 하려고 했다. 기회가 온 것 같았다. 하지만 뭔가가 망설여졌다. 그냥 친삼촌에게 말하고 등록하면 되는데 많이 망설여졌다. 이것저것 머릿속을 복잡하게 했다. 지금 생각해 보면 내가 선택해야 할 일에 '옳은 일이다.'라는 자신이 없었던 것 같다. 최종적으로 선택하게 된 건 공부방 이모와 상의해 봐야겠다는 것.

내가 다니는 공부방에선 자원 교사들을 이모 삼촌이라 불렀다. 우리 동네는 흔히 말하는 산동네, 달동네와 이미지가 비슷했기 때문에, 부모님이 모두 일을 다니시거나 부모님이 없는 아이들이 많았기 때문에 가족 같은 느낌으로 선생님이라는 딱딱한 호칭보다 이모 삼촌이라는 호칭으로 아이들을 더 가깝게 느낄 수 있게 했다. 물론 호칭뿐만이 아니라 사람 대하는 것도 어느 가족보다 따뜻했다. 나도 부모님이 안 계셨기 때문에 공부방 이모 삼촌들의 도움을 많이 받았다. 친부모들처럼 관심 가져 주고 어떨 땐 혼도 나고…….

내가 애니메이션을 공부방 이모와 상의해야겠다고 생각한 건 예전에 풍물 배울 때의 일 때문이다.

공부방에서 풍물을 배운 적이 있다. 엉터리 장단을 치면서도 애들이랑 어울리는 재미라든가, 치면서 느끼는 흥 때문에 풍물을 좋아하게 됐다. 우린 풍물을 칠 때 새로 생긴 고속 도로 옆 길가에서 쳤는데 지나가는 차 안의 아저씨가 박수를 쳐 주실 때도 있었고, 자전거 타고 가던 할아버지가 갑자기 내리시더니 악기를 뺏어 시범을 보이실 때도 있었고, 오토바이 타고 가던 아저씨가 가시다가 음료수를 사 주시면서 수고한다고 하실 때도 있고, 술에 취한 아저씨가 돈을 주고 가신 적도 있었다. 점점 풍물에 빠져드는데 이젠 밖에서 치면 손이 시려서 할 수 없을 정도로 추워졌다. 추우니까 아이들도 하기 싫어해서 봄이 올 때까지 기다리기로 했다. 너무너무 아쉬워서 풍물을 학원에서 배워 볼까 생각도 했는데 언제 학원을 다녀 봤어야 하지, 그냥 생각뿐이었다.

2학년 11월 중순이었나? 내 친구 중 은희라는 아이랑 얘기를 하다가 풍물 얘기가 우연히 나왔다. 난 내가 공부방에서 풍물을 쳤던 얘기를 해 주고, 이젠 못 하게 됐다고 못내 아쉽다는 얘기도 해 주었다. 근데 은희가 자기 '써클'에서 이번에 학교에서 소개받고 다니는 학원이 있다고 하는 것이다. 알고 보니 이놈이 '4H 써클' 단장이었던 거다. 은희는 이 학원이 학생들은 공짜라는 얘기도 해 주고 수업 시간표도 꼼꼼히 챙겨 주었다. 나에겐 돈도 없었고 너무너무 하고 싶었으니깐 학원 구경이라도 하려고 은희를 따라나섰다.

찾아갔더니 풍물 학원은 지하였고, 아이들을 가르치고 있는 선생님 모습을 보게 되었다. 개량 한복에 짚신을 신고 이리저리 뛰어다니면서 아이들을 가르치는 모습이 얼마나 좋아 보였는지. 수업 끝날 때까지 기다려서 사부(선생님)를 만났는데 다짜고짜 장구를 들고 오라고 하더니, 아는 거 아무거나 치라고 하는 거다. 얼마나 놀랐는지. 너무 떨려서 아무것도 못 치고 사부 얘기만 듣게 됐다. 주요 내용은 이랬다. '나는 돈 벌려고 이 일을 하는 게 아니다. 풍물을 다른 일반인에게 많이 알려 주고 싶다. 학생은 그냥 가르쳐 주고 일반인은 한 달에 3만 원이다. 우선 수업료가 싸기 때문에 다른 일반인들도 많이 배울 수 있을 거라고 생각한다.' 그러고는 풍물의 역사, 박자, 종류 등 이것저것 얘기를 해 주셨다. 그땐 아무 생각 없이 들었다. 내 목적은 날씨가 따뜻해져서 아이들하고 다시 풍물을 칠 수 있을 때까지만 이 학원에서 배우는 것뿐이니까.

다음 날, 첫 수업을 들었을 때 '막장구'를 치다가 제대로 배우려니 아무것도 안 되었다. 다시 아주 기초부터 배우는 기분으로 열심히 쳤더니 거기 계시는 분들이 잘 친다고 해 주셨다. 물론 사부는 아무 말도 해 주질 않았다. 그렇지만 새롭고 어려운 걸 내가 열심히 해서 소화해 내고, 또 배워 연습하고 인정받는 것들이 좋았다. 그렇게 6개월, 사부한테도 인정받고 공연도 했고……. 어느 날, 사부가 날 부르더니 취업 얘길 꺼냈다.

"내가 너 집안 형편도 알고, 네가 원하면 여기서 강사 생활 하면 어떻겠냐? 물론 네가 싫다면 할 수 없는 거구. 근데 이 일을 하면 네 시간은 많을 거야. 일주일에 몇 번, 오전에 초등학교에 가서 아이들 봐 주고 오후에 여기서 초급 좀 가르쳐 주면 되니까. 근데 보통 회사에선 초봉이 얼마나 하냐?"

"아마 초봉 40~50만 원 정도 할 거예요."

"그래? 여기선 한 70만 원 정도 줄 수 있을 거야. 아이들 다 따져 봐. 한 학교에 아이들이 대개 50명 정도 있으니까 한 사람에게 3만 원씩 따져 봐. 어디 가서 니가 명함 내밀고 이 일 하겠다고 해 봐. 누가 써 주겠냐? 그래두 내가 시간 없을 때 같이 가서 해 주고, 그러면서 차차 네 자리 찾는 거지. 생각해 봐. 몇 년만 고생하고 네 일 해야지."

아마 여기서 일이라는 것은 국악인이 되는 일이었을 것이다. 이렇게 돈을 일일이 따져 가며 얘기하는 게 마음에 안 들었지만 '그런 게 무슨 상관이야. 좋으면 하는 거지.'라는 생각으로 걸러 들을 수 있었다. 미래에 대한 두려움이었을까, 아님 욕심이었을까? 하고 싶었다. 무엇보다도 내 시간이 많은 까닭에 더 맘이 끌렸다.

6개월을 공부방 모르게 다녔다. 말해야지, 말해야지 하면서도 입이 떨어지지 않았다. 내 욕심이 너무 앞질러 있었기 때문에 아마 하지 말라고 할까 봐 말하지 못했던 것 같다. 그래도 언젠간 말해야겠기에 공부방 모임이 끝나고 오는 길에 이모한테 털어놨다. 이렇게 시작했는데 취업 얘기까지 나왔다고. 난 하고 싶다고. 어떻게든 얘길 하고 나니 날 억누르던 것이 풀리듯 시원했다. 그리고 일주일 후, 공부방 큰이모가 불러 공부방엘 갔다.

"그래. 조건이 좋으니까 우리도 네가 좋아하는 일을 했음 좋겠다고 생각했어. 그래서 널 가르친다는 그 사람에 대해서 알아봤지. 풍물 배우는 이모 삼촌한테 좀 알아봐 달라고 해서. 근데 아는 사람이 거의 없어. 아니, 딱 한 사람 있더라. 근데 이름 듣고 고개를 돌린다는 거야. 너무 소문이 안 좋아. 그리고 학교 같은 데서 아무나 풍물 강사로 안 써. 네가 이 일을 1, 2년 할 것도 아니고 평생 직업으로 해야 할 텐데 그 사람한테 기술 외에는 배울 게 없는 것 같아. 공부방에서도 그랬듯이 무엇을 하든 간에 그 기능 외에 다른 배울 것이 있어야 하는 거야. 그 사람이 그러더라. 넌 기능 면에선 늦었지만 빨리 받아들이고 끼가 있어, 될 수 있는 대로 도와주고 싶다고. 네가 어느 정도인지는 모르지만 그 사람은 널 기능인으로만 본 거라고."

물론 선택은 나에게 달렸다. 그렇지만 풍물을 선택할 수 없었다. 이모 말을 듣고 내 중심을 잡을 수 있었다. 그랬다. 풍물 장단 이외엔 배울 것이 없었다. 어머니 풍물단이라고 해서 오후 1시부터 4시 30분까지는 아줌마들이 연습을 했다. 우리 학교는 일찍 끝나니까 아줌마들하고 어울릴 시간이 있었는데, 그 속에서 나오는 얘기들, 정말 듣기 싫었다. 잠자리 얘기, 돈에 관한 문제들, 그리고 옷이 어떠냐느니, 화장품이 얼마냐느니……. 모두 돈 많은 사람들 같았다. 우리 동네 아줌마들에게선 볼 수 없는 풍경이었으니까. 그리고 술자리. 가끔 공장에서 일하고 오시는 아저씨들이 술과 안주를 사 오는데 그날은 수업을 하지 않는다. 먹고 마시고 그러곤 취해서 '꼬장'을 피운다. 너무 보기 싫었다. 그렇게 어른들끼리 어울리는 모습을 보면서 조금씩 실망하고 있었기에 더 쉽게 포기할 수 있었다. 내 욕심을 누르고 포기할 수 있었던 건 날 위한 것임을 절실히 느낄 수 있었기 때문이었을 것이다.

시간이 흘렀다. 벌써 9월이다. 애니메이션 얘기를 아직 꺼내지 못했다. 여유가 없었다. 발표회 준비로 너무 바빴기 때문이다. 드디어 얘기할 기회가 왔다. 그날도 발표회 연습을 하러 가는 날이었다. 초등부 꼬마들이 연극 총연습을 한다기에 갔다. 봐 주고 칭찬해 주고, 노래패 아이들 노래할 때 박자 저어 주고, 웃게 해 주고, 여간 어려운 게 아니다. 하지만 행복했다. 아이들 하나하나가 날 인정해 주는 느낌이 있었기에…….

또 풍물패 연습을 하러 가야 했다. 연습 전 시간이 조금 있었다. 저녁 시간이었기 때문에 공부방에서 저녁을 먹었다. 슬그머니 애니메이션 얘기를 꺼냈다.

"이모, 나 우리 삼촌이 애니메이션 학원 보내 준다는데 다닐까요?"

"애니메이션? 그게 뭔데?"

"어흐, 웬일이야. 애니메이션을 모르다니!"

"아니, 그게 아니라, 왜 갑자기 애니메이션을 한다고 하느냐고."

웃으면서 얘길 시작하니 마음이 놓였다. 그리고 그날 삼촌이 왔던 일을 얘기했다. 얘기 도중 큰이모가 들어오셨다. 밖에서 다 듣고 계셨던 모양이었다.

"정희야, 네가 돈 벌어서 해. 제발…… 차근차근 하라구."

눈물이 나올 것만 같았다. 가슴이 아팠다. 그냥 예상했던 대답이었는데 뛰쳐나가고 싶었다. 물론 날 위해 막는 거겠지 하며 참으려 했지만 미칠 것만 같았다.

내가 하고 싶은 일을 나 스스로 찾은 것이었다. 풍물도, 그림도, 그리고 취업의 길도 있었다. 내가 지닌 짐. 내 집에 바쳐야 할 생활비. 경제적인 문제도 해결되리라 믿었다. 내가 하고 싶은 걸 하면서. 그런데 아니다. 내 욕심을 눌러야 했다. 할 수도 있었다. 하지 않았다. 기대가 컸던 만큼 실망도 컸다. 기분이 안 좋은 상태로 시간이 흘렀다.

다음 날이 최종 연습일이어서 그날도 이것저것 준비할 게 많았다. 아직 마무리되지 않은 연극 소품들을 완성하기 위해 학교 끝나자마자 공부방엘 가야 했다. 하교하고 옷을 갈아입은 후 공부방엘 갔다.

공부방 아이들의 아빠들이 만들어 주신 평상 위에서도 발표회 준비가 한창이었다. 전시해야 할 사진들, 그림들의 최종 마무리 작업을 하고 있었다. 공부방 동훈 삼촌도 연극 때 쓸 전화를 만들고 계셨다. 동훈 삼촌은 미술을 사랑한다. 내가 중등부 때 취미 교실 미술부를 맡으시고 그때부터 삼촌이랑 같이 미술부를 했다. 난 미술부 고정 멤버.

평상 위에 앉아 잠시 쉬고 있는데 평소에 말이 별로 없으시던 동훈 삼촌이 갑자기 얘길 꺼내셨다.

"정희야, 너 고갱이라고 아냐?"

"예, 인상파 화가였잖아요."

"뭘 그린 줄 알아?"

"글쎄요, 잘 모르겠는데요."

"아, 그 사람 은행가였잖아요."

옆에서 전시회 때 쓸 사진을 붙이고 있던 한 이모가 끼어들었다.

"어, 대단히 촉망받고 유능한 화가였대. 고흐 직업은 뭐였지?"

"선교사? 목사 되려고 했잖아요. 탄광 마을에 갔구요."

중2 때부터 고흐를 좋아했던 난 자신 있게 말했다.

"그래, 맞아. 거기 가서 「감자 먹는 사람들」 그렸잖아."

그때 공부방에서 아이들이 쏟아져 나왔다. 정신이 없었다.

"삼촌, 빨리 안 해요?"

"차가 와야 가지. 합판 사러 가려면 차가 있어야 하는데."

"아니, 진짜 뭐예요! 삼촌이 먼저 소품 만들고 있겠다면서요!"

"그래서 전화박스 만들었잖아!"

"언제는 12시부터 하고 있겠다면서……."

눈을 돌리는 순간 큰삼촌의 덜덜거리는 차를 노리고 있는 동훈 삼촌의 눈빛이 보였다.

"정희야, 우리 저거 타고 가 볼까?"

우리는 대충 차 안을 살피고 합판이 들어갈 수 있겠다 싶어 차를 타고 나왔다. 무지 덜덜거렸다. 썰렁했다. 나도 말이 별로 없는 편이고 삼촌도 그런 편이어서 조용했다. 그래도 어색하진 않았다. 합판을 사고 오면서 우리가 일주일에 한 번씩 하는 판화 교실 얘기를 했다.

합판과 스프레이 페인트를 가지고 도서실로 올라갔다. 합판을 이리저리 대 보고 자리를 잡았다. 조금 쉬려고 도서실 앞마당 그늘에 걸터앉았다.

"정희야, 너네 취업 좀 들어오나?"

"글쎄요. 별로 없어요."

"그림은 계속 하고 싶어?"

"그럼요."

"아까 내가 고흐 얘길 했잖아. 고흐가 그곳 탄광 마을 생활을 하면서 보고 괴로워했던 것들이나 그곳에서 그린 그림을 봐. 다큐멘터리 하는 사람들은 그 사람이 찍고 싶은 곳에서 한 1, 2년 살아 보고 몇 장의 사진을 남기곤 한대. 이유가 뭐겠냐? 그만큼 사람에 대한 이해가 깊어야 뭘 해도 하는 거야. 네가 지금 그림을 그린다고 쳐. 그건 그냥 기술일 뿐이야. 그 그림이 살아 있는 그림이 될 거라곤 생각하지 않는다. 개인 기업이건, 중소기업이건 사람들을 만나는 게 중요한 거야. 느끼고 부딪히고 이해해야 한다구. 많이 힘들어하지 말고 천천히, 천천히 생각해."

한참을 그 자리에 앉아 고흐를 생각했다. 고흐가 탄광촌에 들어가 그 사람들을 보며 괴로워했던 모습들. 내가 고2 때 고흐의 그림을 보고 막연히 고흐에게 빠져 버린 이유도 알 것 같았다. 그래. 천천히, 천천히 생각하자. 아직 난 아주 어리니까.

고갱과 고흐.

어느 한 사람을 택하라면, 가난하고 어려웠지만 인간에 대해 고통스러워하고 너무나 괴로워했던 고흐의 삶을 택해 살겠다. 서로 부딪히고 싸우며…… 그렇게…….

4

마르타의
자리를
선택한 이들

"큰삼촌, 여기 서명하셔야 해요."

"종연 삼촌, 노래패 돈 좀 쓰세요."

"길재 삼촌, 타악패 악기 언제 사죠?"

공부방 살림꾼 재양 이모는 오늘도 공부방 식구들이 놓친 일들을 지적하며 잔소리를 해 댄다.

"미경 이모, 오늘 하은이 학교에서 좀 늦는대요."

"오늘 수호 삼촌이 고등부 수업 못 한다 했는데 수연 이모가 보강해 줄 수 있나?"

"아, 내 정신 좀 봐. 청년 모임에 단체 메시지 보내는 거 깜빡했네."

공부방 일은 사람과 사람이 만나는 일이 전부라 해도 과언이 아니다. 그러다 보니 챙기고 기억해야 할 일들이 끊임없다. 그래서 우리는 가끔 사소하지만 중요한 무언가를 놓칠 때가 있다. 그 구멍을 발견하고 메우는 것이 재양 이모 몫일 때가 많다. 그래서 공부방 식구들은 '재양 이모'를 입에 달고 산다.

"재양 이모, 인천문화재단 신청서 어떻게 됐어?"

"재양 이모, 우리 인형극패가 쓸 수 있는 돈이 얼마나 되지?"

"재양 이모, 청소년 문화원 예약했나?"

"재양 이모, 물감 어디 있죠?"

때로는 한꺼번에 질문이 쏟아져 재양 이모의 입에서 비명이 나올 때도 있다. 가장 중요한, 밥 먹는 일이야 선배들이 맡아서 한다지만 공부방에서 어린 대학생 후배들과 살고 있으니 자질구레한 일들을 재양 이모가 많이 한다.

그 재양 이모가 나에게는 그냥 재양이다. 재양이는 내가 수연 이모 보다, 남편보다 만석동에서 오래 만난 친구이자 동지다. 1988년 4월, 공부방을 열게 된 것도 바로 재양이 때문이었다.

나는 1987년 봄에 재양이를 만났다. 만석동에 처음 들어가 구한 월 세집이 바로 재양이네 옆집이었다. 그 판잣집에 아가방을 열었고 첫 손님이 재양이네 셋째와 막내였다. 재양이네는 건축 일을 하는 아버 지, 봉제 공장에 다니는 어머니와 네 자매가 단칸방에 살았다. 재양이 는 아침마다 학교 가는 길에 두 동생을 아가방에 맡기고, 저녁때가 되 면 저녁밥을 앉혀 놓고 동생들을 데리러 왔다. 초등학교 3학년이라고 는 믿기지 않을 만큼 댕돌같이 야무진 재양이는 아가방에 다니는 동 생들을 부러워했다. 수업이 일찍 끝나는 날이면 재양이는 똥바다로 난 철길로 산책 나가는 동생들을 따라왔다. 그럴 때면 은근슬쩍 동생 들을 밀치고 내 옆을 차지하고는 툭툭 던지듯 집 얘기, 학교 얘기를 꺼냈다. 그러던 어느 날, 재양이가 말했다.

"이모, 아가방에서 공부방도 하면 안 돼요?"

그러잖아도 만석동에는 아가방보다 공부방이 더 필요하다는 생각을 하던 터라 귀가 솔깃했다. 그러나 그때 형편으로는 당장 공부방을 열 수 없었다. 몇 달 뒤, 함께 만석동에 들어갔던 친구들이 떠나 혼자 남게 되었을 때 다시 머리에 떠오른 것이 공부방이었다. 공부방을 기다리던 재양이와 동네 아이들이 아니었다면 나 역시 만석동을 떠났을지 모른다.

지금까지 공부방에서 하는 프로그램들은 모두 재양이와 함께 시작했다. '함께 자기', 공연, 공부방 신문 『칙칙폭폭』, 여름 캠프, 어린이날 행사, 가을 가족 소풍도 모두 재양이와 시작했다. 특히 함께 자기는 공부방에서 자 보는 게 소원이라는 재양이와 그 동생들의 말에 시작되었다.

함께 자기는 말 그대로 공부방 아이들과 이모 삼촌들이 공부방에서 다 같이 밥을 해 먹고, 다 같이 놀다가, 다 같이 잠자리에 드는 것이다. 맞벌이 부부나 한부모 가정에서 자란 아이들은 밤 10시가 넘어서야 집에 돌아오는 부모님을 기다리다 텔레비전을 켜 놓은 채 자기 일쑤였고, 아침에 일어나서는 이미 차려진 밥상에 앉아 억지로 밥을 몇 숟가락 뜨고 학교에 갔다. 1년에 한두 번이지만 아이들은 이모 삼촌들이 봐준 잠자리에서 조곤조곤 이야기를 하다가 편하게 잠이 들고, 아침 밥상에 다 같이 둘러앉아 밥을 먹는 일을 평화라고 여겼다. 아직도 함께 자기를 하던 첫날 수건과 잠옷, 쌀을 챙겨 2층으로 올라오던 재양이의 상기된 얼굴이 생생하다. 우리는 아마도 그때부터 함께 먹고 함께 자는 삶을 꿈꾸었는지도 모르겠다. 그래서 강화 집으로 이사하자마자 만석동 아이들은 강화 집으로 계절마다 함께 자기를 하러 왔다. 여전히 함께 자기는 공부방 식구들에게 평화다.

　네 자매의 맏이인 재양이는 공부방에서도 맏이 노릇을 했다. 재양이보다 오빠인 영수와 승우가 있고, 개구쟁이 또래들이 있었지만 동생들을 챙기는 일은 언제나 재양이 몫이었다. 1990년 봄에 그런 재양이의 짐을 나눌 친구가 생겼다. 공부방에 새로 온 미애는 전남 진도에서 이농한 사 남매 집의 맏이였다. 서로 처지가 같아서인지 미애와 재양이는 금세 친해졌다. 부드럽고 따뜻한 미애는 원칙적이고 책임감이 강한 재양이의 훌륭한 짝이 되어 주었다. 자원 교사가 한 명도 오지 않는 날이라도 6학년 재양이와 미애만 있으면 20명도 넘는 초등부 아이들을 돌보는 게 어렵지 않았다.
　재양이와 미애는 공부방과 학교만 오가면서 중학교 시절을 보냈다. 착실하고 속 깊은 두 녀석의 얼굴이 어두워진 것은 고등학교 원서를 쓰게 된 초겨울이었다. 가난한 집안의 맏이인 두 아이의 선택지는 많지 않았다. 부모들은 자식이 자신들과 다른 삶을 살기 바랐지만 현실은 그 바람을 뒷받침해 주지 않았다. 공부방 이모 삼촌들처럼 대학생이 되고 싶어 했던 재양이와 미애는 결국 전문계 고등학교로 진학했다.
　나는 두 아이가 전문계를 선택한 것을 실패나 낙오라고 생각하지 않기를 바랐다. 그래서 중3 겨울 방학이 시작되자마자 둘을 날마다 공부방으로 불렀다. 아침나절에는 같이 책을 읽고, 시사 문제를 토론하고, 학교에서 배울 상업 과목 공부도 했다. 함께 점심을 먹고 나서는 초등부 동생들을 돌봤다. 집에 있어 봤자 집안일을 하거나 동생들 뒤치다꺼리를 하다가 멍하니 텔레비전 앞에 있을 두 아이를 깨어 있게 하고 싶었다.

나는 열일곱 재양이, 미애에게 내 열일곱의 아픔을 투사했다. 내가 전문계 고등학교에 진학한 것도 돈 때문이었다. 나 역시 재양이와 미애처럼 맏딸이었다. 어차피 그림을 계속 그릴 수 없다면, 나보다는 공부를 더 잘하는 동생에게 기회가 가야 한다고 생각했다. 전문계 고등학교에 진학하기로 한 뒤 중3 담임과 한 달여를 싸웠다. 담임은 집요하게 중학교와 같은 선인재단 안에 있는 여상에 진학해야 한다고 강요했다. 나는 공립계 상고에 가고 싶었지만 담임은 너보다 공부를 잘하는 전교 2, 3등도 가는데 네가 왜 버티느냐며 비아냥거렸다. 12년간의 학창 시절을 통틀어 기억나는 선생님의 이름이 대여섯 개를 넘지 않는데, 그중 하나가 그 담임이다. 그는 교사라기보다 선인학원 이사장 백인엽과 백선엽의 충실한 시종이었다. 내가 끝까지 고등학교 입학 원서에 도장을 찍지 않자 그는 내 손을 잡아 억지로 원서에 도장을 찍게 했다. 그렇게 어쩔 수 없이 고등학교를 선택한 아이가 나만은 아니었다. 부모님께는 말도 못 했지만 그때의 치욕과 절망은 고등학교 시절 내내 나를 떠나지 않았다. 전문계를 가겠다고 한 것은 내 선택이니 누구도 탓할 수 없었지만 학교를 선택할 기회를 빼앗은 선인재단과 그 시종 같은 교사들에게 받은 치욕은 쉽게 사라지지 않았다. 그때 경험한 독재 권력과, 그 권력과 결탁한 이들의 탐욕과 비리 때문에 저항 의식이 좀 더 커진 것 같다.

고등학교 입학을 앞두고 나는 눈물, 콧물을 쏟으며 중학교 때 친구들에게 편지를 썼다. 중학교 2학년 국어 교과서에 실렸던 프로스트의 시 「가지 않은 길」까지 인용해 가며 "나는 너희와 길이 다르다. 그러나 언젠가 그 길 끝에서 만날 거다."라고 썼다. 그런데 내 나름대로 비장하게 쓴 그 편지를, 20년이 훌쩍 지나 다시 만난 그때 친구들은 아무도 기억하지 못했다. 어쨌든 그때 내가 선택한 길은 다른 친구들이 가는 신작로가 아닌, 신작로 아래 좁고 울퉁불퉁한 흙길이라고 생각했다. 나는 신작로를 올려다보며 혼잣말을 했다.

"너희가 가는 길이 좀 수월할지는 몰라도 이 길이 훨씬 흥미진진하고 아름다울 거야. 나는 이 길을 즐기며 걸을 거야."

그러나 막상 그 길에 들어서니 끝없이 이어지는 흙길은 지루했고, 그 흙길과 이어지는 돌투성이 오르막길이나 진창길은 나를 지치게 했다. 때로는 달빛도 없는 캄캄한 길을 혼자 가는 것 같아 무섭고 외로웠다. 나는 그 길에서 자주 길을 잃었고, 그 길 위에 주저앉아 며칠씩 멍하니 하늘만 보기도 했다.

재양이와 미애가 열일곱이 되고 나서야 나는 내 열일곱이 보였다. 어떤 상처도 받지 않은 것처럼, 절망도 실망도 모르는 아이처럼 냉소의 가면을 쓰고 있던 내가 보였다. 속은 물러 터지고, 동경과 선망이 가득한데 일부러 괜찮은 척, 아무 욕망도 없는 척하기 위해 냉소의 가면을 쓴 재양이가 보였다. 일찌감치 어른이 된 사람들은 쉽게 울거나 쉽게 자신의 경계를 허물지 못한다. 나 역시 그때 그랬다. 우리 부모님은 여리고, 세상 물정에 어둡고, 자존심만 셌다. 나는 그런 부모님 앞에서 내 속을 그대로 드러내지 못했다. 그래서 혼자 괜찮은 척하느라 참 많이 힘들었다. 나는 재양이와 미애가 소리 내어 울고 투정을 부리고 억눌린 욕구를 드러낼 수 있는 공간이 공부방이면 좋겠다고 생각했다. 내게는 없었던 그 누군가가 되어 주고 싶었다.

고등학교를 졸업한 재양이는 회계 사무소에, 미애는 서울에 있는 가톨릭 단체에 사무직 노동자로 취업했다. 두 아이는 자신의 노동이 좀 더 나은 미래로 가는 발판이 되길 바랐다. 그러나 구제 금융 파동은 그들의 어깨에 또다시 맏이라는 짐을 지웠다. 재양이 엄마나 미애 엄마나 두 딸의 청춘만큼은 자신들처럼 봉제 공장 재봉틀 위에서, 끝도 없이 펼쳐진 마늘밭에서 시들어 가지 않기를 바랐다. 그러나 그들의 현실은 당장 두 딸이 벌어 오는 월급이 절실했다.

그 무렵 청년 모임에서 가족 그림을 그렸다. 재양이의 그림에는 해가 쨍쨍 내리쬐는 사막 한가운데 바짝 마른 선인장 한 그루가 서 있었다. 미애의 나무는 뿌리가 없었다. 재양이가 그 사막을 벗어난 것은 스물여섯이 되던 해였다. 5년간 직장 생활을 하며 모은 돈마저 가족에게 다 털어 주고 재양은 공부방으로 돌아왔다. 재양이는 공부방 이모가 되었고, 오랫동안 미루었던 공부를 시작했다. 자신에게 철저하고 성실한 재양이는 대학을 졸업하고 1급 사회 복지사가 되었다. 그리고 여전히 공부방에 남았다. 미애는 직장 생활을 하며 방송통신대를 졸업했고, 미애와 가족의 상처를 이해하고 존중해 주는 남자를 만나 결혼했다.

공부방 상근자로 일하던 중 재양이 어머니가 간암을 선고받았다. 재양이는 결혼했거나 직장 생활을 하는 동생들을 대신해 간병을 선택했다. 결코 짧지 않았던 그 시간을 재양은 묵묵히 견뎌 냈다. 그러나 재양이의 어머니는 끝내 재양이의 상처를 쓰다듬어 주지 못하고 떠났다. 재양이는 아직도 가끔 사막 한가운데서 홀로 버텨야 했던 그때로 돌아가 우울해지거나 무기력해질 때가 있다. 그러나 자신이 선택한 가난한 아이들 곁에서 그 아이들을 견디고 품어 내며 산다. 성서에 나오는, 돌아온 탕자 이야기를 받아들이지 못하겠다고 투덜거리던 재양이가 언제부턴가 자신에게 상처를 주고 간 아이를 기꺼이 다시 품는다. 요즘 우리는 농담처럼 재양에게 말한다.

"재양, 벌써부터 이름 앞에 세인트(saint)를 붙여야 하는 거 아냐?"

재양이 때문에 시작한 공부방은 이제 재양 이모가 없으면 엉망이 된다. 재양 이모가 있어야 공부방 모든 사물이 제자리를 찾고, 완벽주의 성향에 힘입어 회계가 빈틈없이 관리된다. 재양 이모의 잔소리가 들리면 늘어져 있던 선배들도 마지못해 몸을 움직인다.

재양이가 돌아온 탕자 이야기만큼 받아들여지지 않는다는 성경 내용이 마리아와 마르타 이야기다. 예수가 제자들과 길을 가다 마르타라는 여인의 집에 초대되었다. 마르타는 초대한 손님들에게 갖가지 시중을 드느라 분주하였으나 여동생 마리아는 예수의 말에만 귀를 기울이며 아무것도 하지 않았다. 마르타가 섭섭한 마음에 "주님, 제 동생이 저 혼자 시중들게 내버려 두는데도 보고만 계십니까? 저를 도우라고 동생에게 일러 주십시오."라고 말했다. 그러나 예수는 예수의 말에 귀를 기울이는 마리아가 좋은 몫을 선택했다고 말했다.

나 역시 처음 성서를 읽었을 때 왜 예수가 마르타가 아닌 마리아가 좋은 몫을 선택했다고 말했는지 이해할 수 없었다. 마리아가 예수의 말을 듣고 새기는 좋은 몫을 선택할 수 있었던 것은 많은 일을 염려하고 시중을 드느라 분주한 마르타가 있던 덕분이었다. 어쩌면 나도 마르타의 자리에 있었기 때문에 더 그 성서 구절이 거슬렸는지 모른다. 그런데 어느 날 공동체 일로, 아이들 일로 종종거리다가 문득 루카의 그 복음이 생각났다.

"마르타야, 마르타야! 너는 많은 일을 염려하고 걱정하는구나."

문득 그런 생각이 들었다.

'왜 나 혼자 염려하고 걱정하고 분주할까? 왜 나누지 않을까? 왜 믿지 못할까?'

어차피 우리 공동체 식구들이 선택한 자리는 처음부터 마르타의 자리였다. 낮은 자리에서, 보이지 않는 뒷자리에서 예수에게 초대된 이들을 수발하며 분주히 움직이는 그 자리, 일꾼의 자리. 드러나지 않고 예수의 주목조차 받지 못한 것 같아 서운했던 그 자리가 사실은 예수가 준 우리의 자리였다. 다만 그 자리에 마르타 혼자, 나 혼자 있는 게 아니라 같이 있는 거였다. 공부방 사람들은 마르타의 자리를 기꺼이 선택한 사람들이다. 일꾼의 자리를 기꺼이 받아들여, 지금보다 나은 세상, 더 나은 삶을 만들어 가는 일꾼으로 살기로 선택한 사람들이다. 그것보다 좋은 몫은 없다.

재양이와 나는 '참 좋은 몫'을 선택해 공동체 식구들과 함께해 온 30년을 추억하며 살아간다.

5

여전히
사람이
힘이다

1988년 1월, 내가 몸담고 있던 천주교도시빈민회에서 자신의 현장이 아닌 다른 현장에서 빈민 활동을 해 보는 프로그램을 진행했다. 내가 가게 된 곳은 봉천동 봉제 공장이었다. 남성용 셔츠와 수영복 바지를 주로 만드는 공장이었는데, 5층 건물의 한 층마다 다른 봉제 공장이 있었고, 지하에는 식당과 포장 회사가 있었다. 학교 교실 1.5배쯤되는 크기의 공장 안에는 재봉틀이 가로 네 줄, 세로 여덟 줄로 줄 맞추어 있었고, 맨 앞에는 80년대 초 음악다방의 디제이 박스처럼 만든 사무실이 있어 그 안에서 노동자들을 감시했다. 30명 넘게 일하는 공장에는 하루 종일 빠른 비트의 가요가 멈추지 않고 흘렀고, 쉬는 시간이라고는 점심과 저녁 시간이 전부였다. 재봉틀에 앉은 노동자들은 화장실조차 제때 가지 못했다.

내가 맡은 일은 다섯 번째 재봉틀에 앉은 노동자 옆에서 스톱워치를 넣는 주머니를 접어 다림질하는 것이었는데, 틈틈이 미싱사들의 심부름도 해야 했다. 노동자들은 일주일 내내 밤 10시까지 잔업을 해야 했고 하루 세끼는 건물 지하 식당에서 김치와 김칫국, 반찬 한 가지로 때웠다. 봉천동 근처에 사는 소수를 빼고는 대부분 공장 천장을 가로막아 만든 다락 같은 기숙사에 살았다. 그들의 얼굴은 하나같이 누렇게 떠 있었지만 높이가 1미터도 되지 않는 기숙사의 낮은 탁자 위에는 화장품과 책이 가지런했다. 모두들 언젠가는 그 지긋지긋한 노동을 그만두고 좋은 남자를 만나 결혼할 꿈을 꾸었다. 수필집을 열심히 읽었고, 토요일 저녁이면 영등포 나이트클럽으로 멋진 남자들을 만나러 나갔다. 그들이 꿈꾸는 평범하고 행복한 결혼과 가정은 드라마에서나 가능한 것이었다. 그때는 87년 노동자 대투쟁의 여파로 여러 현장에서 노동조합이 만들어지고 있던 때였다. 그러나 봉천동에 몰려 있던 봉제 공장 어디에도 그런 움직임은 보이지 않았다. 그들에게 내일을 가져다줄 수 있는 것은 노동조합뿐인 것 같았지만 나는 비겁하게도 그 열악한 노동 현장이 내 자리가 아니라는 것에 안도했다. 내가 할 수 있는 것이라고는 그곳까지 노동조합 운동의 바람이 닿길 기도하는 것뿐이었다.

만석동으로 다시 돌아와 아가방을 그만두고 시작한 공부방에서 나는 봉천동의 미싱사들과 똑같은 환경에서 일하는 노동자들을 공부방 부모로, 이웃으로 만났다. 그들은 대체로 착하고 성실했으나 또 대체로 기회주의적이고 이중적이었다. 노동에 찌들고, 술에 찌들고, 폭력에 찌들고, 돈에 찌든 그 사람들은 때로는 약삭빠르고 이기적이며 탐욕스러웠다. 약한 자에게는 한없이 강하고, 강한 자에게는 한없이 비굴한 그 사람들은 바보스러우리만치 착하고, 눈물 많고, 인정 많은 사람들이기도 했다. 또 힘을 가진 적이 없었으니 누군가를 이용해 자기 배를 불리거나 착취한 적 없는 선한 사람들이기도 했다. 처음 사회에 눈을 뜨고 도시 빈민 운동을 하겠다고 만석동에 들어갈 때만 해도 내 머릿속 '민중'은 다분히 관념적이었다. 세상을 바꿀 힘을 가진 이들이 노동자, 도시 빈민, 청년 학생이라고 배웠고, 그렇게 믿었다. 그런데 막상 현장에서 만난 도시 빈민, 노동자 민중은 스스로 일어날 힘도, 의지도 없는 약한 사람들이었다. 그러나 그들이 나의 이웃이었고, 나 자신이었다.

공부방 아이들이 블록버스터 영화의 한 장면 같은 극적인 하루하루를 경험하게 해 주었다면, 공부방 부모님들은 그 하루하루를 견뎌 낼 인내심을 가르쳐 주었다. 그분들은 겨우 나이 마흔에 지문과 손톱이 닳아 없어질 정도로 고된 노동에 시달리는가 하면, 좀 더 쉽게 돈을 벌 수 있는 일을 찾아 헤매다 자신과 가족의 삶을 파탄 내기도 했다. 아무리 이를 악물어도 나아지지 않는 탓을 애먼 자녀에게 돌리기도 하고, 자녀들이 자신의 희망이 되지 못하는 탓을 학원보다 못한 공부방으로 돌리기도 했다. 나는 우리 공동체와 같이 가야 할 이들이 가난하지만 정직하고, 약하지만 정의로운 사람이길 바랐다. 그러나 그것은 그저 나의 바람일 뿐이었다. 사람들이 살아가는 곳은 결코 유토피아나 천국이 아니었다.

근이영양증을 앓던 두 아들을 먼저 보내야 했던 재식이 엄마는 아들의 장례를 치르고 온 날에도 부엌에서 굴을 깠다. 누구는 돈에 미쳤다며 손가락질을 하고, 누구는 독한 년이라며 혀를 찼지만 재식이 엄마가 슬픔을 쏟아낼 자리는 골목으로 난 부엌 쪽문 앞, 그 좁은 자리뿐이었다. 남은 생을 아들 없이 살아 내야만 하는 재식이 엄마는 아직도 그 자리를 떠나지 않은 채 쉬지 않고 일을 한다. 나는 재식이 엄마와 그를 닮은 만석동 사람들을 보며 그들이 버텨 내는 삶이 이 세상을 떠받치고 있는 거대한 뿌리라는 것을 깨닫게 되었다.

그런 재식이 엄마를 형님, 형님 하며 따르는 선아 엄마를 만난 것은 19년 전이다.

"아니, 이디서는 정말로 돈도 안 받고 아이들을 가르치나?"

"네. 하지만 여기는 학원 같은 곳은 아니에요. 공부보다는 부모님이 안 계신 동안 아이들이 함께 어울려 놀게 돕는 게 우선이고요, 노래나 연극, 풍물 같은 걸 하면서 공연도 하고 함께하는 놀이도 하고 그러는 곳이에요. 여기 다니려면 다른 건 몰라도 부모회에 꼭 참석해 주셔야 하거든요."

"게매, 그래야지. 내도 학원은 벨로이. 이디가 딱 마음에 드네. 나가 원래 시골 사람이라 이런 걸 더 좋아해요. 우리 선웅이랑 선아 좀 부탁해요."

선아 엄마는 선아나 선웅이보다 더 공부방을 좋아했다. 선아 엄마 아빠는 고생한 만큼 자식들이 '성공'하기 바라는 다른 부모들과 달리 그저 자녀가 '착하고 바른' 사람이 되기를 바라는 특별한 사람들이었다. 선아 엄마 아빠가 남매를 입시 학원에 보내거나 과외를 한두 개 시켰다면 선아와 선웅이는 꽤 알아주는 대학에 갈 수 있을 만큼 성적이 좋았지만 부모는 과한 욕심을 부리지 않았다. 만석동에서 소문난 억척이에다 일개미로 소문날 정도로 열심히 일을 해 돈도 꽤 모았으면서도 남매에게 브랜드 신발, 가방 한번 사 주지 않았다. 동네 사람들은 그런 선아 엄마 뒤에서 지독한 구두쇠라느니, 인정머리가 없다느니, 뭘 모른다느니 흉을 봤다. 그러나 나는 이제껏 살면서 선아 엄마만큼 정 많고, 손 크고, 현명한 사람을 본 적이 없다.

공부방 삼촌들이나 부모회 아버지들은 호탕한 성격에 노래 잘하고 풍물까지 멋들어지게 연주하는 선아 아빠를 큰형님으로 따랐다. 평소에 누구보다 건강해 보이던 선아 아빠는 2003년 가을에 간암 말기 선고를 받았다. 수술을 앞두고 면회를 간 병원에서 환자복을 입은 선아 아빠는 여전히 털털하게 웃으며 오히려 우리를 위로했다.

"괜찮아, 괜찮아. 수술하면 다 낫는대."

그러나 수술 뒤, 선아 아빠는 오히려 황달로 얼굴이 노래졌고 배에는 복수가 차올라 금방이라도 터질 것처럼 보였다. 그런데도 선아 아빠는 밝은 목소리로 남편에게 물었다.

"마을 잔치 했나?"

"아니요, 선아 아빠가 안 계신데 무슨 마을 잔치를 해요."

"그럼 나가 퇴원하믄 잔치해야겠네. 선아 엄마한테 맛있는 거 하라고 해 가지고……."

선아 엄마는 손등으로 눈물을 훔치고 나서 씩씩하게 말했다.

"선아 아빠 집에 가면 정말로 동네잔치 할 거야, 나가."

하지만 선아 아빠는 그해를 넘기지 못했다. 선아 아빠가 돌아가시던 날은 풀무 6기 세나 이모와 지호 삼촌의 결혼식이 있던 날이었다. 대학생이던 선아와 고등학생이던 선웅이가 결혼식이 끝나자마자 밥을 먹지도 않고 간다고 일어설 때에야 나는 아이들 표정이 이상하다는 것을 알았다.

"선아야, 무슨 일 있지?"

아무 일 없다고 잡아떼던 선아는 내가 몇 번을 다그쳐 묻자 눈물을 글썽이며 말했다.

"큰이모, 아빠가 새벽에 돌아가셨어요. 엄마가 이모 삼촌들한테 좋은 날이니까 티 내지 말고 슬쩍 나오라고 했는데……."

영안실에서 만난 선아 엄마가 말했다.

"떠나기 전에 나 손을 꼭 잡더니 그랬어. 나한테 시집와서 고생만 시켜 미안하고 고맙다구. 나가 그런 말 들은 게 처음이야. 선아한테는 선웅이랑 엄마 부탁한다는 말 하구. 그리고 그냥 자는 것처럼 갔어."

흐느끼는 선아 엄마 어깨는 조금만 힘을 주어도 다 부서져 내릴 것 같았다. 워낙 금실이 좋아 공부방 부모들의 시샘과 부러움을 받던 부부였다. 선아 엄마와 이야기하고 있는데 선아가 곤란한 얼굴로 제 엄마를 불렀다.

"엄마, 영희 엄마 오셨어."

영희 엄마는 선아 엄마와 형님 동생 하며 친자매처럼 지내던 사이였다. 그런데 선아네한테 빌린 돈을 갚지 못하게 된 뒤 공부방에도 발길을 끊은 상태였다. 선아 엄마는 영희 엄마를 보자마자 손을 덥석 잡으며 반겼다.

"아니, 니가 어떻게 알고 왔냐?"

내 깜냥으로는 선아 엄마가 영희 엄마한테 여기에 왜 왔느냐며, 무슨 염치로 왔느냐며 호통을 치고 내쫓아야 했다. 그러나 선아 엄마는 영희 엄마를 끌어안고 토닥이며 말했다.

"왜 이렇게 말랐냐? 밥이나 먹고 사냐?"

삶에 지친 두 사람이 얼싸안고 우는 걸 보면서 또 한 번 선아 엄마한
테 고개를 숙였다. 나는 언제부턴가 선아 엄마 앞에서는 가난한 이들
을 위한 선택이니 공동체니 하는 말을 떠벌릴 수가 없었다. 그리스도
의 용서니 사랑이니 화해니 하는 말은 더욱더 꺼내지 못했다. 선웅이
는 아직 엄마의 삶을, 깊은 속뜻을 다 이해하지 못하는 듯하다. 그러나
사회 복지사가 된 선아나 장애인 단체에서 일하는 선웅이나 모두 부
모가 원했던 '착하고 바른 사람'으로 살아가는 것은 분명하다.

어부 형석이가 공부방에 멸치를 가지고 온 날은 마음이 많이 아프고
힘든 날이었다. 아이들과 함께하는 일은 심장을 뛰게 하고, 가슴 뭉클
한 감동과 기쁨을 주는 일이지만 때때로 회의와 절망을 주기도 한다.
아무리 마음을 추슬러도 긍정의 에너지가 일어나지 않던 그날 오후,
갑자기 단체 채팅 창에 멸치 사진이 올라왔다. 이모들이 순식간에 달
려들어 호들갑을 떨었다. 형석이가 좌판에 팔러 가기 전에 뚝 떼 놓고
간 그 멸치를 만석동에 사는 공동체 식구들과 공부방 부모회 엄마들
까지 나눠 가져갔고, 튀기고 부치고 졸여서 먹은 사진들을 다시 단체
채팅 창에 올렸다. 그 멸치로 우리는 다시 힘을 내고 웃을 수 있었다.

형석이의 부모님도 어부셨다. 형석이는 어려서부터 뱃일 나간 부모
님을 대신해서 장애가 있는 동생을 돌볼 만큼 속 깊은 아이였지만 이
모 삼촌 속을 어지간히도 썩이던 개구쟁이이기도 했다. 까불이 형석
이가 진지할 때는 아버지와 뱃일을 다녀온 이야기를 할 때뿐이었다.

형석이가 4학년 때였다. 주말에 아버지와 함께 바다에 나갔다 와서 아버지와 함께 고기잡이하는 풍경을 그림으로 그렸다. 배의 모습이나 그물을 걷어 올리는 모습까지 직접 보고 경험한 것이 아니라면 그릴 수 없는 그림이었다. 이모들의 칭찬이 쏟아진 그날, 형석이가 쑥스러워하며 고백했다.

"저는요, 우리 아빠처럼 멋진 '어부'가 되고 싶어요."

나는 공부방 아이들과 일주일에 한 번씩 형석이네 배가 들어오는 북성포구로 산책을 나갔다. 물때가 맞으면 포구로 가서 어부들이 갑판 위에서 갓 잡아 온 생선을 파는 모습을 구경했다. 형석이네 부모님은 늘 두 분이 같이 바다에 나갔다. 형석이 엄마는 고된 어부 생활을 보람 있어 하셨다. 노동한 만큼 대가를 받고 그 돈으로 아이를 키울 수 있는 일이 있다는 게 얼마나 고마운 일이냐고 하셨다. 『괭이부리말 아이들』에 이어 두 번째로 썼던 동화 『내 동생 아영이』는 형석이와 형석이 어머니가 모델이었다.

짠물이든 민물이든 물에서 난 것은 마른오징어밖에 드시지 못하는 아버지 때문에 생선을 제대로 구경도 못 하고 자란 나는, 형석이 엄마가 잡아다 주시는 갖가지 싱싱한 생선으로 생선 요리 하는 법을 배우고 해 먹게 되었다.

어느 날은 생전 본 적도 없는 생선을 귀하다며 주고 가셨는데 그게 바로 아귀였다. 너무 징그럽고 못생겨서 도무지 손질할 엄두가 나지 않았다. 마침 그날 수업하러 공부방에 온 풀무 2기 경현 삼촌에게 칼을 맡겼다. 자기는 생물학과 학생이지 조리학과 학생이 아니라며 울부짖었지만 결국 경현 삼촌이 아귀 손질을 했다. 형석이 엄마는 또 밤늦게까지 이모 삼촌들이 회의를 하고 있으면 쏙이라고 하는 갯가재를 삶아 오셨다. 자정이 넘을 때까지 아이들 문제로 머리를 싸매다가 형석이 어머니가 삶은 쏙이 오면 모두 어린애가 되어 신나게 살을 발라 먹었다. 공부방 부모회 식구들은 김장철이나 꽃게 철이 되면 북성포구로 가 형석이네 배에서 새우를 사고 꽃게를 샀다.

뱃일의 고단함을 모르지 않던 형석이는 자라서 어릴 적 꿈처럼 어부가 되었다. 그리고 어린이집 교사가 된 동갑내기 공부방 친구와 결혼을 했다. 우리는 가끔 형석이 덕분에 빨래판만 한 자연산 광어회를 공짜로 먹고, 초등학교 1학년 아이 키만 한 삼치를 맛보는 행운을 누린다. 때로는 다 팔지 못한 생선을 동네 사람들에게 나누는 일을 맡기도 한다. 요즘은 형석이 부모님이 처음 뱃일을 시작했을 때보다 바다 상황이 좋지 않다. 인천공항, 송도 신도시 따위로 줄어든 갯벌이 바다를 정화하지 못하는 데다 바닷속에 버려지는 쓰레기는 더 많아졌고, 무분별한 매립은 안개까지 더 잦게 만들었다. 형석이는 그물을 들어 올렸을 때 생선보다 쓰레기나 해파리가 더 많을 때면 맥이 풀린다고 한다. 게다가 걸핏하면 중국 어선과 충돌해야 한다. 정부는 농업을 방치하듯, 어업마저 그렇게 방치한다. 그래도 형석이는 묵묵히 어부의 삶을 살아간다.

만석동에서 자라 청년이 된 공부방 아이들은 더러는 부모님과 같은 공장에서 일하고, 아버지나 어머니를 따라 용접 일을 배우기도 한다. 30여 년 전, 봉천동에서 만난 청년들과 다름없는 그들 역시 지금보다 나은 삶을 꿈꾼다. 그러나 현실은 그때나 지금이나 가난한 노동자들에게는 가혹하다. 공부방 부모님들은 적어도 '우리 자녀들'만큼은 '우리'와 같은 삶을 살지 않기를 바라 왔지만, 허망하게도 '우리 자녀들'이 '우리'보다 더 힘겨운 삶을 살아가야 하는 현실에 직면해야 한다.

만석동에서 삼대를 산 사 남매의 집 막내 민주는 전문계 고등학교 로봇 공학과를 나왔다. 초등학교에 입학할 때부터 공부와는 담을 쌓고 살았지만 민주는 늘 당당하고 씩씩했다. 중학교 3학년 때는 기말고사 사회 과목 시험에서 '광물이 풍부한 시베리아 지역과 밀접히 연결되어 있으며 공업이 고도로 발달한 지대'를 묻는 주관식 문제에 '부랄산맥'이라고 당당하게 적어 학교 선생님과 공부방 이모 삼촌들을 충격에 빠트렸다. 그런가 하면 고등학교 2학년 때는 수학여행을 갔다가 제주공항에서 일행과 헤어져 미아가 되었으면서도 자신을 찾는 친구들의 전화를 끝까지 받지 않았다. 국제 통화료가 나올까 봐서였다.

민주는 고등학교 때 아르바이트한 돈으로 간호조무사 학원을 다녔고 졸업하기 전에 취업을 나갔다. 민주와 함께 '날파리 삼총사'로 공부방을 들었다 났다 하던 지혜, 한결이도 노동자가 되었다. 날파리 삼총사는 공부를 싫어해도 이만저만 싫어한 게 아니어서 시험 때면 이모 삼촌들이 도를 닦아야 할 정도였는데, 그랬던 아이들이 사회에 나가더니 공부를 한다. 치과 간호조무사로 계속 일하기 위해 치과 코디네이터 교육 수료증을 받고, 보험 청구사 자격증을 따는가 하면, 변호사 사무실에서 계속 일하기 위해 민법, 형법까지 공부한단다. 그리고 취업과 대학 진학 사이에서 고민하는 공부방 동생들에게 당당하게 말한다.

"진짜 공부는 우리처럼 하는 거야. 학교 믿지 마. 다 뻥이야."

학교를, 세상을, 과거와 미래를 믿지 않는 아이들을 보면 슬프다. 아직 고삐 풀린 망아지 같아야 할 스물셋 날파리 삼총사가 세상에서 살아남기 위해 빨리 철이 들고, 이를 악무는 모습을 보면 안타깝고 분노가 치민다. 그러나 나는 노동자로서 '나'를 잊지 않고, 오르지 못한 사다리를 보며 한탄하기보다 이 땅에 당당히 발을 디디고 있는 삼총사에게서 희망을 본다. 어딘가 모자란 헛똑똑이 같지만 그래도 약삭빠르고 자기밖에 모르는 윤똑똑이로 살지는 않는 삼총사를 보면, 20년 넘게 안경 영업을 하면서도 딸 둘을 키우느라 자동차 한 대 마련 못 한 채 가방 메고 다니는 지혜 아버지의 우직함이, 시댁의 홀대와 남편의 도박과 폭력을 견뎌 내며 사 남매를 키워 낸 민주 엄마의 억척이 보인다.

그들의 그 우직한 성실함과 인내가 미련하기 짝이 없게 보일지 모르지만 나는 그래도 그들이 있어서 희망을 버리지 못한다. 그들이 있기에 아직 나는 절망을 말할 수 없다.

338

6

밥,
공부방 30년을
지킨 힘

우리 할머니의 고향은 평안북도 안주군 명성면이다. 할머니는 정미소, 여관, 창고업까지 하는 집의 민며느리로 들어가 어렸을 때부터 그 큰살림을 도맡아 했단다. 자기 자신 외에는 관심이 없던 할아버지 대신 식솔을 거느리고 자식을 돌본 것도 할머니였다.

할머니는 피란을 온 뒤에도 팥 앙금을 직접 내서 만든 찐빵으로 장사를 하며 같이 피난 온 식솔들까지 먹여 살렸다. 빈손으로 피란 와서도 꽤 재산을 모았지만, 화폐 개혁에 화재도 3번이나 겪어 재산을 다 날리고 말았다. 노년에 남은 거라고는 싸전 하나였다. 평생 할머니에게 고생만 시킨 할아버지는 말년에 할머니 서슬에 꼼짝을 못하셨지만 그래도 두 분은 수시로 싸우셨다. 쌀 한 됫박이라도 외상 장부에 꼭 기록하고 언제 갚을 건지 날짜를 적어 놓아야 직성이 풀리는 할아버지와, 누가 아쉬운 소리만 하면 한 됫박이 아니라 대두 한 말도 내줘야 마음이 편한 할머니는 물과 기름이었다.

고향에서도 마을에 누가 굶고 산다는 소리를 흘려듣지 못했다던 할머니는 싸전을 해 겨우 입에 풀칠을 하는 형편에도 누가 어렵게 산다는 소리를 들으면 아예 할아버지 몰래 쌀을 퍼다 날랐다. 게다가 같이 피란 온 고향 사람들을 당신의 식솔처럼 보살폈다. 할아버지는 그때마다 제 분수를 모른다며 호통을 치고 잔소리를 했지만 할머니는 아랑곳하지 않았다.

할머니가 사시던 곳은 일제 강점기 때 일본인 조계 지역이었던 곳으로 항구가 가까웠다. 그래서 할머니 집 근처에는 외항선 선원을 대상으로 하는 클럽들이 많았다. 할머니는 클럽에 다니는 아가씨들한테 외상을 잘 주었다. 할아버지는 '근본 없는' 여자들하고 어울린다고 질색하셨지만 할머니는 외상 쌀만 주는 게 아니라 그 아가씨들의 신세한탄을 자주 들어 주었다. 어린 나는 할머니 곁에서 그 아가씨들의 이야기를 듣는 게 좋았다. 동두천 보산리에 살 때 포주 집이던 친구네 집에 있던 언니들에게서 듣던 이야기나, 할머니 댁에 찾아오는 클럽 언니들의 이야기나 크게 다르지 않았다.

여름이 되면 할머니는 싸전 앞에다 노천카페를 열었다. 할머니표 노천카페는 미군 부대에 다니던 아버지한테 원재료를 전량 공급받았다. 할머니는 아침마다 커다란 함지박에 물을 끓여 식힌 다음 미군용 커피 한 봉지와 설탕을 들이부었다. 그리고 밥공기로 휘휘 저은 뒤 얼음 가게에서 배달해 온 얼음을 송곳과 망치로 잘게 깨어 넣었다. 그러면 30~40명쯤은 너끈히 먹을 냉커피가 완성됐다. 할머니는 그 커피를 싸전 앞을 지나가는 사람들에게 한 사발씩 퍼 주었다. 때로는 냉커피가 포도 주스가 되기도 하고 라임이나 체리 주스가 되기도 했다. 인천항이 가까웠던 할머니 댁 주변에는 클럽에서 일하는 여성들이나 리어카로 짐을 실어 나르는 일용 노동자들이 많았는데 그 사람들이 할머니식 노천카페의 단골이었다. 나는 그 노천카페가 참 좋았다.

넉넉하지 않은 형편에도 손 큰 할머니의 명절 음식 준비는 보통 일주일씩 걸렸다. 녹두지짐이를 부치는 데만 사흘이 걸렸다. 할머니는 팥 앙금을 내려 찹쌀떡을 만들고, 만두는 하루 종일 빚었다. 그렇게 명절 준비가 끝나면 할머니는 우선 제사 지낼 것을 빼놓고 광에서 꺼내 온 넓은 채반에다 녹두지짐이, 찹쌀떡, 송편이나 가래떡, 여러 가지 전을 가지런히 담았다. 할머니 옆에 있던 엄마와 작은엄마는 힘들게 마련한 음식이 뭉텅뭉텅 줄어들 때마다 안타까워했다. 하지만 어쩔 수 없이 그 채반을 들고 온 동네를 돌며 음식을 나눠 주셔야 했다. 엄마와 작은엄마는 그런 할머니한테 불만이 많았다. 빠듯한 살림살이에 명절을 치르고 나면 생활비가 쪼들려 고생이 이만저만이 아니었기 때문이다. 그런데 몇 년쯤 지나자 우리 집에도 음식이 담긴 채반이 돌아오기 시작했다. 할머니가 돌아가시고 10년 넘은 어느 날, 추석 명절에 우연히 그 동네에 갔던 엄마와 작은엄마가 오셔서 말씀하셨다.

"세상에, 그 동네 사람들은 아직도 명절마다 음식을 나눠 먹고 있더라. 명절마다 너희 할머니 생각을 한단다."

그뿐 아니었다. 동네 사람들은 할머니가 돌보던 짐꾼인 영식이 아저씨를 보살피고 있었다. 영식이 아저씨는 다른 사람보다 셈이 느리고 굼떠, 돕는 사람이 없으면 끼니조차 제대로 챙기지 못했다. 할머니는 집도 없이 살던 그 아저씨에게 손수레를 마련해 주고 동네에 눌러

앉아 살게 해 주었다. 언젠가는 아저씨와 비슷한 처지의 여자를 데려와 살림을 살게 해 주었지만 오래가지는 못했다. 처음에는 할머니가 아저씨를 챙기는 것을 동네 사람들이 못마땅해했다. 그러나 할머니는 예부터 그런 사람은 마을 사람들이 함께 보살피며 사는 거라며 뜻을 굽히지 않았다. 다행히 성실하고 착한 영식이 아저씨에 대한 동네 사람들의 시선이 점차 누그러졌고, 할머니가 동네를 떠나 돌아가신 뒤에도 영식이 아저씨를 돌보고 계셨던 것이다.

할아버지는 부유하고 화려했던 이북에서의 삶을 그리워하셨다. 그래서 싸전 이름마저 음식점이나 술집 이름처럼 '청천강'이라고 지었다. 할머니는 '묘향산'이라고 하지 않은 것만도 다행이라고 하셨다. 할머니에게는 '남의 땅을 밟아 보지 않고 살았다'던 고향에서의 삶이나 피란 와서의 삶이나 크게 다르지 않았다. 어디서든 노동의 고단함은 할머니 몫이었기 때문이다. 그래도 할머니는 언제나 당당하고 유쾌했다. 할머니는 옷은 대충 걸치고 살아도 먹는 것만은 사람답게 먹어야 된다고 말했다. 할머니에게 '사람답게' 먹는 것은 혼자 배불리 먹는 것이 아니라 주변에 굶는 사람 없이 다 같이 잘 먹는 것이었다. 그렇다고 할머니가 아주 거창한 철학을 가졌던 것은 아니다. 어릴 때 민며느리로 들어가느라 학교도 다니지 못했다. 그래서 한글조차 읽고 쓰지 못했던 분이다.

할머니는 이웃 동네인 중국인촌에 놀러 가지 못하게 막으면서도, '되놈'들도 먹고살아야 한다며 신포시장 어귀에 있던 중국인 상점에서도 가끔 채소나 양념을 사셨다. 중국인이 하는 구두점에서 가죽 구두를 맞춰 주시기도 했다.

언젠가 인천에서 소년 체전이 열렸을 때였다. 권투 선수와 씨름 선수들이 할머니 댁 근처 여관에서 머무르고 있었다. 그때는 저울도 흔치 않았는지 선수들은 저녁마다 할머니네 싸전에 와 몸무게를 달았다. 할머니는 대회를 앞두고 몸무게를 조절하느라 밥도 제대로 못 먹는 학생들이 안쓰러워 어느 날 저녁상을 차려 놓고는 몸무게를 달러온 학생들에게 억지로 먹였다. 어린 학생들은 유혹을 이기지 못하고 밥을 먹고 말았다. 그날 저녁 할머니는 코치와 단장의 항의에 어리둥절해하셨다. 대회에 못 나가면 할머니가 책임지실 거냐는 말에 할머니는 당당하게 말씀하셨다.

"먹고 죽은 귀신이 때깔도 고운 거야."

그런 할머니 밑에서 자란 탓인지 나 역시 먹는 걸 가장 중요하게 생각한다. 생각해 보면 공부방에서 내가 한 일은 열심히 밥을 해 먹인 게 전부다. 캠핑을 가든, 강화 집에 농촌 체험을 오든, 공연을 하러 가든, 공동체 울력을 하든 간에 우리가 가장 신경 쓰는 것은 먹는 일이다. 나는 우리 공부방을 30년 동안 이어 온 것이 밥의 힘이라고 생각한다.

'쌀독에서 인심 난다'고 쌀독이 비면 사람들의 관계가 각박해진다. 나는 옷은 누더기를 걸쳐도 상관없지만 먹는 것만큼은 굶주리지 않고 잘 먹어야 한다고 믿는다. 잘 먹고 잘 자야 살아갈 힘이 생기고, 자존심을 지킬 수 있다.

올해 『모두 깜언』을 낸 뒤 강연을 간 어느 고등학교에서 한 여학생에게 이런 질문을 받았다.

"선생님 글에는 먹는 장면이 많이 나오는데 특별한 이유가 있나요?"

"제 글에 먹는 장면이 많이 나와요?"

"네, 제가 초등학교 때 읽은 『종이밥』, 『괭이부리말 아이들』, 『내 동생 아영이』에도 밥 먹는 게 많이 나오고요. 『모두 깜언』에도 그렇고, 재작년에 읽은 『너영 나영 구럼비에서 놀자』에도 먹는 얘기가 많이 나와요."

나도 미처 의식하지 못한 것이었지만 여학생의 지적이 맞았다. 처음 내가 글을 쓴 이유는, 가난한 이웃들의 목소리를 내고 싶어서였다. 우리가 왜 이렇게 가난하게 살아야 하는지, 그 이유가 우리의 무능이나 게으름 때문이 아니라는 것을 말하고 싶었다. 그리고 또 한 가지, 가난한 덕분에 함께 살 수 있다고, 가진 것을 나눔으로써 넉넉해질 수 있는 것이 가난의 또 다른 면이라고 세상 사람들에게 말해 주고 싶었다.

청소년 시절, 내게 문학은 세상으로 난 길이었다. 그리고 얼떨결에 문학을 하는 사람이 되어서는 힘없고 가난한 이들의 목소리를 대신하고자 했다. 강연을 할 때마다 가장 많이 듣는 질문은 왜 가난한 사람들 이야기만 쓰느냐는 것이다. 그때마다 나는 영화 「밀양」을 예로 든다. 나는 밀양이란 제목에 숨겨진 뜻도 모르는 채 영화를 보러 갔다. 영화를 보고 난 뒤에야 「밀양」의 주제를, 어떤 이는 종교적 용서와 구원에 관한 이야기로, 어떤 이는 사랑 이야기로 본다는 걸 알았다. 그런데 나는 영화의 마지막 장면, 햇볕이 낡은 시멘트 블록을 타고 내려와 허름한 마당을 비추는 것을 보면서, 이 영화가 삶과 희망에 관한 이야기라는 생각을 했다. 사실 용서나 구원이라고 해도 상관없었다. 카메라가 멈춘 그곳이 마당이라는 것이, 우리가 발 딛고 서 있는 땅이라는 것이 큰 의미로 다가왔다.

나는 인간의 구원은, 희망은, 새로운 삶의 시작은 그렇게 누추한 곳에서 시작한다고 생각한다. 내가 하는 문학은 그렇게 누추하고 초라하고 가난한 곳에서 시작해야 한다고 생각한다. 작가는 자신이 살고 있는 세상을 드러내는 데 다양한 방법을 선택할 수 있다. 가진 자의 허위의식과 탐욕을 주제로 블랙코미디나 스릴러를 만들 수도 있다. 범죄 이야기를 통해 부패한 자본주의를 드러내고, 인간의 이중성과 위악을 드러낼 수도 있다. 나는 내 방식대로 힘없고 약한 이들의 편에 서서 그들의 목소리를 들려주고자 한다. 패배한 사람들, 배고픈 사람들, 힘없고 약하고 그래서 때로 비겁해지는 사람들의 이야기를, 그들의 싸움을 이야기하고 싶다.

　살다 보니 어쭙잖게 작가라는 이름을 얻었다. 『괭이부리말 아이들』을 내고 나서야 내 안에 하고 싶은 이야기가 참 많다는 걸 알았다. 내가 독자들과 나누고 싶은 이야기는 화려하고 아름답고 낭만적인 이야기가 아니다. 나는 우리 일상에 뿌리내린 폭력과 이기심, 탐욕을 드러내고 싶고, 힘없고 가난하지만 그 폭력과 싸우는 사람들 이야기를 하고 싶다. 그 이야기들은 대개 내가 겪고 지켜본 사람들이 바탕이다. 나는 아직도 세상 사람들과 나누고 싶은 이야기가 많지만, 내가 글로 쓰게 될 이야기들은 아마 가슴속에 품고 있는 것의 절반도, 아니 그 절반의 절반도 되지 못할 것이다. 가난하고 비루해서, 그 열등감과 피해 의식이 너무 깊어서 만만한 우리에게 휘둘렀던 이웃들의 이야기도, 우리를 만석동에 살게 했던 이웃들의 가슴 아픈 사연들도, 우리가 만석동 주민으로 뿌리내리기 위해 겪어야 했던 크고 작은 사건들도, 아직도 가슴에 가시처럼 박혀 있는 아이들 이야기도 내 기억 속에, 공동체 식구들의 기억 속에만 묻어 둘 것이다.

그것이 내가 함께 살고, 함께 음식을 나눠 먹고, 함께 일을 하며 이웃으로 살아온 이들에 대한 예의를 지키는 길이라고 믿기 때문이다. 하지만 앞으로도 먹는 이야기는 빠지지 않을 것 같다. 잘 먹는 것, 너도 나도 다 골고루 배부르게 먹는 것, 그것이 내 삶의 목적이자 내 글의 목적이기 때문이다.

7

공동체는
장소가 아니라
가치

초등학교 때 세를 살던 집의 주인아주머니는 황해도에서 피란 온 분이셨다. 아주머니는 밤마다 아이들을 불러 모아 이야기를 들려주시는 걸 좋아했다. 옛날이야기도 잘해 주셨지만 특히 육이오 전쟁 때 피란 오던 이야기가 재미있었는데, 내가 가장 좋아한 이야기는 버드나무 이야기였다.

주인집 아주머니가 마을 사람들과 피란을 내려오는데 고향을 떠난 지 며칠 만에 개성 근처에 있는 한 시골 마을에 도착했단다. 그런데 그 마을 어귀에 큰 버드나무가 있었다. 나무가 어찌나 크던지 가지가 땅바닥까지 닿았고 그 안에 숨으면 아무것도 보이지 않을 정도였다. 아주머니와 같이 피란을 가던 마을 사람들은 그 나무 아래 숨어 며칠을 지냈다고 한다. 아주머니는 그 나무에 살면서 겪은 이야기들을 해 주셨는데 구체적인 내용은 기억이 가물가물하다. 하지만 그 버드나무 이야기를 들은 날, 내 머릿속에는 커다란 버드나무가 심어졌다. 나는 그 버드나무 안에다 커다란 방을 만들고 큰 식당도 만들었다. 책이 가득한 도서실도 만들고, 나무 기둥 안에는 창문이 달린 다락방도 만들었다. 그런데 그 나무 집에는 어른은 없고 아이들만 있었다. 나는 마음속으로 좋아하던 남자아이와 둘이서 그 나무 집에 사는 아이들을 돌보는 상상을 했다. 아이들끼리만 사는 집, 혹은 마을. 잠이 오지 않아 뒤척이다 그 상상놀이를 시작하면 오히려 잠자는 걸 잊고 상상에 빠져들었던 기억이 아직도 삼삼하다.

그로부터 20년이 지나 나는 지구상에 진짜 그런 마을이, 아니 어린이만 사는 나라가 있다는 걸 알게 되었다. 그때부터 나는 어른과 아이가 다 같이 주인이 되어 서로를 섬기며 사는 공동체를 꿈꾸었다. 그러나 공동체를 만들기 위해 애써 무엇인가를 조직하지는 않았다. 공동체는 무언가를 만들고 완성하는 과정이 아니라 한없이 나약하고, 유치하고, 비겁하고, 탐욕스러운 자신을 만나 겸손해지는 과정을 통해 이루어졌다. 공동체 안에서 나는 나와 함께 가는 '타자'를 발견했고, 그 타자와 살아가는 법을 배움으로써 자유로워졌다.

내가 공동체에 대해 관심을 가진 것은 스무 살 무렵 한 국문학자의 책에서 계, 두레, 굿에 관한 논문을 읽고 나서였던 것 같다. 그 뒤, 천주교 영세를 받고 『사도행전』의 이 구절에 강한 호기심을 갖게 되었다.

믿는 사람은 모두 함께 지내며 그들의 모든 것을 공동 소유로 내어놓고 재산과 물건을 팔아서 모든 사람에게 필요한 만큼 나누어 주었다. 그리고 한마음이 되어 날마다 열심히 성전에 모였으며 집집마다 돌아가며 같이 빵을 나누고 순수한 마음으로 기쁘게 음식을 함께 먹으며 하느님을 찬양하였다. 이것을 보고 모든 사람이 그들을 우러러보게 되었다.

—『사도행전』2장 44~47절

그 호기심이 한동안 '공동체'란 말에 집착하게 했는데, 1983~1984년에 발행되었던 무크지 『공동체 문화』를 사서 읽은 것도 그 때문이었다. 그러다 천주교도시빈민회에서 남미나 필리핀의 기초 공동체 운동에 대해 공부하고, 만석동에 들어오게 되면서 공동체에 대한 고민을 좀 더 구체적으로 하게 되었다. 그러나 그때까지도 내 안에서 공동체는 혼돈스러운 개념이었다. 공부방에서 후배들과 공동체에 대한 토론을 시작했을 때만 해도 내가 알고 있는 공동체는 가톨릭일꾼공동체 정도였다. 그런데 1990년대 초 동구권이 무너지고 공동체에 관한 다양한 책들이 쏟아지면서 독일의 브루더호프, 미국의 아미시, 일본의 야마기시, 스페인의 몬드라곤 등 다양한 공동체에 대한 정보를 얻게 되었다. 우리 안에서도 공동체에 대한 상이 다 달랐다. 브루더호프나 야마기시 같은 공동 노동, 공동 소유, 공동생활을 기반으로 하는 공동체를 지향하는 이들이 있는가 하면, 두레 같은 느슨한 마을 공동체, 가톨릭일꾼공동체처럼 가난한 이들에게 열려 있는 공동체에 더 매력을 느끼는 이들이 있었다. 긴 토론을 통해 우리가 다 같이 합의한 공동체의 가치와 지향은, 지금 여기 자본주의 사회를 살되, 물질주의에 현혹되지 않고, 가난한 이들과 함께 연대하며 자발적인 가난을 사는 것이었다.

공동체 식구들은 우선 우리가 선택한 자발적인 가난이라는 삶의 방식이 무엇인지, 또 그것을 선택한 것이 개인의 의지였는지 아닌지를 각자 성찰했다. 우리가 자발적인 가난을 선택한 까닭은 자본주의 사회에서 필연적으로 발생하는 빈부의 차와 불평등, 폭력과 소외의 문제를 정확히 인식하고 그에 반대하기 위해서였다. 그렇다면 우리는 진정으로 자발적인 가난을 원하는 사람들인가, 아니면 단지 안정적으로 굴러가는 기찻길옆작은학교인가를 끊임없이 물었다. 길고 더딘 토론을 거쳐 우리의 지향과 가장 비슷한 공동체가 가톨릭일꾼공동체나 어린이 공화국 벤포스타라는 공감대를 형성하게 되었고, 2004년 드디어 스페인 오렌세에 있는 벤포스타에 갈 기회가 생겼다.

어린이 공화국 벤포스타는 1956년 헤수스 실바 멘데스 신부와 15명의 가난한 아이들이 세운 공동체였다. 우리가 벤포스타에 매혹된 이유는 세상에서 가장 약한 존재인 아이들이 으뜸이 되고 중심이 되는 평등하고 자유로운 교육 노동 공동체라는 점 때문이었다. 무엇보다 아이들이 서커스 공연을 하며 평화와 연대의 메시지를 알리러 다니는 점이 유랑 인형극단을 꿈꾸던 우리와 맞닿아 있었다. 서커스는 벤포스타에 아이들을 모이게 한 중요한 동력이자, 벤포스타의 존재와 가치를 세계에 알린 계기가 되기도 했다.

2004년, 10년 넘게 만석동에서 함께해 온 루이스 신부님이 본국인 브라질로 가시기 전, 로마에서 안식년을 보내게 되었다. 우리는 그때에 맞춰 스페인의 벤포스타와 이탈리아의 노마델피아라는 공동체를 방문하기로 했다. 노마델피아는 우리나라에 잘 알려지지는 않았지만 벤포스타와 비슷한 시기에 만들어진 이탈리아의 공동체이다. 마을은 가족 단위로 이루어져 있고 초·중·고 과정을 모두 그 마을에서 자체적으로 교육하며 춤과 뮤지컬을 가지고 이탈리아 전역으로 공연 여행을 다닌다는 점에서 벤포스타와 공통점이 있었다. 다만 공동체를 이루는 핵심이 가족 단위이고 벤포스타보다 더 강력한 공동체 규율을 갖고 투명한 재정 운영을 하며 교회의 보호 안에 있다는 점이 달랐다. 아직까지 노마델피아가 건재한 것은 아마도 그런 보수성 때문일지도 모르겠다.

스페인으로 떠나기 전, 보리 출판사에서 나온 에버하르트 뫼비우스의 『어린이 공화국 벤포스타』와 어느 일본인이 객관적인 관점으로 쓴 벤포스타 방문기를 다시 읽었다. 그 덕분에 환상이 많이 깨진 상태였음에도 마드리드에서 야간열차를 타고 오렌세로 가는 내내 설레서 잠을 이룰 수 없었다.

아침에 오렌세 역에 도착한 우리는 루이스 신부님이 미리 벤포스타의 실바 신부님과 전화로 만날 약속을 해 둔 모텔로 갔다. 그런데 한 시간, 두 시간이 지나도록 신부님은 오지 않았다.

실바 신부님은 기다린 지 두 시간이 훨씬 넘어서야 모텔에 도착했다. 베네수엘라의 벤포스타에서 일한다는 마리오리사, 스페인의 벤포스타에서 외부 방문객들을 안내하는 역할을 한다는 로베르토와 함께였다. 신부님은 우리를 곧장 벤포스타로 안내하지 않고 모텔에 딸린 카페테리아로 데리고 들어갔다.

실바 신부님은 의자에 앉자마자 벤포스타에 대해 웅변하듯 설명하기 시작했다. 신부님은 "세상은 강한 사람이 밑에 오고 약한 어린이가 맨 위에서 보호받고 존중받는 사회"로 가야 하고, 벤포스타는 그것을 실현하고 있다고 설명했다. 그는 세상의 불의, 이라크 전쟁을 비롯한 전쟁과 폭력을 단호히 반대하며 벤포스타는 바로 평화의 상징이라고 말했다. 벤포스타가 그동안 얼마나 많은 나라를 돌며 서커스 공연을 했는지, 그 공연을 통해 어떻게 벤포스타의 정신을 알려 왔는지에 대해 열정적으로 이야기했다. 신부님은 점점 자신의 말에 도취되어 목소리를 높였다. 나는 벤포스타의 현재가 궁금했지만 신부님은 현재에 대해서는 자세히 말하지 않았다. 다만 지금 정치적으로나, 벤포스타 내부적으로나 몹시 힘든 상황이라고 말했다.

벤포스타 관광부 장관이라는 로베르토는 우리가 실바 신부님의 이야기를 듣는 동안 계속 장난스럽고 산만하게 몇 마디씩 툭툭 던졌다. 그는 과테말라 카리타스를 통해 벤포스타에 온 지 4년이 되었다고 했다.

우리는 신부님의 연설을 다 들은 뒤에야 비로소 그의 낡은 밴에 올라탔다. 모텔에서 벤포스타는 아주 가까웠다. 벤포스타 정문에 도착하자 비로소 벤포스타에 왔다는 것을 실감했다. 녹슨 벤포스타 국경 아치에는 우리에서 벗어난 사자, 사자 대신 묶어 놓고 가두어야 할 무기를 표현한 철 구조물이 있었고, 그 옆에는 태양과 노동을 상징하는 도구들이 있었다. 녹슬고 낡은 구조물에 표현된 벤포스타의 정신과 가치가 감동적으로 다가왔다. 벤포스타 국경을 넘자 유칼립투스 나무의 짙은 향기가 코를 찔렀다. 벤포스타 공화국의 중심지라 할 수 있는 곳에는 성당과 병원과 은행, 시청이 모여 있었고 다락방 같은 실바 신부의 집도 있었다. 성당 정문에는 이슬람과 유대교, 가톨릭의 평화적 공존을 나타내는 상징들이 새겨져 있었다.

그 중심지를 지나 우리가 안내받아 간 곳은 '소년들의 집'이라는 손님방이었다. 소년들의 집 벽 둘레에는 벤포스타의 역사를 알려 주는 사진들이 붙어 있었다. 실바 신부님의 가족사진과 초기 아이들 모습, 그리고 서커스 여행에서 찍은 사진들. 행복한 벤포스타의 아이들이 보였다. 하지만 사진에서는 현재가 보이지 않았다.

소년들의 집에서 소다수를 대접받은 뒤에는 벤포스타 방송국에 가서 비디오 두 편을 보았다. 한 편은 10년 전에 만들어진 벤포스타 소개 영상이었다. 벤포스타의 정신과 서커스, 학교 수업, 벤포스타 화폐인 코로나에 대한 설명이 있었다. 두 번째 비디오는 마리오리사가 일하고 있는 베네수엘라의 모습이었다. 베네수엘라의 벤포스타는 스페인의 벤포스타와 달리 굶주린 어린이를 위한 급식소로 운영하고 있었다. 마리오리사는 2001년 스페인 벤포스타의 도움으로 땅을 샀고 학교를 세웠다고 했다. 마리오리사는 그 학교를 스페인의 벤포스타처럼 만들고 싶어, 스페인의 벤포스타에서 일했던 사람을 구하고 싶어 했다. 마리오리사를 통해 베네수엘라의 다른 지방에서는 스페인의 벤포스타에서 자라 사제가 된 후안 카를로라는 신부가 또 다른 벤포스타를 운영하고 있다는 이야기를 전해 들었다. 생각보다 쇠락한 벤포스타 모습이 실망스러웠으나 베네수엘라의 벤포스타 이야기를 들으며 벤포스타는 장소나 땅이 아니라 정신이라는 것을 깨달았다.

2000년대 초반 뫼비우스의 『어린이 공화국 벤포스타』가 출간된 뒤, 한국에서도 벤포스타를 직접 다녀온 사람이 쓴 책이 출판되었고, 실바 신부가 한국을 방문해 강연하기도 했다. 대안 교육에 대한 관심과 욕구가 컸던 그때 교육에 관심이 있는 사람들이라면 누구나 벤포스타에 큰 매력을 느낄 수밖에 없었다. 그러나 2000년대의 벤포스타는 뫼비우스가 책을 썼던 1970년대 초반과 달랐고, 실망한 사람들의 이야기가 전해졌다. 2004년 내가 직접 만난 벤포스타 역시 쇠락한 모습이었다.

벤포스타의 집들은 몹시 낡았지만 소박하고 여전히 아름다웠다. 그러나 벤포스타 여기저기 눈에 띄는 낡은 버스와 자동차들은 이제 더는 아이들의 장난감 역할도 못할 만큼 녹슬어 있었고, 그렇게도 가 보고 싶었던 마구간이나 구두와 가죽 제품 공장, 철공소, 빵 공장, 자동차 정비소는 흔적만 남아 있었다. 그나마 목각 공예소와 가구 공장이었던 곳에는 장인 한 사람이 남아 벤포스타의 가구나 집을 수리하고 있었고, 도기 공장에는 선생님만 있었다. 고등학교 건물 벽에 그려진 마야 문명에 관한 그림은 퍽 매력적이었지만 아이들에게 그림을 지도하던 쿠바의 미술가가 고향으로 돌아가면서 미완성으로 남았고, 뫼비우스의 책에서 호텔로 짓고 있다고 했던 건물 역시 미완성이었다. 그호텔 건물은 미완성인 채로 1층은 식당으로, 위층들은 큰 아이들의 숙소로 쓰이고 있었다.

하루 종일 벤포스타를 어슬렁거리며 아이들을 만났다. 언젠가 KBS에서 본 영상의 서커스 공연에서 피라미드 맨 꼭대기에 있던 소년 문도는 열다섯 청소년이 되어 있었다. 문도는 얼마 전 벤포스타 시장으로 선출되었다고 했다. 문도와 같은 기니에서 온 다르소, 워싱턴에서 온 흑인 형제, 베네수엘라에서 온 아이데 자매 모두 서커스를 좋아했다. 소년의 집 식당에서 처음 만났던 모로코에서 온 소하입이나 큰 빌랄, 그리고 그들의 형제자매와 사촌들 역시 서커스를 좋아했다. 향기로운 유칼립투스 나무 그늘 아래나 낡은 건물에서 툭툭 튀어나오는 아이들은 싱그러웠고 낡고 소박한 벤포스타의 풍경과 조화롭게 어울렸다. 2004년 6월, 가난한 아이들의 나라 벤포스타에 넘쳐 나는 것은 눈부신 햇살뿐이었지만 아이들은 그것만으로도 충분해 보였다.

그런데 우연히 마주친 연인은 느낌이 좀 달랐다. 달리다와 이반, 둘 다 베네수엘라서 왔고 벤포스타에 산 지 3년 정도 되었다고 했다. 한 눈에 봐도 아이들 사이에서 그들이 힘을 갖고 있다는 것이 느껴졌다.

로베르토와 함께 간 벤포스타 시민 회의실에서 벤포스타의 문제에 대해 좀 더 들을 수 있었다. 로베르토가 그날 아침 회의에 대해 이렇게 말했다.

"오늘 회의는 힘들었어요. 안건은 요즘 벤포스타에서 벌어지는 문제들과 코로나와 유로의 가치를 정하는 문제였어요. 회의 중에 바닷가로 놀러 가자는 아이들의 건의가 있었어요. 그런데 신부님은 요즘 벤포스타의 문제를 말하며 반대했어요. 아이들은 신부님 말에 항의하며 바닷가로 놀러 가는 것은 자신들의 권리라고 말했고 신부님은 더는 말하지 않고 나가 버렸어요."

로베르토에 의하면 그즈음 벤포스타 시민 회의에서는 재정 문제, 서커스 공연에 대해서는 다루지 않는다고 했다. 원래는 벤포스타 학교 선생님들도 회의에 참석해 왔지만 3개월 전부터 벤포스타 내의 갈등으로 선생님들이 참석하지 않는다고 했다. 로베르토가 말하는 갈등의 원인은 벤포스타 정신과 관련된 문제이기도 하고, 실바 신부의 문제이기도 했다. 로베르토는 실바 신부가 감정적이고 일이 너무 많아 자주 폭발하는 게 문제라고 했다. 선생님들의 문제는 벤포스타의 정신을 이해하지 못한 채, 직장인 벤포스타가 안전하기만을 바라는 것이라고 했다. 선생님 중 몇몇은 능력 없는 실바 신부 대신 그의 조카를 벤포스타의 새로운 '권력'으로 만들 쿠데타를 준비하고 있으며 그 계획에는 몇몇 아이들도 관련되어 있다고 했다. 로베르토는 그래서 실바 신부가 기도실에서 홀로 기도하는 시간이 많다는 말도 덧붙였다. 실부 신부의 편이 되어 주는 사람들은 졸업생과 벤포스타의 다른 선생님과 아이들, 그리고 협조자들이라고 했다. 그런데 내가 보기에 실바 신부의 편에는 힘을 가진 사람들이 보이질 않았다. 힘을 가진 것은 주 정부나 가톨릭교회, 그리고 그 편에 선 사람들이었다.

"나는 벤포스타가 완성될까 봐 걱정입니다. 벤포스타는 언제나 변화해야 살아 있을 수 있거든요."

실바 신부의 걱정이 무색할 만큼 벤포스타는 정말 완성된 곳이 없었다. 문제는 완성되지 않은 채로 쇠락해 가는 것이었다. 벤포스타의 현실을 가장 적나라하게 보여 주는 사실은 서커스 공연이 몇 년째 없다는 것이었다. 그래도 아이들은 여전히 서커스 연습을 하고 있었다. 문도를 비롯한 몇몇 아이들은 오렌세에서 오는 음악 선생님과 서커스 음악을 연습하고 있었고, 냉방이 되지 않는 커다란 원형 천막 안에서도 서커스 기술 연습을 하고 있었다. 로베르토와 사이가 좋아 보이지 않는 오스카가 아이들 연습을 체크하기도 했고, 토니 선생님과 동생들의 연습을 돕기도 했다.

벤포스타 아이들이 서커스 공연을 한 것은 2001년이 마지막이었다. 아이들은 서커스 공연을 하지 않는 것에 불만이 많았다. 벤포스타의 공연은 한 번 올릴 때 60여 명 정도가 움직여야 하는데 경비나 공연장 문제로 몇 번 무산된 모양이었다.

벤포스타의 위기는 아이들 안에서도 보였다. 벤포스타에 간 지 이틀째 되는 날, 소년들의 집에서 다시 만난 소하입이란 아이가 눈가에 멍이 든 채 코에는 깁스를 하고 있었다. 벤포스타에 온 지 얼마 안 된 러시아 아이들한테 맞았다고 했다. 로베르토를 통해 20대 초반의 러시아 청년들이 다른 벤포스타 아이들과 달리 정식 절차를 거치지 않고 벤포스타에 머물고 있다는 걸 알았다. 그런데 그 러시아 청년들은 베네수엘라에서 온 이반과 달리다를 비롯한 큰 아이들과 친했고, 그들의 뒤에는 실바 신부의 조카와 일부 선생님들이 있었다. 그들은 벤포스타의 명성은 이어받되, 지금까지와는 다른 벤포스타를 원했다. 오래전부터 스페인에는 벤포스타에 올 가난한 아이들이 더는 없었다. 그래서 주로 아프리카나 남미의 아이들이 왔는데 그들은 오렌세 시내에서 가끔 문제를 일으켰다. 주 정부는 스페인의 세금이 벤포스타의 가난한 아이들에게 들어가는 것을 원하지 않았고, 교회는 돈키호테 같은 실바 신부를 껄끄러워했다. 교사들은 안정된 직장을 원했고, 벤포스타의 몇몇 아이들은 벤포스타가 좀 더 자유롭고 부유한 곳이 되길 바랐다.

실바 신부와 벤포스타 시민은 벤포스타가 바깥세상의 정치 현실에 아랑곳하지 않는 공상의 나라가 되지 않도록, 거친 바깥세상과 단절되지 않도록 애써 왔다. 2004년의 벤포스타에 공상 따위는 없었다. 그리고 나와 우리 공동체를 사로잡았던 '어린이 공화국'의 정신 대신, 바깥세상의 힘의 논리와 탐욕이 벤포스타를 위협하고 있었다.

다음 날 만난 로베르토는 자기 용돈을 누군가가 가져갔다고 투덜거렸다. 벤포스타에서도 아이들의 돈이 없어지는 일이 가끔씩 있다고 했다. 로베르토는 낚싯대로, 샤워 중인 다른 친구들의 옷에서 돈을 가로채는 방법을 알려 주었다. 벤포스타에서는 여전히 수업과 노동을 통해 코로나를 벌었고, 그 코로나로 벤포스타 안에서 밥을 사 먹고 필요한 물건을 샀다. 수업이나 서커스에 성실하게 참여하지 않아 코로나를 벌지 못한 아이들이 점심을 굶는 모습도 보였다. 게다가 힘이 센 아이들은 다른 아이들의 식권을 가로채 밥을 먹기도 했다. 벤포스타는 유토피아가 아니었다. 아이들 사이에서는 이제 코로나보다 유로가 더 쓸모 있는 화폐가 되었고, 벤포스타 안에도 힘센 아이와 약한 아이, 더 가진 아이와 덜 가진 아이가 생겼다. 그리고 그사이에 불평등과 착취가 존재했다. 애초부터 벤포스타는 실바 신부의 걱정처럼 바깥세상과 단절된 공상의 나라가 아니었다. 그 불완전함이 바람직하다고는 할 수 없었지만 그 불완전함 때문에 벤포스타에 위기가 찾아온 것은 아니었다.

"불에 손을 넣으려면 아픔을 느낄 만큼 깊이 넣어야 한다. 또한 우리는 허구한 날 기도만 해서는 안 된다. 많은 사람이 그렇듯이 아무것도 하지 않으면서 그저 앉아서 기도만 해서는 안 된다. 나는 온 세상을 불안하게 만드는 문제들에 대해 차분히 조용조용 이야기할 수 없다."

우리가 벤포스타에 도착하기 일주일 전, 실바 신부님은 오렌세 시내를 돌며 미국의 이라크 침공에 반대하는 일인 시위를 벌이다 경찰서까지 갔었다고 했다.

실바 신부님은 벤포스타 내의 문제로 힘들어하면서도 '큰 모험'을 하는 산페드로데로카스에 있는 오래된 수도원만큼은 직접 안내하고 싶어 했다. 오렌세 지방의 외진 산악 지대에 있는 수도원은 마치 인도의 엘로라 석굴이나 아잔타 석굴의 기도실 같은 느낌이 들었다. 뫼비우스가 쓴 책에 의하면 큰 모험을 선택한 아이들은 "딱딱한 나무 침대에서 싸구려 담요 한 장을 덮고 자고, 끼니는 스스로 지어 먹어야 하고, 하루에 30분씩 두 차례를 빼고는 종일 침묵을 지켜야" 했다. 수도승처럼 석 달간의 엄격한 시간을 거친 소년들은 사회로 나가 노동자로, 어부로, 농부로, 청소부로 살거나 구걸을 체험하기도 했다. 또 어떤 아이는 소년 교도소의 죄수가 되어 세상의 고통을 직면하고 체험했다. 큰 모험의 마지막 단계는 소년들이 스페인 대도시의 빈민가 청소년들을 만나 함께하는 시간이었다.

실바 신부는 얼핏 예수회의 수련을 떠올리기도 하는 이 큰 모험을 통해 벤포스타 아이들이 세상과 사회의 불의한 현실에서 동떨어져 살지 않고, 그 고통을 체험해 세상을 변화하는 주체가 되기를 바랐다. 실제로 소년들 중 몇몇은 세상의 변화를 위해 힘쓰는 일을 선택하기도 했다. 콜롬비아에 벤포스타를 세운 사제나, 벤포스타에 남아 아이들에게 서커스를 가르치는 토니도 그중 하나였다. 우리에게 어린이 공화국 벤포스타가 다른 공동체나 대안 학교보다 더 매력적이었던 이유가 바로 이 큰 모험 때문이었다. 아이들만 동의해 준다면 공부방에서 가장 해 보고 싶은 일이 큰 모험이었다.

수도원 2층이 소년들이 큰 모험을 하던 곳이었으나 내가 갔을 때는 벤포스타에도 더 이상 큰 모험은 없었다. 그 대신 일주일에 한 번씩 피정이나 야영처럼 와서 머물다 간다고 했다. 공동 모임 방에는 벤포스타 아이들이 작업한, 미국의 이라크 침공과 평화에 대한 토론 결과물이 남아 있었다. 빛바랜 종이나 글씨를 보니 작업한 지 한 달은 된 것처럼 보였다. 수도원에서도 벤포스타의 어려움이 보여 마음이 아리면서도 벤포스타 아이들이 그린 그림과 짧은 글들이 공부방 아이들이 이라크 침공에 반대해 만든 피켓이나 그림과 다르지 않아 반갑기도 했다. 문득 서커스 공연에서 벤포스타 아이들이 부르는 노래 가사가 떠올랐다.

"우리는 세상의 아이들, 손에 손을 잡고 하나 되어 나아가요……."

우리 공동체도 벤포스타 시민들처럼 세상의 아픔과 불의를 외면하지 않으려고 애썼다. 그래서 아이들과 함께 피켓과 플래카드를 만들어 광화문과 대학로로 나갔고, 일터나 삶의 자리에서 쫓겨나는 사람들에게 관심을 가지고 작은 목소리를 내고자 했다. 나는 우리 아이들이 벤포스타 시민들처럼 "자신의 권리와 명예로 인격을 다지고, 자유롭고 밝고 명랑"하길 원했다. 그리고 "어려움에 부딪칠수록 피하지 않고 강해지기"를 원했다. 수도원에서 벤포스타로 돌아오면서 문득 한국 사회의 특수한 상황 속에서 우리 나름대로 벤포스타의 정신을 구현하고 있다는 생각이 들었다.

벤포스타가 한국에 소개된 뒤, 여러 사람이 벤포스타를 방문했다. 그리고 9명이나 되는 아이들이 한꺼번에 벤포스타에 남기도 했다. 그러나 벤포스타를 그저 또 다른 대안 학교로 생각했던 아이들이나 학부모들은 벤포스타의 시민이 될 수 없었다. 벤포스타는 바깥세상의 변화와 내부 문제로 흔들리고 있었지만 그렇다고 벤포스타의 정신을 받아들이지 않은 아무에게나 문을 열지는 않았다.

나는 벤포스타가 그 불완전한 모습 그대로 자신들의 정신을 지키려고 애쓰는 모습이 좋았다. 벤포스타를 직접 만나고 온 뒤, 나는 우리 공동체의 불완전하고 취약한 모습을 그대로 받아들일 수 있게 되었다. 공부방 아이들이 "우리 벤포스타 언제 만들어요?"라고 물어도 조급해지지 않게 되었다. 어차피 세상을 바꾸는 힘은 곁에 있는 사람들과 함께 잡은 손에서 오는 것이지 좋은 프로그램과 좋은 건물에서 오는 것은 아니었다.

벤포스타 아이들을 만나 이야기를 나누다 보면 그들이 얼마나 벤포스타를 좋아하는지 알 수 있었다. 아프리카나 중남미에서 온 아이들에게 벤포스타는 여전히 기회의 땅이었다. 그리고 스무 살 안팎의 몇몇 아이들에게는 벤포스타의 정신과 가치가 몸에 배어 있는 것이 보였다. 그 아이들은 서커스 연습장에서나 밴드 연습실에서나 성실하고 책임감 있었고 즐거워했다. 또 식당이나 축구장에서 동생들을 대하는 태도에 진지함과 따뜻함이 배어 있었다. 벤포스타를 이어 갈 힘이 그들에게 있어 보였으나 정작 그들은 벤포스타의 정신을 가지고 더 넓은 세상으로 나가고 싶어 했다. 그들은 실바 신부의 형제들이 실바 신부와 대립하는 것을 알고 있는 듯했으나 크게 신경 쓰지 않았다.

벤포스타는 스러져 가고 있었다. 그 아름다운 곳이 사라진다면 몹시 슬플 것 같았다. 그러나 그 공간을 지키기 위해 정신을 훼손한다면 무슨 의미가 있을까 싶었다. 그리고 우리가 구상하고 계획했던 공동체의 미래나 비전 역시 언젠가는 무너져 내릴 건축물에 지나지 않을지도 모른다는 생각이 들었다.

벤포스타에서 만난 사람 중 가장 기억에 남는 사람은 서커스 담당자인 토니 선생님이었다. 토니는 스페인 출신으로 아홉 형제 중 다섯 명이 벤포스타를 졸업했다. 그러나 그 다섯 중 벤포스타에 남은 것은 토니뿐이었다.

서커스 단원 속의 토니는 엄격하고 빈틈없으면서도 부드럽고 따뜻했다. 토니 곁에는 늘 오스카를 비롯한 10대 후반의 소년들이 있었고, 그들은 토니와 함께 더 어린 동생들에게 서커스를 가르쳤다. 서커스 단원들은 토니를 신뢰하는 듯 보였고, 토니 역시 이 서커스 단원들을 깊이 사랑하고 신뢰하는 게 느껴졌다.

토니와 이야기를 나누는 동안 문득문득 토니가 아주 오래 만나 온 사람처럼 느껴졌다. 토니가 벤포스타에서 느끼는 것, 아이들을 보는 관점이 내가 공부방에서 느끼고 깨닫는 것과 다르지 않았다. 함께 간 공동체 식구들 역시 토니의 말 한마디 한마디에 공감했다.

토니가 말하는 벤포스타는 그의 삶 그 자체였다.

"나는 프로입니다. 벤포스타를 졸업한 다른 친구들처럼 다른 데 가서 서커스나 공연 활동을 한다면 돈을 많이 벌 수 있죠. 또 내게는 가족과 친구들이 있어요. 그런데도 나는 지금 벤포스타 안 캐러밴에서 살고 있습니다. 나는 벤포스타를 떠나는 것은 양심을 배반하는 거라 생각해요. 내가 아주 어렸을 때 벤포스타에서 와서 받은 것들, 몸에 밴 벤포스타의 정신과 가치, 서커스 공연을 위해 세계 여러 나라를 여행하면서 배운 것들을 지금 이곳에 사는 어린이들에게 들려주고 싶어요.

벤포스타에서 만난 세상은 바깥세상과 달랐습니다. 많은 젊은이들이 서커스 때문에 벤포스타에 오지만 벤포스타에 남는 가장 큰 이유는 벤포스타의 정신 때문이에요. 우리는 여기서 여러 나라 사람들과 함께 살고 있어요. 누가 어디서 왔는지는 중요하지 않아요. 피부색과 인종에 상관없이 모두 벤포스타 정신에 따라 살기 위해 노력하죠. 서커스 공연을 위해 여러 나라를 다니면서 버림받은 어린이들을 많이 보았어요. 그 아이들이 우리에게 벤포스타가 생긴 이유를 가르쳐 줍니다. 전체 사회 속에서 벤포스타는 세상을 바꾸는 작은 모래알 중 하나예요. 그러나 이 작은 힘으로 세상을 다르게 만들어 갈 수 있어요. 내가 여기 안 왔으면 정비사나 의사가 될 수도 있었고, 마약 중독자로 살 수도 있었겠죠. 나는 벤포스타에 와서 공부하고 서커스를 하면서 변해 왔어요. 서커스를 통해 번 돈은 벤포스타를 유지하는 데에, 어린이를 위해 썼어요. 나는 그것이 헛된 일이 아니라고 생각해요.

나는 아이들과 서커스를 하며 항상 잘못하는 것은 없는지 되돌아봅니다. 내가 가르칠 때 말만 하고 행동하지 않으면 아이들은 변하지 않아요. 나는 내 일과 아이들에게 항상 깨어 있고 충실하려고 노력합니다. 벤포스타에서 내 마음은 늘 한쪽이 빈 것처럼 허전해요. 떠난 아이들 때문이에요. 아이 하나가 떠나면 그 뒤 10명, 20명의 새로운 아이들이 와도 떠난 그 한 아이의 빈자리는 결코 채워지지 않아요.

벤포스타에서는 아이들이 항상 뭔가를 배우고 있어요. 그것이 무엇이 되었든 어떤 아이는 빨리 배우고 익히고, 어떤 아이는 느려요. 벤포스타의 정신을 배우고 자신과 벤포스타의 정신을 하나로 여기게 되는 과정 역시 어떤 아이는 빠르고 어떤 아이는 느립니다. 어떤 아이는 서커스를 좋아하고 빨리 배우지만 어떤 아이는 아니죠. 우리는 그 아이들을 기다려요.

우리가 서커스에서 하는 기교들은 우리 자신과 벤포스타의 생활을 보여 주는 것입니다. 서커스는 몇 사람의 뛰어난 기량만으로 이루어지지 않고 함께하는 한 사람 한 사람이 중요해요. 아이들은 각자 타고난, 혹은 열심히 연습해서 갖게 된 재능과 기술을 사람들과의 협력 속에서 발휘하는 거예요. 어린이들은 어려서부터 청년들이나 어른들이 하는 어려운 점프나 기술을 보며 언젠가는 나도 그 점프를 하겠다는 목표를 갖게 되고 끝내 이루어 내죠. 벤포스타 아이들이 갖는 기회란 바로 그런 것이에요. 어린이와 청소년, 어른들이 함께 배우죠.

벤포스타 시민에게는 의무가 있어요. 우리는 어린 시민들이 그 의무를 자연스럽게 수행하도록 도와주려 애씁니다. 아이들은 그 역할과 의무를 성실히 하면서 자기 자신이 중요하다는 걸 느끼죠. 세상 사람들은 작은 어린이는 쓸모가 없다고 하지만 그렇지 않아요. 어린아이들은 미처 스스로 깨닫지 못할 수도 있지만 우리의 역할은 아이들이 점점 자신이 얼마나 소중한지, 가치 있는지를 발견하고 느끼게 하는 데 있어요. 세상에서는 할 수 없는 경험이죠. 그런 면에서 벤포스타는 기회입니다.

어린이들은 공연을 하면서 새롭게 변합니다. 평소에는 공부도 안 하고 말썽도 많이 피우지만 공연을 통해 완벽하게 변화하지요. 그걸 보면 저 아이가 그 아이가 맞나 하는 생각이 들어요. 나는 아이들에게 서커스에서든 일상에서든 말로 하지 않고 몸으로 직접 보여 줍니다. 수업에서는 아이들에게 누구든 할 수 있다고 격려하죠.

어떤 이들은 벤포스타를 반대하고, 어떤 이들은 좋아합니다. 벤포스타가 어떻게 보이든 48년 동안 4만 명이 벤포스타를 거쳐 갔어요. 나는 벤포스타가 그동안 아주 중요한 일을 한 거라고 생각합니다."

토니를 만나지 않았다면 우리의 벤포스타행은 무의미했을지 모른다. 토니가 아이들을 만나는 그 마음, 서커스를 통해 함께 성장하는 모습은 우리가 공부방 아이들과 만나면서 쌓아 온 믿음, 경험과 일치했다.

실바 신부는 벤포스타의 위기로 정신없는 와중에 열여덟 살 청년과 디브이디 때문에 실랑이를 벌이고, 걸핏하면 화를 내며 흥분했다. 사람들 사이에서 허둥거리던 실바 신부가 다락방에 올라가 남몰래 인슐린 주사를 맞는 것을 보며 실바 신부의 벤포스타는 쇠락해 가고 있다는 걸 느낄 수 있었다. 그러나 실바 신부는 벤포스타의 정신만큼은 지켜 내고 싶어 했다. 벤포스타를 떠나던 날 저녁, 실바 신부는 우리를 위해 미사를 드렸다. 그날 성당에는 모로코에서 온 이슬람 신자들과 남미에서 온 가톨릭 신자들이 함께했다. 미사의 주제는 '평화'였다. 실바 신부는 고통받는 이라크의 어린이와 여성을 위해, 벤포스타와, 멀리 한국에서 온 우리의 평화를 위해 미사를 바쳤다.

그로부터 1년 뒤, 우리는 벤포스타가 드디어 쪼개져 실바 신부와, 신부와 뜻을 같이하는 사람들이 오렌세 시에서 두 시간 정도 떨어진 비고 시로 떠났다는 소식을 들었다. 그리고 다시 얼마 뒤, 한 인터넷 신문에서 벤포스타를 방문한 사람이 쓴 기록을 보았다. 그 넓은 벤포스타는 텅 비어 있고 로베르토라는 청년 하나가 벤포스타의 옛 추억을 팔고 있더라는 이야기였다. 그가 들은 이야기 중에는 실바 신부가 시민이었던 아이를 성추행해서 쫓겨났다는 뜬금없는 이야기도 있었다.

결국 실바 신부는 밀려났다. 그런데 어쩐 일인지 벤포스타가 더 발전된 모습으로 변했다는 이야기도 없었다.

그리고 다시 11년이 지나, 루이스 신부님에게서 벤포스타 이야기를 전해 들었다. 스페인에 벤포스타 서커스가 다시 부활했는데 두세 개가 활동하며 서로 벤포스타를 계승했다고 한단다. 루이스 신부님도 누가 진짜 벤포스타의 정신을 이어 가고 있는지 알 수 없다고 했다. 다만 베네수엘라의 벤포스타는 아직도 벤포스타의 정신대로 유지되고 있다고 했다. 다시 그 벤포스타를 만날 수 있을는지 모른다.

벤포스타에 다녀온 뒤, 우리는 한동안 우리 공동체의 모습이 어떠해야 할지, 어디로 가야 할지에 대해 말하지 못했다. 아직 공동체가 겪은 상처를 다 극복하지 못한 상태였고, 벤포스타와 노마델피아를 통해 공동체가 언젠가 완성해야 할 건물이 아니라는 것을 깨달아 가는 중이기도 했다. "우리 공동체는 무엇이다."라고 정의 내리지 못한 채 몇 년을 살다 보니 어느새 우리 아이들이 청년이 되고 청소년이 되었다.

우리는 이쯤에서 우리 공동체가 무엇을 지향하는지 점검해 봐야 했다. 그래서 다시 토론을 시작했다. 초등학생들까지 모인 확대회의도 몇 번 가졌다. 열 살짜리 예나가 세 시간 넘게 이어지는 토론을 듣고 제 나름대로 의견을 말하는 것을 보며 '공동체의 힘이 이런 것이구나.'를 깨달으면서 우리 공동체의 원칙과 정의를 내려 보았다. 그러면서 우리는 이제까지 만들어야 한다고 생각해 왔던 공동체의 안전한 울타리를 포기했다. 울타리를 만들기 위해 애쓰기보다 불완전하고 취약한 채로 세상과 연대하며 사는 공동체로 살자고 했다. 우리가 공부방 아이들, 공동체 아이들이 이어 가기를 바라는 것은 기찻길옆작은

학교 건물이나 강화 집이 아니라 우리가 그것을 꾸리며 지키려 했던 가치다. 우리는 그 가치를 아이들에게 물려주기 위해 우리의 삶의 방식을 거칠게나마 글로 남겨 놓기로 했다.

우리는 지금도 여전히 편하게 공부방이라고 부르지만, 2001년에 이 공간의 이름을 기찻길옆공부방에서 기찻길옆작은학교로 바꿨다. 우리의 공간이 만석동과 강화로 나뉜 데다, 우리가 하는 활동이 단지 방과 후 공부방에만 머물지 않고 문화, 예술, 생태 공동체 활동으로 다양해졌기 때문이다.

기찻길옆작은학교 사람들의 삶의 방식

1. 사람과 사람이 사람으로서 서로 존중하고 존중받으며 자존감을 가진다.
2. 약자가 가장 높은 곳에 서고, 사람, 생명, 자연과 더불어 살며, 위로가 되는 곳이다.
3. 자발적 가난을 선택하고 나눔을 실천한다.
4. 공동체의 불완전한 상태를 받아들이며 끊임없이 소통하고 변화해 나간다.
5. 세상에 얽매이지 않고 독립성과 자율성을 가지고 공동체적인 삶을 산다.
6. 자신이 맡은 일과 자신의 선택, 사람들과의 관계에 대해 책임을 진다.
7. 예수님의 원칙을 따르며 아이들과 함께 하느님 나라를 이룬다.

교육

1. 기찻길옆작은학교는 무기력하고 약한 아이들을 우선으로 생각하고 존중하며 아이들이 세상에서 자신이 가장 소중하다고 느끼게 하는 곳이다.

2. 아이들의 입장에 서서 끝까지 함께한다.

3. 아이들이 자기에게 주어진 달란트를 발견하고 풍성하게 한다.

4. 교육, 문화, 예술 활동과 삶으로 아이들이 성장하도록 한다.

5. 교육, 문화, 예술 활동으로 놀이, 이야기, 친구가 사라진 세상에서 아이들과
   삶을 풍요롭게 하고 정기적인 공연을 통해 가치와 삶을 재생산한다.

6. 아이들이 형제애를 키우도록 돕는다.

7. 아이들과 소비에 대해 끊임없이 이야기를 나눈다.

8. 공동체는 갈등하고 고민하고 계속해서 교육하는 곳으로 아이들의 진로에
   대한 토론과 합의를 계속하고 어려운 것을 함께 나눈다.

연대

1. 세상에 열려 있고, 가장 약하고 보잘것없는 사람들 편에 서서 공감하고 연대
   한다.

2. 세상의 불의에 타협하지 않고 투쟁하며 저항한다.

가난하고
약한 존재들과
함께 살기 위해

2014년 7월 21일 아침, 해무 때문에 인천 연안부두에 나흘간 묶였던 배가 오전 11시에 드디어 출발했다. 평소보다 한 시간 반이 더 걸려 다섯 시간 반 만에 백령도 용기포항에 도착했다. 선착장에는 중·고등부 아이들이 마중 나와 있었다. 2시부터 기다렸다면서도 정작 우리를 보자 수줍어 눈도 못 마주쳤다.

이해에는 백령성당 초등부, 중·고등부와 하는 독서 캠프뿐만 아니라 나흘간 북포초등학교 인형극 워크숍까지 잡혀 있어 일정이 몹시 빠듯했다. 그래도 아이들을 만나는 일은 기쁘고 행복하다.

세 번째 만나는 백령성당 아이들 중에는 1학년 신입생이 둘 있었다. 그중 한 아이인 영호는 고도 비만이라 행동이 굼뜰 뿐 아니라 말투도 어눌했다. 부모님의 관심을 제대로 받지 못한다는 게 입고 있는 옷에서 드러났다. 영호와 동갑내기 도영이가 영호를 가리키며 말했다.

"애들이 영호더러 돼지, 바보라고 해요."

영호가 도영이 말에 맞장구를 쳤다.

"저는 학교생활이 힘들어요. 외톨이예요."

무기력해서 아무것도 하지 않을 것 같던 영호는 뜻밖에도 감수성이 예민한 아이였다. 한글은 아직 서툴렀지만 자기 생각이나 감정을 표현하는 데 거침이 없었다. 우리가 자기 말에 공감해 주고 이해해 준다고 생각하자 영호는 곧 경계를 풀더니 좋아하는 그림을 마음껏 그리고 종알종알 수다를 떨었다. 우리는 영호와 더 많은 시간을 보내기 위해 밥을 같이 먹고, 바닷가에도 같이 갔다.

나흘째 날, '자기만의 화분'을 그릴 때 영호는 빨갛고 커다란 화분을 그렸다. 그리고 그 화분에 튤립과 장미, 민들레와 이름 모를 꽃을 많이 그려 넣었다. 그리고 화분 옆에 글을 썼다.

꽃튼 마늘쓰로 조타

마음에 사랑을 다마서

아직 안 자랄 꽃토 이따.

(꽃은 많을수록 좋다. 마음에 사랑을 담아서. 아직 안 자란 꽃도 있다.)

영호의 그림과 글을 보는 순간 뭉클했다. 영호는 그동안 마음을 열고 다가간 친구들에게 거부당하고 놀림받아 상처를 받았다. 쉬는 날이면 하루 종일 누나와 빵으로 끼니를 때워야 하고, 누나들이 학교에 간 동안에는 홀로 텔레비전 앞에서 멍하니 시간을 보내야 했다. 그런데도 영호는 선한 마음을 잃지 않고 있었다.

그 어린아이가 아직 채 피지 못한 꽃을 지키느라 얼마나 힘들었을지 상상하면 먹먹해졌다. 그러나 영호의 환경이 변하지 않는다면 감수성이 풍부하고 여린 영호의 마음도 점점 거칠어질 수밖에 없을 것이다.

학교에서 동네에서 성당에서 그동안 영호를 보아 온 아이들은 우리가 영호를 칭찬하고 아끼는 모습에 의아해했다. 도영이는 어디서든 사랑을 독차지하던 자기 대신 영호가 그 자리를 차지하는 것에 어리둥절한 모양이었다. 그렇다고 우리가 도영이를 외면한 것은 아니었다.

우리가 영호의 글과 그림을 칭찬하고 영호의 따뜻한 마음을 추어주자 영호에게 무관심했던 고학년 누나들이 관심을 보이고 영호를 챙기기 시작했다. 영호를 보는 마음이 달라지자 그동안 바보처럼 보이던 순하고 천진한 웃음이 얼마나 귀엽고 예쁜지 깨달았다. 누나와 형들의 태도가 달라지자 영호의 웃음도 더 커지고 밝아졌다. 서로 공감하고 교감할 줄 아는 것, 그것이 우리 기찻길옆작은학교가 아이들에게 전해 주고 싶은 것이다.

나는 아직 사람의 선의를 믿는다. 나는 공동체적 지향이, 우리 사회에 존재했던 상호 부조의 오랜 전통이 인간이 가진 악의를 다스리고 선의를 키울 수 있다고 믿는다.

공부방에서는 어른과 아이가 크게 벽을 쌓지 않고 논다. 서로의 아픔에 공감하고, 기쁨을 기꺼이 나눌 줄 안다. 경쟁보다 함께 가는 걸 더 중요하게 생각하다 보니 느리고 굼뜨기도 한다.

공부방 아이들 모두가 친구들과 잘 지내는 것은 아니다. 싸움도 일어나고 따돌림도 있다. 공부방 아이들 중에도 공감 능력이 뛰어난 아이가 있는가 하면 아무리 가르쳐도 잘 이해하지 못하는 아이도 있다. 장애가 있는 아이도 있고, 그런 아이와 잘 지내는 아이가 있는가 하면 장애를 이해하지 못하는 아이도 있다. 그러나 적어도 공부방 안에서는 장애를 가진 아이를 먼저 배려하고 기다리는 것을 배운다. 내가 원하지 않아도 다른 아이들이 기다리기 때문에 나 또한 기다려야만 한다. 혼자 앞서 나가 봤자 외롭고 재미없다는 걸 아이들은 경험으로 배운다.

사람들은 아직도 가끔 우리에게 묻는다. 왜 우리가 가진 역량으로 대안 학교를 만들 생각을 하지 않느냐고. 아마 벤포스타를 좀 더 근사하게, 좀 더 유명하게 만들고 싶었던 사람들도 그런 마음이었을 것이다. 우리도 한때 그런 꿈을 꾸지 않은 것은 아니다. 하지만 우리는 그냥 이대로 갈 생각이다. 무엇이 되기보다 이것도 저것도 아닌 기찻길옆작은학교로 살아가려 한다.

아이들이 기찻길옆작은학교를 6년, 9년, 12년을 다니며 받는 것은 사회에서 인정해 주지 않는, 8절지 색 도화지에 이모 삼촌들이 돌아가며 쓴 졸업장뿐일 테지만, 그래서 더러는 공부방을 다닌 게 뭣도 아니라고 부끄러워하지만, 더러는 공부방 때문에 나쁜 짓을 맘대로 못 해 속상하다고 투덜거리지만, 그래도 외롭고 슬플 때, 뭔가 자랑하고 싶고 기쁨을 나눌 사람이 필요할 때 공부방을 떠올리는 아이들이 있으니 우리는 그걸로 충분하다.

우리는 한 번도 완성된 적이 없는, 불완전하고 모자란 게 많은 어설픈 공동체다. 우리는 취약한 대로 힘없고 약한 이들의 아픔에 공감하며 그들과 손잡고 가는 공동체로 살아갈 작정이다.

나는 한 10년 뒤, 아니면 20년쯤 더 뒤에 지금 우리 청년들이 다시 우리 공동체 이야기를 해 주면 좋겠다. 우리가 꿈꾸는 미래에 대해서, 가난하고 약한 존재들과 함께 살기 위해 노력한 우리에 대해서, 그리고 그 삶을 즐겁게, 행복하게 이어 가는 자신들에 대해서 말이다. 그것이 내가 가진 가장 큰 욕심이다.

2008. 공부방 정기 공연을 위해 모인 춤패 친구들.

2013. 만석동 공부방에서 함께한, 상자 텃밭에 모종 심기. 초등부 아이들이 가장 좋아하는 시간이다.

(위) 2014. 모내기를 하는 질풍노도 삼총사.
(아래) 2015. '함께 자기' 프로그램을 하러 겨울의 강화에 놀러 온 아이들.

2012. 공부방 정기 공연을 위한 인형극 오디션 모습.

2009. 공부방 정기 공연을 위한 노래패 연습.

(위) 2014. 공부방 정기 공연 중 타악패 공연 모습.
(가운데) 2009. 「길, 동무, 꿈」 첫 공연 전, 자기 인형을 든 성우들.
(아래) 2012. 공부방 정기 공연 중 인형극의 한 장면.

(위) 2009. 인천아트플랫폼과 함께한 '이얍! 신나는 겨울 예술 캠프' 중 인형극 워크숍.
(아래) 2014. 여름 캠핑 풍경.

© 유동훈

(위) 2011. 스티로폼으로 그린 강정마을 벽화. 당시 대학교 2학년이던 단비, 성수, 성민, 진주가 그렸다.
(아래) 2011. 공부방 고등학생들이 만든 4대 강 사업 반대 플래카드.

꽃은 많을수록 좋다

초판 1쇄 발행 • 2016년 2월 22일
초판 4쇄 발행 • 2017년 6월 23일

지은이 • 김중미
펴낸이 • 강일우
책임편집 • 김선아
조판 • 박지현
펴낸곳 • (주)창비
등록 • 1986년 8월 5일 제85호
주소 • 10881 경기도 파주시 회동길 184
전화 • 031-955-3333
팩시밀리 • 영업 031-955-3399 편집 031-955-3400
홈페이지 • www.changbi.com
전자우편 • ya@changbi.com

ⓒ 김중미 2016
ISBN 978-89-364-7280-1 03810